랑야방

풍기장림

랑야방

풍기장림 2

하이옌海宴 지음 | 전정은 옮김

마시멜로

풍기장람

차례

风起长林

북연에서 온 손님

—

01

—

묵치후가 금릉성에 나타남으로써 일어난 파란은 2월 초 동해 사절단이 경성을 떠난 후로 점차 가라앉았다. 이 파란에 휩쓸린 자들 가운데 결과적으로 가장 만족한 사람은 정양궁의 순 황후였다. 오랜 세월 심장에 박혀 있던 날카로운 가시가 하루아침에 뽑혀 몸이 가뿐해진 그녀는 정성을 다해 숙비의 제례를 준비했고, 두 서출 황자에게도 훨씬 친절하고 자상해졌다.

"신이 일찍이 말씀드리지 않았습니까? 죽은 지 7년이 지난 사람이 무슨 파란을 불러일으키겠느냐고 말입니다. 보십시오, 제사 준비 한 번 해주고 고국의 예로 애도하게 해주면 끝나는 일이었습니다. 폐하께서도 제례에 참석하지 않으셨으니 애초에 그리 근심하실 이유가 없었지요."

본래부터 묵치후가 황후나 태자에게 큰 영향을 미치지는 않으리라 생각했던 순백수는 문안인사를 하러 왔다가 그럴 줄 알았다는 듯이 말했다. 순 황후는 기분이 무척 좋았기 때문에 반박하지 않고 순순히 고개를 끄덕이고는, 신당으로 들어가 백신의 보살핌에 진심으로 머리 숙여 감사한 뒤 건천원에 큰 상을 내리고 일찌감치 봄 제례를 준비하라고 복양영에게 명했다.

2월에 접어들자 날씨는 금세 따뜻해지기 시작했고, 눈 깜짝할 사이에 복숭아꽃 만발하고 버들가지 한들대는 3월이 되었다. 황제는 관례대로 종실과 대신들을 데리고 구안산(九安山)으로 봄 사냥을 나가 그간 지친 마음을 풀기로 했다.

우 씨의 죄는 내원과 관련된 터라 외부에 공개하지는 않았지만, 강등을 당하고 부중에 유폐된 래양후는 자연스럽게 어가를 따라갈 자격을 잃었다. 래양후 본인에게는 오히려 잘된 일이었다. 그는 부중에 숨은 묵치후를 따라 밤낮 전심전력을 다해 힘든 수련을 했다.

소원계는 자질이나 기초가 나쁘지 않았기 때문에 천하제일 고수가 친히 가르치자 빠르게 실력이 향상되었다. 묵치후는 인내심이 강한 사람이 아닌데다 친척 조카뻘인 그에게 스승과 제자의 정을 느끼고 있지도 않아서, 몹시 각박하고 엄하게 가르쳤다. 귀하게 자란 황실의 자제이니 다소 움츠러들 거라고 짐작했지만, 예상외로 소원계는 모두 참아넘기고 점점 적응해나가 묵치후마저 그를 다시 보게 만들었다.

"부모가 모두 죄인이니 어차피 대량의 조정에 자리를 얻기는 틀린 몸입니다. 무예를 익히는 것도 힘들다고 마다하면 훗날 이 몸을 어디에 써먹겠습니까?"

풀숲의 대련 중에 묵치후에게 맞아 날아간 자신의 검을 주우며 소원계가 말했다. 자신의 결심을 알릴 겸 스스로를 격려하기 위해서였다.

"금릉성은 오래 머무실 곳이 못 되니 어가가 돌아오기 전에 반드시 떠나셔야겠지요. 매순간이 귀중한데 감히 게으름을 피울 수 있겠습니까?"

묵치후는 팔짱을 끼고 비스듬히 가산(假山, 정원에 인공으로 쌓은 산 모양의 조형물–옮긴이)에 기대어 무표정하게 대답했다.

"아니다."

소원계가 아연한 얼굴로 돌아보았다.

"아니라니요?"

"너희 황제가 돌아오기 전이 아니라 내일 당장 떠날 것이다."

순간 소원계는 움찔했다.

"무슨 일이라도 있습니까? 지금 이 래양부는 아무도 찾지 않는 곳입니다. 며칠 더 머무시더라도 위험한 일은 없을 텐데요."

"대량의 황제가 동해로 답례 사절을 보냈다는 것을 방금 알았다. 그 사자는 내가 본국으로 돌아갔는지 확인하기 위해 필시 나를 만나겠다고 할 것이다. 아무리 나라도 두 나라의 관계를 전혀 신경 쓰지 않을 수 없지. 너는 기초가 튼튼하고, 근 한 달간 가르친 것들이면 몇 년간 갈고 닦기에는 충분할 것이다. 중요한 것은 네 결심과 의지이다."

소원계는 고개를 숙이고 들고 있던 검 자루를 꽉 움켜쥐었다. 무슨 생각을 했는지 모르지만, 한참 후에야 그가 낮은 목소리로 입을 열었다.

"어머니께서는 유서에서 스스로 죽기를 바라셨다 하셨습니다. 그리고 동해의 혈연으로 따지면 외당숙이라 불러도 된다고……."

묵치후는 무표정한 얼굴로 한동안 가만히 있다가 비로소 대답했다.

"그렇다."

"안심하십시오, 외당숙님. 반드시 게으름 피우지 않고 열심히 수련하겠습니다. 복양 상사의 말이 옳았습니다. 지금 제게 가장 필요한 것은 실력과 인내심이지요."

복양영의 이름이 나오자 묵치후는 눈썹을 살짝 찡그렸지만 그 자리에서는 아무 말도 하지 않았다. 대신 떠나기 전에 간단하게 몇 마디 당부했다.

"서로 이용하는 사이니 말을 꺼릴 것도 없을 터, 그 백신교의 상사라는 자는 뼛속부터 너나 나와는 다른 사람이다. 우리 셋 가운데 오직 그자만이 아무 거리낌 없는 순수한 복수심에 불타고 있다. 그 점만은 반드시 명심하는 게 좋을 것이다."

지금의 소원계로서는 복양영이 무슨 일을 하려는지, 어떤 사람인지 전혀 관심이 없었지만, 묵치후가 일부러 경고하자 고개를 끄덕이며 새겨들었다. 그에게 있어 당장 중요한 것은 집 안에 틀어박혀 열심히 수련하는 것이었다. 그는 매일 손가락 하나 까딱할 수 없을 만큼 기진맥진한 뒤에야 수련을 멈췄고, 이 번화하고 화려한 경성에서 완전히 사라진 것처럼 바깥소식은 듣지도 묻지도 않았다.

4월 초, 구안산에서 한 달가량 즐긴 황제의 어가가 경성으로 돌아왔다. 작년에 국경에서 벌어진 전쟁으로 엄숙해진 분위기가 차츰 풀리자, 금릉성의 조정은 표면적으로나마 평화로움을 되찾았다.

장림세자도 점차 몸이 나아져 조정과 관계된 왕부의 업무도 다시 그가 처리하게 되었다. 작년 초가을에 시작된 거센 파란에 비해, 새해를 맞이하고 석 달간 있었던 일은 수월한 편이었다. 덕분에 어렵사리 틈을 낸 소평장은 적절한 정무를 골라 아우에게 억지로 가르쳤다.

이날도 일찌감치 내빼지 못한 소평정은 형에게 붙잡혀 부왕의 서재로 끌려갔고, 요약된 보고서를 한 무더기 받았다. 소정생은 나 몰라라 차만 마시면서 풀이 죽은 막내아들을 구경했다.

그때 복도에서 발소리가 들리고 원숙이 들어오더니, 예를 올린 뒤 서신 한 통을 내밀며 말했다.

"전하, 내각에서 보낸 역참의 보고서입니다."

소정생은 어리둥절했다.

"잘못 말했겠지. 군대의 보고서가 아니냐?"

"아닙니다, 역참의 보고서입니다."

"역참의 보고서를 무슨 일로 우리 장림부에 보냈을까요?"

소평장 역시 의아한 얼굴로 말하며 보고서를 받아 펼쳤다. 내용을 훑어보는 그의 눈썹이 살짝 올라갔다.

"왜요?"

형보다 키가 조금 더 큰 소평정이 목을 쭉 늘이고 어깨너머로 들여다보았다.

"무슨 일이 생겼어요?"

소평장은 보고서를 그에게 건넨 뒤 부왕을 돌아보고 말했다.

"북연에서 보낸 국서의 최신 사본입니다. 첨부된 사절단 명단을 보니 다섯째 황자가 친히 금릉에 온다는군요."

북연은 4백 년 전 모용씨가 건국한 나라로, 그 역사는 대량보다 길었다. 두 나라는 대량과 대유처럼 팽팽히 맞서는 사이는 아니었으나, 종종 전투가 벌어져 결코 동맹국이라 할 수는 없었다. 최근 들어 북연은 조정이 불안정한데다 폭동이 빈번하게 일어나고 그렇게 모인 불씨가 들판을 태울 정도로 강해지면서 그 기세가 나날이 가열되고 있었다. 소평장이 최근 얻은 소식에 따르면, 북연 조정이 말하는 '난적(亂賊)'은 이미 국토의 절반인 거수(琚水) 이북 땅을 모두 차지하여 모용 황실과 동등한 위치에서 나라를 나누어 다스리고 있다 해도 과언이 아니었다.

나라 안의 난리를 진압하는 데 전력을 다하기 위해, 북연 조정은 2년 전부터 남쪽 국경의 평화를 유지하며 대량과 맹약을 맺어 우호를 회복하려 했다. 그리고 쌍방이 여러 차례 팽팽한 논의를 거쳐 대략적인 의견 일치를 보자, 정식으로 사절단을 보내 동맹을 확정 지으려는 것이었다.

"다섯째 황자는 북연 황제의 적자로, 혜친왕(惠亲王)에 봉해져 조정에 미치는 영향도 적지 않다. 그가 직접 온다는 것을 보니 북연의 내전 상황이 우리가 알던 것보다 더 좋지 않은 모양이구나."

소정생은 탄식하며 말했지만, 그래도 이해가 가지 않는 모양이었다.

"하지만 장림부는 군사 가문이고 정무에는 참여하지 않으니 내각에서도 관례대로 통지를 하면 그뿐인 것을, 어찌하여 역참에서 소식을 받자마자 곧장 이리로 보냈을꼬?"

들고 있던 상주문을 이제 막 다 읽은 소평정이 불쑥 끼어들었다.

"제 생각에 아마 황자를 수행하는 호위무사와 관계가 있을 거예요. 혜왕 전하를 금릉성까지 호위하는 자가 북연 한해왕(瀚海王)의 셋째아들 탁발우(拓跋宇)거든요."

소정생의 표정이 살짝 바뀌었다.

"탁발한해검(拓跋瀚海劍)의 전인 말이냐?"

소평정은 고개를 끄덕였다.

"그자는 겨우 스물세 살이지만 랑야 고수방 6위예요. 내각에서는 랑야방에 오른 사람만 보면 장림부에 넘기는 규칙이라도 세웠나봐요."

"요즈음 금릉성이 어찌 이러느냐."

소정생이 눈을 찌푸리며 말했다.

"단동주부터 시작해서 묵치후에 탁발우까지 랑야방 고수들이 차례차례 찾아오다니, 이거야 마치 누군가 뒤에서 조종하는 것 같지 않느냐."

소평정은 '뒤에서 조종한다'는 말에 짚이는 데가 있는지 턱을 만지작거리며 상당히 흥미로운 얼굴로 생각에 잠겼다.

두 사람이 대화하는 동안 소평장은 내내 끼어들지 않고 생각에 잠긴 듯 멍한 표정이었다. 장남이 조용한 것을 알아차린 소정생이 그를 돌아보았다.

"평장, 어찌 그러느냐?"

"지금 북연의 정세로 보아 이번이 다시 오지 않을 기회일지도 모릅니다."

소평장은 아버지를 향해 빙그레 웃어 보인 뒤 몸을 옆으로 돌렸다.

"평정, 마침 네가 한가하니 해줄 일이 있다."

형의 이번 심부름은 소평정에게는 전혀 어렵지 않은 일이었다. 어려서부터 랑야각에서 가르침을 받은 그는 각지의 비둘기집을 맡은 사람들과 적잖이 안면이 있었고, 금릉성 비둘기집 사람들과는 특히 잘 알고 지냈다. 소평장이 알고자 한 것은 북연의 최신 소식이었다. 소평정은 다음 날 비둘기집을 찾아 바로 소식을 알아낸 뒤 시간이 남아 임해와 잡담이나 나눌까 하고 제풍당에 들렀다.

제풍당에 환자가 많지 않을 때면 임해는 보통 약방에 머물렀다. 입춘이 지나면 돌림병이 일어나게 마련이어서 미리 병균을 제거하는 약을 만들고 있던 임해는, 일에 몰두하느라 소평정이 문을 열고 들어갔는데 쳐다보지도 않았다.

장림부 둘째 공자는 제법 눈치가 있어서 제 손으로 차를 따라 마시며 조그마한 등받이 의자를 각종 제약 도구가 놓인 네모진 탁자 옆으로 가져와 앉은 뒤, 이따금 임해에게 그릇이나 가위를 건네주며 도왔다.

임해는 약재 몇 가지를 배합하여 항아리에 넣고 달인 뒤에야 탁자에 놓인 자신의 찻잔을 들어 한 모금 마시며 물었다.

"최근에 늘 세자께 붙잡혀 정무를 익힌다고 불평하지 않았나요? 오늘은 어떻게 틈이 났지요?"

"형님 명으로 발품을 팔고 오던 길이었소!"

소평정은 호기심어린 눈길로 임해가 마신 찻잔을 들여다보았다.

"이 뿔그스름한 게 뭐요? 진귀한 것 같은데, 나한테는 한 번도 준 적 없잖소."

그의 투덜거림에 임해는 참지 못하고 생긋 웃었다.

"흔한 밤차인데, 입에 맞지 않을 거예요."

그녀는 새 찻잔을 꺼내 마시던 잔의 찻물을 조금 나누어 주었다.

소평정은 입을 오므리고 조금 마셔보더니, 역시 입에 맞지 않는지 눈을 잔뜩 찌푸리며 잔을 옆으로 치웠다.

"이건 비밀이긴 한데, 또 다른 랑야방 고수 한 명이 금릉성에 올 거요."

"누구 말이죠?"

"북연의 한해검. 부왕과 형님은 아주 중대한 사건으로 여기고 계시지만 솔직히 나는 천하제일 고수인 묵치후도 왔다 갔는데 탁발우쯤이야 무슨 대수일까 싶소."

임해가 마침 생각난 것을 물었다.

"나 같은 사람도 탁발씨가 북연에서 제일가는 명문이고 황실의 종친이라는 것을 알고 있어요. 랑야각의 규칙이 있는데, 한해검이 어떻게 랑야방에 오를 수 있었나요?"

"탁발우는 한해왕의 셋째아들일 뿐, 관직엔 오르지 않았소."

임해가 고운 눈썹을 살짝 치켰다.

"공자는 랑야각이 강호의 일에만 대답을 줄 뿐 조정의 일에는 선을 그었다고 했는데, 지금 보면 아주 깨끗이 선을 그은 것도 아닌 것 같군요."

소평정은 어깨를 으쓱했다.

"왜 아니겠소. 사람이 문무를 익히는 것은 모두 제왕에게 쓰이기 위함이라고 하잖소. 절정 고수 대부분이 많든 적든 각국의 조정과 인연을 맺고 있는데, 무슨 수로 깨끗하게 선을 그을 수 있겠소? 노각주께서 그런 황당한 규칙을 세웠을 때 정신이 나갔든지 아니면 무슨 자극을 받았을 것이오."

그 우스개에 임해는 결국 웃음을 터뜨리며 고개를 숙이고 손수건으로 입을 가렸다.

그때 운 아주머니가 고개를 들이밀고 물었다.

"낭자, 점심 준비가 되었어요. 둘째 공자께서 좋아하시는 수정하인(水晶虾仁, 껍질 벗긴 새우 살을 조미료 없이 볶아 투명하게 보이도록 만든 요리-옮긴이)도 있는데, 두 분, 어디에서 드시겠어요?"

자연스런 질문이었지만 임해는 금세 얼굴이 빨개져 골을 냈다.

"둘째 공자가 식사하고 가신다고 누가 그래요?"

소평정이 과장해서 눈을 크게 뜨며 끼어들었다.

"여기 와서 잔심부름까지 하며 도왔는데 밥도 안 줄 생각이오?"

그는 이렇게 말하며 운 아주머니에게 분부했다.

"다실에 준비해주시오."

그의 넉살을 당해낼 재간이 없는 임해는 진지하게 거절하면 억지를 쓴다고 할까봐 말없이 고개를 돌렸다. 점심 식사가 끝나자 형이 조정에서 돌아올 때가 되었다고 생각한 소평정은 새 차를 끓여달라며 귀찮게 한 뒤, 차만 마시고 제풍당을 떠났다.

말을 달려 주작대가를 벗어나 동서로 뻗은 또 다른 중심가에 들어서자, 맞은편에서 순방영의 손 통령이 인마 한 무리를 이끌고 오는 것이 보였다. 소평정은 살짝 고삐를 잡아당기며 웃는 얼굴로 인사했다.

손 통령이 황급히 다가와 마주 예를 올리며 물었다.

"둘째 공자, 요즘 바쁘신가보군요? 우리 순방영에 오셔서 형제들에게 몇 수 가르쳐주기로 한 일, 잊으시면 안 됩니다."

소평정은 웃으며 대답했다.

"걱정 마세요. 저는 약속한 일은 반드시 지키는 사람이니까요. 이틀 안에는 꼭 가겠어요."

두 사람이 이야기를 나누는 동안 거리 반대편에서 다급한 말발굽 소리와 함께 말 수십 기가 달려왔다. 기수는 평범한 무인 차림이지만 귀한 재질의 장포를 걸치고 상등품 무기를 차고 있는데다 달려오는 기세도 맹렬하여 청석을 깐 길이 드르르 떨릴 정도였다.

손 통령은 의아한 표정을 짓는 소평정을 보고 재빨리 설명했다.

"관외(關外, 산해관 이북 지방을 말함—옮긴이) 7대 마장(馬場) 사람인데, 2년에 한 번씩 경성에 와서 세의(歲儀)를 올립니다. 멀리서 오기가 쉽지 않아 보통은 4월쯤에야 돌아가지요."

"세의? 누구에게 주는 세의예요?"

"조정에 군마를 공급하다보니 경성에 얼마쯤 인맥이 있지요. 설 전후로 한 번쯤 찾아와 인사하는 것은 인지상정 아니겠습니까?"

손 통령은 그렇게 말하며 옆에 선 부하에게 분부했다.

"네가 직접 저들이 묵는 객잔으로 가서 주의를 주거라. 천자가 계시는 경성은 관외와는 다르니, 저렇게 위세를 부리며 말을 달리지 말라고 말이다. 문제를 일으키면 우리 순방영만 귀찮아지지 않겠느냐!"

군마 공급은 병부의 일이고 소평정은 조정의 사람도 아니기에 관외의 마장에는 아무 관심이 없었다. 그는 손 통령과 작별하고 말을 재촉해 왕부로 돌아가 곧바로 동쪽 원락 서재로 향했다.

소평장은 조례가 끝난 뒤 순비잔과 이야기를 나누다가 이제 막 왕부에 돌아온 차였다. 그러잖아도 동청에게 아우의 소식을 물으려는데 마침 소평정이 열린 창을 훌쩍 뛰어넘어 들어오는 것을 보자, 그는 저도 모르게 빙그레 웃었다.

"때마침 왔구나. 부탁한 일은 어찌되었느냐?"

소평정은 종이 한 묶음을 책상에 턱 올려놓고 득의양양해하며 말했다.

"다 정리해 왔어요. 여기요."

소평장은 서둘러 소식을 확인하지 않고 반문했다.

"정리했다는 것은 네가 모두 보았다는 뜻이겠지. 북연의 지금 정세를 어떻게 보느냐?"

소평정은 책상 맞은편에 앉아 곰곰이 생각한 뒤 대답했다.

"대세의 흐름이 둑을 무너뜨리는 홍수 같아서 어마어마한 힘이 아니고서야 막기 힘들 거예요. 북연 조정이 예전처럼 회복할 가능성은 크지 않고, 지금 이 국면을 안정시킬 수 있느냐 없느냐가 관건이에요."

무관이 정사에 참여하지 않는 것은 대량의 규칙이기에, 장림부는 북연과의 동맹에 개입한 적이 없었다. 하지만 워낙 중대한 사건이라 장림세자인 소평장으로서는 관심을 갖지 않을 수도, 자체적으로 정세를 판단하지 않을 수도 없었다. 그가 아우를 보내어 북연의 최신 소식을 알아보게 한 것은 자신의 생각을 마지막으로 검증하기 위해서였다.

"북연의 혜왕이 곧 경성에 들어올 것이고, 오늘 내각에서도 마지막으로 논의한 강화 조건을 내놓았다."

소평장이 문서 하나를 아우에게 내밀었다.

"너도 보거라."

소평정은 피할 수 없는 과제라는 것을 깨닫고 체념하며 받아들었다. 평소 이런 일에 관심은 없었지만 접하는 정보는 남들보다 많았기 때문에 한 번 읽고도 문제점이 무엇인지 금방 알 수 있었다. 그는 저도 모르게 눈을 찡그리며 의심스러운 듯 형을 바라보았다.

"내각은 멀리 경성에 있으니 국경의 여러 상황을 우리만큼 잘 알지는 못하겠지. 그러니 북연과 대량의 동맹에서 이 정도 조건만 내걸면 되겠다고 생각한 것도 탓할 일은 아니다."

소평장은 의심스런 점이 무엇인지 묻지 않고 한숨을 쉬며 말하더니, 빈 종이를 펴고 붓을 먹물에 적셨다.

"이 일은 내일 당장 재논의해야 한다. 급히 상주문을 쓰느라 너를 가르칠 틈이 없으니 가서 놀거라."

크나큰 사면을 입은 소평정은 형이 마음을 바꿀까 두려워 벌떡 일어나 연기처럼 밖으로 내뺐다. 하지만 서재 바깥뜰 회랑으로 들어서자마자 몽천설과 딱 마주치는 바람에 황급히 걸음을 멈추고 예를 올렸다.

"형수님."

몽천설이 눈을 가늘게 뜨고 그를 훑어보더니 괴상한 표정을 지으며 물었다.

"북연의 혜왕이 강화를 맺으러 오는 것이 그렇게 기뻐?"

뜬금없이 튀어나온 질문에 소평정은 어리둥절했다.

"네? 무슨 말씀이세요? 그 일이 저와 무슨 상관이 있다고요?"

몽천설이 눈썹을 치켰다.

"양국이 동맹을 맺을 때 가장 흔히 쓰는 방법이 뭔지 몰라?"

여전히 영문을 모르고 멍해 있는 소평정의 모습에 그녀는 다소 초조한 듯 외쳤다.

"혼인이잖아! 북연에서 이번에 군주 한 명을 시집보내려 한다고 경성 부인네들이 며칠째 이야기꽃을 피우고 있단 말이야."

소평정은 잠시 멍해졌다가 겨우 정신을 차리고 물었다.

"그게 저라고요?"

"그야 네가 유일한 후보자는 아니지만, 어쨌든 적당한 인선이긴 하잖아."

몽천설이 한 걸음 다가서며 목소리를 낮췄다.

"네가 성년이 된 뒤로 폐하께서는 내내 네 짝을 구해줄 생각만 하셨어. 작년에는 부왕께서 겨우 넘기셨지만 이런 기회가 왔는데 폐하께서 가만히 계실까?"

소평정이 지금 자신의 마음을 명확히 알고 있느냐 하면, 그렇지는 못했다. 그의 생각과 감정은 여태까지도 모호하게 뒤엉켜 명료하게 정리된 적이 없었기 때문에, 소식을 듣자마자 찾아온 이 혼란한 감정도 어디서 기인한 것인지 도무지 알 수가 없었다.

하지만 몽천설은 '다 알아' 하는 표정으로 위로했다.

"너무 초조해할 것 없어. 보통 일이 아니니 폐하께서도 부왕과 상의하실 수밖에 없을 테니까. 당장 가서 형님께 물어보고 믿을 만한 소식이 있으면 알려줄게."

그녀는 소평정의 어깨를 툭툭 두드려준 뒤 재빨리 사라졌다.

멀어지는 그녀를 멍하니 바라보던 소평정은 밖으로 나갈 마음이 싹 달아나, 저도 모르게 부왕이 정말 동의하시면 어쩌나, 무슨 핑계로 달아나야 하나, 고민하기 시작했다. 물론 어째서 반드시 달아나야 한다고 생각했는지는 지금 당장은 깊이 생각해볼 겨를

이 없었다.

바둑을 두는 당사자보다 훈수 두는 사람이 더 잘 안다고, 뭐가 뭔지 몰라 얼떨떨한 소평정에 비해 몽천설이 이토록 명확하게 나서는 까닭은 무엇보다 임해를 편애하기 때문이었다. 직접 알아보겠다고 자신 있게 말한 그녀는 망설임 없이 서재로 뛰어들었다.

소평장은 책상 앞에 앉아 붓을 놀려 빠르게 상주문을 써내려가다가 이따금씩 이마에 가느다란 내 천(川) 자를 그리며 생각에 잠기곤 했는데, 아내의 가벼운 발소리가 들리자 고개를 들어 그쪽을 바라보았다.

7년간 부부로 살아온 두 사람은 서로를 무척 잘 알았다. 표정을 보는 순간 부군이 중요한 일을 처리하고 있다는 것을 알아챈 몽천설은 끼어들지 못하고 옆에서 조용히 먹을 갈거나 차를 따라주며 기다렸다.

황혼 무렵, 드디어 상주문을 깨끗하게 베껴 쓴 소평장이 길게 한숨을 내쉬며 뻣뻣해진 어깨를 주물렀다. 몽천설은 재빨리 다가가 대신 주물러주면서 어떻게 말을 꺼내볼까 궁리했다.

곁눈질로 그녀의 표정을 살피는 동안 무슨 생각을 하는지 알아차렸는지 소평장이 실소를 터뜨리며 물었다.

"또 부인네들 사이에 떠도는 무슨 소식이라도 들었군? 걱정 마. 우리 평정이는 아니니까."

몽천설이 눈을 환하게 빛내며 그의 어깨를 잡아당겼다.

"정말이에요? 평정이 아니면 누구예요?"

소평장은 장난기가 발동했다.

"나만 아니면 되지, 무슨 상관이야?"

몽천설이 두 눈썹을 날카롭게 세우며 그의 어깨를 힘껏 꼬집고는 웃음을 터뜨렸다.

"북연 군주를 맞이할 생각을 하다니 꿈도 야무져! 그 전에 나부터 쓰러뜨려야 할걸요!"

한바탕 웃고 난 그들은 창살 사이로 황혼이 스며드는 것을 보고 옷매무새를 가다듬은 뒤 침소로 돌아갔다.

늘 동쪽 원락에서 식사를 하던 소평정은 심사가 복잡하여 저녁 식사가 준비된 화청에 평소보다 일찍 나와 기다리다가 형과 형수가 나타나자 다급히 다가가 몽천설을 바라보았다. 몽천설은 살포시 미소 띤 얼굴로 눈을 찡긋하며 고개를 저어 보였다.

겨우 마음이 놓인 소평정은 단숨에 입맛이 돌아와 홍소제방(紅燒蹄膀, 돼지족발에 각종 조미료를 섞어 넣고 오래 삶은 요리-옮긴이) 한 접시를 신나게 먹어치웠다.

깨끗한 마음

—

02

—

대량의 규율에는 매월 5와 9가 들어가는 날이면 대조례를 열어 경성의 오품 이상 관원이 모두 참석했다. 북연과 대량의 상세한 회담 내용은 대전에서 논의하기에 적절하지 않았기에, 소흠은 조례가 시작되자 그 의제를 뒤로 미룬 후 내각과 육부의 관련 대신들에게 조례가 끝나고 양거전에 와서 논의하자고 분부했다.

이번 회담은 2년에 걸쳐 지지부진하게 이어졌지만 순백수는 내내 진지한 태도로 임했다. 몇 차례 엎치락뒤치락 밀고 당기기를 반복한 끝에 드디어 어제 맹약의 초안을 작성한 그는 황제가 분명히 찬성하리라 믿고 자신감에 넘쳐 있었다.

"대량과 북연은 정옥산의 남쪽 고개를 기준으로 국경이 나뉩니다. 북연은 그 북쪽 고개로 철군하고 군주를 시집보내면 맹약에 따라 서로 침범하지 않고 대대손손 우호적인 관계를 맺게 됩니다. 내각에서는 북쪽 국경에 강적인 대유가 있는 지금 대량과 북연의 사이가 좋아지면 우환이 줄어들어 크게 도움이 될 것이라 생각합니다. 부디 윤허하여주십시오, 폐하."

이미 초안을 살펴본 소흠은 그 말을 듣자 왼쪽에 자리를 주어 앉힌 소정생에게 시선을 돌렸다.

회담 자체는 조정의 일이고 장림부와는 무관하지만, 맹약 조건에 철군이 포함되어 북쪽 국경에도 영향을 미치기 때문에 장림왕의 의견을 묻는 것은 자연스런 일이었다. 순백수도 이를 잘 알고 그쪽으로 몸을 돌리며 공손하게 말했다.

"상세한 내용은 어제 장림왕부에 사본으로 전달했습니다. 문제가 있으면 말씀해주십시오."

소정생은 그를 향해 빙긋 미소를 짓더니 일어나 소흠에게 예를 올렸다.

"대량과 북연이 우호를 맺는 일이라면 노신 또한 이견이 없습니다. 그간 내각에서 회담을 진행하느라 노고가 많았다는 것도 모두 알고 있지요. 허나 북연이 제시한 조건은……."

순백수는 심장이 쿵 내려앉았지만, 아무렇지 않은 척 주름을 잔뜩 만들며 웃어 보였다.

"장림왕 전하, 북연이 제시한 철군과 혼인은 아주 좋은 조건입니다."

소정생은 곧바로 답하지 않고 장남에게 고개를 돌렸다.

소평장이 나아가 말했다.

"순 대인께서는 모르시겠지만, 정옥산 남쪽 고개는 비록 이름은 고개이나 실제로는 경사가 완만하여 점령하기가 어렵지 않습니다. 20년 전 경말(庚末)의 싸움 이후로 정옥산에 있는 북연의 영채는 이미 북쪽 고개로 옮겼으니 남쪽 고개에서 철군할 것도 없습니다. 이 허울뿐인 조건을 빼면 북연이 이번 화친에 내건 것은 실질적으로 군주 한 사람을 시집보내는 것이 전부인데, 폐하께서 그 조건을 그리 귀중하게 여기시지는 않으리라 생각됩니다."

황제의 얼굴에 미소가 떠올랐다.

"세자의 말, 짐도 잘 알았다. 북연과의 화친은 동의하나 조건을 더해야 한다는 뜻이구나."

순백수는 표정이 약간 딱딱해졌지만, 여전히 침착한 얼굴로 웃으며 물었다.

"세자께서는 어떤 조건을 더하고자 하십니까? 아직 말미만 있다면 다시 논의하지 못할 것도 없지요."

소평장은 그런 그에게 살짝 고개를 끄덕여 보인 후 황제에게 돌아서서 두 손을 모으고 말했다.

"우리 대량의 군마는 품종을 개량하기가 쉽지 않아 대유나 북연의 튼튼한 군마에 미치지 못합니다. 또한 대부분은 관외의 사설 마장이 서쪽 야진(夜秦)에서 완서(宛西) 지방의 말을 사들인 뒤 훈련을 시켜 획일적으로 병부에 공급하므로 거금이 들고 대를 이어 기르기도 어렵습니다. 이 기회에 북연에 종마 5백 마리를 요구하여 물과 풀이 풍부한 란주에 조정의 명의로 마장을 열고 장림 란주영에 관리를 맡긴다면 몇 년 안에 상황이 크게 달라질 것이라 생각합니다."

말을 마친 그는 소매 속에서 상주문을 꺼내들었다.

"상세한 내용을 미리 정리해 왔으니 부디 살펴주십시오."

황제는 태감을 시켜 상주문을 올리게 한 다음 내용을 훑어보며 물었다.

"내각에서는 어찌 보시오?"

순백수는 더욱 딱딱해진 얼굴로 억지웃음을 지었다.

"무척 옳은 말씀입니다. 허나 군마는 중요한 군수품으로 병부에서 획일적으로 조달해온 바, 조정에서 마장을 세워 장림 란주영에 맡기는 것은 부적절하지 않은지요."

소평장은 태연하게 미소를 지었다.

"건의일 뿐입니다. 란주영보다 더 적절한 곳이 있다면 명확히 이유를 밝혀서 폐하께 추천하시지요."

멀리 경성에 있는 내각의 대신인 순백수는 이런 구체적인 사항에 대번에 답을 내놓을 지식이 없었기에 말없이 눈썹만 찌푸리는 수밖에 없었다.

황제가 손을 내저었다.

"란주영이 맡는 것이 어찌하여 부적절하다는 것이오? 더욱이 그런 상세한 내용은 나중에 다시 논의할 수도 있는 일이오. 순 경, 북연과의 회담은 내각이 맡고 있으니 왕형이 제안한 조건을 덧붙이도록 하시오."

순백수는 황급히 고개를 숙였다.

"신, 명을 받들겠습니다."

조정에서 직접 마장을 설치하자는 장림왕부의 건의는 아직 실행되기 전이니 기밀에 속하는 것이 당연했다. 하지만 내각과 육부의 참여 관원과 추사(樞使, 군사기관인 추밀원의 관리-옮긴이), 서리가 백여 명이었으니, 마음먹고 알아내려 하면 소식을 듣는 것이 그리 어려운 일도 아니었다. 어전에서 회의가 있은 다음 날, 복양영은 손쉽게 그 소식을 접했다.

"장림왕이 그 조건을 추가하자고 한 뒤로 내각과 병부, 호부가 서둘러 상의 중입니다."

수제자 한언은 이 소식을 전한 뒤 웃으며 아부를 늘어놓았다.

"사부님께서 작년에 위 셋째형님을 관외 최대의 마장에 넣으신 것을 보면 일찍이 이런 일이 있을 줄 예견하신 것이지요. 올해 경성을 찾은 마장 사람들은 4월 열엿샛날 출발하기로 하여 아직 역관에 머물고 있습니다. 위 셋째형님을 한번 불러올까요?"

복양영은 복도의 앵무새에게 장난치며 가볍게 고개를 저었다.

"서두를 것 없다. 우선 수보 대인을 만나본 뒤에 다음 할 일을 정할 것이다."

전통적인 유학자인 순백수는 백신교를 본체만체했고, 복양영도 평소 예의상 교류만 해왔을 뿐 특별히 가까이 지내려 하지 않았기 때문에 두 사람이 마주치는 일은 거의 없었다. 그러나 누가 뭐래도 복양영은 황제가 봉한 상사이고 황후의 신임을 받는 인물이기에 우연히 수보 대인과 마주칠 기회를 만드는 것은 그리 어렵지 않았다.

"아니, 순 대인, 참으로 송구합니다. 다 이 몸이 부주의하여 벌어진 일, 죄송해서 어찌할지요!"

바깥 전각 직방의 굽이진 회랑에서 순백수와 일부러 부딪친 뒤 허둥지둥 허리를 숙여 떨어진 상주문들을 줍는 이 백신교 상사의 움직임은 처음부터 끝까지 물 흐르듯 자연스러워, 그 와중에 상주문 하나가 펼쳐진 것도 통로로 불어오는 바람 탓인 듯 느껴졌다.

아무리 그래도 높은 자리에 있는 사람이다보니 순백수는 겉으로나마 빠짐없이 예의를 차리며, 괜찮다는 겸양의 말과 함께 상주문을 받아 다시 정리했다.

복양영은 무심코 펼쳐진 종이 위로 시선을 던지더니 눈을 살짝 찡그렸다.

"란주영? 허어, 밤하늘이 이상하다 싶더니 역시 그랬군요."

순백수는 슬며시 의심이 들었다.

"상사, 그 무슨 말씀이오?"

"이번에는 천문이 워낙 뚜렷하여 우리 백신교 제단뿐만 아니라 흠천감(欽天監)에서도 똑똑히 보았을 것입니다."

복양영은 무겁게 한숨을 쉬었다.

"단지 차마 그 사실을 입 밖에 낼 사람이 없었던 것뿐이지요."

그의 교묘한 화법에 순백수는 저도 모르게 말을 받았다.

"무슨 사실 말이오?"

"그야 대인께 사사로이 한두 마디 드리는 것쯤 상관없겠으나 이 일이 알려지면 제 입으로 한 말이라고는 절대 인정하지 않을 것입니다."

복양영은 좌우를 살핀 뒤 목소리를 죽였다.

"장성(將星, 장군의 별-옮긴이)이 지나치게 커져 그 빛이 이미 자미성(紫微星, 황제의 별-옮긴이)을 가려 하늘이 암담합니다."

순백수는 그의 뜻을 대강 짐작하고 무표정하게 물었다.

"불길한 의미요?"

"묻는 사람이 누구인지에 따라 다르지요. 장성의 주인 된 사람이 묻는다면 대길이 아니겠습니까?"

복양영은 순백수의 냉담한 태도에 개의치 않는 듯 빙긋 웃었다.

"이 몸은 마음을 닦고 신을 모시는 것을 업으로 삼았기에 조정의 일에 감 놔라 배 놔라 한 적은 한 번도 없습니다. 허나 황후마마의 은혜를 입은 몸인데 어찌 보고도 못 본 척할 수 있겠습니까?"

그는 이렇게 말한 뒤 상주문을 가리켰다.

"오늘 마장을 손에 넣으면 내일은 곡창을 집어삼키겠지요. 폐하께서 이런 일에 익숙해지시면 무신은 정치에 참여하지 않는다는 규칙도 공염불이 되지 않을지요?"

그가 앞서 늘어놓은 허황되고 망측한 이야기는 사실로 느껴지지 않았으나, 이 마지막 한마디는 수보 대인의 마음을 뒤흔들어 저도 모르게 눈썹을 치켜뜨게 했다.

"봄은 아직 추우니 이렇게 바람 부는 곳에서 이야기를 나누기에는 적당치 않군요."

복양영의 입가에 미소가 피어올랐다. 그는 한 걸음 뒤로 물러서며 말했다.

"건천원에 새로 만든 봄차가 있는데, 틈이 나면 한잔 맛보러 오지 않으시겠습니까?"

순백수는 얇은 입술을 꾹 다물고 어두운 눈빛으로 그를 한참 바라보더니 천천히 대답했다.

"황후마마께서도 상사는 고견을 가진 믿을 만한 사람이라고 이 늙은이에게 여러 번 말씀하셨소. 건천원의 봄차는 경성에 소문이 자자한데, 상사께서 이리 청해주시니 이 늙은이가 먹을 복이 있는 모양이구려."

심려원모한 두 사람은 이 이상은 말할 필요가 없다는 것을 알고 서로에게 허리 숙여 인사한 뒤 헤어졌다.

하루걸러 다음 날은 조정의 휴일이었다. 순백수는 평복으로 갈아입고 마차 대신 조그마한 가마에 올라 심복 호위병인 순월에게 병사 한 무리를 이끌게 한 뒤 조용히 건천원으로 향했다.

복양영의 다실은 사방이 고요하게 대나무 숲으로 둘러싸인 곳인데다, 뒷담을 끼고 흐르는 가느다란 물줄기에서 이따금씩 졸졸거리는 소리까지 들려 더욱더 맑고 운치가 있었다. 이곳을 처음 방문한 순백수는 자못 마음에 드는지 회랑에 서서 한참 동안 풍경을 감상한 뒤에야 다실에 들어가 앉았다.

탁자 옆에는 붉은 진흙으로 만든 조그마한 화로가 있었고, 화로 위에는 쇠주전자가 하얀 김을 뿜고 있었다. 막 끓는 물소리가 보글보글 들려왔다.

복양영은 에둘러 말할 필요가 없다는 것을 알고, 끓인 물로 세차를 하면서 단도직입적으로 입을 열었다.

"장림왕부가 한 말은 참으로 그럴싸하군요. 건의일 뿐이니 내각에서 더 알맞은 곳을 추천하라니요. 이제 곧 북연의 혜왕이 경성에 도착할 텐데, 그 짧은 시일 안에 내각이 무슨 수로 란주영보다 더 알맞은 곳을 찾아낼 수 있겠습니까? 이 점은 대인께서도 곰곰이 살피셨을 테니 이미 생각한 바가 있으시겠지요?"

안색이 절로 어두워진 순백수가 단념한 투로 대답했다.

"조정에 큰 이익이 되는 조건이니 내각에서 반대할 까닭이 없소. 솔직히 말해 이 늙은이도 명마 5백이면 충분히 마음이 흔들릴 일이라 생각하니, 결코 반대를 하려는 것은 아니오."

"조정에 이익이 되는 것은 사실이나, 장래 태자께서 이끌어가실 조정의 상황에 비하면 눈앞에 보이는 사소한 이익에 불과할 뿐 아무런 가치가 없습니다."

복양영은 두 손으로 찻잔을 받치며 말했다.

"허나 대인의 말씀대로 겉으로는 반대할 명분이 없지요. 이런 일은 비공식적으로 해결해야 합니다."

"비공식적이라니?"

복양영은 빙그레 웃었다.

"조정에 군마를 공급하는 것은 큰 장사지요. 그 돈줄이 뚝 끊기게 생겼는데 마음이 불편할 사람이 과연 대인 한 분뿐일까요?"

순백수는 한참을 묵묵히 생각에 잠겼다가 고개를 저었다.

"불편하게 여기는 사람이 아무리 많다 하여도 이 늙은이와 마찬가지로 공공연히 반대하지는 못할 것이오."

복양영은 찻잔을 들어 살짝 한 모금 마신 뒤 또다시 웃으며 말했다.

"회담이라 함은 양측이 하는 것입니다. 우리 쪽에서 반대할 방도가 없으면 북연 쪽에서 해야겠지요."

"2년간 회담을 해왔으니 북연 쪽 관련자들의 태도에 대해서는 이 늙은이가 잘 알고 있소."

순백수는 잠시 생각에 잠겼다가 다시 한 번 부인했다.

"다른 사람이면 모르겠지만, 혜왕은…… 그자는 꽤 결단력 있고 참을 줄도 아는 사람이니 아마도……."

"그 또한 어렵다면 애초에 혜왕이 경성에 오는 것을 막아버려야겠지요."

순백수는 깜짝 놀란 나머지 들고 있던 찻잔에서 물을 반이나 쏟았다.

"혜왕을 막다니? 어찌 그를 막을 수 있단 말이오?"

복양영은 대나무집게로 순백수의 찻잔을 바꿔주며 말했다.

"선제 때부터 법도가 엄해지면서 관리들이 세의를 받지 못하게 되었으나, 정월에 사람들이 서로 정을 나누는 것까지야 어찌 막을 수 있겠습니까? 큰 마장들은 대부분 서쪽 관외에 있어 2년마다 한 번씩 경성에 들르기도 쉽지 않습니다. 보통은 관례대로 설을 쉰 뒤 몇 달 더 머물다 떠나곤 하는데, 올해는 아직 돌아갈 시기가 되지 않았지요. 이 몸이 알기로는 7대 마장 사람들이 모두 금릉성에 남아 있다는군요."

"마장의 힘을 빌리는 것이 불가능하지는 않소만, 이런 일은 아무리 신경을 써도 결국에는 흔적이 남게 마련이오. 북연의 회담 내용은 내각의 기밀이라 밖으로 새어나가서는 안 되는데, 혹여 발각되기라도 하면……."

복양영은 빙그레 웃었다.

"마마의 총애 덕분에 이 건천원에는 바야흐로 수많은 신도가 드나들고 있어 다른 곳보다 소식을 퍼뜨리기가 쉽습니다. 대인께서 직접 나서실 필요는 전혀 없으니 안심하십시오."

순백수는 잠시 생각하더니 여전히 망설이듯 말했다.

"폐하께서 대량과 북연의 화친에 동의하셨으니 이는 이미 결정된 사안이오. 조금이라도 실수가 있어 도리어 양국 간에 분쟁이 벌어지면……."

복양영은 소리 내어 웃음을 터뜨렸다.

"순 대인, 장림왕부가 원하는 조건은 평소의 북연이라면 결코 승낙하지 않을 겁니다. 그런데도 장림왕께서 그토록 자신만만해 하는 까닭이 무엇이겠습니까?"

순백수도 그 말뜻을 짐작했지만 여전히 마음이 불안했다.

"물론 북연의 내부 상황은 이 늙은이도 어느 정도는 알고 있소. 허나 하늘의 섭리를 거스른 역적들은 한때 위세를 부릴지언정 훗날 반드시 패하게 되어 있소."

"대인의 말씀이 옳습니다."

복양영은 입가에 떠오른 조소를 가리면서 반박하지 않고 말했다.

"한 발 양보해서 북연의 반군이 결국 무너질 것이라 하더라도, 작지 않은 내전이 일어난 것만은 분명합니다. 만부득이한 일이 아니고서야 감히 이런 시기에 힘을 나눠 대량에 도전하려 할까요?"

틀린 말도 아닌 것이, 북연은 당장 나라 안의 일도 돌볼 틈이 없었으니 설사 혜왕을 겁주어 쫓아내고 맹약을 취소하더라도 단시일 내 대량과 북연의 국경에서 무슨 일이 생기지는 않을 것이다. 이제 남은 문제는 단 하나였다.

"마장 사람들에게 정말로 북연 사절단을 물리칠 힘이 있소?"

복양영은 눈을 내리깔며 담담하게 말했다.

"그야 확신하기는 어렵습니다만, 우리가 끼어들 수도 없는 일 아니겠습니까? 다만 생계가 달린 일이니 밥벌이를 위해서라도 최선을 다할 것입니다. 게다가 설령 그들이 성공하지 못한다 하더라도 지금보다 상황이 나빠지지는 않겠지요. 소식을 흘려 시험해본 것일 뿐, 성공하건 실패하건 대인이 연루되는 일도 없으니 망설일 까닭이 무엇입니까?"

그는 이렇게 말하며 새로 따른 찻잔을 맞은편으로 천천히 밀어 보냈다.

순백수는 한동안 묵묵히 앉아 있다가 마침내 잔이 놓인 접시를 들어 거품을 불어내고 한 모금 마셨다.

군마 문제는 군사에서 가장 중요한 부분이었기에, 장림세자의 상주문을 전달받은 병부의 진 상서는 지체하지 않고 두 번이나 장림부를 찾아 상의하며 적극적으로 협력했다. 그럼에도 불구하고 내각의 일부 대신들 사이에서는 암암리에 반대하는 분위기가 형성되어 무시할 수 없는 수준에 이르렀다. 소평장은 말할 것도 없고 직접적으로 참여하지 않은 소정생마저 어렴풋이 느낄 정도였다. 그러나 군마의 품종을 개량하는 것은 조정에도 큰 이익이기 때문에 내각이 무슨 이유를 내세워 반대할 것인지 도무지 짐작이 가지 않았고, 결국에는 공연한 생각을 했구나 싶어 더는 신경 쓰지 않았다.

선제인 무정제는 한때 군공(軍功)으로 유명했던 만큼, 나라의 군마를 외부에서 사들이지 않고 직접 기르는 것은 생전 그의 소원이었다. 백 년에 한 번 올까 말까 한 기회이기에 소평장은 아버지보다 더욱 신중하게 대처했다. 소정생은 잠시 신경 쓰다가 모른 체했지만, 소평장은 확신이 설 때까지 끈질기게 파고들어야만 했다.

"계산해봤는데, 군마의 수량으로 보아 십중팔구는 여기 이 7개 마장에서 사들였을 거예요."

소평정은 바닥에 책상다리를 하고 앉아 말했다. 붓을 든 오른손을 휘두르는 바람에 먹물이 옷에 튀었지만, 그는 전혀 개의치 않고 방금 쓴 종이를 퉁겨 창가에 단정하게 앉은 형에게 날려 보냈다.

항상 깨끗하던 동쪽 원락의 서재도 지금은 공문서 사본들이 책상 위에 그득히 쌓여 평소답지 않게 어지러웠다. 소평장이 왕부에 보관된 군마 관련 문서를 모조리 가져왔고, 두 형제는 이곳에 틀어박혀 장장 이틀째 문서들과 씨름하고 있었다.

아우가 날려 보낸 종이를 받아 읽은 소평장은 더욱 어두운 얼굴이 되어, 저도 모르게 손마디로 탁자를 톡톡 두드렸다.

한참 기다려도 대답이 없자, 소평정이 일어나 형에게 다가갔다.

"내각이 떨떠름하게 나오는 것도 이 일과 관계가 있을까요?"

"네 말대로다."

소평장은 가볍게 탄식했다.

"큰 마장의 주인과 지방관, 호부, 병부, 곳곳의 이익이 복잡하게 얽혀 있으니 그 생각들이 내각에 반영될 수밖에 없겠지."

소평정은 득의양양했다.

"얼핏 봐서는 규정에 들어맞는 것 같지만, 이런 관점에서 파헤쳐보면 분명히 뭔가 발견할 수 있을 거예요."

소평장은 들고 있던 종이를 구기며 물었다.

"누가 파헤쳐보라더냐?"

"예? 이렇게 한참 문서를 뒤진 게 이것을 의심해서가 아니라면……"

"의심해서가 아니라 미리 준비를 해두려는 것뿐이다."

소평장이 일어나며 아우의 말을 끊었다.

"이틀이나 잡혀 있었으니 이제 정리하고 친구를 찾아가 기분 전환이나 하거라."

소평정은 의아한 얼굴로 밖으로 나가려는 형을 붙잡았다.

"형님, 그게 무슨 말씀이세요? 고생고생해서 이권이 얽혀 있을 가능성을 찾아냈는데 이대로 손 놓자고요?"

"그렇지 않으면?"

소평장이 눈을 찡그리며 아우를 바라보았다.

"지방 행정과 육부의 책무는 조정의 일이고, 우리 대량의 규칙에 무신은 조정 일에 관여할 수 없다. 무슨 사고가 벌어진 것도 아니고, 내각에서 부왕의 건의에 명확히 반대를 표한 것도 아니고, 또한 폐하께서 조사하라 명하신 것도 아닌데, 장림부가 무슨 권리로 남몰래 대신들을 감시한다는 것이냐? 단순히 가능성 때문에?"

소평정은 움찔 당황했다.

"그, 그게 부왕께서는……."

소평장은 돌아서서 반쯤 꽃을 피우기 시작한 나무를 바라보며 차분한 얼굴로 말했다.

"평정, 부왕께서 위명이 높으시고 병권을 쥐고 있다는 바로 그 이유 때문에 우리 장림부는 하고 싶은 대로 행동할 수 없다. 스스로의 마음도 다스리지 못한 채 하고 싶은 것만 생각한다면, 어찌 남들이 우리를 오해한다고 억울해할 수 있겠느냐?"

형이 무엇을 신경 쓰는지, 무엇을 걱정하는지, 예전의 소평정은 진정으로 생각해본 적이 없었다. 하지만 그처럼 총명한 사람은 그 뜻을 단박에 파악할 수 있었다.

장림왕부는 증거 없이 소문만으로도 고발할 수 있는 어사대와 달리 관리를 감찰할 권한이 없어, 직감만 믿고 마음대로 조정의 관리를 조사할 수는 없었다. 정말로 아무 제약 없이 의심이 들 때마다 조사할 수 있다면, 설사 그 직감이 옳았다 해도 시간이 갈수록 특권으로 변질되어 제도를 망칠 수밖에 없었다.

달리 말하면, 분명히 의심이 들어도 두 손 놓고 모른 척하다가 사건이 벌어져야 움직인다는 것인데, 이는 이 장림부 둘째 공자의 성품으로는 견디기 힘든 일이었다.

형이 태도를 명확히 했고 부왕은 늘 장남의 의견을 따랐기 때문에 답답한 마음을 풀 길 없는 소평정은 결국 제풍당을 찾아가 임해에게 속을 털어놓았다.

"정말 답답해 죽겠소. 조정과 관계된 일이면 늘 이런 모순에 빠진단 말이오. 이쪽 말도 맞고 저쪽 말도 맞고, 도저히 해결책이 없소. 금릉성 조정 사람들은 지치고 힘들 거라던 노각주 말씀이 맞았소. 역시 강호가 훨씬 편하고 자유롭다니까."

그가 이해하지 못한 일이니 당연히 임해도 이해하지 못했고, 그 때문에 가만히 듣기만 할 뿐 이러니저러니 생각을 늘어놓지 않았다.

조그마한 정원의 돌 탁자 옆에 선 나무 두 그루는 마침 꽃이 만개할 시기였고, 해를 향해 뻗은 가지 끝에서 꽃잎이 바람에 실려 팔락팔락 떨어지고 있었다. 소평정은 나뭇가지를 꺾어 손장난을 치며 나무 밑을 왔다갔다하다가 물었다.

"좋은 생각이 났는데 나 혼자 생각해서는 확신이 없소. 제3자인 당신이 들어보고 판단해주겠소?"

"말해보세요."

임해가 담담하게 말했다.

"조정에 조정의 규칙이 있다면 강호에는 강호만의 방식이 있소. 형님이야 조정 대신들을 감찰하는 것을 원치 않으니 어쩔 수 없지만, 나는 반은 강호인이라고 할 수 있잖소. 이 중요한 순간에 나가서 소식을 좀 탐문해보면…… 진짜 그냥 탐문만 할 거요. 큰 마장 사람들이 이상한 행동을 하는지 아닌지 탐문해보는 것쯤이야 규칙에 어긋나는 일도 아니지 않소?"

임해는 눈을 내리뜨고 진지하게 생각해본 뒤 대답했다.

"그 말은…… 이치에 맞는 것 같군요."

"하지만 형님이 끼어들지 말라고 하셨으니 장림부 사람을 붙여주진 않을 거요."

소평정은 서글픈 얼굴로 그녀와 마주 앉았다.

"나는 몸이 하나뿐인데 열두 시진 내내 그들을 지켜볼 수는 없단 말이오."

임해는 저도 모르게 픽 웃었다.

"며칠 전에는 아는 사람이 많다고 자랑하지 않았어요?"

"그렇다고 비둘기집 사람들을 쓸 수도 없고……."

소평정은 말을 하다 말고 눈동자를 데구루루 굴렸다.

"누굴 찾아가야 할지 알았소!"

그는 벌떡 일어나 정원 밖으로 달려나가다가 몇 걸음 못 가서 다시 돌아와 들고 있던 복숭아꽃을 재빨리 임해의 머리에 꽂아주며 두 눈을 별처럼 반짝였다.

"고맙소, 임해."

한참 만에야 정신이 든 임해는 화난 눈길로 그의 뒷모습을 노려보며 귀밑머리에 꽂힌 꽃으로 손을 가져갔지만 꽃을 떼어내려던 손가락은 머뭇머뭇하며 끝내 목적을 이루지 못했다.

—

03

—

호위병이 장림부 둘째 공자의 방문을 알려왔을 때 순방영의 손 통령은 연병장에서 병사들을 훈련시키고 있었다. 다급히 장포를 걸치고 대청으로 마중 나간 그는 멀리서부터 두 손을 모으며 웃음을 지었다.

"역시 둘째 공자는 약속을 잘 지키시는군요. 형제들이 모두 기다리고 있었습니다."

경성의 무인들 사이에서 장림부 둘째 공자라는 신분은 랑야각 제자라는 위치에 비하면 아무것도 아니었다. 그가 특별히 무예를 가르쳐주러 왔다는 말이 퍼지자, 그날 근무하던 병사는 물론이고 쉬러 갔던 병사들까지 연무장에 모여들었다. 손 통령은 목청이 터져라 외치며 한참을 정리한 끝에 어렵사리 몇 사람을 골라 대련 순서를 정했다.

사실 소평정의 무공은 순비잔에 비해 다소 부족했지만, 순방영에서 가장 솜씨 좋은 사람도 소평정과 순비잔의 실력 차를 판단하지 못했다. 그들에게는 두 사람 다 절정의 고수였고, 그 고수에게

패배를 맛보는 것조차 크나큰 영광이었다.

시끌시끌한 몇 차례의 대련이 끝나자 연병장은 환호로 들끓었다. 장림부 둘째 공자를 초청한 당사자인 손 통령은 몹시 만족스러웠는지 내내 입가에 웃음이 떠나지 않았다.

어느덧 두 시진이 훌쩍 지나 하늘이 점점 어두워졌다. 소평정은 다음에 다시 오기로 약속하고 어렵사리 사람들 틈에서 빠져나왔다. 손 통령은 몸소 장포를 건네주고 문까지 배웅하면서 끊임없이 감사인사를 했다.

소평정이 그런 그의 어깨를 두드리며 웃는 얼굴로 말했다.

"우리 사이에 감사는 무슨 감사예요. 그나저나 한 가지 알려드릴 것이 있는데 신나게 즐기느라 깜빡할 뻔했네요."

손 통령은 다소 놀란 표정이었다.

"알려줄 것이라니요?"

소평정은 그를 조용한 곳으로 끌고 갔다.

"관외 마장 사람들이 2년마다 한 번 방문하는 것은 순방영도 알고 있으니, 올해와 예년의 움직임에 다른 점이 있으면 쉽게 알아내실 수 있죠?"

"그야 그렇지만…… 다른 점이야 있겠습니까?"

"손 통령은 조정 관리이니 강호의 소문에 대해 시시콜콜 말씀드리긴 뭣하고, 아무튼 순방영 형제들이 순찰을 돌 때 좀 더 유의해서 살펴보게 하세요. 아무 일 없으면 좋겠지만, 만에 하나 무슨 일이 생기면 바로 아셔야죠."

말을 마친 그는 일부러 묘하게 눈을 찡긋해 보인 후 돌아서서 떠나갔다.

다른 사람 입에서 나온 말이라면 손 통령도 한 귀로 듣고 한 귀로 흘렸을 것이다. 하지만 랑야각이 소식에 정통하다는 것은 천하가 아는 사실이니, 소평정의 입에서 나온 말은 한 글자도 허투루 들을 수 없었다. 그는 황급히 부하들을 불러 상의한 후 소규모 정예를 보내 마장 사람들을 몰래 감시하게 했다.

관외 7대 마장은 재산도 권세도 넉넉했지만 경성에서는 하층 계급이었기 때문에 천금을 들여도 황성의 중심지에 접근할 수 없었다. 하지만 성안을 편히 오가기 위해서는 외곽이나 근교에 머물 수도 없는 일이었다. 이 때문에 경성에 올 때마다 중심가의 커다란 객잔이나 역관에 머물러야 했는데, 시일이 흐르면서 단골이 되어 어느 마장 사람이 어디에 묵는지 고착화되었다. 그 위치를 속속들이 아는 순방영은 주변에 잠복하여 그들을 감시했다.

처음 이틀 동안은 여느 때처럼 불이 꺼진 뒤로 출입하는 사람 하나 없이 조용했다. 그럴수록 인내심이 부족한 손 통령은 가슴이 두근거리고 불안했지만, 다행히 사흘째 되는 날 밤 이상한 움직임이 포착되었다.

마장 사람들은 같은 사업을 하는 경쟁자로서 같은 곳에 머물지도 않고 왕래도 거의 없었는데, 이날 밤에는 네 군데 마장에서 차례차례 밖으로 나와 약속이나 한 듯 주작방의 복래객잔(福来客棧)에 모인 것이다. 관외에서 가장 큰 답운(踏雲) 마장에서 빌린 작은 누각에는 밤새 등불이 꺼지지 않았다.

이튿날 아침 소식을 들은 손 통령은 영문을 알 수 없어 더욱 마음이 불안해졌고, 결국 장림부로 소평정을 찾아가 속닥였다.

"둘째 공자 말씀이 옳았습니다. 경성에 있는 7대 마장 중 다섯

곳이 어젯밤 복래객잔에 모여 밤새 밀담을 나눴습니다. 절대로 예전에는 없던 일입니다."

소평정이 황급히 물었다.

"그들이 무슨 이야기를 나눴죠?"

"모르지요. 안에는 사람을 심어놓지 않았으니까요."

손 통령은 찌지 않은 물만두를 삼킨 것처럼 몹시 불편한 듯 얼굴을 잔뜩 찌푸렸다.

"객잔 사람에게 들으니 오늘밤에는 남은 두 곳도 오기로 되어 있다는군요. 분명히 다시 한 번 밀담을 나눌 겁니다."

불안해하는 그를 보자 소평정은 재빨리 미소를 지으며 위로했다.

"초조해할 것 없어요. 세상에 새어나가지 않는 비밀이란 없으니, 그들의 논의가 끝나면 제가 소식을 알아볼게요. 황성의 안위와 상관없는 장사 이야기만 했다면 그냥 놔두자고요."

맡은 책임이 있는 손 통령은 관외의 무인들이 한밤중에 밀담을 나누다가 소란을 피울까봐 걱정스러울 뿐 다른 일에는 별로 관심이 없었다. 그래서 소평정의 말을 듣자 불안하던 마음이 다소 가라앉았다.

마장의 밀담 내용을 알아낼 수는 없었지만, 순방영이 다시 모아온 소식은 제법 정확했다. 그날 밤 이경이 막 지났을 때 여섯 곳의 마장이 살그머니 복래객잔으로 책임자를 보냈고, 조그만 누각에는 밤새도록 불빛이 어른거렸다.

새벽빛이 하늘을 물들일 즈음 첫날보다 훨씬 길어진 달밤의 밀담이 드디어 끝났고, 마장 사람들은 각각 제 갈 길로 떠났다. 하나같이 피로에 지치고 어두운 얼굴이었다. 외곽을 맡은 순방영 병사들은 회담이 끝날 때까지 지키고 있다가 차례차례 철수하여 보고했다. 반 시진이 지나 체격이 건장한 장한이 답운 마장이 빌린 작은 누각에서 나왔을 때 객잔 밖에는 지켜보는 눈이 아무도 없었다.

그때쯤 거리에는 여러 상가와 점포들이 속속 문을 열고 오가는 사람도 점점 늘고 있었다. 빠르게 사람들 틈에 섞여든 장한은 별달리 눈에 띄는 모습이 아니었다. 거리와 골목을 이리저리 통과하며 아무도 따라오지 않는 것을 확인한 뒤에야 그는 서둘러 성 동쪽 건천원으로 향했다.

복양영은 일찍 일어나는 편이 아니어서 그때까지도 침상에 누워 반쯤 눈을 감고 있었다. 수제자 한언이 조심조심 들어와 조용히 보고했다.

"사부님, 위 셋째형님이 왔습니다."

몽롱하던 잠기운이 싹 달아난 복양영은 벌떡 일어나 겉옷을 걸치며 말했다.

"들여보내거라."

장한은 문가에서 기다리고 있었는지, 부르는 소리도 들리지 않았는데 곧바로 들어와 두 손을 모으며 예를 차렸다.

"무병이 장존(掌尊)께 인사드립니다."

"그리 격식 차릴 것 없다. 어찌되었느냐? 결과가 나왔느냐?"

"그렇습니다. 모두 장존께서 예측하신 대로입니다. 소식을 전하고 살짝 도발만 했을 뿐인데 마장 사람들은 펄쩍 뛰며 어쩔 줄 모르더군요. 이틀간 논의한 끝에 살 길을 찾기로 결정을 내렸고, 경성에 있는 3백여 명이 힘을 합쳐 교외에서 북연의 사절단을 암습하기로 했습니다."

위무병(渭無病)은 비웃음을 흘렸다.

"머리가 단순한 자들이라 혜왕만 물리치면 두 나라가 갈라서고 화친은 물거품이 되리라 생각하더군요."

복양영은 푹신한 베개에 천천히 기대며 그럴 줄 알았다는 표정을 지었다.

"이익에 눈먼 어리석은 자들은 이용하기도 쉬운 법. 그자들의 머리가 단순할수록 내게는 이득이다."

위무병은 그래도 걱정이 되는지 서둘러 물었다.

"마장 사람들은 성질이 포악하고 솜씨 좋은 자들도 적지 않습니다. 그들이 정말 성공하리라 생각하십니까?"

"그들이 성공하느냐 실패하느냐는 아무 상관이 없다."

복양영은 무관심한 듯 손을 내저었다.

"마침 기회가 왔기에 함정을 파긴 했지만 이번 화친 회담과는 아무런 상관이 없다. 그저 장림왕부를 끌어내기 위한 것이지."

"그러니 드리는 말씀입니다만……."

위무병의 안색이 살짝 어두워졌다.

"요 이틀간 특히 눈여겨 살펴보았으나 외곽을 순찰하는 순방영 외에는 아무도 접근하려 하지 않았습니다. 장림왕부가 정말 움직일까요?"

복양영은 그를 흘낏 보았다.

"남몰래 조사하는 자들이 네 눈에 띄겠느냐? 한 발 양보해서 소평장은 모른 체한다 해도, 그 둘째 공자는 결코 참을성 강한 사람이 아니지."

옆에서 듣고 있던 한언이 물었다.

"사부님이 바라시는 것은 장림부가 직접 나서는 것인데, 만에 하나 그들이 마장의 계획을 알아챈 뒤 경조부에 알려서 처리하려 하면 어쩌죠?"

"경조부에 알린다? 무슨 증거로 말이냐? 장림부 둘째 공자가 엿들은 말만 믿고 그들이 나서겠느냐? 경조부가 그를 의심할 수야 없겠지만, 그 말을 믿는다 한들 어쩌겠느냐? 마장 사람들을 모조리 잡아 심문이라도 할까? 그들이 인정하지 않으면? 둘째 공자를 대질이라도 시킬까? 대질시킨 후에도 인정하지 않으면?"

복양영은 싸늘하게 눈썹을 치켜세웠다.

"장림세자는 총명하니 조정에서 직접 마장을 운영하고자 할 때 가장 큰 장애물이 무엇인지 알 것이다. 시간과 힘을 들여 똬리를 틀고 앉은 상대를 공격하기보다는 상대가 제 발로 죽을 곳을 찾아가게 한 다음 들이치는 것이 낫지."

위무병도 그제야 깨달은 얼굴이었다.

"맞습니다. 장림부 입장에서 보면 어렵게 얻은 구실일 테니, 분명 모른 척 기다리다가 마장 사람들이 움직인 다음 현장을 들이치려 하겠군요."

복양영은 눈동자에 더욱 싸늘한 빛을 띠며 코웃음을 쳤다.

"내각, 우리, 장림부, 그리고 마장…… 이번에는 다들 눈에 띄지 않게 움직여야 한다. 소평정도 왕부 사람들을 움직일 수는 없을 테니, 역시 순방영을 이용하는 것이 가장 편리하겠지."

"장존의 말씀대로입니다. 마장 사람들이 머무는 곳 근처에 순방영의 밀정이 쫙 깔렸습니다."

위무병은 고개를 끄덕이며 웃었다.

"마장 사람들이 움직이기만 하면 그들은 반드시 뒤를 쫓을 것입니다."

복양영의 입술이 살짝 휘었다. 그는 몸을 일으켜 동쪽에 놓아둔 두다 만 바둑판으로 천천히 걸어가 흰 돌을 하나 집었다.

"이야말로 매미를 잡으려는 사마귀를 참새가 노리는 형국이다. 하지만 당사자들은 하나같이 자신이 참새인 줄 알지."

그는 흰 돌을 가볍게 바둑판에 내려놓으며 말을 이었다.

"보거라. 북연의 혜왕은 마장의 목표이고, 마장 사람들은 순방영과 소평정의 목표다. 그리고 내 목표는……."

그는 웃으면서 포위된 한쪽 구석에서 검은 돌 하나를 끄집어냈다.

"당연히 장림부의 둘째 공자다."

한언이 알아들은 듯 한 걸음 다가서며 물었다.

"단 선생께 통지해야 할 때가 왔습니까, 사부님?"

복양영은 살며시 고개를 끄덕였다.

"혜왕은 며칠 안에 도착할 것이다. 단동주에게 소평정은 반드시 성 밖으로 나올 것이라 전하거라. 그 후의 일은 모두 그의 임기응변에 달렸다."

한언이 대답하고 물러나려는데 갑자기 복양영이 그를 불러 세우더니, 다른 생각을 떠올린 듯 손가락에 끼운 바둑돌로 탁자를 톡톡 두드리며 물었다.

"소원계는 아직 부중에서 고분고분 상을 치르고 있더냐?"

"그렇습니다. 부름을 받고 황궁에 다녀온 뒤로 한 번도 바깥출입을 하지 않았습니다."

복양영은 눈을 가늘게 떴다.

"쉽사리 오지 않을 기회이니 젊은 래양후에게 한번 선심을 쓰는 것도 좋겠지."

한언은 어리둥절했다.

"무슨 말씀이신지 잘 모르겠습니다, 사부님."

"단동주를 찾아 성을 나가는 길에 따로 사람을 보내 소원계에게 몰래 한마디 전하도록 해라."

복양영의 눈동자가 빙그르르 돌고 입에서는 조롱어린 목소리가 흘러나왔다.

"들개가 어머니의 무덤을 파헤치려는데 그래도 괜찮겠느냐고 말이다."

복양영이 백신교 제단에서 부리는 풍운이 거대한 파도를 불러올지는 아직 모르는 일이지만, 그가 관련자들의 현재 상황에 관해 정확하게 알고 있는 것은 확실했다. 대량과 북연의 화친으로 야기된 이번 마장 사건에서, 이 일에 휘말린 모든 사람은 부득불 비밀스럽게 움직여야 했다. 내각은 공개적으로 반대할 수 없었고, 마장은 아직 소식을 모르는 척해야 했고, 건천원은 몰래 선동질을 해야 했고, 장림부 역시 아무 증거 없이 사달을 일으킬 수는 없었다.

한밤중에 객잔으로 잠입하여 마장 사람들의 비밀 음모를 엿들은 소평정은 속으로 쾌재를 불렀다. 형은 반드시 그들이 움직인 다음 나서야 한다고 했으니, 마장이 소란을 피우도록 내버려두면 크건 작건 군마에 얽힌 문제를 파헤칠 구실이 생길 것이다.

하룻밤을 엿들은 그는 새벽이 밝기 전에 광택헌으로 돌아가 잠을 보충하고 일부러 오후가 지나서야 슬렁슬렁 순방영을 찾아갔다. 손 통령은 과연 발을 동동 구르고 있다가 그를 보자마자 참지 못하고 물었다.

"어떻게 되었습니까?"

소평정은 허리를 숙이고 그의 귓가에 몇 마디 속삭였다.

손 통령은 잠시 어리둥절했지만 곧 놀라서 펄쩍 뛰며 한동안 말을 잇지 못했다.

"패싸움이라고요?"

소평정은 진지하게 고개를 끄덕였다.

"확실한 소식이에요. 7대 마장 사람들은 이익 문제로 무섭게 싸웠는데 이틀 밤 동안 합의점을 찾지 못했으니 아마 패싸움이 벌어질 거예요."

손 통령의 얼굴에 푸른 힘줄이 불끈 솟았다.

"그, 그런 대담한 짓을! 천자가 계신 이 금릉성에서……."

"손 통령, 서두르지 말고 이야기나 마저 들어보세요."

소평정이 그의 어깨를 두드리며 위로했다.

"관외의 사람들이 거칠기는 하지만, 아무리 그래도 경성에서 소란을 피우면 안 된다는 것은 알아요. 들어보니 각자 사람들을 불러 모아 성을 나가서 싸울 예정이더라고요. 절대 성안에서 소란을 피우진 않을 테니 손 통령과는 아무 상관 없어요."

"상관이 없다니요!"

손 통령이 자신의 허벅지를 힘껏 때리며 말했다.

"성을 나가더라도 평원현 경계를 넘지 않으면 우리 순방영 관할이란 말입니다! 패싸움이 벌어지면 사상자가 적지 않을 텐데, 금릉성 주변에서 그런 일이 벌어지면 제가 무슨 수로 밥을 벌어먹겠습니까?"

소평정은 턱을 만지작거리며 생각하다가 다소 곤란한 표정으로 말했다.

"하지만 당장은 아무것도 하지 않았는데 강호의 소문만 듣고 순방영이 나설 수는 없잖아요? 이렇게 해요. 일단 형제들을 대기시켰다가 마장 사람들이 성을 나가면 나와 함께 뒤따라가는 거예요. 그러다가 상황이 좋지 않다 싶을 때 나서서 진압하면 사태가 걷잡을 수 없을 정도로 엉망이 되지는 않겠죠."

손 통령은 그 말처럼 쉽게 수습할 수는 없으리라 생각했지만, 더 좋은 방법이 생각나지 않아 한참을 망설이다가 울상을 지으며 고개를 끄덕였다.

"반드시 주의해서 지켜보겠습니다. 만에 하나 이상한 일이 벌어지면 둘째 공자께서도 꼭 나서서 도와주셔야 합니다."

소평정은 웃으며 몇 마디 겸양을 떤 뒤 그와 작별했다. 그리고 돌아오는 길에 홍려시에 들러 북연 사절단이 어디쯤 왔는지 파악한 다음, 방에서 한동안 근교 지도를 들여다보았다.

이번 일에 나서기로 결정은 했지만 아직은 그가 실질적으로 한 일이 없었다. 하지만 북연의 혜왕을 기습하는 일이 벌어지면 조용히 끝나지는 않을 것이고, 그때까지 부왕과 형을 속일 생각을 하니 상상만 해도 몸이 오싹했다.

그러다보니 아무래도 얼굴에 불편한 기색이 드러날 수밖에 없었다. 소정생과 몽천설은 몰라도 소평장은 당연히 이상한 것을 눈치 채고 저녁을 먹은 뒤 아우를 서재로 불러 조용히 캐물었다.

랑야각 노각주나 부왕, 나아가 황제 앞에서도 딱 잡아뗄 줄 아는 소평정도, 형의 묵직한 눈빛 앞에서는 거짓말하는 재주를 부리지 못하고 몇 마디 만에 솔직하게 털어놓고 말았다.

"뭐, 뭐라고? 무슨 짓을 했다고?"

소평정은 고개를 푹 숙이고 기어들어가는 목소리로 해명했다.

"생각해보세요, 형님. 북연과의 회담 내용이 아직 정해지지 않았으니 조정의 기밀이어야 하잖아요. 그런데 그 마장 사람들이 이렇게 빨리 소식을 듣고 대응하는 것을 보고도 아무도 결탁하지 않았다는 게 믿기세요?"

"나서지 말라고 했는데도 내 말을 듣지 않았구나!"

소평장은 화가 나고 기가 막혀 평소답지 않게 목소리를 높였다.

"누군가 결탁을 했든 말든 우리에게는 이런 일에 나설 권한이 없다! 우리는 군인 가문이지 어사대도 아니고 정위부도 아니야!"

"저는 형님 말씀대로 했어요."

소평정은 억울한 듯 볼이 불룩해졌다.

"보세요. 아무나 잡아다 제멋대로 심문하지도 않았고 증거 없이 대신을 의심하지도 않았어요. 그저 마장 사람들이 무슨 음모를 꾸미나 몰래 엿들었을 뿐이란 말이에요. 다행히 급히 할 일도 없었어요. 혹시라도 그들이 운 좋게 성공하는 바람에 조정에서 직접 군마를 기를 기회가 사라지면 부왕께서 얼마나 실망하시겠어요!"

부왕의 바람이라는 말에 소평장의 안색도 조금 풀렸다. 그는 얼굴을 굳힌 채 정자에 앉아 한참 생각한 끝에 결심을 내리고 아우를 돌아보며 물었다.

“순방영이 정말 네 말을 믿더냐?”

소평정은 재빨리 고개를 끄덕였다.

“손 통령은 황성 안에서 소란이 벌어질까 두려운 거지, 다른 것은 생각하지도 않아요.”

소평장은 두 눈썹을 잔뜩 찌푸리고 중얼거렸다.

“마장 사람들이 아무리 힘을 합쳐도 실력에는 한계가 있으니 순방영이 충분히 상대하고도 남겠지. 더구나 너까지 있다면…….”

그는 아우를 뚫어져라 보다가 가볍게 탄식을 흘렸다.

“이왕 이렇게 되었으니 네 계획대로 하는 수밖에…….”

소평정은 활짝 웃으며 기쁜 듯이 형을 와락 끌어안은 다음 바깥으로 달려나갔다.

“잠깐!”

소평장은 황급히 아우를 불러 세우고 걱정스러운 듯 당부했다.

“너는 순방영을 돕는 것뿐임을 명심해야 한다. 쓸데없이 아무 일에나 나서지 마라.”

—

04

—

황족들이 매년 봄 사냥을 나가기 때문에 구안산에서 금릉성에 이르는 관도는 다른 곳과 달리 넓고 평탄했다. 관도 양쪽으로 펼쳐진 완만한 구릉에는 뽕나무와 느릅나무를 심어 신록이 시야를 물들이고, 따사로운 4월의 산들바람이 울렁울렁 나뭇잎 파도를 일으키는 모습은 북쪽 지방의 풍경과는 확연히 달랐다.

북연의 왕을 상징하는 깃발 역시 대량이 항상 쓰는 어두운 구름무늬나 대유의 은빛 용무늬와는 크게 달랐다. 좁고 긴 형태의 깃발에는 별달리 수를 놓지 않은 대신 호랑이 이빨로 가장자리를 장식하고 구릿빛으로 바탕을 칠했다. 일행은 깃발 넉 장을 앞에, 두 장을 뒤에 세워 신분을 드러냈지만 특별히 과시하는 기색은 없었다.

며칠 전 잇달아 두 차례 봄비가 내리다가 막 날이 갠 덕에 공기가 맑고 시원해서 길을 가기에 딱 좋았다. 2백 명쯤 되는 장창기병이 대오의 한가운데에서 금빛 덮개를 씌운 마차 두 대를 호위했는데, 뒤쪽 마차에는 청옥을 늘어뜨린 술을 달아놓아 움직일 때마다 맑은 소리를 냈다.

손톱에 빨간 칠을 한 고운 손이 창문으로 쑥 나와 가리개를 반쯤 걷자, 까만 눈동자 한 쌍과 그 위에 자리한 재기 넘치는 눈썹이 그 사이로 드러났다.

"군주."

앞 마차를 호위하던 청년 장군이 고개를 돌리고 탐탁지 않은 듯이 불렀다. 맑고 환한 눈동자는 살며시 떨리는 듯했지만, 경고에도 아랑곳없이 여전히 바깥 풍경을 둘러보았다.

청년 장군이 다시 한마디 하려는데, 앞 마차에서 말소리가 들려왔다.

"아우(阿宇, 탁발우를 친근하게 부르는 말-옮긴이), 거의 다 왔느냐?"

탁발우는 말을 몰아 마차에 다가서며 웃음 섞인 목소리로 대답했다.

"며칠 동안 길을 재촉하느라 혜왕 전하께서도 피곤하시겠군요? 조금만 견디십시오. 오늘 안에는 반드시 금릉성에 도착할 겁니다."

관도가 무척 평탄하고 시야가 탁 트여 1리 밖에 길게 이어진 야트막한 고개가 훤히 보였다. 관도는 고개를 돌아 이어지면서 급격하게 굽이져 있었는데, 그 뒤로 조그마한 언덕들이 삐죽빼죽 솟고 고개 위에는 울창한 수풀이 펼쳐져 있었다.

무리를 나누어 성을 나온 마장 사람들은 이 굽이 뒤쪽에 매복해 있었다. 얼굴에 수건을 두르고 무기와 몸을 관목 숲에 숨긴 그들은 숨죽이고 때를 기다리는 중이었다.

"저, 저자들이 대체 무, 무슨 짓을 하려는 겁니까?"

그보다 뒤쪽 가장 높은 언덕에서 굽이 양쪽에 매복한 마장 사람들과 멀리 관도를 따라 점점 가까워지는 북연의 깃발을 멍하니 바라보는 손 통령은 당황한 나머지 혀까지 굳어 말을 더듬었다.

"패, 패싸움은 몰라도 북연의 사절단을 기습하다니…… 마, 마장 사람들이 미치기라도 한 걸까요?"

소평정은 태연하게 대답했다.

"미쳤는지 아닌지는 모르겠지만, 우리가 뒷걸음질 치다 요행히 쥐를 잡은 것 같군요. 공을 세울 기회가 제 발로 찾아왔으니 일단 처리하고 보시죠."

그가 이렇게 말하는 순간, 북연의 행렬 앞에 선 기수(旗手)가 급이로 달려왔다. 길 양쪽의 이상을 기민하게 알아차린 기수가 깃발을 들고 경고하려는데, 날카로운 휘파람 소리가 울리고 마장 사람들이 동시에 칼을 뽑아들고 숲에서 뛰쳐나와 화려한 두 마차를 향해 달려들었다.

바로 앞에서 변고가 벌어졌는데도 탁발우는 놀란 기색 없이 패검을 뽑으며 사납게 외쳤다.

"전하를 보호하라!"

그는 몸을 빙그르르 돌리며 근처에 있는 두 사람을 걷어찼고, 가까이 있던 수십 명의 북연 호위병 역시 순식간에 마차 주위에 모여들어 차분하게 응전했다.

뒤쪽 언덕에 있던 손 통령은 소평정이 재촉할 필요도 없이 허리에 찬 칼을 뽑으며 높이 외쳤다.

"형제들, 나를 따르라!"

순방영 병사들은 소리소리 지르며 비탈진 지세를 나는 듯이 달려 내려가 순식간에 전장을 에워싸고 마장 사람들을 베기 시작했다.

소평정도 몇 사람을 걷어차 쓰러뜨리고 곧바로 탁발우 쪽으로 달려가 외쳤다.

“금릉성 순방영이 북연 사절단을 보호하러 왔소. 혜왕 전하께서는 무사하시오?”

갑작스런 공격보다는 뒤이어 나타난 반전이 탁발우를 더욱 의아하게 만들었다. 그는 마차 앞에서 한 걸음도 떨어지지 않고 낭랑하게 대답했다.

“전하께서는 무사하시오. 대량은 손님을 맞는 방식이 참 유별나구려.”

소평정은 해명할 방도가 없어 민망한 웃음만 지어 보이고는 돌아서서 싸움에 달려들었다.

탁발우 뒤쪽에 있던 마차에서 가리개가 걷히고 비단 옷을 입은 청년이 상반신을 내밀며 나지막이 말했다.

“대량은 태평성세라 하더니 이 금릉성에 일어나는 불온한 물결이 우리 못지않구나.”

탁발우가 빙긋 웃으며 말했다.

“천하에 진정한 극락정토는 없는 법, 어찌 대량이라고 예외겠습니까?”

두 사람이 이야기를 나누는 동안 두 번째 마차에서 가리개가 걷히고 중화(重華) 군주가 바깥을 살폈다. 피와 오물이 튀는 끔찍한 장면에도 흔들림 없이 고요하던 새까만 눈동자는 마지막으로 소평정에게 시선이 닿았을 때에야 비로소 색다른 파문을 떠올렸다.

창졸간에 불러 모은 사람들로는 북연의 호위병들만 상대해도 이긴다는 보장이 없었는데, 순방영까지 나타나자 마장 사람들은 오래 버티지 못하고 무너지기 시작했다. 갈색 옷을 입은 장한은 앞장서서 싸우다가 칼을 휘둘러 물러나며 높이 외쳤다.

"후퇴! 어서 후퇴해라!"

손 통령이 칼끝으로 그 장한을 겨눴다.

"저자가 우두머리다! 산 채로 붙잡아라!"

소평정은 그 소리를 듣고 자못 흥이 난 듯 달려들었다. 도중에 옆에서 파공성이 들리기에 슬쩍 몸을 돌리자, 순방영 병사 한 명이 누군가에게 붙잡혔다가 비명을 지르며 그를 향해 날아드는 것이 보였다. 황급히 뒤로 물러나 관병을 받으면서 살펴보니 가슴팍의 옷자락이 까맣게 그을려 있었다. 숯에 탄 것 같은 손자국이 너무도 낯익어, 소평정은 흠칫 놀라며 재빨리 주위를 둘러보았다.

혼전 바깥쪽에서 푸른 적삼을 입은 몇 명이 포위를 뚫고 들어와 있었는데, 그 중 한 명이 그를 흘낏 돌아보았다. 얼굴을 가린 수건 위로 드러난 눈동자가 얼음처럼 차가웠다. 오랫동안 종적을 감췄던 단동주가 지금 이 자리에 나타난 것이다.

소평정은 흥분을 가라앉히지 못하고 손 통령을 소리쳐 불렀지만 대답이 없자 직접 검을 뽑아들고 쫓아갔다. 순방영 병사 몇 명이 그의 움직임을 알아차리고 다급히 뒤를 쫓았다.

단동주는 곧바로 속도를 높여 달아났다. 마장의 칼잡이 하나가 운 나쁘게 앞길을 막자 그는 단숨에 그자를 낚아채 다짜고짜 뒤로 휙 집어던졌다. 소평정은 피하는 대신 날아오는 사람을 받아 옆으로 내던진 뒤 속도를 올려 멈추지 않고 바짝 쫓아갔다. 두 사람의 속도는 놀라울 만큼 빨라 보통 병사들은 쫓을 수도 없었다. 얼마 지나지 않아 그들은 싸움 현장에서 훌쩍 벗어나 모습을 감췄다.

금릉성 북쪽 교외에는 높은 산이 없고 야트막한 언덕과 골짜기만 줄줄이 이어져 있었다. 마장이 공격 장소로 고른 곳은 지세가 험한 편은 아니지만 수풀이 빽빽하고 초목이 무성하여 매복하기에 꼭 알맞을 뿐 아니라 달아나기도 쉬웠다. 소평정은 긴장의 끈을 놓지 않고 단동주의 귀신같은 움직임을 놓칠세라 노려보았다. 그러는 사이 그는 어느새 수풀 깊숙이 들어와 있었다.

정오가 지나 서쪽으로 살짝 기운 햇살이 단동주의 등에 얼룩덜룩 그림자를 만들었다. 반 시진가량 전력질주하던 단동주는 별안간 걸음을 멈추고 돌아서서 빙그레 웃었다.

어둡고 차가운 그 웃음을 본 소평정은 가슴이 철렁해 곧바로 걸음을 멈추고 주위를 훑어보았다. 과연 사방에서 검광이 번쩍번쩍 빛을 뿌리더니 푸른 옷을 입은 검객 수십 명이 나무 뒤와 수풀 사이에서 튀어나와 순식간에 그를 에워쌌다.

단동주는 웃으며 말했다.

"총명하신 둘째 공자께서도 오늘의 목표가 공자 자신이었다는 것은 모르셨겠구려?"

성문을 지키고 거리를 순찰하며 금릉의 치안과 방어를 책임지는 등 복잡한 일을 도맡은 순방영에 비해, 5만의 금군은 궁성 수비라는 명확하면서도 단순한 직무를 맡고 있었다. 순비잔은 황제의 명이 있거나 타국의 황자가 방문하는 등의 일이 있을 때에만 순방영과 협력했다.

순방영 대문 앞에서 손 통령이 부재라는 말을 들은 순비잔은 별 생각 없이 그 행방을 묻다가 소평정과 함께 무리를 이끌고 성을 나갔다는 사실을 알아내고 불안감에 빠졌다. 지난번 숙부와 말다툼을 한 뒤로 순비잔은 '작은 임수'라 불린다는 장림부의 둘째 공자를 예의 주시하고 있었다. 그는 서둘러 말을 타고 장림부로 달려가 소평장에게 어찌된 일이냐고 물었다.

어려서부터 알고 지낸 두 사람은 언제나 사이가 좋았고, 소평장 역시 그를 신뢰하는 편이었기에 그간의 일을 대략적으로 설명해 주었다.

"평정이 아무에게도 알리지 않고 제멋대로 움직인 게 아닌가 걱정이었는데, 자네가 알고 있다면 되었네."

순비잔은 한숨을 돌렸지만 곧 다시 이상한 생각이 들었다.

"7대 마장은 줄곧 조정에 군마를 공급해왔는데 무엇이 마음에 들지 않았는지 이해가 가지 않는군. 더욱이 두 나라 간의 회담인데 마음에 들지 않는다고 해도 무슨 수가 있겠나? 사절단을 쫓아내기라도 하겠다는 것인가?"

소평장은 그를 흘끗 볼 뿐 대답이 없었다. 금군통령은 즉시 눈치를 채고 흠칫 놀랐다.

"정말 그럴 생각이라고?"

"자네는 경성 사람이니 모르겠지만, 서쪽 관외에서는 힘센 쪽이 초원이나 물이 있는 곳을 빼앗는 일이 다반사일세. 그렇게 단순하고 거칠게 살아왔으니 위험을 무릅쓰고 운명을 걸어보는 것도 이상할 것 없지."

"하, 하지만 마장의 일은 내각에서 관청들을 소집하여 아직 상의 중인데 외부인들이 어찌 이렇게 빨리 소식을 접할 수 있었지?"

"아직 모르겠나?"

소평장은 한숨을 푹 쉬었다.

"조정의 논의가 기밀이라고는 해도 완벽한 기밀이란 있을 수 없네. 내각이 관청을 소집한 이상 언제든 관련된 사람들이 생길 것이고 사사로이 말을 흘릴 수도 있지."

그가 내각을 거론하자 순비잔은 심장이 덜컥 내려앉고 안색도 약간 변했다. 소평장이 그 모습에 의아해할 때, 바깥에서 동청이 급히 달려와 두 손을 모으며 말했다.

"세자, 래양후께서 갑자기 찾아와 세자를 뵙겠다고 문밖에서 소란을 피우고 있습니다."

소평장은 어리둥절했다.

"누구? 소원계 말이냐?"

동청은 고개를 끄덕였다.

"제가 나서서 돌아가시라고 해보았으나, 그분은…… 성 밖으로 나간 둘째 공자가 위험하다고……."

소평장이 벌떡 일어났다.

"평정이 성 밖에 있는 것을 원계가 어떻게 알았지? 들여보내라!"

동청이 다급하게 달려나갔다. 얼마 지나지 않아 동청을 따라 동쪽 원락으로 들어온 소원계는 인사할 틈도 없이 다짜고짜 외쳤다.

"평장 형님, 오늘 단동주를 보았습니다!"

'단동주' 라는 이름이 사람들 입에 오르내리지 않은 지 시간이 꽤 흘렀기 때문에 장내의 사람들은 놀랐다. 순비잔이 한 걸음 나서며 무시무시한 목소리로 물었다.

"어디서 보았습니까? 확실합니까?"

"대동부에서 그자를 본 게 한두 번이 아닌데 잘못 보았을 리가 없어요."

소원계는 숨을 크게 들이쉬며, 황급히 달려오느라 가빠진 호흡을 가라앉히려 애썼다.

"오늘 아침 일찍 북쪽 교외의 언덕으로 나갔다가 부하 수십 명을 데리고 있는 그자를 목격했는데, 무슨 준비를 하고 있는 것 같았습니다. 그때 저는…… 저는 마침 커다란 나무 뒤에 있었고 거리가 멀어서 발각되지는 않았지요. 구체적으로 무슨 이야기를 하는지는 듣지 못했지만 드문드문…… 평정의 이름이 들렸습니다."

단단히 준비하고 나타난 랑야방의 고수가 얼마나 위험한지는 조금만 생각해보아도 알 수 있었다. 더욱이 성 밖에서 단동주를 발견한 소평정이 어떤 반응을 보일지, 소평장에게는 손바닥 들여다보듯 훤한 일이었다. 그의 머릿속에 여러 장면이 빠르게 스쳐 지나갔다. 그는 입술마저 하얘진 채 동청을 돌아보며 분부했다.

"당직 중인 자들을 모두 불러라. 당장 성을 나간다!"

순비잔은 아직 영문을 몰랐지만 소평장이 긴장하여 서두르는 것을 보자 따라서 바깥으로 달려갔다. 장림부의 호위병은 전장에서 경험을 쌓은 정예병들이라 순식간에 질서정연하게 집결했고, 백에 가까운 일행은 회오리같이 금릉성 북문으로 달려나갔다.

소평정이 성 밖으로 나간 까닭은 북연의 사절단을 암습하려는 마장 사람들을 막기 위해서였다. 북연에서 금릉성으로 들어오려면 반드시 구안산 방향의 관도를 이용해야 했으므로 소평장은 깊이 생각하지도 않고 곧장 북쪽으로 향하는 큰길을 따라 나는 듯이 달려갔고, 반 시진도 지나지 않아 사절단이 기습을 당한 현장에 도착했다.

혼란했던 싸움은 그들이 도착하기 직전에 끝나 있었다. 마장 사람들은 피해가 심각하여, 대부분 시체가 되어 들판에 이리저리 나뒹굴었고, 생포되어 한쪽 구석에 꽁꽁 묶여 있는 사람은 열 몇 명밖에 되지 않았다. 북연의 호위병들은 진형을 이룬 채 두 마차 주위를 단단히 지킬 뿐, 순방영을 도와 주위를 수습하려고는 하지 않았다.

바삐 움직이며 이러쿵저러쿵 지시를 끝낸 손 통령이 돌아서서 바라보니, 비단 옷을 입은 청년이 마차 끌채 옆에 서서 이쪽을 바라보고 있었다. 그가 바로 다섯째 황자인 혜왕이라고 생각한 손 통령은 재빨리 다가가 두 손을 포개어 올리며 예를 갖췄다.

"소장은 금릉성 순방영을 이끄는 통령입니다. 혜왕 전하께 인사드립니다. 저 폭도들은 근교의 도적들인데 세상 무서운 줄 모르고 감히 전하의 행차를 넘보았던 모양입니다. 부디 용서해주십시오."

"도적?"

혜왕은 눈썹을 살짝 치키며 부드러운 말투로 입을 열었다.

"대량의 수도는 천하의 보물이라고 들어왔는데 주변이 이토록 시끌시끌할 줄은 몰랐군."

손 통령은 어색한 웃음을 지으며 황급히 주위를 둘러보았다. 소평정을 불러 이 민망한 분위기를 잘 달래보려는 생각이었는데, 뜻밖에도 그의 모습을 찾아볼 수가 없었다. 다급해진 그가 옆에 있던 부하를 붙잡고 물었다.

"둘째 공자는 어디로 가셨느냐?"

질문을 받은 부하도 어리둥절해하며 대답하지 못하고 있는데, 말발굽 소리가 울려 퍼지며 소평장이 나는 듯 달려와 대뜸 외쳤다.

"평정은 어찌되었소?"

손 통령이 황급히 그쪽으로 다가가 멍한 얼굴로 대답했다.
"세자, 둘째 공자가 보이지 않습니다!"
앞쪽으로 구불구불 이어진 빽빽한 숲과 언덕, 골짜기는 하나같이 사람이 지날 수 있는 곳이었기에 소평장도 초조하게 주위를 맴돌기만 할 뿐 어느 쪽으로 가야 할지 갈피를 잡지 못했다. 소원계가 단동주를 발견했다는 시각과 소평정이 나간 시각을 헤아려볼 때 이미 늦었다는 생각이 들어 얼굴이 하얗게 질렸다.
그때 북연의 호위병 하나가 다급하게 달려와 손을 모아 인사한 뒤 동쪽 언덕을 가리키며 말했다.
"공자, 본 국의 혜왕 전하께서 말씀하시기를, 찾으시는 분은 저쪽으로 가셨다고 합니다."
소평장은 깊이 생각할 겨를도 없이 혜왕을 향해 고개를 끄덕여 감사를 전한 뒤 바삐 말머리를 돌렸다.

단동주가 일부러 소평정을 유인하기 위해 만든 함정은 사절단을 기습한 곳에서 족히 반 시진은 떨어져 있었다. 경성에서 온 소평장이 아무리 빨리 달려도 시간이 촉박했고 하물며 소평정은 형이 오는 줄도 몰랐다. 몇 차례 돌격을 하고도 포위를 뚫지 못하자 소평정의 눈동자에도 점차 초조한 기색이 떠오르기 시작했다.
부하들을 움직여 두 차례 맹공을 퍼부은 단동주가 마침내 친히 앞으로 나섰다. 한쪽 손을 가슴 앞으로 내밀자 그 손바닥은 달궈진 숯을 품은 듯 빨갛게 변하기 시작했다.
소평정은 고목 줄기에 등을 기댄 채 어깨에 난 두 군데의 검상을 살피며 숨을 가다듬으려 애썼는데, 그럼에도 불구하고 웃음을 터뜨렸다.

"어차피 함정에 빠졌으니 달아날 수는 없겠구려. 그렇다면 죽기 전에 최소한 당신이 모시는 진짜 주인이 누군지는 알려주는 것이 어떻겠소?"

단동주는 차갑게 코웃음을 쳤다.

"둘째 공자의 총명함과 기민함은 이미 완벽하게 배웠소. 꿈 깨시오. 공자께서 마지막 숨을 거두기 전까지는 쓸데없는 말은 한 마디도 하지 않을 테니."

말을 마친 그가 훌쩍 몸을 날리며 소평정의 머리 위로 일장을 내리찍었다. 랑야방 고수 한 사람과 싸우는 것도 힘이 부치는데, 훈련이 잘되고 포위 공격에 능숙한 푸른 옷의 검객들까지 가세한 바람에 몇 초를 주고받기도 전에 소평정의 오른쪽 어깨와 등에는 상처가 두 군데 늘어났다. 검광이 그물처럼 사방을 에워싸고 좁혀오자 소평정은 눈썹을 치키며 나뭇가지를 밟고 높은 곳으로 휙 날아올라, 가지 위에서 단동주와 맞부딪쳤다. 체력 소모는 컸지만 경공이 부족한 푸른 옷의 검객들이 도와주지 못했기 때문에 그럭저럭 버틸 만은 했다.

"둘째 공자는 과연 여간내기가 아니시구려."

숨결이 편안한 것으로 보아 단동주는 체력이 충분한 것이 분명했다.

"하지만 이런 식으로 싸우면 혼자이신 공자께서 언제까지 버티실 수 있겠소?"

소평정은 헉헉거리면서 일언반구 없이 손에 든 검을 어지러이 휘둘러 상대를 물러나게 한 뒤, 나뭇가지를 따라 주르륵 미끄러진 다음 아래에 있던 검객의 어깨를 밟고 온 힘을 다해 숲 가장자리로 달려갔다.

단동주는 입가에 냉소를 떠올리며 쌍장을 교차한 채 화살처럼 빠르게 소평정의 뒤로 날아들었다. 바람을 가르는 소리가 가까워지고 등에서 후끈후끈한 열기가 느껴지자, 소평정은 억지로 공중회전을 하며 날아드는 공격을 피했다. 그사이 몸이 추진력을 잃고 아래로 떨어졌고, 하는 수 없이 그는 검집으로 두 번째 공격을 가로막아야 했다.

둘 다 내공이 튼튼했기 때문에 손바닥이 부딪치자 동시에 뒤로 튕겨났다. 단동주 뒤에 있던 푸른 옷의 검객들이 검을 모아 허공에서 받아준 덕분에 단동주는 소평정보다 훨씬 빨리 자세를 바로잡아 곧바로 일장을 내리쳤다.

아직 몸을 가누지 못하고 아래로 떨어지고 있던 소평정은 그 공격을 피하지 못하고 고스란히 어깨를 두드려 맞고 말았다. 그는 힘없이 뒤로 날아가다가 억지로 검을 휘둘러 나무둥치를 찍으면서 그 힘을 빌려 겨우 땅에 내려섰다.

단동주는 숨 돌릴 틈도 주지 않고 진기를 잔뜩 끌어올렸다. 빛을 등지고 어지러이 날아드는 손 그림자는 현실인지 환상인지 구분이 가지 않을 정도였다. 반쯤 땅에 쓰러진 소평정은 이를 악물고 억지로 이 초를 버텼지만 장풍에 짓눌려 바닥에서 꼼짝도 할 수 없게 되었고, 곧 주홍빛으로 물든 손바닥이 이마를 향해 날아들었다.

위기일발의 순간, 갑작스럽게 새하얀 광채가 번쩍였다. 작렬하는 검광이 단동주의 손목을 노리고 날아들어 그를 물러나게 한 뒤,

사막의 모래폭풍처럼 뜨겁고 강렬한 기세로 잇달아 맹공을 펼치며 포위해오는 푸른 옷의 검객들을 수장 밖으로 쫓아냈다.

소평정은 가슴팍에서 타는 듯한 통증을 느끼고 숨을 헐떡이면서도 입가에는 미소를 떠올렸다.

"탁발 공자, 왜 이렇게 늦게 오셨소?"

탁발우가 검을 쥐고 그의 앞에 내려서더니, 가늘게 뜬 눈으로 단동주를 바라보며 담담하게 한마디 했다.

"이 몸은 혜왕 전하의 안전부터 챙겨야 했소."

소평정은 목구멍으로 올라오는 비릿하고 달달한 핏덩이를 눌러 삼키고 억지로 상반신을 일으키며 눈을 찡그렸다.

"소개하겠소. 저 앞에 있는 저분은 바로 단동주 선생이오. 랑야 고수방에서 탁발 공자의 한해검은…… 단 선생보다 딱 한 단계 아래에 있소."

결사대의 수수께끼

—

05

—

마장의 칼잡이가 날아들어 발치에 털썩 쓰러졌을 때, 탁발우는 몹시 어리둥절했다. 절정 고수 중 하나인 그는 당연하게도 이 칼잡이가 혼전 중에 마구잡이로 날아든 것이 아니라 저 젊은이가 일부러 자신을 향해 던졌다는 것을 알 수 있었지만, 소평정이 그자를 자신에게 보여주려는 까닭은 쉬이 짐작 가지 않았다.

땅에 엎드린 마장의 칼잡이는 단동주에게 가슴을 얻어맞고 소평정에게 붙잡혀 나동그라지는 통에 일찌감치 기절하여 꼼짝도 하지 않았다. 탁발우는 몸을 숙이고 훑어보았지만 이상한 점은 발견하지 못했다. 하지만 잠시 생각하다가 그 몸을 뒤집어보니 가슴팍에 찍힌 그을린 손자국이 눈에 확 들어와 저도 모르게 찬 숨을 들이켰다.

그 소리를 들었는지 혜왕이 마차 가리개를 걷고 몸을 내밀었다.

"무슨 일이냐?"

탁발우는 재빨리 돌아서서 먼 곳으로 시선을 던졌다. 쫓고 쫓기는 두 사람은 신법이 어찌나 빠른지 어느새 아득하게 멀어져 있었다.

"귀역무영 유명암화, 이런 곳에서 만날 줄이야……."

탁발우는 본능적으로 그쪽으로 걸음을 옮기다가 우뚝 멈추고 혜왕을 돌아보았다. 몹시 갈등하는 표정이었다.

혜왕은 눈썹을 치키며 한숨을 쉬었다.

"너희 같은 무인들의 마음을 나로서는 도무지 알 수가 없구나. 어찌하여 하나같이 호승심이 그리 강한지."

그는 순방영이 거의 제압해가는 현장을 둘러보고 빙그레 웃으며 말했다.

"가고 싶거든 가보아라. 나는 괜찮다."

탁발우는 다소 난처한 듯 머리를 긁적였지만, 랑야방 고수와 대결할 기회를 놓치기가 너무 아쉬워 호위병 대장을 불러 단단히 당부한 뒤 흔적을 쫓아 달려갔다. 그렇게 잠시 지체하는 바람에 단동주가 마지막 일장을 날릴 때 가까스로 도착할 수 있었던 것이다.

포위하여 힘을 보태던 푸른 옷의 검객들은 이미 절반 가까이 다친 반면, 소평정은 상처가 무거웠으나 아직 싸울 힘이 남아 있는데다 몸 상태가 최고조에 이른 탁발우까지 나타났으니 단동주의 유인 작전은 거의 승산이 없었다.

재빨리 판단을 내린 단동주는 억지로 싸우지도, 쓸데없는 이야기를 나누지도 않고 곧바로 수풀 밖으로 달아났다. 오로지 그를 쫓아 여기까지 온 탁발우는 이대로 놓칠쏘냐 필사적으로 뒤를 쫓았다.

나머지 푸른 옷의 검객들은 소평정을 에워싸고 죽을 각오로 공격을 퍼부었다. 다행히 랑야각의 현묘한 신법을 익힌 소평정은 무성하게 자란 초목들을 이용해 싸우다가 물러서기를 반복하며 억지로 버텼고, 마침내 순비잔의 장력이 허공을 가르며 날아들었을 때에도 그를 올려다보며 미소 지을 정도의 힘은 남아 있었다.

뒤를 쫓아온 소평장은 아우처럼 웃을 기분이 아니었다. 굳은 얼굴로 아우 곁에 달려와 초조하게 상태를 살핀 뒤 떨리는 목소리로 물었다.

"괜찮으냐?"

소평정은 고개를 저으며 형의 팔을 붙잡아 몸을 일으킨 뒤 단동주가 달아난 방향을 가리켰다.

"저쪽이에요. 이번에는…… 절대 놓치면 안 돼요."

금릉성 교외의 지형에 관해서라면 당연히 단동주가 탁발우보다 익숙했다. 그러나 두 사람의 실력이 엇비슷하고 주변 지형이 낮은 언덕 위주였기 때문에 초반에 거리를 벌려놓지 않으면 탁발우를 따돌리기가 쉽지 않았다. 소평장이 달려오면서 여러 갈래로 인마를 보내 사방의 주요 도로를 봉쇄하게 했기에 여러 부대가 힘을 합쳐 한 시진 가까이 포위를 좁히자 결국 유명암화의 고수를 막다른 골목으로 몰아넣을 수 있었다.

단동주에게서 두 장 정도 떨어진 곳에 선 탁발우가 그와 가장 가까운 위치였다. 탁발우는 눈썹을 치키고 옆에 선 소평장과 순비잔을 바라보더니 한해검을 살짝 들어올리며 말했다.

"쉽게 오는 기회가 아니니, 이 몸의 체면을 봐주시지 않겠소?"

의견을 묻는 말투였지만 대답을 들을 생각은 없는지, 그는 말을 끝내기 무섭게 단동주에게 쇄도해갔다.

순비잔은 소평장의 눈짓을 받고 그 자리에 서서 싸움을 지켜보기만 했다.

고수의 승부는 일말의 차이로 판가름 나곤 했다. 비록 랑야방 순위에서 앞서 있는 단동주지만 체력이 쇠하고 기세가 꺾여 백 초가 지나자 차차 수세에 몰리기 시작했고, 뒤로 몸을 굴려 바닷물처럼 밀려드는 탁발우의 마지막 일검을 가까스로 피했다.

이런 상황이면 승부가 났다고 생각한 소평장이 두어 걸음 다가가 깨우쳐주듯 불렀다.

"탁발 공자."

탁발우도 자연히 그 부름에 담긴 의미를 알아들었다. 대량의 내정에 깊이 개입할 뜻이 없던 그는 검을 거두고 물러났다.

숨 돌릴 틈을 얻은 단동주는 상반신을 일으키고 사방에 빽빽하게 솟은 병기들을 훑어보았지만 얼굴에는 아무런 표정도 없었다. 지난번 붙잡혔을 때는 형부의 죄인이 된다는 사실을 알고 있었고 이어질 심문과 감금에도 대처할 방법을 준비해놓았지만 지금은, 이번만큼은 전혀 달랐다. 장존은 절대로 장림세자의 손에 떨어져서는 안 된다는 명확한 지령을 내렸다. 이제 달아날 길이 없으니, 최후의 선택만 남았다.

순비잔이 가까이 다가갈 때 고개를 든 단동주의 입가에는 단호한 냉소가 떠올라 있었다. 눈치를 챈 소평장이 높이 외쳤다.

"비잔, 그자를 막게!"

단동주는 남은 힘을 끌어 모아 일장으로 바닥을 힘껏 내리쳤다. 그의 몸은 풀풀 이는 몸은 먼지 속을 뚫으며 뒤에 있는 낭떠러지를 향해 화살처럼 날아갔다. 순비잔이 전력을 다해 쫓았지만 옷자락만 겨우 붙잡았을 뿐이다.

언덕이라 그다지 가파른 곳은 아니지만 그래도 높이가 10여 장은 되었고 아래쪽은 자갈이 가득했다. 사람들이 낭떠러지 가장자리로 달려가보니 단동주는 이미 살이 터지고 뼈가 깨어져 살았을 가망성이 전혀 없었다.

"죽을망정 사로잡히지는 않으려 하다니, 저 유명암화는 대체 누구의 부하였을까?"

순비잔이 놀란 눈으로 낭떠러지 아래를 바라다보며 중얼거렸다.

소평장도 이번만큼은 놀라고 분노했지만, 평소 순비잔보다 신중하고 차분한 성품답게 타국의 손님인 탁발우 앞에서 그 화제를 이어가지는 않았다. 그는 부하들에게 낭떠러지를 내려가 시신을 수습하게 하고 그 자신은 굳은 얼굴을 한 채 수풀로 돌아갔다.

소평정은 상처를 대충 싸매고 장림왕부의 호위병들에 둘러싸여 풀 위에 누워 있었다. 다가오는 형의 표정을 보자 그는 놀란 듯이 눈을 휘둥그레 떴다.

"설마, 또 놓친 거예요?"

반 발짝 뒤에서 따르던 순비잔이 울적하게 대답했다.

"아니, 죽었다."

"죽어요? 단동주가 죽었단 말이에요?"

경악한 목소리가 소평정 뒤에서 튀어나왔다. 시선을 살짝 옮겨 그쪽을 바라본 소평장은 그제야 소원계가 내내 그들과 함께 있었다는 사실을 깨달았다.

젊은 래양후가 장림부에 달려와 소식을 전한 것이 반드시 큰 도움이 되었다고는 할 수 없지만, 호의에서 비롯된 것임은 분명했다. 이를 떠올린 소평장이 부드러운 말투로 물었다.

"성 밖에 있었기 때문에 단동주를 보았다고 했는데 그때는 경황이 없어 물어보지 못했구나. 무슨 일로 성을 나갔었느냐?"

소원계는 낯빛이 살짝 어두워진 채 고개를 숙였다.

"며칠 전에 비가 많이 내려 들판 곳곳이 물에 휩쓸렸다기에…… 한번 보려고……."

래양 태부인의 분묘가 어디에 있는지, 장림세자는 당연히 관심조차 없었지만 소원계의 우물거리는 설명을 듣고 나자 곧바로 무슨 뜻인지 알 수 있었다.

형의 눈썹이 살짝 찡그러지는 것을 본 소평정이 재빨리 끼어들었다.

"폐하께서 석 달 동안 효를 다하라고 하셨지, 밖으로 나가지 말라고는 하지 않으셨잖아요. 성 밖에서 기분 전환 좀 한다고 큰 죄를 지은 건 아니에요."

소평장은 평소 각박한 성품도 아니었고, 몰래 성을 나가면 야단을 들을 수 있다는 것을 알면서도 급히 알려주러 온 소원계의 선량함과 용기가 가상하여 탓할 마음이 들지 않았다. 그는 안색을 훨씬 부드럽게 하여 말했다.

"부모님의 일이 네게 영향을 미치지 않았다고 하면 거짓이겠지. 하지만 모두 지난 일이고, 앞으로 너의 장래는 네가 어떤 길을 가느냐에 달려 있다."

소평장의 시선이 소원계의 얼굴에 꽂혔지만 그 눈빛은 먼 곳을 보듯 아득했다.

"믿어도 좋고 믿지 않아도 좋지만, 나야말로 네게 이런 말을 할 자격이 충분한 사람이다. 부디 알아듣기를 바란다."

나이로 보나 작위로 보나 소평장은 소원계보다 높은 자리에 있었다. 어려서부터 소원계는 그의 앞에 설 때마다 늘 긴장되어 소평정처럼 편안하게 대하지 못했다. 지금 이 말도 훈계에 가까웠기 때문에 그는 더더욱 소홀히 대하지 못하고 고개를 숙인 채 들은 뒤 정중하게 예를 올렸다.

"잘 알겠습니다. 가르쳐주셔서 감사합니다, 평장 형님."

그때 다친 사람을 데려갈 마차가 가장 가까운 길 입구에 도착했고, 단동주의 시신이 마차에 실렸다. 소평정은 찰과상일 뿐이라고 주장했지만 소평장은 그래도 마음이 놓이지 않아 순비잔에게 북연 사절단을 성으로 호위해달라고 부탁한 다음 자신은 아우를 데리고 왕부로 돌아갔다.

아침에 소원계가 성을 나가 어머니의 분묘를 살펴보겠다고 했을 때, 곁에서 시중을 드는 아태는 극력 반대했다. 필사적으로 만류해보았지만 성공하기는커녕 도리어 쫓아오지 말고 부중에 남으라는 명만 받았다.

래양부에 들어온 이래 10여 년간 소원계의 시중을 든 아태는 그가 자라는 것을 지켜본 사람이나 다름없었다. 래양후부에 크나큰 변고가 일어난 뒤에도 충성을 거두지 않은 사람이 누구인지 자세히 뜯어보면, 역시 아태 한 사람뿐이었다.

도중에 이런저런 일이 벌어지는 통에 아침 일찍 성을 나간 소원계가 저녁나절까지 소식이 없자, 아태는 무슨 일이 생겼나 하고 하루 종일 불안해하며 문밖에서 목을 쭉 늘이고 기다린 끝에 마침내 말을 타고 돌아오는 주인을 발견했다.

문 앞에 이르러 말에서 내린 소원계는 속앓이를 한 것이 분명한 아태의 모습에 가슴 한구석이 아릿하게 아파와 일부러 얼굴을 굳히며 말했다.

"이제 래양부는 이 경성에서 누구도 거들떠보지 않는 곳이라고 벌써 몇 번이나 말했어? 내가 성을 나가도 아무도 모르는데 쓸데없이 걱정을 하는군. 봐, 이렇게 무사히 돌아왔잖아?"

겨우 마음이 놓인 아태는 기분이 좋아져 반박할 생각조차 없었다. 그는 하인을 불러 말을 데려가게 한 다음 소원계를 따라 안채 서재로 들어가 화로에 숯을 갈고 주방에 일러 간식을 준비하게 했다.

소원계는 장포를 벗고 그가 부지런히 수선을 떨도록 내버려뒀다가 피곤하다는 핑계로 하인을 모두 내보냈다. 차를 끓이는 화로는 새 숯을 넣은 덕에 빨갛게 달아올랐고, 오래지 않아 불에 올려놓은 쇠주전자가 하얀 김을 뿜으며 '칙칙' 소리를 냈다. 소원계는 증기가 딸깍딸깍 주전자 뚜껑을 밀어올리는 것을 바라보다가 불쑥 고개를 들고 누구에겐가 말을 걸었다.

"봄이 되었지만 바깥은 아직 춥소. 상사께서는 들어와서 앉으시오."

그 말과 함께 복양영의 모습이 내실의 장막 옆에 나타났다.

"래양후께서는 이 몸이 찾아올 줄 미리 아셨나보군요."

그가 웃으며 말했다.

소원계는 쇠주전자를 들어 잔을 데우면서 담담하게 말했다.

"상사께서 오늘 일을 꾸민 까닭은 내가 어떻게 반응하는지, 어떻게 행동하는지 시험해보기 위해서가 아니오? 이제 결과가 나왔으니 만족하시오?"

"래양후께서는 반응이 빠르시고 행동도 적절하셨습니다. 역시 제가 잘못 보지 않았군요."

복양영은 그의 초대를 기다리지 않고 차 탁자 앞에 마주 앉았다.

"한데 제가 이번 일을 준비한 진짜 이유를 아시는지요?"

쇠주전자를 쥔 소원계의 손이 바르르 떨려 탁자 위로 물방울이 튀었다. 어머니의 분묘가 빗물에 쓸려갔다는 소식을 처음 들었을 때는 그렇게 깊이 생각하지 않았다. 성 북쪽 교외에서 한언을 보았을 때에도 그저 우연이라고 생각했다. 수풀 속에서 단동주를 발견하고, 한언이 조심성 없이 이야기하는 것을 듣고서야, 이 젊은 래양후는 모든 것이 자신에게 이 장면을 보여주기 위해 철저히 준비된 일이었음을 깨달았다.

"상사께서 나를 끌어들인 것은 소평장 때문이었소, 아니오?"

복양영은 미소를 지으며 고개를 끄덕였다.

"자당께서 세자비에게 손을 썼으니 그자의 마음에는 풀기 어려운 응어리가 남아 있겠지요. 소평장이라는 자는 장림왕과 폐하에게 지대한 영향을 끼치고 있습니다. 훗날 제가 래양후께 기회를 마련해드리기 위한 첫걸음은 바로 소평장이 더 이상 래양후를 싫어하지 않게 만드는 것이지요. 최소한 그자가 래양후를 만나볼 마음이 들도록 만들어야 합니다."

소원계는 손가락으로 탁자에 떨어진 물방울을 천천히 닦아내며 처량한 웃음을 떠올렸다.

"그렇군. 장림세자에게 있어 소평정을 구해주는 것만큼 큰 은혜를 베푸는 일은 없을 테니 말이오. 더구나 시간도 꼭 맞추었더구려. 내가 지체 없이 달려가 알려도 경성에서 출발하여 때맞춰 평정을 구하지는 못할 시간이었소."

"장림왕부는 행실이 지나치게 온건해서 이만저만 실망스러운 게 아닙니다. 그 둘째 공자는 조당에서 별 중요한 인물은 아니지만 아버지와 형에게는 보물이나 마찬가지니, 그를 이용해 부자의 마음을 갈기갈기 찢어놓아야만 경성에 파란을 일으킬 수 있지 않겠습니까?"

복양영은 득의양양하여 웃음을 짓다가 한참 만에야 소원계가 이상한 표정으로 쳐다보는 것을 알고 물었다.

"래양후, 어찌 그런 눈으로 보십니까?"

소원계는 살짝 눈썹을 치켰다.

"상사께서는 아직 모르는 모양이구려?"

"무얼 말입니까?"

"소평정은 상처만 입었고, 단동주가 도리어 목숨을 잃었소. 지금쯤이면…… 그 시신은 형부의 납관실로 옮겨졌을 것이오."

건천원은 마장과 순방영에 세작을 심어두었지만 그들 모두 북연 사절단 쪽에만 신경을 쓰느라 단동주가 소평장의 포위에 몰려 죽었다는 소식은 아직 복양영의 귀에 들어가지 못했다. 소원계의 말을 들은 복양영은 소스라치게 놀라며 반쯤 일어나다가 차 탁자를 뒤집을 뻔했다.

"그럴 리가! 단동주의 솜씨라면 함정은 실패했을지 몰라도 문제없이 달아날 수 있었을 터인데……."

그가 갑자기 입을 꾹 다물고 눈꺼풀을 파르르 떨었다.

"탁발우……."

그가 빠르게 눈치 채자 소원계는 저도 모르게 웃음을 지으며 태연하게 말했다.

"솔직히 단 선생은 정말 반응이 빨랐소. 우리가 도착하기도 전에 미련 없이 빠져나가려 했으니까. 하지만 탁발우는 보통 고수가 아니고 한해검 아래에서 달아나기란 쉽지 않소. 그러던 중에 순비잔이 도착했고 그 언덕에는…… 더 이상 달아날 곳이 없었소."

복양영은 얼굴이 잿빛이 된 채 중얼거렸다.

"탁발우는 타국 사람이고 단동주와는 일면식도 없습니다. 이치대로라면 혜왕 곁에서 한 걸음도 떨어지지 않았어야 하는데……."

소원계는 탁발우가 무슨 생각으로 나섰는지는 관심이 없어 화제를 돌렸다.

"어쨌든 상사의 도움 덕분에 나는 장림세자에게 은혜를 베푼 셈이 되었구려. 그 다음에는…… 어떻게 해야 좋겠소?"

복양영은 찻잔을 움켜쥔 채 잠시 말이 없었지만, 결국 아끼던 한쪽 팔을 잃은 분노를 가라앉히고 억지로 미소를 지었다.

"서두르실 필요 없이 한 걸음 한 걸음 가시지요. 눈앞에 닥쳐야 다음에 어떻게 이용해야 좋을지 알게 되는 일이 많으니까요. 래양후께서는 심지를 굳건히 하여 남들에게 이리저리 흔들리지만 않으시면 됩니다."

소원계는 눈썹을 치키며 뭐라고 말하려다가 뜨거운 차를 잔에 가득 따른 뒤 내밀었다. 복양영은 길게 시간을 두고 그를 길러낼 생각이었기에 오늘도 잠시 들렀을 뿐 특별히 할 이야기가 있는 것은 아니었다. 그래서 단동주의 소식에 마음이 좋지 않아 억지로 차 한잔만 마신 뒤 곧바로 떠났다.

남몰래 만나는 사이였으니 당연히 손님을 배웅할 필요도 없었다. 소원계는 처마 밑에 서서 그가 멀리 사라지는 것을 바라보다가 재빨리 몸을 돌려 서재 내실로 달려들어간 뒤 책장 뒤쪽의 비밀 공간에서 유서를 꺼냈다.

여러 번 펼쳐본 탓에 봉투에 적힌 '아들 원계에게'라는 글자는 이리저리 일그러지고 종이에 잔털이 일어나 있었다. 멍하게 서 있던 그는 갑작스럽게 밖으로 나가 화로 옆에 앉더니 유서를 꺼내 이를 악물고 불에 던졌다.

종이 가장자리가 뜨거운 열기로 인해 누렇게 변하며 꼬부라졌다. 소원계는 손을 바르르 떨다가 다시 종이를 홱 낚아챘다. 그리고 결심을 내린 눈빛으로 종이 몇 장을 골라낸 뒤, 또다시 후회할까봐 두려운 듯 힘껏 화로에 던져 넣었다. 노르스름해진 불길이 순식간에 종이 위로 활활 타올랐다.

남은 종이는 석 장이었다. 그는 살짝 떨리는 입술을 깨물고 다시금 종이를 고이 접은 뒤 봉투에 넣고 천천히 품에 갈무리했다.

"어머니께서 틀리셨어요. 동해는 이제 저를 도울 수 없고, 복양영은 미치광이일 뿐이에요. 제가 이 깊은 연못에서 빠져나갈 수 있을지 없을지는 결국 장림왕부에 달렸어요."

소원계는 팔랑팔랑 날아오르는 종이재를 뚫어지게 보았다. 마침내 결심을 내린 듯했다.

장림세자인 소평장이 호위병을 이끌고 성을 나갔다가 돌아오는 것은 일반적인 일이었고 남들의 이목을 끌지도 않았다. 금군통령 순비잔이 몸소 북연 사절단을 호위하는 것은 다소 이상했지만, 황제가 혜왕을 특별히 예우했을 수도 있어서 역시 주목받지 못했다. 순방영이 보란 듯이 위세를 과시하며 득의양양하게 죄인들을 붙잡아 들어왔을 때에야 경성 사람들도 그 세 가지 일을 묶어 생각하게 되었고, 뒤늦게야 오늘 커다란 소동이 벌어졌다는 것을 깨달았다. 온갖 소식이 순식간에 성안에 퍼져나갔다.

건천원에서 이를 가는 복양영을 제외하면, 진실과 거짓이 뒤섞인 이 소식을 듣고 가장 불안해한 사람은 역시 내각의 수보인 순백수였다. 초조하게 해가 지기만을 기다리던 수보 대인은 조그마한 가마를 타고 살그머니 통령부 후원으로 향했다. 그리고 사람들을 모두 물린 뒤 단도직입적으로 순비잔에게 물었다.

"단동주가 죽었다는 것이 사실이냐?"

순비잔은 그가 올 것을 예상했는지 놀라지도 않고 싸늘하게 대답했다.

"다시는 그런 일을 하지 않겠다고 저와 약속하셨잖습니까?"

순백수는 어리둥절한 눈길로 그를 노려보았다.

"비잔, 설마…… 설마 내가 이 일을 꾸몄다고 생각하는 게냐?"

"회담이 이루어지기도 전에 마장 사람들이 기밀을 알아냈습니다. 그리고 평정은 성 밖으로 나갔다가 함정에 빠졌고 그 공격을 한 사람은 하필이면 숙부님과 관계가 있던 단동주였지요. 숙부님께서는 이 모든 것이 그저 우연이었다고 말씀하고 싶으십니까?"

순백수는 초조하고 무력한 얼굴로 뒷짐을 진 채 방 안을 한동안 왔다갔다하다가 진솔한 목소리로 말했다.

"네가 나를 아무리 의심해도, 나는 정말 아무것도 하지 않았다. 북연과의 회담 내용은 기밀이나, 각 관청의 수많은 이가 논의를 하고 만들어진 문서도 적지 않은데 어찌 꼭 내가 누설했다고 하느냐? 순방영이 죄인들을 생포했다고 했지? 실컷 심문해보아라. 내 그들과 이어진 곳이 한 오라기라도 있다면, 네가 나설 것도 없이 내 발로 폐하께 나아가 죄를 청할 것이야! 백 번 양보해서 내가 장림왕부에 악의가 있다 한들, 그렇게까지 공을 들여 소평정 하나를 죽일 필요가 어디 있겠느냐! 장림왕과 세자가 살아 있는데 그 아이 하나 죽이는 것이 무슨 의미가 있더냐?"

순비잔은 그런 그를 잠시 노려보았지만 결국 약간 누그러졌다. 처음 마장이 사절단을 공격한다는 말을 들었을 때는 화가 치밀어 순백수를 의심한 것도 사실이었다. 하지만 단동주가 낭떠러지에서 뛰어내려 자결하는 것을 두 눈으로 똑똑히 본 뒤로 그 의심은 도리어 옅어지기 시작했다.

망설임 없이 결정을 내리고 깔끔하게 끝을 맺은 단동주는 필시 자신의 의지라고는 없는 결사대가 분명했다. 고수를 모아 일을 맡기는 것과 결사대를 기르는 것은 완전히 다른 일이었다. 더욱이 단동주 같은 절정의 고수를 마음대로 부리기란 결코 쉽지 않았다.

순비잔이 순백수의 해명과 호언장담을 받아들인 까닭은 숙부를 잘 알기 때문이었다. 이 숙부가 단동주 같은 고급 결사대를 길러낼 능력이 있다고는 절대 생각할 수 없었다.

"진짜 단동주를 조종하고 있는 자가 누구인지, 숙부님께도 전혀 실마리가 없으십니까?"

순백수의 눈동자 깊은 곳이 살짝 흔들렸지만, 그는 얼굴에 아무

것도 드러내지 않은 채 한숨을 쉬며 고개를 저었다.

"나는 문관이고 강호의 고수와는 아무런 교류가 없는데 무슨 수로 그런 것을 알겠느냐? 장림왕부와 상의하는 편이 나을 게다."

이 말은 사실이었으니 순비잔도 더 이상 캐물을 이유가 없었다. 그들 숙질간에 생겨난 틈은 단동주로 인한 것이었다. 그의 죽음으로 대동부 보급선 침몰 사건의 여파도 완전히 가시자, 순백수는 마음이 탁 놓여 훨씬 부드러워진 태도로 장림부 둘째 공자의 상태를 걱정스럽게 물은 뒤 한가롭게 이야기를 나누다가 돌아갔다.

순비잔은 아직 혼례를 올리지 않아 그의 부중은 앞채와 뒤채로 나뉠 뿐 안채와 바깥채가 따로 없었다. 순부의 가마는 뒤채로 이어지는 뒷문 밖에 멈춰 있었다. 순백수는 조카의 손을 두드리며 그만 따라나와도 된다고 다독인 후 얼굴 가득 미소를 지은 채 가마에 올랐다. 그러나 가마의 가리개가 내려가는 순간, 얼굴에 떠오른 미소는 순식간에 자취를 감췄다.

—

06

—

복양영이 장림부 둘째 공자에 판 함정은 본디 장림왕과 세자의 분노를 촉발하기 위한 것이었고, 단동주는 그 목적을 위해 철저하게 준비했다. 젊고 튼튼하다고 자부하는 소평정은 아무 문제 없다고 위세를 부렸지만, 그 상처는 겉보기보다 위중했다. 경성으로 돌아오는 길에 의식이 몽롱해지며 형의 품에 축 처지자 소평장은 까무러칠 듯 놀라 평소 왕부를 맡은 태의는 물론이고, 몽천설을 보내 임해까지 청해오게 했다.

본래 자신의 감정을 숨기는 편이 아닌 몽천설은 허둥지둥 제풍당으로 달려가 '평정이 피투성이가 되어 거의 죽기 직전'이라고 알렸고, 그 과장된 설명을 사실이라고 믿은 임해는 놀란 나머지 자세히 묻지도 않고 눈시울이 새빨개져서 달려왔지만 직접 보니 그 정도로 심각한 상태는 아니었다. 먼저 도착한 원(袁) 태의가 처치를 잘해놓아 막 정신이 든 소평정은 제법 활기찬 목소리로 그녀를 위로했다.

"난 괜찮으니 울지 마시오."

평소 차분하고 자제심이 강한 임해였기에 지금 그녀가 얼마나 초조해하고 걱정하는지 눈치 챈 사람은 아무도 없었다. 그런데 소평정의 이 한마디에 여러 시선이 자신에게 날아들자 그녀는 화가 나고 부끄러워 어쩔 줄 몰랐다. 손에 은침을 들고 있었다면 그대로 소평정을 찔러버리고 말았을 것이다.

금릉성의 제풍당과 태의원은 관계가 좋았기 때문에 원 태의도 임해를 알고 있었다. 무슨 일만 생기면 여기저기서 의원을 청해오는 귀한 가문의 대응 방식에 익숙한 그는 개의치 않고 웃으며 임해에게 인사를 건넨 뒤 일어나서 바깥 마루에 있는 장림왕에게 상세를 설명했다.

"둘째 공자는 팔뚝과 등에 다소 위중한 상처를 입어 며칠 누워 계셔야 합니다. 다만 깨끗이 씻어내고 약을 잘 갈면서 기혈을 보충하는 약을 먹으면 큰 문제는 없을 것입니다."

그제야 마음이 놓인 소정생은 허리를 숙여 치하하고 원숙을 불러 배웅하게 한 다음, 얼음같이 차가운 얼굴을 하고 내실로 갔다.

침상 머리맡에 앉아 있던 소평장이 벌떡 일어나자 소평정도 부왕의 표정을 보고 허둥지둥 베개를 짚고 일어나 해명했다.

"형님 탓이 아니에요. 다 제가 저지른 일이에요. 형님은 장림왕부에는 그런 권한이 없으니 절대 끼어들지 말라고 하셨……."

소정생이 그를 노려보며 소리쳤다.

"당연히 네 잘못이지! 네 형은 마장 사람들을 혼내주는 것에만 동의했으니 그 일만 잘해내면 되었을 터, 누가 단동주를 쫓아가라 하더냐? 만에 하나 무슨 일이 생기면 이 아비와 형이 얼마나 걱정할지 생각이나 해보았느냐?"

소평정도 잘못을 알고 목소리가 기어들어갔다.

"제가 위험한 짓을 했다는 건 알아요. 하지만 어디론가 사라졌던 단동주를 찾아내는 것이 쉽게 오는 기회는 아니잖아요. 그래서……."

"그래서?"

소정생은 눈썹을 치켜올렸다.

"너만 잘났고 남들은 다 멍청인 줄 알았더냐? 탁발우를 끌어들이면 만사형통이라 생각했겠지? 운이 조금만 나빴어도 네 형은 네 녀석의 시신을 수습해야 했을 것이다!"

이 말에 소평장은 뒤늦게야 심장이 쿵 내려앉아 얼굴이 하얗게 질렸고 몽천설이 살그머니 그의 등을 쓰다듬어주었다.

소정생은 장남의 반응을 눈치 채지 못하고 막내아들을 호되게 꾸짖는 일에 몰두했다.

"이 소란이 벌어진 것은 따지고 보면 네가 말을 듣지 않고 제멋대로 행동했기 때문이야. 지금은 몸이 상했으니 벌을 내리지 않겠다만, 몸이 낫거든 사당에 가서 이틀 동안 무릎 꿇고 반성하거라."

꾸지람과 호통을 들은 경험이 많은 소평정은 부왕이 소리를 지르기 시작하자 슬슬 끝날 때가 되었다 싶어 침상 위에 웅크려 고분고분하게 고개를 끄덕였다.

원숙이 틈을 보아 웃으면서 끼어들었다.

"둘째 공자께서 약을 드실 시간입니다. 전하께서도 조금 쉬면서 기운을 차리셨다가 내일 다시 말씀하시지요."

장림왕은 콧방귀를 뀌었지만 그래도 화가 조금 풀렸는지 말없이 돌아서서 나갔다. 소평장이 먼저 나가 아버지를 부축하며 광택헌 정원 밖까지 배웅했다. 문가에서 기다리던 시종들이 등롱 두 개를 켜고 길을 안내하자, 소평장에게 그만 따라와도 된다고 말하려고 뒤돌아본 소정생은 그제야 아들의 낯빛이 몹시 나쁜 것을 발견했다. 이유를 짐작한 그는 아들의 어깨를 두드리며 위로했다.

"됐다. 저 아이는 늘 운이 좋았지. 오늘도 놀라기는 했으나 큰 위험은 없었으니 너무 마음에 둘 것 없다."

소평장은 칠흑 같은 어둠 속을 멍하니 바라보며 나지막하게 말했다.

"소자가 보냈습니다."

"뭐라고?"

"평정이 성을 나간다고 했을 때 소자도 동의했습니다."

"단동주가 성 밖에 있는 줄 네 어찌 알았겠느냐?"

소정생이 눈을 찡그리며 책망했다.

"네 어미가 했던 말을 잊었느냐? 무슨 일이든 자기 탓을 하는 것은 좋은 일이 아니야. 폐하께서 네게 동궁을 대신해 혜왕을 맞이하라 명하셨으니 내일부터 바빠질 것이다. 쓸데없는 생각 말고 오늘은 푹 쉬거라."

소평장도 그 도리를 모르는 바 아니어서 나지막이 알겠다고 대답했다. 부왕이 멀어지는 것을 눈으로 배웅하고도 그는 처마 밑에 잠시 넋을 놓고 서 있다가 방으로 돌아갔다.

임해가 외상을 치료하는 데 뛰어나다고 여기는 몽천설이 그녀를 바깥 마루로 끌고 나가 약방문을 보완하게 하느라, 탕약을 마시고 혼자 누워 있던 소평정은 형의 발소리를 듣고 재빨리 상반신을 일으켰다.

소평장은 등불 빛에 의지해 아우의 안색을 살피며 위로했다.

"부왕께서 야단을 치시는 것은 다 너를 아끼기 때문이지 정말 화가 나서 그러신 것은 아니다. 겁내지 말고 일찍 자거라. 내일 다시 보러 오마."

소평정은 고개를 끄덕이다가 형이 돌아서자 황급히 그 소맷자락을 붙잡았다.

"형님……."

소평장이 돌아보았다.

"왜 그러느냐?"

"사실 부왕께서 화를 내실까봐 겁나는 게 아니에요."

고개를 들고 형을 바라보는 소평정의 눈동자가 반짝 빛을 냈다.

"제가 가장 겁나는 건 형님이 화를 내시는 거라고요."

소평장은 멍해졌다. 반나절 동안 가슴속에 꾹 눌러놓은 감정이 요동을 치며 끓어오르는 바람에 별안간 말이 나오지 않았다.

"잘못한 거 알아요. 앞으로는 꼭 깊이 생각하고 움직일게요."

소평정의 얼굴은 자책으로 물들어 있었다.

"다시는 이렇게 함부로 굴어서 부왕과 형님을 걱정시키지 않을 거예요."

소평장은 부드러운 눈길로 아우를 바라보다가 마침내 입가에 미소를 띠며 손을 뻗어 머리를 쓰다듬었다.

관외 마장이 북연 사절단을 암습하는 것을 제때 막은 순방영은 그야말로 큰 공을 세운 셈이었다. 손 통령은 몹시 기분이 좋아져, 늦은 시각인데도 불구하고 막료를 불러 상주문을 쓰게 한 뒤 사건의 전말을 내각에 보고했다. 순백수는 결백을 밝히기 위해 지체 없이 그 상주문을 양거전에 올렸다.

천자가 있는 금릉성 부근에서 이토록 왕법을 무시하는 일이 벌어지자 당연히 분기탱천한 소흠은 즉각 내각에 엄히 조사하고 처벌하라 명하고, 비산영(飛山营)을 관외로 보내어 7대 마장을 봉쇄했다.

기실 소평장의 최초 계획은 북연과의 화친 회담 기회를 빌려 조정 직속의 마장을 세움으로써 군마의 혁신을 이루는 것이었지만, 이는 결코 단번에 이룰 수 있는 일이 아니었다. 수십 년간 대량의 군마 공급은 안정적으로 이뤄져왔고, 전선에도 기본적으로 규칙에 맞게 보급되었다. 또한 관외 마장들의 운영방식에 손보기 어려운 폐단이 있는 것도 아니어서 당장 폐쇄할 정도는 아니었다. 옛 제도와 새로운 방식을 균형적으로 연결 짓게 하는 방안과 마장의 상황을 배려하는 방안은 차차 논의하면서 정해야 할 문제였지만, 뜻밖에도 상세한 계획이 세워지기도 전에 정보가 새어나간 것이다. 마장 사람들은 자세한 사정은 모른 채 밥벌이 수단이 단번에 사라지는 줄 알고 위험한 길을 택해 소란을 일으켰고, 덕분에 뒤처리가 더욱 성가시게 되었다.

단동주는 형부의 천뢰에서 탈옥한 죄인이었으니 그 시신은 죄인을 다루는 규칙에 따라 운반되었고, 순비잔은 황제의 명에 따라 그 체포 책임을 맡았다. 제형사 상문거는 마지막으로 시신을 불태우기 전에 사건이 마무리되었다는 문서에 인장을 받기 위해 무척 공손한 태도로 그를 청했다.

단동주가 낭떠러지에서 뛰어내리는 모습을 직접 보아 그 사인

(死因)과 신분을 잘 알고 있었고, 천뢰에서는 그저 문서를 처리하려는 것뿐이었기에 순비잔은 깊이 생각하지 않고 그러마고 대답했다. 그리고 사흘이 지난 후에야 그 일이 생각나 당직이 없는 날 형부의 납관실을 찾아 시신을 살폈다.

4월이라 날씨가 따뜻해졌지만 단동주의 시신은 얼음에 싸여 조그마한 방에 혼자 놓여 있었다. 정원 밖에서 제형사 상문거가 문서를 가져오기를 기다리던 순비잔은 시신을 살펴볼 생각은 없었지만 별생각 없이 안을 들여다보다가 소평정을 발견했다.

"태의가 누워서 쉬라고 하지 않았느냐? 이곳에는 어쩐 일이냐?"

순비잔이 재빨리 그에게 다가가 걱정스럽게 물었다.

"단동주는 확실히 죽었는데 그래도 마음이 놓이지 않아 직접 보러 왔더냐?"

조그만 방의 침상 옆에서 단동주가 지니던 물건을 살피던 소평정이 그를 돌아보고 울적한 표정으로 푸념했다.

"생각해보세요. 내상을 입은 것도 아니고 뼈가 부러진 것도 아닌데 온종일 침상에만 누워 있으라니 옥에 갇힌 것과 뭐가 달라요? 힘들게 빠져나온 거니까 너무 뭐라고 하지 마세요."

순비잔은 웃음을 터뜨리며 다가가 흰 천을 덮은 시신을 훑어보고는 감개무량한 목소리로 말했다.

"강호인이 부귀영화를 위해 조정에 개입하여 권력자에게 충성을 바치는 것은 흔한 일이지. 하지만 명성과 무공을 모두 갖춘 단동주가 죽음을 무릅쓰면서까지 충성을 다한 것을 단순히 '부귀영화' 때문이라고 해석할 수는 없다. 평정, 네 생각에는 이자가 대체 무엇을 바란 것 같으냐?"

아무도 대답할 수 없는 질문이었다. 소평정도 한숨만 푹 쉬며 별생각 없이 시신을 덮은 흰 천을 걷었다. 허리춤까지 천을 걷어내던 그가 갑자기 움찔 손을 멈췄다.

"이게 뭐죠?"

그가 가리키는 쪽으로 시선을 돌린 순비잔은 시신의 팔 안쪽에 새겨진 조그마한 문신을 발견했다. 팔을 들어 자세히 보니, 타원형에 뾰족뾰족한 끝이 말려들어간 모양의 잎이 달린 꽃으로, 한 가지에 두 송이가 나 있었다.

소평정은 눈을 찌푸렸다.

"이런 도안은 문신에 잘 쓰지 않는데, 어디선가 본 적이 있는 것 같아요."

듣고 보니 순비잔도 어딘지 낯이 익었다. 두 사람은 눈을 찡그리고 한참 고민했지만 아무것도 생각해내지 못했다. 문득 돌아보니 눈치 빠른 상문거가 방해하지 않도록 문서를 들고 밖에서 기다리고 있었다. 언제부터 기다렸는지 모르지만, 그는 두 사람의 시선을 받자 몹시 민망해하며 재빨리 문서를 건넸다.

문서를 확인하는 데는 별로 시간이 걸리지 않아, 두 사람이 형부의 대문을 나섰을 때는 이제 막 정오가 지난 무렵이었다. 소평정은 이렇게 일찍 돌아가고 싶은 마음이 없는 것이 분명했고, 순비잔 역시 급히 해야 할 일이 없었기에 마침 군기감(軍器監, 병기를 제조하는 관청-옮긴이)에서 새로운 활을 만든 것을 떠올리고는 하나 빌려 황실 남쪽 들판 사냥터에서 시험해보기로 했다.

아무래도 외상을 입은 소평정은 직접 활을 쏠 수가 없어, 순비잔에게 까다로운 목표를 골라주는 역할을 했다. 금군통령인 순비잔은 근접전에 강할 뿐 아니라 말을 타고 활을 쏘는 것에도 무척 익숙하여 이리저리 조정하고 손에 익히자 단번에 가녀린 버들가지를 꿰뚫었다.

"훌륭하군! 아주 훌륭한 솜씨요!"

뒤에서 박수 소리가 나자 소평정은 흠칫 뒤를 돌아보고는 저도 모르게 순비잔의 뒤로 숨었다.

남쪽 들판의 사냥터는 황성 내에 있어서 일반적인 산에 만들어진 사냥터와 달리 경사가 완만하고 일부러 낸 길이 있으며 가산과 정자까지 군데군데 세워져 있었다. 순비잔과 소평정이 활을 시험하던 풀밭 뒤쪽은 야트막한 구릉이고 그 꼭대기에 팔각정이 서 있었는데, 정자에서 구불구불 아래로 이어지는 돌계단에 일고여덟 명이 서 있었다. 맨 앞에 있는 사람은 소평장이었고, 그 옆에서 비단 옷을 입은 청년이 손뼉을 치고 있었다. 박수갈채를 보낸 사람은 바로 그였다.

혜왕 모용허(慕容栩)는 북연 황후의 적출 황자로 친왕에 봉해진 인물이었다. 대량에는 손님보다 지위가 한 단계 높은 사람이 접대해야 하는 규칙이 있어, 그런 그가 금릉성을 방문하면 태자가 나서 맞이해야 했다. 하지만 지금 태자는 아직 열한 살이 되지 않은 데다, 혜왕 또한 중요한 국사를 논의하기 위해 방문했으니 규칙만 논하기는 적당하지 않았기에 황제는 일찌감치 장림세자에게 손님을 맞이하라는 어명을 내렸다.

소평장이 다른 황자였다면 이런 어명에 갖가지 추측이 나왔겠지만, 그는 종실 자제에 불과했고 회담 내용 또한 북쪽 국경과 관련 있었기에 황궁 안팎에서 불쾌하게 생각하는 사람은 순 황후밖에 없었다. 순백수마저 부적절하다고 생각지 않았기 때문에 일부러 입궁하여 황후를 달랬다.

"어명에 천자를 대신하여 맞이하라고 했다면 옳지 못하다 간할 수 있으나, 폐하께서는 동궁을 대신하라고 명확하게 말씀하셨습니다. 이는 곧 태자 전하의 심부름을 하라는 뜻이니, 마마께서 마음에 두실 일이 아닙니다."

순 황후도 속으로는 예의범절에 어긋나지 않는다는 것을 알고 있었지만, 경험이 부족한 태자에 비해 장림세자의 명성이 지나치게 높아질까 걱정스러웠다. 이런 사사로운 원한은 몇몇 심복 외에는 태자인 소원시조차 알아차리지 못했는데, 어찌된 셈인지 혜왕이 이를 눈치 채고 황제를 배알할 때 동궁을 찾아 인사하겠다고 먼저 제안하여 사람들의 마음을 편안하게 해주었다.

혜왕은 그렇게 황후의 비위를 맞추는 한편 장림왕부 쪽에도 신경을 써서, 소평장을 처음 만났을 때 비범하고 기품 있는 모습이 명불허전이라고 칭찬하며 귀중하고 색다른 선물을 잔뜩 보냈다. 왕부에서 내각에 이르기까지 빈틈없이 예의를 갖췄을 뿐 아니라, 순방영에도 잊지 않고 사람을 보내 감사인사를 하는 등 위아래 할 것 없이 살뜰하게 챙긴 덕분에 며칠 지나지 않아 그를 향한 칭송이 자자해졌다.

궁성을 지키는 순비잔은 며칠 사이 혜왕과 여러 차례 마주쳤지만, 뒤가 든든하고 수완 좋은 이런 사람에게는 별로 흥미가 없어 활을 거두고 인사를 하면서도 그보다는 뒤에 있는 탁발우에게 더욱 관심을 기울였다.

손님들 앞이기 때문에 소평장도 쓸데없는 말은 않고 웃으면서 그들을 소개했다.

"이쪽은 금릉성 금군을 이끄는 순 통령이고 저쪽은 아우인 평정입니다."

혜왕은 만면에 봄바람 같은 웃음을 띠고 순비잔에게 인사한 뒤 소평정을 바라보며 칭찬했다.

"금릉성 교외에서 처음 만났을 때 보니 둘째 공자의 솜씨가 참으로 훌륭하더구려."

소평정도 겉치레를 썩 좋아하지 않아 대답 없이 인사만 했다. 그리고 무의식중에 혜왕 뒤에 선 사람들을 훑어보다가 움찔했다.

대량의 황실 사냥터는 경계가 삼엄했고 장림세자 또한 호위병을 데리고 있었기 때문에 혜왕을 수행하는 사람은 두 명뿐이었다. 그 중 한 사람은 탁발우였고, 화려한 비단 옷을 입은 다른 한 사람은 비록 남장을 하고 재기가 넘치는 모습이지만 가녀린 몸집만 보아도 여자가 분명했다.

장림부 둘째 공자의 시선을 느끼고도 중화 군주는 피하기는커녕 고개를 들고 똑바로 그를 마주 보았다. 새까맣고 별처럼 반짝이는 눈동자는 소평정이 시선을 피한 뒤에도 내내 그에게 못박혀 있었지만, 얼굴에는 아무 표정이 없어서 대체 무슨 생각을 하는지 알 수가 없었다.

소평장은 어명을 받아 손님을 접대하고 있었지만 순비잔은 그런 임무를 원치 않았기에 인사를 마치자 곧바로 떠나려 했다. 하지만 소평정이 허락 없이 형의 곁을 떠나지 못하는 것을 보자 의리 없이 버려두지 못하고 천천히 일행을 따라 걷기 시작했다. 다행히 남쪽 들판의 산책은 거의 끝 무렵이어서 제방 옆 갈대숲을 돌아 조금 더 걷자 태감이 달려와 돌아가는 마차가 준비되었다고 알렸다.

남쪽 들판 정문 밖에는 버드나무 숲이 있어서, 초록빛 가지를 늘어뜨린 버드나무 위에 새끼 제비가 파닥파닥 날아올라 정원 못지않은 경치를 자랑했다. 혜왕은 소평장에게 잠시 기다려달라 청하고 아름다운 풍경에 칭찬을 늘어놓았다.

소평장이 빙그레 웃으며 말했다.

"이 주변에는 산수 유람에 좋은 장소가 몇 군데 있습니다. 다만 혜왕 전하께서 금릉성에 너무 오래 머무시면 읍경(邑京)의 정세에 변고가 생길까 걱정이지요."

금릉성에 들어온 뒤로 혜왕은 정식 회담에서든 일반적인 만남의 자리에서든 항상 사람 좋게 웃으며 서두르지도 미적거리지도 않는 여유를 보였다. 하지만 소평장의 이 짧은 한마디에 완벽하던 그 가면에 가느다란 금이 간 듯, 별안간 그의 미간에 근심과 초조함이 떠올랐다.

"양국의 동맹은 폐하께서 재가하셔야 할 문제이고 장림부는 개입하지 않습니다."

소평장은 여전히 입가에 가벼운 웃음을 띤 채 차분하게 말했다.

"그저 귀국의 대국을 생각하면 남쪽 국경의 안전이 가장 중요하다는 것을 말씀드리고 싶었을 뿐입니다. 전하께서는 그리 생각지 않으십니까?"

말을 마친 소평장은 눈을 내리깔고 천천히 한 걸음 물러나 손을 들며 배웅하는 예를 취했다. 혜왕은 드러난 표정을 가다듬으며 답을 하는 대신 고개를 끄덕여 반례한 뒤 돌아서서 마차에 올랐다.

북연 사절단이 탄 마차가 덜거덕거리며 사라지자, 줄곧 멀리서 뒤따르던 소평정이 그제야 순비잔과 함께 다가와 웃으며 말했다.

"저 중화 군주는 호흡이 매끄럽고 하반신이 안정적이니, 절대 우리가 아는 연약한 궁중 여자가 아니에요. 제가 보기에는 형수님 정도는 못 되어도 크게 차이 나지 않을 거예요, 그렇죠, 순 형님?"

순비잔은 그 질문에 흠칫 놀라더니 잠시 생각하다가 대답했다.

"북연은 기마민족이고 무예를 숭상하는 나라이니 무공이 뛰어난 군주가 있어도 이상한 일은 아니지."

소평정은 어깨를 으쓱했다.

"솔직히 말해서 저런 차림보다는 차라리 여자처럼 꾸미는 게 좋을 것 같아요. 정말 아무도 못 알아본다고 생각하는 걸까요?"

순비잔이 너그럽게 말했다.

"양국의 풍습이 다른데다 특히 북연은 여인을 구속하지 않는 편이야. 저런 차림을 한 것도 어쩌면 우리 대량의 예의범절을 의식했기 때문인지도 모른다."

소평장도 그제야 고개를 돌리고 아우를 훑어보며 말했다.

"이제 마음대로 움직일 수 있는 모양이구나. 뒤에서 남의 집 규수를 놓고 이러쿵저러쿵하며 시간 보낼 것 없다. 내일부터는 나와 함께 북연 손님들을 접대하자꾸나."

소평정은 움찔하더니 가슴팍을 문지르며 말했다.

"의원이 피가 잘 돌려면 움직여야 한다기에 나온 거지, 사실은 아직도 아파요. 안 믿기시면 임해에게……."

소평장이 우습다는 듯 그를 흘겨보았다.

"임 낭자는 거짓말까지 하면서 널 돕지는 않을 것이다. 됐다, 그렇게 겁먹을 것까지야. 혜왕 전하는 경중을 잘 아는 분인 듯하니 예상컨대 며칠 안에 회담 결과가 나올 것이다."

어명으로 동궁을 대신하여 며칠간 손님을 접대한 장림세자가 혜왕을 두고 한 추측은 역시 틀림이 없었다. 남쪽 들판의 산책이 끝나고 닷새도 되지 않아 내각에서 양국의 강화 회담 초안을 올렸는데, 그 안에는 북연이 3년에 걸쳐 종마 5백 마리를 인도하고 대량이 장인 50명을 북으로 파견하여 양식 비축 방법을 가르치기로 한 것과 함께, 정산왕(亭山王)의 세자가 북연의 중화 군주를 아내로 맞아들인다는 내용이 포함되어 있었다. 택일하여 혼례를 올리면 대량과 북연은 인척국으로서 좀 더 든든한 동맹이 되어 서로의 국경을 침범하지 않기로 했다.

경성에 들어온 뒤로 열심히 활약하던 혜왕은 화친 조건이 마무리되자 별안간 조용해져, 꼭 필요한 경우가 아니면 바깥출입을 않고 역관에 머물며 맹약서를 교환하는 길일만 기다렸다.

북연 사절단이 머무는 황실의 역관은 본디 별궁을 개조한 것으로, 그 규모와 형식은 친왕부에 맞게 꾸며져 있었다. 중화 군주가 혼자 쓰는 안채는 건물이 아름답고 장식도 화려한데다 일상용품까지 내정사에서 공급하는 등 예우가 극진했다.

대량은 북연보다 물자가 풍부하고 의복과 장식, 음식, 기물의 품질도 여러 나라 가운데 으뜸이었다. 하지만 이 북연의 군주는 사치를 좋아하지 않는 것이 분명해서 평소에도 몸에 지니는 것만 받았고, 맹약식 전의 성대한 일선전(逸仙殿) 연회에서도 순 황후가 하사한 금사로 만든 대량의 옷을 입으려 하지 않았다. 시중들던 시녀는 아무리 권해도 소용이 없자 어쩔 수 없이 앞 전각에 머무는 혜왕에게 보고했다.

적출 황자인 혜왕이 이렇게 수완 좋고 사람 마음을 잘 헤아리는 것을 보면, 그간 읍경에서 보낸 나날이 편안하지만은 않았던 것이 분명했다. 종마 5백 마리라는 조건도 처음에는 다소 주저하며 어떻게든 거절해보려고 애를 쓰다가, 장림세자가 담담하게 건넨 한마디에 마침내 마음을 바꿔먹은 것이었다.

대량이 속사정을 잘 알고 있다면 이쪽에서 시간 끄는 것을 두려워할 까닭이 없으니 미적거려도 하등의 이득이 없었다. 이렇게 생각한 혜왕은 별수 없이 한 발 양보하여, 한시바삐 맹약을 맺고 혼례를 치른 뒤 나라 안의 문제를 해결하는 데 마음을 쏟기로 했다.

시녀가 겁을 먹은 얼굴로 들어와 보고했을 때 혜왕은 이미 쉬려고 누운 참이었다. 소식을 들은 그는 머리가 지끈거렸지만 하는 수 없이 일어나 옷을 갈아입고, 탁발우를 데리고 다급히 안채로 향했다.

중화 군주는 눈을 내리뜨고 예를 올렸지만 표정이 싸늘하여 전혀 겁먹은 것 같지 않았다.

"네가 금릉성을 구경하고 밖으로 나가 대량의 인물들을 살펴보고 싶다기에 내 모두 들어주었다. 이제 회담은 끝났고 너는 곧 출가할 몸이니 대량의 풍습을 따르는 것은 당연한 일이건만, 어찌하여 아직도 이렇게 제멋대로 구느냐?"

혜왕은 노기충천한 목소리로 꾸짖은 뒤 시녀를 돌아보며 대량의 옷을 가져오라 일렀다.

순 황후가 보낸 것은 세자비의 예복으로, 금사로 겹겹이 수를 놓고 운금(雲錦, 화려한 꽃무늬가 있는 고급 견직물-옮긴이)으로 띠를 둘러 촛불로 환히 밝혀진 방 안에 펼치자 마치 빛이 자르르 흐르는 것처럼 눈부셨다. 중화 군주는 그 옷을 흘끔 보았다가 창밖의 초승달로 시선을 돌리며 약간 잠긴 목소리로 말했다.

"제가 열세 살 때 처음으로 사냥에서 우승했을 때가 기억나는군요. 부왕께서는 제가 남자였다면 전쟁터에 나아가 천하를 평정했을 거라고 칭찬하셨습니다. 그런데 황실이 기울어, 반군의 세력이 자꾸만 불어나는데도 선조들의 철혈 같은 기풍은 온데간데없고 저마저 화친을 위한 인질이 되어 타국으로 시집가게 될 줄은 몰랐습니다."

혜왕 뒤에 있던 탁발우가 눈을 찌푸리며 불만스럽게 말했다.

"이런 와중에 무슨 뜻으로 그런 말을 하십니까? 다섯째 전하께서 화친 대상으로 군주를 고르신 것도 아니고, 출발하기 전에 여쭈었을 때에는 기꺼이 그러겠다고 하지 않으셨습니까?"

"걱정 마시오. 아직도 그럴 생각이니까. 나라의 어지러운 정세를 생각하면 더더욱 그럴 수밖에 없지 않겠소."

돌아서서 두 사람을 바라보는 중화 군주의 입가에 한 줄기 냉소가 피어올랐다.

"아무리 고집을 피운다 한들 고국의 옷을 입을 수 있는 것은 내일까지입니다. 다섯째오라버니의 말솜씨라면 적당한 핑계를 대는 것쯤 어렵지 않을 텐데, 어찌하여 밤도 아랑곳 않고 찾아오셔서 이렇게 핍박하십니까?"

혼례를 올리고 나면 그녀 혼자 친척도, 친구도, 돌봐주는 사람도 없는 타국에 남아야 했다. 혜왕도 그 생각을 하면 마음이 약해져 잠시 망설이다가 어쩔 수 없는 얼굴로 양보했다.

"내일은 연회에 참석하기만 하거라. 대례를 올리기 전에는 반드시 대량의 옷을 입을 필요는 없다. 다만 이것만은 기억해줬으면 한다. 우리가 돌아가고 나면 더 이상 너를 달래고 이해시켜줄 사람은 없을 것이다. 이곳은 고향이 아니니 제멋대로 하던 습관은 일찌감치 고치는 것이 좋다."

중화 군주는 그윽한 눈빛을 한 채 대답하지도, 반박하지도 않아서 그 말을 제대로 듣기나 했는지 확신이 들지 않았다. 혜왕도 그녀를 어쩔 도리가 없었는지 고개를 설레설레 저으며 돌아섰다. 그런데 사촌누이가 불쑥 그를 불러 세웠다.

"화친이 성사되고 읍경으로 돌아가면, 다섯째오라버니가 태자로 책봉되시겠지요. 장래 나라의 군사와 정치를 어찌 이끌어갈 생각이신지요?"

혜왕은 어리둥절했다.

"어찌하여 갑자기 그런 중대한 문제를 꺼내는 것이냐?"

중화 군주는 처량한 표정이 되었고 눈동자에도 눈물이 살짝 비쳤다.

"오라버니는 담판에 능하십니다. 이제 대량과 동맹을 맺게 되었으니 다음 회담 상대는 아마도 거수 북쪽에 있는 반군이 아니겠습니까?"

혜왕은 쓴웃음을 지으며 탄식했다.

"무슨 말인지 안다. 하지만 우리 대연의 내란은 네가 상상하는 것처럼 단순하지 않다. 민생을 일으키지 못하면 조정은 여전히 썩어 들어갈 뿐이다. 선조들처럼 철혈의 힘으로 난국을 잠재운다는 것은 애초에 불가능한 일이야."

중화 군주의 시야를 몽롱하게 가리던 눈물이 차츰 사라졌다. 그녀는 결국 장탄식을 하며 무관심한 표정으로 돌아와 나지막이 말했다.

"오라버니께서 견식이 뛰어나다는 것은 조정의 모두가 알고 있습니다. 오라버니께서 내린 결정이니 틀릴 리 없지요. 다만 그때 저는 곁에서 도울 수 없으니 이 먼 곳에서 마음으로나마 성공을 빌 수밖에요."

—

07

—

대량과 북연의 회담은 2년이나 이어진 끝에 마침내 성사되었다. 금릉성 곳곳의 사람들이 속으로는 무슨 생각을 하는지 모르지만 최소한 겉으로는 모두 기쁨에 겨워 마지않았다. 흠천감이 길일을 잡자, 예부에서는 먼저 일선전에서 연회를 베풀어 축하하고 다음 날 조양전에서 맹약을 주고받도록 준비했다. 그리고 사흘 후에 혼례를 올리면 혜왕은 곧바로 귀국길에 오를 예정이었다.

양국 결맹의 첫걸음인 일선전의 연회는 자연히 무척 중요한 자리였기에, 순 황후는 며칠 전부터 태부를 불러 태자에게 예의범절을 가르치게 하는 등 여간 신경을 쓰지 않았다. 그런데 연회 바로 전날 태자 소원시가 갑자기 풍한이 들었다. 상태가 위중하지는 않았지만 끊임없이 기침을 하자 태의는 이틀 동안 쉬면서 연회에는 참석하지 않는 것이 좋겠다고 권했고 황후는 발칵 성을 냈다.

"성대한 자리일수록 종실과 조정 대신들에게 태자가 폐하 곁에 있는 것을 보여주어야 하오. 양국이 동맹을 맺는 자리에 동궁이 없다니 말이 되는 소리요? 경성에 태자가 병약하다는 풍문이 퍼져 있거늘, 그 못된 말이 타국에까지 전해져야겠소?"

한바탕 꾸지람을 들은 태의들은 입도 벙긋하지 못하고 황공한 얼굴로 탕약을 지어 올리며 극진하게 간호했다. 그저 기침이라도 억제시켜 이번 연회만 무사히 넘기기를 바랄 뿐이었다.

이튿날 아침, 순 황후는 일어나서 단장을 하고 정전의 황후좌에 앉아 한참을 기다렸지만, 태자가 인사하러 나타나지 않자 서둘러 소영을 보내 동궁의 사례관을 질책했다.

"태자가 어찌 아직도 문안을 여쭈러 오지 않느냐? 한 시진 후면 연회가 시작되는데 어가를 기다리게 할 수는 없는 법, 동궁에 알려 준 사람이 아무도 없더란 말이냐?"

동궁의 태감들은 황후를 황제보다 더 두려워하여 전전긍긍 머리를 조아렸다.

"화, 황후마마께 아룁니다. 폐하께서 장림왕 전하께 아침 식사를 함께하자 청하셨는데, 장림왕께서 동궁에 먼저 들르셨다가 태자께서 기침하시는 소리를 듣고 마음 아파하셨습니다. 이에 폐하께서…… 태자 전하께 연회에 참석하지 않아도 되니 푹 쉬라는 어명을 내리셨습니다."

순 황후는 아래쪽에 선 사례관을 똑바로 노려보며 들고 있던 손수건을 찢어질 듯이 움켜쥐었다. 하지만 소흠이 명한 일이니 가타부타 따질 수도 없었다. 그녀는 으드득 이를 갈며 가슴속에 치미는 분노를 억지로 누른 뒤 싸늘하게 대답했다.

"알겠다."

양거전에서 황제와 함께 아침 식사를 한 소정생은 당연히 정양궁의 분노를 알아차리지 못했다. 연회가 열리기까지 반 시진이 남아 있었기에 소흠은 그 틈을 이용해 바둑판을 가져오게 하여 소정생과 바둑을 두었다.

바둑이 중반에 이르렀을 때 자신이 우세하다는 것을 느낀 소흠이 득의양양한 표정으로 말했다.

"궁중에 고수가 많지만 역시 왕형과 바둑을 둘 때가 가장 흥이 나는군요."

"이를 말씀입니까? 폐하나 신이나 바둑 솜씨가 고만고만하여 적수가 될 만하니 그렇지요. 다른 사람과 대국을 하면, 하나같이 어떻게 하면 너무 빨리 이기지 않고 적절히 시간을 끌까 머리를 굴려대니 어찌 흥이 나시겠습니까?"

소흠은 바둑돌을 잡고 있지도 못할 정도로 껄껄 웃었다.

"그런 솔직한 말씀도 왕형이나 하실 수 있지요."

그때 순비잔이 전각 밖에서 들어와 허리를 숙여 예를 올린 뒤 보고했다.

"폐하, 행차하실 시각이 되었습니다."

소흠은 아쉬운 듯 자꾸만 바둑판을 들여다보다가 일어나 태감의 시중을 받아 장포를 걸쳤다. 그러면서 무심코 주위를 둘러보던 그는 옆에 선 순비잔이 무언가 할 말이 있는 듯 우물우물하는 것을 보고 눈을 찡그리며 물었다.

"할 말이 있으면 하거라. 짐 앞에서 무얼 그리 망설이느냐?"

소정생이 빙그레 웃으며 말했다.

"젊은이들의 마음을 어찌 그리 모르십니까? 척 보면 알아맞히셔야지요."

"아니, 왕형은 알아맞히셨습니까? 어디 말씀해보십시오."

"비잔은 궁성을 지키고 있으니 절정 고수를 만날 기회가 많지 않습니다."

소정생은 미소를 띠고 순비잔을 흘끔 보았다.

"북연 사절단은 며칠 후면 떠날 터이니, 한해검과 한번 겨룰 기회를 달라고 청하고 싶은 게지요, 안 그런가?"

순비잔은 옷자락을 걷고 무릎을 꿇으며 고개를 숙였다.

"신의 생각에는…… 회담이 끝나 오늘 연회 분위기도 좋을 것이니 흥을 돋우기 위해서라고 하면 탁발우도 개의치 않을 것입니다."

황제는 손을 내저었다.

"너희 같은 무인들은 걸핏하면 비무니 뭐니 해대는데, 무슨 의미가 있는지 짐은 도무지 모르겠구나. 오냐, 오냐, 알았다!"

순비잔은 뛸 듯이 기뻐하며 황급히 머리를 조아려 감사를 올린 뒤, 흥분한 얼굴로 밖으로 달려나가 어가의 행차를 알렸다.

일선전 연회의 규칙대로라면 관작이 없는 소평정은 참석할 수 없었다. 하지만 그 어떤 규칙도 황제의 총애를 이기지는 못하는 법이니 일찌감치 그를 데려오라는 명이 떨어졌고, 예부도 습관처럼 세자 자리 아래쪽에 좌석 하나를 더 준비했다.

남쪽 들판 입구에서 이야기를 나눈 뒤로 혜왕은 더 이상 소평장 앞에서 가식을 떨지 않았다. 몇 차례 솔직하게 교분을 나누다보니 두 사람은 서로가 마음에 들어 타국 사람만 아니라면 좋은 친구가 되었을 거라고 생각했다.

연회 시간이 다가오자 참석자들이 모두 전각에 모였다. 북연의 두 번째 좌석에는 나지막한 병풍을 둘러 세워 중화 군주의 자리를 마련해놓았다. 그녀는 단정하게 앉아 꼼짝도 하지 않았고, 이마 위로 늘어뜨린 구슬 장식마저 떨림 하나 없어 마치 석상 같았다.

그쪽을 흘끗 본 소평장이 혜왕에게로 고개를 돌리고 웃으며 말했다.

"며칠 후면 두 나라가 인척국이 되는군요. 훗날 인연이 닿는다면 저도 귀국을 한번 유람하고 싶습니다."

"우리 연 지방에도 풍경을 감상할 만한 곳이 제법 있소."

혜왕도 웃음을 띠며 대답했지만, 눈동자에 어린 우울한 기색을 감출 수는 없었다.

"언젠가 나라가 평온해지고 세자를 초청할 날이 오길 바라오."

소평장은 잠시 망설이다가 주변에 아무도 없는 것을 확인하고 소리 죽여 말했다.

"전하와 깊이 아는 사이는 아니나 한 말씀 올리자면, 귀국의 반군이 2년 만에 강산의 반을 차지한 일을 단순히 '은혜를 모르는 폭도의 소행'으로만 해석해서는 안 될 것입니다. 우리 장림부는 군인 집안이나, 민심의 향방을 창칼로 바꿔놓을 수 없다는 것은 압니다. 다행히 전하께서는 힘으로 해결하려 하지 않고 근본을 바로 세우고 정화할 뜻을 품으셨으니, 실로 남다른 포부이십니다. 이 소평장, 그 마음에 탄복하여 전하께서 귀국하신 뒤 그 바람을 이루시기를 진심으로 바랍니다."

북연 조정에서는 그의 정치적 견해를 이해하지 못하는 사람이 많았는데, 고국에서 멀리 떨어진 곳에서 마음을 헤아려주는 사람을 만나자 혜왕은 심장이 뜨겁게 달아올라 감격하며 고개를 끄덕였다.

그때 전각 밖에서 종소리가 울리며 어가의 도착을 알렸다. 삼삼오오 모여 한담을 나누던 사람들은 황급히 본래 자리로 돌아가 옷매무새를 정돈하고 숨죽여 황제를 기다렸다. 얼마 후 황제가 소정생과 함께 뒤쪽 전각에서 나오더니 용좌의 계단에 올라 아래쪽을 두루 둘러본 후 천천히 앉았다.

사례감의 외침과 함께 아래에 있던 사람들이 만세를 외치며 절을 올렸고, 소흠은 일어나서 손을 들어 자리에 앉으라 권한 후 탁자에 놓인 황금 술잔을 바라보았다. 각 좌석 뒤에서 대기하던 태감과 궁녀들이 질서정연하게 걸어나와 잔에 술을 가득 따랐다.

소흠은 왼손으로 잔을 들고 오른손으로 잔 아래를 받치며, 손님들이 있는 오른쪽으로 살짝 몸을 돌려 웃음 섞인 목소리로 말했다.

"연과 량은 이웃으로 국교를 맺기도 했소. 이제 두 나라가 맹약을 맺고 인척이 될 것이니, 실로 만민의 홍복이 아닐 수 없소. 혜왕께서 멀리서 오셨는데 짐이 주인 된 몸으로 정성껏 대접하지 못했으나 널리 양해해주시기 바라오. 이 잔은 짐이 친근함의 표시로 올리겠소. 자, 드시오."

그가 입을 열자 북연 사람들은 일제히 일어나 귀를 기울이다가 '드시오' 라는 말이 나오자 잔을 높이 들었고, 혜왕이 대표로 답례했다.

"이렇게 폐하의 연회에 참석할 수 있다니 실로 행운입니다. 우리 연 지방 사람들은 말주변이 없으나, 좋은 술이 눈앞에 있으니 먼저 이 술을 마셔 경의를 표하겠습니다."

말을 마친 그는 고개를 젖히고 단번에 잔을 비웠다.

황제는 몹시 흥이 난 듯 만면에 웃음을 지었다.

“혜왕께서는 참으로 시원시원한 분이구려.”

주인이 잔을 세 번 돌린 후에는 손님이 답례할 차례가 되었고, 서로 일어났다 앉았다 하며 도합 여섯 잔을 마시고 나자 드디어 편안하게 앉아서 즐길 수 있게 되었다. 어악방이 연주를 시작하고 무희들이 전각 안으로 들어와 흥을 돋웠다.

이렇게 시끌시끌한 틈을 타 혜왕 옆에 꿇어앉아 있던 탁발우가 슬그머니 그의 소매를 당기며 소리 죽여 불렀다.

“전하…….”

혜왕은 고개를 돌리지도 않고 얼굴에 떠올린 완벽한 미소도 그대로 둔 채 ‘알았다’ 하고 조그맣게 대답한 뒤 계속 가무를 지켜보았다. 마침내 한 곡이 끝나자 그는 찬탄의 뜻으로 이마에 손을 얹으며 말했다.

“대량의 음악과 춤은 과연 으뜸 중의 으뜸입니다.”

황제는 눈가에 웃음기를 띤 채 장림왕을 돌아보았다. 소정생이 잔을 들고 일어나 웃으며 말했다.

“이 늙은이가 젊고 출중하신 혜왕 전하께 한잔 올리겠소이다.”

혜왕은 연신 겸양하며 잔을 비운 뒤 답례를 했다. 주거니 받거니 하는 그들의 모습에 영 재미를 느끼지 못한 소평정은 탁자 위에서 손가락을 꼼지락거리며 장난을 치다가 형의 시선을 받고 움찔 자세를 가다듬으며 고개를 들었지만, 눈동자는 곧 다시 멍하니 초점을 잃었다.

조금 전 탁발우가 혜왕에게 부탁한 것은 사실 궁궐 연회 전에 순비잔이 황제에게 청한 것과 똑같았다. 혜왕이 어떻게 말을 꺼낼까 고민하던 차에 소흠이 먼저 웃으며 말했다.

"술이 몇 순배 도니 참으로 흥겹구려. 참, 짐이 듣자니 귀국의 사절단에 랑야방의 고수가 있다던데?"

혜왕은 재빨리 탁발우에게 눈짓하여 일으켜 세운 뒤 소개했다.

"이쪽은 사촌아우인 탁발우입니다. 본국 한해왕의 셋째아들이자 고모이신 근현(謹賢) 장공주 소생인데, 올해 외람되게도 랑야 고수방 6위에 올랐습니다."

"영웅은 젊다더니 과연 훌륭하구려."

황제는 연신 찬탄을 터뜨리고는 옆에 있던 순비잔을 돌아보며 말했다.

"짐은 구중궁궐에 있어 견식이 넓지 못하다보니 곁에 있는 이들도 모두 우물 안 개구리요. 마침 오늘 주인과 손님이 모두 기분이 좋고 유명인도 있으니, 서로 무예를 연마하여 흥을 돋우는 것이 어떻겠소?"

탁발우 역시 몹시 바라던 일이었기에 그 말이 나오자 기쁜 표정을 감추지 못했다. 혜왕은 그런 그를 돌아보며 빙그레 웃었다.

"폐하께서 바라시는데 어찌 거절할 수 있겠습니까?"

그가 이렇게 말하며 손을 살짝 들자, 탁발우는 곧장 탁자를 지나 전각 가운데로 나갔다. 순비잔도 늘 지니고 다니던 패검을 풀어놓고 내려가 그와 마주 섰다. 태감이 평범한 청강검 두 자루를 가져와 바치자 두 사람은 각기 한 자루씩 들고 검을 모아 쥐며 예를 갖췄다.

고수의 대결은 일반적으로 시작이 그리 화려하지 않았지만, 두 사람 모두 지극히 단단하고 강맹한 무공을 익혔기에 초반 몇 초 정도 상대를 탐색한 뒤에는 곧바로 검에 힘을 실어 전각 안은 순식간에 검기로 가득 찼다.

비로소 흥미가 생긴 소평정은 자리를 앞으로 바짝 당기고 초롱초롱한 눈으로 관전했다. 그러나 어전에서 하는 비무인 만큼 제 아무리 격렬해도 한계가 있었으니, 흥분한 사람도 있고 놀라는 사람도 있었지만 긴장하는 사람은 아무도 없었다. 물론 혜왕처럼 겉으로는 진지하게 지켜보는 척하지만 전혀 관심 없는 사람들도 있었다.

낮은 병풍 뒤에서 묵묵히 눈을 내리뜨고 있던 중화 군주도 그제야 고개를 들었고, 호흡이 살짝 가빠지며 눈동자를 빛냈다.

지난날 랑야방에 오른 천천검(天泉劍)과 알운검(遏雲劍)은 두 대에 걸쳐 여러 차례 비무를 치렀는데, 그 가운데 가장 오래 걸린 싸움은 장장 다섯 시진 만에야 겨우 승부가 났다. 그러나 지금은 황제 앞이고, 탁발우와 순비잔 모두 강호인이 아니기에 그처럼 분별없이 굴 수는 없었다. 이백 초가량이 지나자 두 사람은 약속이나 한 듯 온 힘을 다해 마지막 초식을 펼친 뒤 떨어져 검을 거두고 감사를 표했다.

소평장이 아우 쪽으로 몸을 기울이며 물었다.

"보는 눈이 있다고 자랑을 했으니 어디 말해보려무나. 누가 이겼느냐?"

"비겼어요."

소평정은 웃음을 띠고 나지막이 대답했다.

"완전히 비등비등해요."

일부러 양보하지도 않았고 각자 최선을 다했으니, 확실히 비등

비등한 솜씨라고 할 수 있었다. 탁발씨는 대대로 한해검이라 불린 유명한 검객 집안이지만, 순비잔은 몽지의 문하로 권각이 장기라는 것은 누구나 아는 사실이었다. 때문에 전각 가운데에서 용좌를 향해 예를 올리는 탁발우는 저도 모르게 뚱하게 입을 다물고 있었다.

용좌에 높이 앉은 소흠은 손뼉을 치며 웃었다.

"짐은 문외한이라 잘은 모르지만 아주 재미있었노라. 여봐라, 술을 내려라!"

궁녀가 옥쟁반과 황금잔을 들고 와 어주(御酒)를 바쳤고 두 사람은 감사인사를 올린 뒤 술을 마셨다. 그런데 잔을 내려놓기도 전에 병풍 뒤에 있던 중화 군주가 벌떡 일어나 이마 높이로 손을 올리며 외쳤다.

"폐하."

전각에는 사람이 많았지만, 지금은 음악도 춤도 없었고 말하는 사람도 없었기에 그 맑은 목소리는 유난히도 크게 들려 거의 모든 사람이 어리둥절하여 그쪽을 돌아보았다. 혜왕마저 영문을 모르는 표정으로 그녀를 바라보았다.

소흠이 부드럽게 물었다.

"군주는 무슨 일인가?"

중화 군주는 병풍을 돌아나와 전각 가운데에서 큰절을 올린 후 말했다.

"우리 연에서는 여인들도 남자처럼 무예를 익힙니다. 오늘의 비무가 양국의 우호를 축하하는 연회의 흥을 돋우는 것이라면, 소녀도 감히 나서볼까 합니다."

순비잔은 경악한 표정을 지었다가 곧바로 민망한 얼굴이 되었지만, 차마 내놓고 말하지는 못한 채 원치 않는다는 얼굴로 황제를 바라보았다.

혜왕이 노기를 띠고 억눌린 목소리로 꾸짖었다.

"중화, 이곳이 어떤 자리인지 모르느냐. 쓸데없는 소리 마라!"

중화 군주는 쓸쓸한 눈으로 그를 보며 나지막하게 대답했다.

"비록 혼례일이 정해졌으나 오늘까지는 저도 연의 여자입니다. 부디 이번 한 번만 마음대로 할 수 있게 해주세요."

"네 마음대로 한 것이 어디 한두 번이더냐."

혜왕은 더욱 분노하여 이를 악물었다.

"내 일찌감치 네 버릇을 다스리지 못한 것이 한이다. 썩 물러나지 못하겠느냐."

소흠은 본래 유순한 성품이고 이 자리의 주인이기도 했기에 두 사람의 분위기가 딱딱해지자 웃으며 풀어보려 했다.

"그리 큰일도 아니지 않소. 다만 짐의 금군통령은 거친 사람인데 군주는 황실의 귀한 따님이니 혹시 실수라도 있을까 걱정스러울 뿐이오."

"금군통령께서는 한번 싸움을 치러 피로하실 테니 계속 귀찮게 해드릴 생각은 아닙니다."

중화 군주가 살짝 몸을 돌리며 소평장 형제 쪽으로 시선을 던졌다.

"장림부 둘째 공자께서 랑야산에서 배우셨다고 들어 한번 뵙고 싶다 생각하던 차인데, 이 기회에 가르침을 내려주시면 어떨지요?"

간식을 오물거리며 방관하던 소평정은 갑자기 자기 이름이 나오자 너무 놀라 하마터면 목이 멜 뻔했다. 그는 허겁지겁 입에 든 것을 씹어 꿀꺽 삼켰다.

혜왕의 안색이 더욱 나빠지자 소흠은 분위기를 망칠까봐 황급히 그를 달랬다.

"우리 대량의 전대 조정에도 군무를 맡은 군주가 있었소. 남자 못지않은 여장부였지. 연회의 흥을 돋우기 위함이라면 구태여 막을 필요가 어디 있겠소."

그러고는 소평정을 돌아보며 눈빛으로 의사를 물었다.

순비잔처럼 여자와 공개적으로 비무하기를 원치 않는 일반적인 남자들에 비해 랑야산에서 자란 소평정은 좀 더 융통성이 있었기에 손에 묻은 간식 부스러기를 탁탁 털고 일어났다.

하지만 소평장은 눈을 찡그리며 아우를 붙잡아 말리고 황제를 향해 말했다.

"폐하, 아시다시피 아우는 아직 몸이 낫지 않아 싸우기에는 적당치 않습니다. 군주께서 무예를 연마하고 싶으시다면 반드시 오늘이어야 할 필요는 없지요. 훗날 혼례를 올리시면 금릉성에 오래 머무실 것이니 기회는 언제든지 있을 것입니다."

중화 군주는 눈물을 글썽이며 길게 한숨을 쉬었다.

"대량에서는 여자는 유순한 성품이 제일이라 가르친다고 들었습니다. 출발하기 전에 소녀는 부왕께 약속드렸습니다. 혼례를 올린 뒤로는 부군을 하늘처럼 모시고, 스스로를 대량의 여자라 여기며 다시는 검을 잡거나 내키는 대로 행동하지 않겠다고요."

말하는 동안 눈물이 쏟아지자 그녀는 소맷자락으로 눈을 닦으며 억지로 웃어 보였다.

"장림세자께서는 안심하시지요. 소녀는 분별을 잘 아는 사람이니, 랑야산의 절학을 배우려는 것뿐 결코 둘째 공자를 해치지는 않을 것입니다."

슬피 호소하는 그녀의 모습은 보기만 해도 마음이 아팠다. 소평정이 속삭였다.

"형님, 전 이제 괜찮으니 대충 상대해주고 올게요. 혜왕 전하 얼굴 좀 보세요, 아주 시퍼레졌잖아요."

양국의 동맹을 축하하는 자리에서 지나치게 난처한 상황을 만드는 것도 좋은 일은 아니었다. 소평장은 잠시 망설이다가 묵묵히 고개를 끄덕였으나, 아우가 일어나 전각 가운데로 나가자 순비잔에게 눈짓을 했다. 순비잔도 그 뜻을 눈치 채고 황제 옆에서 조금 앞쪽으로 걸어나간 뒤 단단히 경계를 섰다.

태감들이 다시 새 청강검 두 자루를 올렸고, 소평정은 예의를 차려 중화 군주에게 먼저 고르게 한 뒤 마주 보고 예를 갖췄다. 인사차 올린 손이 내려가기도 전에 중화 군주가 훌쩍 날아오르며 허공에서 검을 뽑아 머리를 내리쳤다. 소평정은 검을 뽑아 막았으나 뜻밖에도 충격을 이기지 못하고 한 걸음 뒤로 밀려났다. 순비잔마저 이 광경을 보고 흠칫 놀랐다.

북연의 한해검은 이름을 날린 지 오래라 장내에 있는 무학의 고수들은 탁발우의 초식에 대해서는 어느 정도 알고 있었지만, 중화 군주가 누구에게서 무예를 배웠는지는 아무도 몰랐다. 초식이 복잡하고 보법은 환상적일 만큼 변화가 심했지만, 동시에 잔인하고 맹렬한데다 내공으로 강다짐을 하는 것도 마다하지 않아서 보기에는 무척 모순적이고 괴상한 검법이었다. 두 사람의 대결이 시작부터 격렬해지자 순비잔조차 홀린 듯 그 광경을 지켜보았다.

나설 때만 해도 대충 상대해줄 생각이던 소평정은 예상치 못한 공격에 수세에 몰렸지만, 차차 상대방의 검법에 익숙해지면서 반응도 훨씬 느긋해졌다. 그는 패색을 보이지 않으면서도 전력을 다해 공격하지도 않은 채 적당히 상대했다.

소흠은 누가 유리하고 누가 불리한지 알아보지 못해 순비잔을 돌아보며 눈짓으로 의견을 물었다. 순비잔이 몸을 숙이고 나지막한 목소리로 설명했다.

"중화 군주의 솜씨가 무척 훌륭하지만 평정이 상황을 제압했습니다. 상대방의 체면을 세워주는 법을 알고 있으니 우려하지 않으셔도 됩니다."

그때쯤 싸움이 길어지자 다소 초조해진 듯한 중화 군주가 더욱 매섭고 거리낌 없이 검을 휘두르기 시작했고, 두 자루 검날은 몇 번이나 부딪치며 번쩍번쩍 불꽃이 튀었다. 마지막으로 그녀는 다시 한 번 훌쩍 몸을 날리며 검을 칼처럼 쥐고 상대의 머리 위로 찍어내렸다. 이미 예측하고 있던 소평정은 놀라지 않고 빙그르르 몸을 돌려 물러나면서 자연스럽게 검을 휘둘러 막았다.

두 사람이 사용하는 청강검은 내정사에서 만든 고급품이지만 아무래도 전설의 명검은 아니었기에 몇 번 부딪치면서 여기저기 이가 빠졌고, 이 마지막 충돌에서 중화 군주가 내공을 모두 쏟아 내리치자 결국 그 힘을 이겨내지 못하고 뚝 부러졌다. 부러진 검날 반쪽이 허공을 갈랐다. 서늘한 빛을 품은 날카로운 검날은 시위를 벗어난 화살처럼 곧바로 혜왕의 가슴팍으로 날아들었다.

탁발우는 혜왕의 뒤쪽에 앉아 있었고 두 팔을 활짝 벌려야 닿는 거리였다. 장 내의 대량 사람들과는 달리 그는 중화 군주의 실력을 잘 알고 있었기에 이번 대결에 흥미를 느끼지 못했고, 비록 시선은 앞을 바라보고 있었지만 마음속으로는 조금 전 순비잔과의 대결을 되짚고 있었다. 그러느라 놀란 비명소리가 들려 정신을 차렸을 때에는 어느새 싸늘한 검날이 눈앞에 와 있었다.

그는 한 손으로 혜왕의 등을 잡아 밀치려고 하면서 다른 한 손은 맨손으로 검을 가로막았다. 온몸을 날리며 최선을 다했지만 결국에는 한 발 늦은 뒤였다. 다섯 치 길이의 부러진 검날이 가슴에 콱 박혀 들어가자, 새빨간 피가 사방으로 튀고 혜왕의 몸은 뒤에 있던 탁발우의 품속으로 거칠게 나동그라졌다.

놀라운 사태에 전각 안은 순식간에 쥐 죽은 듯 고요해졌고, 황제와 소정생마저 벌떡 일어나 눈을 휘둥그레 뜬 채 그 자리에서 굳었다.

가장 먼저 정신을 차린 소평장이 목이 터져라 외쳤다.

"어서 태의를 부르라!"

그는 다급히 달려가 멍하니 서 있는 소평정을 자신의 뒤로 끌어당겼다.

혜왕은 두 눈을 부릅떴다. 반쯤 열린 입가에서 피가 끊임없이 쏟아지고, 목구멍에서는 꺽꺽대는 소리만 날 뿐 말은 한 마디도 나오지 않았다. 얼굴이 새하얗게 질린 중화 군주를 똑바로 바라보던 그의 가슴팍이 급박하게 오르락내리락하더니 어느 순간 모든 움직임이 뚝 그쳤다.

"오라버니!"

중화 군주는 그제야 정신이 돌아온 듯 부러진 검을 내던지고 미친 듯이 혜왕에게 달려갔다. 울음 섞인 목소리로 몇 차례 울부짖던 그녀는 고개를 홱 돌리고 노한 눈초리로 소평정을 노려보며 외쳤다.

"우리 오라버니는 동맹을 맺기 위해 좋은 마음으로 찾아왔다. 장림부가 아무리 양국의 화친을 반대한다 해도 이렇게 독수를 쓸 필요는 없지 않느냐!"

소평정은 믿을 수 없는 눈길로 그녀를 바라보다가 소흠을 향해 큰 소리로 외쳤다.

"그런 게 아니었어요!"

절망적으로 혜왕을 흔들어 깨우려 노력하던 탁발우는 중화 군주의 울부짖음을 듣고 시뻘겋게 핏발이 선 눈으로 고개를 번쩍 들더니 두 발을 굴러 화풀이하듯 소평정을 덮쳤다.

싸움이 벌어지는 것을 두고 볼 리 없는 소평장이 아우를 붙잡아 뒤로 물리는 사이 순비잔이 달려와 그 가운데를 막아서며 높이 외쳤다.

"탁발 공자, 일단 진정하시오!"

탁발우는 몇 번이나 달려들었지만 매번 가로막혔고, 눈동자에서 이글이글 타오르는 분노의 불길에 눈물마저 말라 사라졌다. 그는 황제를 돌아보며 이를 악물고 외쳤다.

"혜왕 전하께서는 정성을 다하셨으나 흉악한 무리에게 살해를 당하셨습니다. 폐하께서 똑바로 밝혀주지 않으신다면, 우리 대연은 대대로 이 피맺힌 원한을 잊지 않을 것입니다!"

소흠은 얼굴이 잿빛이 된 채 초조해 어쩔 줄 모르는 소평정과 피투성이가 된 혜왕의 시신을 번갈아 보았지만, 어떻게 판결해야 좋을지 갈피를 잡을 수 없었다. 놀라 자리에 멍하니 앉아 있던 순 백수가 그제야 정신을 차리고 다급히 용좌 곁으로 다가가 나지막이 말했다.

"폐하, 모두가 지켜보고 있어 해명하기가 쉽지 않으니 우선 위로부터 하셔야 합니다."

당장 다른 방법이 없었기에 소흠은 잠시 망설이다가 장림왕을 돌아보았다. 장림왕 또한 얼굴을 굳힌 채 이의를 제기하지 않았기에, 그는 힘없이 손을 들어 분부했다.

"여봐라, 소평정은 경솔한 행동을 했으니 당장 붙잡아 형부의 천뢰에 가두어라. 나중에 자세히 조사하겠다!"

순비잔은 탁발우에게서 한 걸음도 떨어질 수 없었기에 전각 한쪽에 시립한 부통령 당동(唐潼)에게 눈짓했다. 소평정은 좀 더 해명해볼 생각이었으나, 어깨를 쥔 형의 손이 꽉 잡아 누르는 것을 느끼자 울적하게 고개를 숙이고 순순히 끌려나갔다.

얼굴을 가리고 통곡하던 중화 군주가 다시 소리를 높였다.

"폐하께서는 저희가 고국에서 멀리 떨어져 있어 도와줄 곳도 의지할 곳도 없다고 멸시하시는군요. 흉악한 무리가 이토록 악독한 짓을 저질렀는데 잡아 가두기만 하시다니요?"

소평장은 그녀를 무시한 채 탁발우에게 나지막이 말했다.

"탁발 공자, 이 일은 분노로만 해결할 수 있는 것이 아니오. 당장의 급선무는 혜왕 전하를 잘 안치하는 것이오. 언제까지나 저리 둘 수는 없지 않겠소."

탁발우는 멍하니 고개를 돌려 여전히 탁자 뒤에 쓰러져 있는 혜왕의 시신을 돌아보았다. 한쪽 손은 피범벅 속에 힘없이 늘어졌고, 차마 이대로 감을 수는 없다는 듯 부릅뜬 눈 속에는 빛을 잃은 잿빛 눈동자가 자리하고 있었다. 그는 비틀비틀 걸어가 시신 앞에 털썩 엎드렸다. 눈물이 비 오듯 흘렀다.

맏형의 책임

—

08

—

5월의 해는 밝고 따스했다. 비스듬히 비치는 햇살이 유명도의 담장을 넘어 응달의 어두운 부분에 황금 같은 빛줄기를 던졌다. 천뢰의 안팎을 가르는 이 길은 빛과 그림자의 선명한 대비로 평소보다 유난히 깊고 그윽해 보였다.

제형사 상문거는 유명도 바깥의 철문 옆에 넋이 빠진 사람처럼 멍하니 서 있었다. 천뢰에서 일한 지 반년, 이곳에 받아들인 죄인 수가 백 명이 넘었지만 이렇게 갈피를 잡을 수 없는 상황은 처음이었다.

"폐하의 명이니 소평정을 잠시 형부의 천뢰에 가두고 나중에 조사할 수 있게 하라."

금군 부통령 당동은 소평정을 넘겨주면서 이렇게만 말했고, 무의식적으로 '잠시'라는 단어에 힘을 주었다. 지은 죄도 없고, 연루된 사건도 없었다. 상문거가 던진 모든 질문에도 당동은 대답 없이 고개만 가로젓다가 소평정을 인도하자 차 한잔 마실 생각도 없이 나는 듯이 사라졌다.

제형사 대인은 어쩔 수 없이 한자호(寒字號) 안의 작은 옥방을 열어 깨끗이 청소한 뒤, 죄인이라고 보내진 자를 가두고 두 시진마다 한 번 식수를 주게 했다. 그런 다음 황혼이 질 때까지 목이 빠져라 기다렸지만 아무런 소식도 지시도 없었고, 장림왕부에서조차 아무런 당부가 없었다. 점점 차가워지는 밤바람이 정원을 스치고 지나가자 상문거는 목을 움츠리고 한참 생각하다가 사람을 시켜 한자호에 새 이불을 넣어주게 했다.

한자호는 황족을 가두는 곳이긴 하나, 그래도 옥방이니 창이 작고 춥기는 매한가지였다. 소평정은 돌 침상에 앉아 창가에 비치는 빛이 점점 어두워지는 것을 지켜보면서 애써 마음을 가라앉히고 오늘 전각에서 있었던 시합 장면을 하나하나 돌이켜보기 시작했다.

으슥하고 조용한 천뢰 안에서는 바깥의 경고 소리조차 들리지 않았다. 하늘이 캄캄해진 뒤 또 얼마쯤 지났을까, 자물쇠를 여는 소리가 기나긴 복도를 통해 들려왔다. 등불 하나가 느릿느릿 가까워지더니 옥방의 나무문이 열리고 소평장이 홀로 안으로 들어왔다. 그는 등을 벽 옆에 놓인 앉은뱅이 탁자에 올려놓고 아우를 돌아보았다.

그럭저럭 차분하게 견뎌내던 소평정도 별안간 억울함이 밀려와 목멘 소리로 입을 열었다.

"형님……."

"초조해하지 말고 천천히 말해보아라."

소평장은 옥방을 한번 훑어본 후 침상 가장자리에 앉았다.

"우리 둘뿐이고 시간은 충분하다. 무슨 말이든 다 해도 된다."

소평정은 입을 삐죽이며 울적하게 말했다.

"저는 중화 군주가 멀리 타국으로 시집와서 화가 난 나머지 분풀이를 하려고 그렇게 힘껏 싸우는 줄 알았어요. 설마…… 설마 그런 짓을 하리라곤 생각조차 못했어요."

"누군들 생각이나 했겠느냐."

소평장은 중얼거리듯 탄식한 뒤 다시 물었다.

"그렇다면 네가 느끼기에 그녀가 고의로 그랬다는 것이냐?"

"단순한 느낌이 아니에요. 이건 절대 우연한 사고일 리 없어요. 제가 아무것도 하지 않았으니 그녀 말고 또 누가 있겠어요?"

소평장은 한숨을 쉬었다.

"갑작스럽게 벌어진 일이라 주의해서 본 사람이 아무도 없구나. 두 사람이 각기 다른 말을 하고 있으니 북연 쪽은 말할 것도 없고 그 자리에 있던 대량 사람들이라 해도 그녀가 일부러 그랬다고 믿는다는 보장이 없다. 도리어 '사고'라고 받아들이기가 더 쉽겠지."

"맞아요, 다른 사람들은 그렇다 치고 저 자신도 당시에는 넋이 나갔으니까요."

소평정은 낙심한 얼굴로 형에게 기대앉았다.

"혜왕 전하는 그녀의 사촌오라버니이자 북연의 적출 황자잖아요. 그런데 왜 그런 독수를 썼을까요? 도저히 이치에 맞지가 않아요!"

소평장은 등잔 위로 일렁이는 희미한 빛을 멍하니 바라보며 깊고 묵직한 목소리로 말했다.

"황권과 가까운 곳일수록 아무도 예상치 못한 일들이 벌어지기 쉽지. 허나 너와 나는 타국 사람이고 북연의 속사정을 모르니 추측만으로는 진상을 밝혀낼 수 없을까봐 걱정이구나."

소평정이 버럭 외쳤다.

"그럼 탁발우는요? 그 사람은 속사정을 잘 알지 않아요?"

일순 소평장의 눈썹이 움찔했다.

"저와 중화 군주의 비무는 제가 먼저 제안한 것도 아니었어요. 탁발우도 냉정을 되찾고 나면 그렇게 간단한 문제가 아니라는 것을 알아차릴 거예요. 혜왕 전하에게 어떤 적이 있는지, 그 적들이 무슨 짓을 하려고 했는지, 탁발우는 분명히 우리보다 잘 알 거예요. 그와 진지하게 이야기를 해보면……."

소평정은 말을 할수록 흥분했지만, 형의 굳어진 얼굴이 전혀 풀릴 기색이 없자 움찔 당황했다.

"왜 그러세요? 제 말이 틀렸어요?"

"네 말은 맞다. 하지만 가장 중요한 점은 이 사건의 진실이 무엇인지, 탁발우가 누구를 믿는지가 아닌 것 같구나."

고개를 드는 소평장의 눈빛이 슬프게 가라앉았다.

"혜왕이 죽었으니 북연에 있는 그의 정적이 누구이건 그자가 이긴 것이다."

소평정은 잠깐 어리둥절했지만 차차 깨달았다.

혜왕은 태자로 책봉될 사람이었다. 아무리 맹우가 많아도 혜왕의 존재를 대신할 수는 없었다. 그의 죽음으로 북연의 조정은 균형을 잃었고, 마지막으로 대권을 쥐는 이가 누가 되든 그 사람은 이번 일을 이용해 자신의 이익을 최대화하려 할 것이지, 결코 혜왕의 죽음에 얽힌 진상을 밝히려 하지 않을 것이다.

소평정은 실망하여 얼굴을 손에 묻었다가 한참 후에야 다시 고개를 들고 물었다.

"알아요, 이번 북연과의 회담 결과는 부왕께서 꼭 바라시던 것이었잖아요. 그런데 이제 완전히 망가졌어요, 그렇죠?"

"혜왕은 약속을 지키는 사람이지만 그가 죽었으니 당연히 수포로 돌아가겠지. 앞으로의 상황은 낙관할 수 없을 것이다. 내각의 대신들이 오랫동안 고생해서 이루어낸 화친이기도 하니 몇 마디 원망을 들어도 이해해줘야겠지."

소평장은 한 손을 아우의 뒷덜미에 올리고 가볍게 주물렀다.

"하지만 그 모든 것이 네 잘못은 아니다. 네가 아무리 똑똑해도 이런 일이 일어날 줄은 예상하지 못했을 테니까."

머리가 혼란스러워 깊이 생각할 수 없게 된 소평정은 자연스럽게 형에게 기대를 걸듯 물었다.

"형님, 앞으로 어떻게 해야 하죠?"

앞으로 어떻게 해야 하는가 하는 문제는 소평장이 천뢰에 오기 전부터 소흠과 대신들이 오후 내내 상의했고, 소평장 자신도 계속해서 생각을 거듭해보았지만, 지금까지 명확한 결론을 내린 사람은 아무도 없었다.

지금 상황에서는 쌍방 모두 마음에 걸리는 부분이 있었다. 북연은 내전이 아직 끝나지 않아 국경을 돌아볼 여력이 없고, 대량과의 화친을 앞둔 지금 수습할 수 없는 지경까지 일을 몰아가고 싶지는 않을 것이다. 하지만 적출 황자의 급작스런 죽음은 결코 사소한 일이 아니었다. 잘 다독이지 못하면 분노한 북연 황제가 앞뒤 가리지 않고 복수하러 달려들 수도 있었다.

온화하고 소평정을 아끼는 대량 황제의 입장에서는 이 일을 사고로 단정하고 상황부터 수습하기를 원할 것이다. 다만 이 황궁 안에 혜왕의 피가 뿌려진 것은 사실이니 대량 입장에서는 할 말이 없었고, 북연을 위로하고자 한다면 화친 조건을 양보해야만 했다.

"나와 조정 대신 몇 사람이 어전에서 물러나온 뒤에도 폐하께서는 부왕과 단둘이서 말씀을 나누셨으니 성심이 어떤지는 아직 모른다. 하지만 미루어 생각해보면 아무래도 양보를 하시겠지."

혜왕이 황궁의 전각 안에서 피살당한 것은 무척 심각한 일이었기 때문에 황제는 곧바로 함구령을 내렸고, 소식에 정통한 복양영도 해가 진 뒤 한참이 지나서야 궁에서 흘러나온 비밀 정보를 얻을 수 있었다.

"북연은 과연 무예를 숭상하는 나라답군. 호승심으로 서로 다투다가 이런 참혹한 일을 벌이다니…… 나도 이런 결과까지는 예상하지 못했구나."

경악하여 잠시 멍하니 앉아 있던 복양영은 이윽고 탄식을 섞어 중얼거리고는 다시 물었다.

"황후마마께서는 뭐라고 하셨다더냐?"

한언은 잠시 생각한 뒤 대답했다.

"마마께서는 태자께서 그 자리에 계시지 않아 다행이라고만 하셨고, 다른 말씀은 없으셨습니다."

"대신들은?"

"아직…… 아직 그쪽 소식은 알아보지 못했습니다."

질문에 대답하지 못한 한언은 몹시 황공한 표정이었지만, 다행히 복양영은 화를 내지 않고 이마를 만지작거리며 잠시 생각하다가 마차를 준비하라고 분부했다.

마장 사건에서 단동주가 출현한 뒤로 순백수는 복양영에게 의심을 품고 남몰래 건천원에 감시자를 붙여놓았고, 덕분에 상사의 마차가 순부를 향해 가고 있다는 소식은 일찌감치 그에게 전해졌다. 그는 서둘러 방 안에서 시중들던 하인들을 물리고 순월만 문밖을 지키게 한 다음 남몰래 손님을 안으로 들였다.

"상사께서 이 늦은 시각에 방문한 까닭이 오늘 일선전에서 일어난 일 때문이라면 실망시켜드려야 할 것 같소이다."

인사를 나누고 자리에 앉은 뒤, 순백수는 단도직입적으로 말했다.

"혜왕의 죽음은 양국에 모두 영향을 미칠 것이고, 소평정의 죄는 우리 대량이 응당 책임져야 하오. 이 늙은이는 폐하의 신하로서 나라의 이익을 중요하게 생각할 수밖에 없으니, 장림왕부를 곤경에 빠뜨리기 위해 이 일을 이용하지는 않을 것이오."

복양영은 놀란 듯이 한참 그를 바라보다가 웃음을 터뜨렸다.

"아아, 아닙니다, 아닙니다. 대인께서 오해를 하셨군요. 폐하께서 양보하기로 결정하실 것이 분명하기에 이 몸은 그저 대인께서 무리하게 나서실까 걱정되어 이번에는 상황을 지켜보시라 말씀드리러 온 것입니다."

순백수는 그 말이 의외였는지 의심스러운 듯 눈썹을 치켰다.

"폐하께서 아직 결단을 내리지 않으셨는데 어찌 양보하시리라 판단하시오?"

복양영은 쿡쿡 웃으며 확신에 찬 표정으로 말했다.

"대인께서도 현장에 계셨으니 오늘 일이 진상을 밝혀낼 수 없는 사건이라는 것을 아실 테지요. 억지로 따져보았자 무슨 결론이 날지 예측할 수 없습니다. 만에 하나 사태가 악화되어 전쟁이라도 벌어지면 소평정의 죄는 더욱 가중됩니다. 폐하께서 둘째 공자를 보호하실 생각이라면 당연히 양보하여 분쟁의 실마리를 수습하려 하시겠지요. 장림왕께서도 아들을 아끼는데다 폐하의 마음도 잘 아시니 분명 반대하지 않으실 겁니다."

여기까지 말한 그는 일부러 멈추고 순백수의 생각을 들어보려 했지만, 깊이 생각에 잠긴 순백수가 한참 동안 입을 열 기미가 없자 어쩔 수 없이 계속 말했다.

"폐하께서 그렇게 하시면 겉보기에는 장림왕부에 유리한 처사 같지만, 타국 사람들은 우리 대량이 양보했으니 잘못을 시인한 것이라고 생각하게 되겠지요. 경솔한 행동으로 사람을 해친 죄는 양국이 전쟁을 치르게 하는 죄보다는 가볍다 볼 수 있지만, 결국 죄는 죄입니다. 거의 성사된 화친 회담도 망가졌으니 이는 틀림없는 손해지요. 훗날 북연에서 이 일을 핑계로 국경에서 전쟁을 일으키면 그 또한 소평정의 책임이 될 것이니, 그는 해명할 기회도 얻지 못한 채 죽을 때까지 그 죄를 안고 가야 할 겁니다. 그리고 한 달 전 순 대인께서 우려하셨던 마장 사건은 이제 완전히 묻히겠지요. 헤아려보면 이 모두가 백신께서 보우하신 덕분이니 참으로 기쁜 일입니다."

그러나 순백수는 그가 말한 것처럼 기쁘지 않은지 눈을 내리깐 채 차분하게 말했다.

"뜻밖의 기쁨이기는 하나 소평정은 장림왕부의 일개 공자일 뿐이니 그의 명성이 망가진들 금릉의 조정 상황은 여전히 바뀌지 않을 터, 곰곰이 생각해보면 아무것도 얻은 것이 없소."

복양영은 제가 주인인 양 찻주전자를 들어 차를 따르며 위로했다.

"어찌 그리 낙심하십니까? 장림왕의 명성이 아무리 높아도 결국은 환갑이 넘으신 분입니다. 길게 보면 장림왕부의 젊은이들에게 좀 더 관심을 가져야 할 때가 아니겠습니까?"

"그렇다 해도 둘째 공자를 신경 쓸 계제가 아니오. 훗날 소평장이 장림왕부의 키잡이가 될 것임을 모르는 자가 어디 있소?"

"물론 세자가 더 중요하지요."

복양영이 살짝 눈썹을 치키며 말했다.

"허나 '한술에 배부르랴' 라는 속담이 있지 않습니까? 천천히 하나하나씩 해나가야지요."

순백수는 표정 없는 얼굴로 그를 흘끔 보더니 말없이 소맷자락을 정리했다.

복양영은 약간 당황한 듯 물었다.

"제가 착각이라도 했던 것입니까? 지난번 건천원 다실에서는 대인과 마음이 잘 통했다고 생각했는데 말입니다. 마장 사건이 결과가 원만하지는 않았으나 저는 약속대로 대인의 털끝 하나 끌어들이지 않았습니다. 한데 어찌하여 오늘은 이리도 냉담하신지 모르겠군요."

순백수는 싸늘하게 미소 지으며 앞으로 살짝 몸을 기울여 복양영의 눈을 들여다보았다.

"이 늙은이는 냉담한 것이 아니라 갑자기 깨달은 것뿐이오. 마장 사건에서 단동주 같은 고수마저 상사의 명령을 듣는 것을 보면,

상사는 내가 아는 것보다 훨씬 더 비범한 인물일 것이오. 아무리 생각해봐도 상사가 느닷없이 조정 싸움에 끼어든 까닭이 단순히 황후마마의 은혜를 갚기 위해서라고는 믿을 수가 없구려. 이 순백수가 그리 쉽게 아무하고나 손을 잡는 사람이었다면 지금 이 자리까지 오지도 못했소. 상사가 이 늙은이에게 허심탄회하게 속을 밝히지 않는다면 앞으로는…… 서로 협력하기 어려울 것이오."

한 치의 꾸밈도 없는 수보 대인의 이 말은 복양영의 예상을 한참 뛰어넘은 것이어서 오래도록 그의 얼굴에서 떠난 적 없던 웃음마저 사라졌다. 탁자 아래에 내려놓은 손을 펼쳤다 잡았다 수차례 반복한 끝에 복양영은 마침내 한숨을 내쉬며 포기한 듯 대답했다.

"순 대인께서 그렇게 궁금해하신다면 오늘 이 자리에서 시원하게 털어놓지요."

순백수는 손을 살짝 들어 귀 기울여 듣겠다는 뜻을 전했다.

"누구나 알다시피 폐하께서는 황후마마와 달리 우리 백신교를 신봉하지 않으십니다. 지금은 궁을 출입하며 상사라는 호칭을 듣고 있으니 영광을 누리는 것처럼 보이나, 사실 천자의 눈에는 기침병이나 낫게 해주는 방술사에 불과하지요."

그는 이를 악물며 달갑지 않은 목소리로 말을 이었다.

"이 몸은 하늘의 도리를 깨우쳤다 자부하며, 계략에 능하고 재주가 많습니다. 한데 이 방술사라는 신분 때문에 폐하의 조정에서 재주를 발휘할 기회조차 없지요. 자고로 풍운의 대업을 이루는 데는 새로운 군주를 보필하는 것이 으뜸이라는 말이 있습니다. 황후마마께서 좋게 봐주시니 이 기회에 태자 전하를 위해 불세출의 공을 세워 훗날 진정한 국사의 자리를 얻을 수 있기를 바라고 있습니다."

순백수의 표정이 살짝 흔들렸다.

"상사의 목표가…… 국사 자리란 말이오?"

"장림왕 역시 백신교를 믿지 않습니다. 그가 권력을 쥐고 있으면 제가 아무리 큰 웅심을 품어도 결국은 물거품이 되겠지요. 이것만 보아도 대인과 저의 목적이 완벽하게 일치하지 않습니까?"

순백수는 눈동자를 빛내며 저도 모르게 고개를 끄덕였다.

복양영의 얼굴에 다시금 미소가 피어올랐다. 그는 눈썹을 부드럽게 휘며 말했다.

"대인께서 꼭 아셔야 할 것이 있습니다. 군대의 수장인 장림부의 세력을 단번에 뿌리 뽑으려면 황제 폐하의 지지가 필수적입니다. 하지만 폐하께서는 장림왕께 신임이 두터우시니 일격에 성공할 수는 없지요. 최후의 승리자가 되려면 바위를 뚫는 낙숫물과 같은 인내심을 가져야 합니다. 이 몸의 건천원은 막후에 숨겨져 있어 지금껏 소평장의 눈에 띈 적이 없습니다. 대인과 제가 음으로 양으로 서로 도우면 작은 힘으로도 큰 효과를 볼 수 있지 않겠습니까?"

어느 정도는 속마음을 털어놓은 말이었고 말투나 표정도 진실했지만, 순백수의 얼굴에는 예상했던 반응이 떠오르지 않았고 도리어 눈빛은 더욱 차가워졌다.

"장림왕이 명성이 높고 병권을 쥐고 있으니 태자의 미래를 위해 억눌러야 한다는 것은 맞소. 허나 상사, 국경을 지키는 군대는 나라의 안위와 밀접한 관계가 있거늘, 이 늙은이가 그들을 뿌리 뽑아야 한다는 말을 한 적이 있었소?"

복양영은 멈칫했지만 재빨리 느긋한 표정을 지으며 고개를 저었다.

"그저 최악의 상황을 말씀드린 것뿐입니다. 조정에 언제까지나 미풍만 분다는 보장이 없으니, 언젠가 누군가의 생각이나 작디작은 변수로 인해 서로 죽고 죽이는 끔찍한 일이 일어날 수도 있지요. 순 대인, 최악의 상황까지 마음먹지 않고 결사의 각오로 임할 용기가 없으시다면, 대인께서 장림왕부에 베푸는 모든 계략은 태자에게 화를 불러올 뿐입니다. 차라리 여기서 멈추는 것이 낫지요."

태연하게 그 말을 던진 복양영은 천천히 몸을 일으켜 작별을 고하고 서재에서 나갔다.

순백수는 일어나서 배웅하지도 않고, 등불 아래 고개를 숙인 채 앉아 반 시진 동안 꼼짝없이 생각에 잠겼다. 순 부인이 들어와 잘 시간이라고 알려주자 그제야 그도 너무 오래 앉아 있어 허리가 욱신거리는 것을 깨닫고 힘겹게 탁자를 짚으며 일어났다.

순 부인이 서둘러 다가와 부축하며 걱정스러운 듯 물었다.

"나리, 저녁 식사도 거의 드시지 않고 종일 이렇게 넋을 놓고 계시는데 어디 불편하기라도 하세요?"

순백수는 살며시 고개를 저었다.

"아무것도 아니오. 이것저것 생각해보니 후회가 되어 그렇소."

"무엇을 후회한다는 말씀이세요?"

"순씨 일족의 가장으로서, 10여 년간 무슨 일이든 신중하게 임하며, 조정에 제아무리 비바람이 몰아쳐도 어떻게든 빠져나와 황후마마와 태자를 보호했소. 그런데 요즘은…… 크고 작은 풍파가 잇달아 일어나니 마음이 어지러워 지나치게 조바심을 내게 되는

구려."

순 부인은 전혀 알아듣지 못한 듯 막연한 눈길로 그를 바라보았다.

"복양영과 손을 잡은 뒤로 줄곧 이 방법이 틀렸다는 생각에 마음이 불안했소."

순백수는 이를 악물며 눈빛을 무겁게 가라앉혔다.

"오늘밤에야 확신이 드는구려. 저자는 분명 뒷일을 생각지 않는 미치광이요. 저 입으로 무슨 말을 하든 그자와 내가 바라는 마지막 목표는 결코 같을 수 없다는 것을 알게 되었소."

순 부인은 당황해서 어쩔 줄 몰라 했다.

"나리께서 그리 말씀하시니 앞으로는 상사와 왕래하지 않아야겠군요."

순백수는 근심이 깊은지 한숨을 푹 쉬었다.

"하지만 지금 황후마마께서는 그를 완전히 믿고 있으니 돌이키기가 힘들지도 모르겠구려."

일선전의 피비린내 나는 사건 이후로 중화 군주는 장림부가 화친을 원치 않아 독수를 썼다고 부득부득 주장했지만, 대량의 대신들도 바보가 아닌 바에야 그녀를 믿는 사람은 아무도 없었고 대부분은 의외의 사고라고 여겨 소평정의 부주의함을 탓했다. 소흠도 그날 어전에서 상의할 때는 태도를 명확히 하지 않았으나, 장림왕만 남겨놓고 이야기를 나누면서 자신의 생각을 밝혔다.

평소에는 막내아들의 행동이 하나같이 마음에 들지 않는 척하던 소정생도 정말 사고가 생기자 초조하고 걱정스러웠다. 왕부로 돌아온 그는 소평장이 천뢰에서 아직 돌아오지 않은 것을 알고, 원숙마저 쉬라고 보낸 뒤 혼자 서재에서 기다렸다.

장림왕의 서재는 두 채짜리로, 남쪽에는 평방 한 장짜리 커다란 북쪽 국경 지도가 벽 하나를 다 차지하고 있었다. 늙은 왕은 북연과 대량의 국경에 있는 주부들 위로 시선을 미끄러뜨리며 묵묵히 생각에 잠겼다. 지도 옆에는 주홍빛을 띤 오래된 철궁이 걸려 있었는데, 넋을 놓고 생각에 잠긴 그는 무의식중에 손가락으로 그 철궁을 살며시 쓰다듬었다.

소평장은 문가에 서서 잠시 그 모습을 바라보다가 비로소 입을 열었다.

"부왕."

소정생은 흠칫 놀라 돌아보고는 다급히 물었다.

"돌아왔구나. 평정이는 어떠냐?"

소평장은 한숨을 쉬었다.

"거의 추측한 대로입니다. 분명코 사고는 아니지만 증명할 방법이 없습니다."

이런 일은 초반에 결백을 증명할 방법을 찾지 못하면 뒤로 갈수록 미궁에 빠져드는 법이었다. 소정생은 실망스러워 방 안을 거닐다가 차 탁자 옆으로 돌아가 앉았다.

소평장도 그 뒤를 좇아 부왕에게 차를 따라주면서 물었다.

"폐하께서는 뭐라고 하셨습니까?"

"폐하의 성품은 너도 잘 알 것이다."

소정생은 찻잔을 받아 한 모금 마셨다.

"혜왕이 그렇게 참혹하게 죽었으니 할 말이 없을뿐더러 평정을 보호하고 싶기도 하니 당연히 양보를 생각하고 계시지. 이 일은 길게 끌어봐야 의미가 없다. 아무래도 내일 내각에 명해 국서를 쓰게 하고 북연에 완화된 조건을 제시하면서 눈앞의 위기를 가라앉히려 하시겠지."

소평장은 눈을 잔뜩 찌푸린 채 생각에 잠겼다가 불쑥 말했다.

"아닙니다, 동의할 수 없습니다."

소정생은 깜짝 놀라 고개를 들고 아들을 바라보았다.

"무얼 말이냐?"

"양보하시는 것은 동의할 수 없습니다. 양보한다는 것은 잘못을 인정한다는 뜻이니, 구실이 될 수도 있을뿐더러 아우의 장래에도 좋지 않습니다. 형이 된 몸으로, 아우가 아무 잘못도 하지 않은 것을 알면서 이렇게 유야무야 넘어갈 수는 없습니다."

소정생은 관자놀이를 매만지며 하는 수 없다는 투로 말했다.

"네 마음은 나도 안다. 허나 지금으로선 평정의 의견 말고는 중화 군주가 그런 일을 할 만한 이유조차 댈 수 없지 않느냐. 억지로 그녀를 지목하기엔 위험부담이 너무 크고 결과를 예측할 수 없다. 일단 양국에 분쟁이 벌어지면 평정의 책임이 가중되지 않겠느냐?"

"잘못을 인정하지 않으면 결과를 예측할 수 없다 하시지만, 양보했을 때의 결과는 예측할 수 있습니까?"

소정생은 저도 모르게 움찔했다.

"자고로 두 나라가 협상할 때는 이익을 최우선으로 생각해왔습니다. 모두가 사실이 무엇인지를 신경 쓰는 것은 아니지요. 북연은 조정 사정이 좋지 않으니 폐하께서 양보를 하시면 상황은 확실히 가라앉을 것입니다. 그렇지만 그 대가가 무엇입니까?"

소평장은 말을 할수록 생각이 정리되는 듯 점점 차분한 표정이 되었다.

"평정이 없는 죄를 떠안아야 할 뿐 아니라, 훗날 북연이 안정되었을 때 언제든 이 일을 걸고넘어질 수 있습니다. 때문에 소자는 분쟁을 피하기 위해 사건을 묻는 것이 상책은 아니라고 생각합니다."

맑디맑은 절개

—

09

—

소평장은 마음을 정한 뒤 부왕과 밤새 상의하다가 이경이 되어서야 침소로 돌아갔다. 근심이 많아 뒤척거리며 잠을 이루지 못하다가 가까스로 눈을 조금 붙였고, 바깥 하늘이 희미하게 밝아올 때쯤 다시 일어날 준비를 했다.

조심스레 그의 옷매무새를 정리하고 허리띠를 매어주는 몽천설의 눈에는 걱정하는 기색이 다분했다. 소평장은 그녀의 어깨를 잡고 부드럽게 말했다.

"밤새 편히 쉬지도 못했는데 더 누워 있어. 부왕을 입궁시켜드리고 역관에 가서 탁발우와 상의를 해야 하니 정오가 지난 뒤에나 돌아올 거야."

몽천설은 울화가 치미는 듯 입술을 깨물었다.

"이익이 먼저지, 사실이 어떤지는 아무도 관심 없을 거라면서요. 그런데 북연 사람들과 무슨 할 이야기가 있어요?"

소평장은 사랑하는 부인의 머리카락을 살며시 쓰다듬으며 고개를 저었다.

"누구나 사실에 관심을 갖는 것은 아니지만, 아무도 관심이 없는 것도 아니야. 세상에는 반드시 도리가 통하게 마련이니 북연에도 무슨 일이 있어도 진상을 밝혀내고자 하는 사람이 틀림없이 있을 거야."

몽천설은 혜왕을 만난 적이 없지만, 그에게도 고국에 남겨둔 가족이 있을 거라 생각하자 슬픔이 밀려왔다. 그래서 그녀는 소평장의 품으로 뛰어들어 그가 출타하는 것을 못내 아쉬워했다.

장림왕 부자가 함께 조정에 나갈 때에는 번거로움을 줄이기 위해 마차 한 대를 썼는데, 오늘은 목적지가 달라 각자 마차를 타고 숭안대로까지 동행하다가 길을 나누어 장림왕은 궁성으로, 소평장은 곧바로 천뢰로 향했다.

따지고 보면 제형사 상문거는 장림부와 관계있는 일을 많이 처리했지만, 소평장과 얼굴을 마주하고 이야기를 나눈 적은 한 번도 없었다. 부하가 찾아와 세자 나리가 앞쪽 대청에서 기다리고 있다고 보고했을 때, 그는 한동안 멍해져서 잘못 들은 게 아닌지 재차 확인한 뒤에야 허둥지둥 마중하러 나갔다.

"이렇게 일찍부터 대인을 불러냈으니 불청객도 이만저만한 불청객이 아니구려."

소평장은 고개를 살짝 숙여 그의 인사에 답한 뒤 웃으며 말했다.

"아우에게 귀찮은 일이 생겨 꼭 얼굴을 보고 해명해야 하는데, 두 시진 정도만 시간을 줄 수 없겠소? 일이 끝난 후 곧바로 돌려보낼 것이오."

눈앞의 장림세자는 하얀 바탕에 어두운 색으로 수를 놓은 장포를 입어 환하고 우아한 모습이었고 말투도 시종일관 물처럼 부드러웠지만, 그 내용은 충격적이었다. 죄인을 잠시 빌려달라는 요구는 난생처음이라 상문거는 일순 머리가 멍해지며 뭐라고 대답해야 좋을지 몰랐다.

소평장은 서두르지 않고 그에게 생각할 시간을 준 다음 천천히 말을 이었다.

"안심하시오. 돌려보내겠다고 한 이상 결코 약속을 어겨 대인을 난처하게 만들지는 않을 것이오. 장림부가 경성에 있는데 우리 형제가 달아나봐야 어디로 가겠소?"

"무슨 그런 말씀을……."

상문거는 겸연쩍게 웃으면서 재빨리 머리를 굴리며 주판을 퉁겨보다가, 머뭇머뭇 옆에 있는 곡 총관에게 유명도를 열고 소평정을 풀어주라는 눈짓을 했다.

비록 옥방에서 하룻밤을 보냈지만 본래 귀하게만 자라지는 않은 소평정은 여전히 활기가 있어 보였다. 그는 왜 갑자기 나가야 하는지 영문을 몰랐으나 주위에 보는 눈이 있어 입을 다물고 형을 따라 천뢰 문을 나선 다음에야 조용히 물었다.

"어디로 가는 거예요?"

소평장은 그를 흘끗 돌아보며 대답했다.

"황실의 역관이지 어디겠느냐."

북연 사절단이 머무는 황실의 역관은 궁성 밖에 있어 본래는 순방영이 호위를 맡았지만, 혜왕의 시신이 납관되어 돌아온 뒤로는 어명에 따라 순비잔이 금군을 이끌고 와서 지키고 있었다. 그는 주변의 거리를 비우고 가능한 한 멀리 초소를 세워 북연 사람들을 자극하지 않게 신경 썼다.

소평장은 역관을 방문하기 전에 동청을 먼저 보내 금군에게 전갈하게 했다. 그때 당직을 서고 있던 사람은 또 다른 부통령인 정춘도(鄭春洮)였다. 조심스런 성품인 그는 자신의 관할에서 무슨 사고라도 생길까봐 보고를 받자 즉시 소부대 두 개를 보내 거리 입구를 지키게 하고 장림세자와 함께 안으로 들어가려 했다.

소평장은 웃으며 그의 호의에 감사를 표한 후 좋은 말로 달래어 장림부의 호위병도 바깥에 남긴 채 소평정만 데리고 역관 안으로 들어섰다.

역관 안 대청에는 내정사가 발 빠르게 빈소를 차려놓았다. 혜왕의 관은 빈소 가운데 놓여 있었는데 양쪽에 타오르는 하얀 촛불 옆으로 흰 천이 펄럭이고, 구리 그릇 안에는 지전을 태운 재가 아직도 온기를 머금고 남아 있었다.

탁발우는 마의를 입고 관 앞에 서 있었다. 밤새 한숨도 자지 못했는지 눈은 충혈되고 얼굴은 거무스름했다.

소평장은 바깥 마루에서 걸음을 멈추고 소평정에게 가져온 청강검을 옆의 돌 탁자에 내려놓게 한 다음 소리 내어 불렀다.

"탁발 공자."

뒤를 돌아본 탁발우는 순식간에 눈이 시뻘겋게 변하더니 발을 굴러 몸을 날리며 소평정의 얼굴을 향해 주먹을 내질렀다. 두 사람은 순식간에 주먹질과 발길질을 하며 뒤엉켰다.

소평장이 돌 탁자에 놓아둔 청강검을 들고 낭랑하게 외쳤다.

"한해검 탁발씨라면 당연히 검을 써야 하지 않겠소?"

그가 말하며 손목을 탁 떨치자 검 두 자루가 검집에서 뽑혀 나와 두 사람에게 날아갔다.

소평정과 탁발우는 몸을 솟구쳐 허공에서 각자 검을 낚아챈 후 다시 한데 얽혔다. 검이 격렬하게 바람을 일으키자 정원의 커다란 나무를 덮은 푸른 잎들마저 가지에서 떨어져 나와 사방으로 흩날렸다.

수십 차례 불꽃 튀는 충돌이 벌어지면서 검에는 점차 금이 갔다. 순간 소평정이 두 눈을 환하게 빛내며 높이 외쳤다.

"탁발 공자, 잘 보시오!"

말을 마친 그가 몸을 솟구친 뒤 허공에서 검을 힘껏 내리찍었다. 그 자세와 힘, 검의 방향은 어제 중화 군주가 했던 것과 똑같았다. 검날이 가로세운 탁발우의 검을 때리자 검 두 자루가 동시에 뚝 부러졌고, 소평정이 손목을 살짝 꺾어 검 자루를 앞으로 쭉 내밀자 부러진 상대방의 검 반쪽이 허공을 가르며 날아가 두 장 밖의 나무줄기에 깊숙이 박혀들어갔다.

탁발우는 부러진 검을 쥔 채 그 자리에 우뚝 서서 파르르 떨리는 나무줄기를 뚫어져라 노려보았다. 가슴이 격렬하게 요동쳤다.

소평장이 한 걸음 다가서며 천천히 입을 열었다.

"탁발 공자, 공자가 믿든 안 믿든 이것이 사실이오."

탁발우는 그를 돌아보고 고통스럽게 고개를 저으며 애써 자신을 설득하려 했다.

"아니, 그럴 리 없습니다. 당신네 대량 사람들은 교활하기 짝이 없어 모든 책임을 우리 대연의 군주에게 떠넘기려고……."

"귀국의 조정 상황이 어떤지는 탁발 공자께서 나보다 더 잘 알 것이오. 아우가 중화 군주의 혐의를 지목한 것이 정말로 그토록 황당하게 느껴진다면 무시해도 좋소."

소평장은 아우 쪽을 흘끗 보며 말을 이었다.

"듣기 거북한 사실이겠지만, 부왕의 지위와 전공으로 보아 아우의 부주의를 인정하는 것쯤은 우리 장림왕부가 감당 못할 사안은 아니오. 하지만 이런 식으로 사건을 묻으면 구천에 계신 혜왕 전하께 불공평한 일이 아니겠소?"

탁발우는 몸을 부르르 떨며 저도 모르게 빈소 쪽으로 시선을 돌렸다. 소평장도 그의 시선을 따라 그쪽을 바라보며 비통한 표정을 떠올렸다.

"비록 혜왕 전하를 만난 지 며칠밖에 되지 않았고 서로 깊이 알지는 못했지만, 그분이 일찍부터 고국의 장래를 구상해두었다는 것은 알고 있소. 어쩌면 귀국의 누군가에게는, 두 나라가 이 사건을 깊이 파헤치지 않는 것이 가장 좋은 결말일 수도 있소. 그러나 탁발 공자, 천 리 먼 이곳까지 그분을 호송한 공자의 마음은 그들과는 다를 것이오. 정말 진상을 단단히 묻어버린 국서 한 장만 들고 저 관과 함께 돌아가고 싶으시오?"

반쪽짜리 청강검이 탁발우의 손에서 미끄러져 떨어졌고, 그는 빈소 안으로 달려가 떨리는 두 손으로 관을 어루만졌다. 말라버렸다고 생각한 눈물이 또다시 솟구쳤다.

소평장은 아우를 정원에 남겨둔 채 천천히 섬돌에 올라 두 손을 이마까지 높이 올리고 엄숙하게 애도를 표했다.

"우리 장림부는 비록 싸움을 두려워하지 않으나, 그렇다고 싸움을 즐기지도 않으니 양국의 분쟁을 일으킬 마음은 없소. 아우가 실수를 인정하지 않는 것은 결코 귀국의 힘을 무시해서가 아니라, 사실을 숨김으로써 진짜 죄인이 어부지리를 얻게 하고 싶지 않기 때문이오. 혜왕 전하께서는 국경이 안정되고 민생이 풍족해지는 것이야말로 나라의 근본이라고 말씀하셨소. 이제 그분이 계시지 않으니 그 원대한 바람을 누가 대신 이룰지 모르겠구려."

탁발우는 떨리는 손으로 관을 꾹 눌렀다가 힘껏 주먹을 쥐며 불쑥 물었다.

"저도 아우분이 일부러 그랬다고 생각지는 않습니다. 하지만 정말…… 중화 군주의 실수가 아니었다고 확신하십니까?"

"실수가 아니오."

"대량의 국서에도 그녀의 혐의를 거론하시겠군요?"

"그렇소. 하지만 귀국의 폐하께서 믿어주실지 나 또한 알 수 없소."

탁발우는 깊이 숨을 들이쉬며 이를 악물었다. 눈동자에 글썽이던 눈물은 분노에 씻겨 사라지고 없었다.

"다른 사람은 몰라도 우리 한해 탁발씨는 결단코…… 혜왕 전하께서 이토록 억울하게 가시도록 두고 보지만은 않을 것입니다."

장림부가 중화 군주를 혜왕 살해 혐의자로 지목하자 북연 사람인 탁발우는 처음에는 분노했지만 무작정 저항하지는 않았다. 도리어 양거전 논의에 참석한 대량의 대신들이야말로 기담괴설이라도 들은 양 놀랐다. 심지어 순백수는 제 귀를 의심하듯 어리둥절한 표정으로 재차 물었다.

"장림왕께서는 방금 뭐라고 하셨습니까?"

소정생은 황제를 바라보며 차분한 목소리로 다시 한 번 말했다.

"혜왕의 죽음은 사고가 아니라 중화 군주가 비무를 핑계로 고의로 저지른 일입니다. 국서에 이 사실을 기록하여 북연에 통보해주시기를 청합니다."

전각 안은 순식간에 웅성거리는 소리로 가득 찼고, 소흠마저 당황한 듯 당장 뜻을 밝히지 못했다.

순백수는 어색한 웃음을 지으며 공수를 했다.

"전하, 무슨 증거라도 있으십니까?"

"내 어리석은 아들이 그 당사자였고, 본 왕은 그의 보는 눈과 판단력을 믿소."

"허허, 소관이 따지려는 것은 아니지만, 둘째 공자께서 사건의 당사자이시기에 그분의 말은 증거로 삼을 수 없습니다. 북연에서 화친 회담을 하러 온 황자가 황궁의 전각에서 목숨을 잃었으니, 예전이었다면 수습하기 어려운 화를 불러왔을 것입니다. 다행히 북연의 상황이 불안한 와중이고 폐하께서도 둘째 공자를 아끼시니, 조정에서 배상을 하면 사태는 곧 가라앉을 것입니다. 이런 해결 방법이 있는데 무리한 해명을 하면서까지 추호도 손해를 보지 않으려고 상황을 어렵게 몰아갈 까닭이 있겠습니까?"

순백수가 한 말은 다른 대신들의 생각과도 일치했다. 정위부의 오 도위가 가장 먼저 지지하고 나섰다.

"맞습니다. 장림왕 전하의 말씀대로라면 둘째 공자는 아무 책임도 지지 않고 여인에게 모든 것을 미루겠다는 것인데, 비통에 잠긴 북연의 황제를 노하게 했다가 만에 하나 국경이 위험해지면 전하께서도 수고로워지지 않겠습니까?"

소정생은 고개를 저으며 해명했다.

"대인들도 어느 정도 알다시피 지금 북연에서는 반군이 점점 세력을 키우고 있을 뿐 아니라 황실의 대신들도 두 갈래로 나뉘어 대립하고 있소. 혜왕의 죽음은 북연의 조정에 거대한 파란을 일으킬 수밖에 없소. 우리가 한 발 물러서서 배상을 제안하면 당장은 상황을 수습할 수 있겠으나, 결국은 책임을 인정하는 셈이 되어 그들을 한마음으로 일치단결하게 만들 것이고, 결과적으로는 도리어 그 조정을 안정시킬 수도 있소."

자못 새로운 관점이었기에 오 도위는 눈을 찡그리며 생각에 잠겼다.

순백수의 문하인 병부의 견(甄) 시랑이 스승의 어두워진 표정을 읽고 재빨리 한 걸음 나서며 웃는 얼굴로 말했다.

"허나 전하, 폐하께서 양보하시려는 까닭은 이 사건이 본디 명확하게 설명하기 어렵기 때문입니다. 중화 군주는 입을 꾹 다물고 부인할 것이 분명한데, 국서에 혐의를 쓴다고 하여 정말로 중화 군주에게 모든 책임을 전가할 수 있겠습니까?"

소정생도 빙그레 웃었다.

"옳은 말이오. 우리가 그렇게 말하면 북연에는 그 말을 믿는 사람도 있고 믿지 않는 사람도 있을 것이니, 서로 양보 없이 싸우게 될 것이오. 북연의 황제가 누구의 손을 들어줄지는 지금으로서는 당연히 짐작할 수 없소."

"전하 혼자만의 바람이시겠지요."

견 시랑이 마른 웃음을 흘렸다.

"중화 군주는 종실의 딸인데, 그런 사람이 고국의 적출 황자를 암살하다니 너무 황당한 이야기입니다. 무슨 증거로 북연 조정에서 그 말을 믿어줄 사람이 있다 생각하십니까?"

"사실이 그렇기 때문이오. 평정은 군주가 고의로 그랬다고 했으니 틀림없소."

그가 이렇게 말하자 반박할 준비를 하던 다른 대신들은 말문이 턱 막혀 무슨 말을 해야 좋을지 몰랐다. 그렇다고 해서 장림왕이 아들을 지나치게 아낀 나머지 한쪽 말만 듣는다고 따질 수는 없는 노릇이었다. 용좌에 앉아 있는 황제야말로 장림왕보다 더 끔찍이 소평정을 아끼지 않는가.

민망한 침묵이 이어지는 가운데, 한참 동안 생각에 잠겼던 오 도위가 도리어 고개를 들고 천천히 입을 열었다.

"신이 생각을 해보니, 장림왕 전하의 말씀에도 일리가 있습니다. 폐하께서 배상을 말씀하신 것은 혜왕이 비무 중에 실수로 죽었기에 우리 대량에도 얼마간 책임이 있다 생각하셨기 때문입니다. 한데 사실이 그렇지 않다면 우리가 무슨 연유로 혜왕의 정적을 대신하여 상황을 수습해주어야 합니까?"

견 시랑이 눈을 휘둥그레 뜨고 그를 바라보았다.

"혜왕이 암살을 당했다는 것은 둘째 공자의 주장일 뿐인데 그대로 믿어야 한다는 말씀입니까?"

오 도위는 눈을 찡그리며 대답했다.

"양쪽이 서로 다른 주장을 하니 결국 한쪽을 선택해야 하지 않겠소? 대인은 북연 사람도 아니건만, 설마하니 우리 장림부 둘째 공자를 믿지 않고 타국의 군주 말을 믿겠다는 것이오?"

견 시랑은 순식간에 얼굴이 시뻘게져 반박하려 했으나 순백수가 눈으로 저지했다. 조정의 중추에 오랫동안 몸담아온 수보 대인은 소정생의 해명을 반쯤 듣고 나자 그가 옳다는 것을 깨달았다. 혜왕이 죽었으니 북연 조정에서 그의 정적이 우세해지는 것은 자명했다. 그렇다면 혜왕이 생전에 열심히 밀어붙이던 일일수록 뒤집힐 공산이 크니, 대량이 강하게 나가든 한 발 물러서든 양국의 동맹이 계속 진행될 가능성은 낮았다. 장림왕이 아들을 편애하여 분쟁을 무마하는 일에 반대한다는 주장은 기실 순백수 자신도 믿지 않았다.

"북쪽 국경의 상황에 대해서라면 장림왕 전하보다 더 정확히 아는 사람이 없습니다."

순백수는 황제를 향해 허리를 굽히며 말했다.

"소신도 다시 한 번 생각해보니, 이미 대량과 북연 사이가 벌어진 이상 먼저 양보할 필요는 없어 보입니다. 폐하께서 허락하신다면 내각에서 국서 초안을 써 올리겠습니다."

이견이 사라지고 뜻이 모아진 셈이니 황제가 고개만 끄덕이면 나머지 일들은 순조롭게 진행될 터였다. 그러나 모든 이의 예상과는 달리, 장림왕의 말이라면 무조건 따르던 소흠이 지금은 다소 망설이는 표정으로 순백수의 주청에도 한참 동안 대답하지 않는 것이었다.

"폐하……."

소정생이 어리둥절해하며 다가가 공수를 했다.

"폐하께서는 무엇을 우려하십니까? 신이 모두 설명해드리겠습니다."

소흠은 그를 흘끔 보더니 직접적으로 대답하는 대신 책상을 짚고 일어났다.

"짐이 갑갑증이 이는 듯하니 경들은 먼저 물러가시오. 왕형은 짐과 함께 바깥을 좀 걸으시지요."

전각에 있던 사람들은 어리둥절했지만 감히 따져 묻지 못하고 예를 올린 후 순서대로 물러났다.

군신들과 함께 전각 바깥 계단으로 나온 순백수는 빠른 걸음으로 형부의 여 상서를 따라잡아 물었다.

"오늘은 장림세자가 보이지 않는데 어디로 갔는지 아시오?"

"세자께서 휴가를 내신다 한들 이 몸에게 보고하는 것도 아닌 바에야 어찌 알겠습니까?"

여 상서는 멀리 전각의 문을 흘끔 바라보며 목소리를 죽였다.

"장림왕께서 주청하신 일에 폐하께서 반박하시는 것은 극히 드문데 오늘은 어찌된 일입니까?"

순백수는 잠시 고민에 빠졌다가 고개를 저었다.

"오늘도 반박하신 것은 아니오. 북연으로 보낼 국서는 분명 장림왕께서 제안하신 대로 쓰게 될 것이나 폐하께서 우려하시는 것은…… 아마도 그 후의 일일 것이오."

"그 후라니요?"

순백수는 담담하게 대답했다.

"대량과 북연 사이에 이토록 중대한 일이 생겼는데, 여 상서께서는 정말 국서 한 장으로 모든 것이 해결되리라 생각하시오?"

양거전 바로 뒤쪽은 궁성에서 가장 높은 운대루(雲臺樓)로, 두 건물 사이는 일곱 색깔 유리 기와로 지붕을 얹은 기다란 회랑으로 이어져 있었다. 황제는 뒷짐을 지고 느릿느릿 회랑으로 들어섰는데,

걷는 동안에는 말을 할 생각이 전혀 없어 보였다.

초여름이 가까워질 때라 하늘 끝자락에 구름발이 낮게 늘어져 있었다. 소흠은 묵묵히 회랑 끝까지 걸어간 뒤, 계단을 밟고 운대루에 올라 돌난간에 기대어 아득히 먼 곳을 바라보았다. 비 내리기 전 습기를 잔뜩 머금은 바람이 처마를 뚫고 불어와 소맷자락을 눅눅하게 적셨다.

이렇게 일각 가까이 조용히 서 있던 소흠이 비로소 고개를 돌리고 낮은 소리로 말했다.

"국서는 왕형의 뜻대로 쓸 수 있습니다. 하지만 다른 것은…… 윤허할 수 없습니다."

소정생은 멈칫했다.

"폐하, 다른 것은…… 신이 아직 말씀드리지도 않았습니다."

"왕형이 무슨 생각을 하는지 짐이 모르겠습니까? 이런 방법을 제안한 이상 최악의 상황도 준비하셨겠지요."

소흠은 고개를 저으며 눈썹을 잔뜩 찡그렸다.

"아무리 도리가 그렇다 해도, 왕형의 연세를 생각하셔야지요! 지난번 감주에서 돌아오셨을 때도 짐이 말한 적이 있습니다. 다시는 왕형을 국경으로 보내지 않겠다고요."

소정생은 가슴이 따뜻해지는 것을 느끼고 빙그레 미소 지었다.

"폐하의 말씀대로입니다. 확실히 신은 북쪽으로 가겠다는 주청을 올릴 생각이었지요. 대량과 북연의 관계가 바뀌었으니 북쪽 국경의 병력 배치를 손보아야 할 필요가 있습니다. 허나 방비를 위한 것일 뿐, 북연은 결코 단시일 내 남하할 만한 힘이 없으니 부디 안심하십시오. 그리 위험한 일이 아닙니다."

황제는 그래도 얼굴을 굳히고 불만스럽게 말했다.

"평장이 장림부의 부원수로 있습니다. 병력을 손보고 방비를 강화하는 일뿐이라면 그 아이에게 시켜도 되지 않습니까?"

"후방의 군량 수송로를 다시 만들고 있는데, 평장은 저보다 세심하고 기민하니 그 아이를 보내 한번 순찰하게 할까 생각하고 있었습니다. 그리하면 경성에 돌아와서도 쉽게 감독할 수 있을 테지요."

소정생의 시선이 첩첩이 이어지는 궁궐의 담장 너머로 향하고, 표정 또한 아득하게 멀어졌다.

"게다가 폐하께서도 방금 말씀하셨다시피 세월은 용서가 없어서 어느덧 고희가 눈앞입니다. 흙으로 돌아가게 되는 날을 제외하면, 이번이 북쪽 국경으로 가는 마지막 여로가 될지도 모르니…… 부디 윤허해주십시오, 폐하."

그런 그를 빤히 바라보던 소흠은 결국 그 고집을 꺾지 못할 것을 알고 저도 모르게 길게 한숨을 내쉬었다.

장림왕이 작별을 고하고 황궁에서 물러남과 동시에 양거전에서 두 가지 어명이 떨어졌다. 하나는 내각에 어전에서 논의한 내용으로 즉각 국서를 작성하라는 것이고, 다른 하나는 형부 제형사에게 장림부 둘째 공자를 석방하라는 것이었다.

어명을 받은 상문거는 세자 나리의 체면을 구기지 않은 자신의 판단이 옳았음을 다행으로 여기고, 즐거운 마음으로 천뢰 밖에서 기다리다가 소평장의 마차가 나타나자마자 달려가 소식을 전했다.

소평장은 예상한 듯 마차에서 내려 그를 치하한 뒤 소평정을 데리고 왕부로 돌아갔고, 아우를 광택헌에 보내 씻고 옷을 갈아입게 한 다음 안채로 가서 문안을 드렸다.

북쪽 국경의 병력 배치를 조정하는 문제는 소평장도 황제와 생각이 같아 어젯밤에도 이 일을 놓고 한밤중이 지나도록 부왕과 논쟁을 벌였으나 결국 아무도 상대를 설득하지 못했다. 황궁에서 소흠이 강력히 저지했을 줄 알았는데 서재 문 앞에서 원숙의 암시어린 표정을 보고 뜻대로 되지 않았음을 알아차리자, 소평장 역시 기분이 착 가라앉았다.

"됐다, 걱정 말래도. 전쟁을 하러 가는 것도 아니고, 그저 병력을 손보고 순찰하는 것뿐인데 남들도 아닌 네가 어찌 모르느냐? 이렇게 하는 것이 가장 적절한 방법이다."

소정생은 웃으면서 장남의 어깨를 두드렸다.

"군량 수송로와 경성, 폐하, 평정…… 국경으로 가는 아비보다 네가 마음 쓸 것이 훨씬 더 많다. 다른 사람이었다면 아비도 안심하지 못했을 게야."

황제도 막지 못한 일이니 소평장인들 어쩌겠는가. 그는 한동안 울적하게 서 있다가 입을 열었다.

"그렇다면 약속하십시오. 정말 마지막이시지요?"

소정생은 백발을 쓰다듬으며 허허 웃었다.

"언제까지나 세월을 거부할 수 없다는 것은 이 아비도 안다. 이번에 돌아오면 마음 편히 경성에서 노년을 즐기겠다, 약속하마."

그때 씻고 옷을 갈아입은 소평정이 서재로 들어왔다. 소정생도 이번에는 아들을 탓할 일이 아니라는 것을 알기에, 모처럼 책망하지 않고 탁발우와 겨뤘을 때의 상황을 상세히 물은 뒤 아들들에게 돌아가 쉬라고 했다.

안채의 동쪽 문을 나온 소평장은 회랑에서 조용히 걸음을 멈추고 아우를 가까이 부른 뒤 나지막하게 말했다.

"평정, 폐하께서 감싸주신다 해도 이런 큰일이 벌어졌으니 너를 놓고 이런저런 말이 나올 것이다. 부왕과 내가 이곳을 비우는 동안 경성에 남아 있겠느냐, 아니면 랑야각으로 돌아가겠느냐?"

소평정은 깜짝 놀랐다.

"부왕과 형님께서 모두 안 계신다고요? 어디로 가시는데요?"

누가 뭐래도 군인 집안의 아들인 소평정은 국경의 상세한 상황까지는 알지 못해도 전혀 모르지는 않았다. 이렇게 묻자마자 상황을 파악한 그는 곧 울상을 지었다.

"너 가고 싶은 곳으로 가거라. 부왕과 나도 곧바로 떠나는 것은 아니니 급히 결정할 필요는 없다."

가식적인 위로는 아무 도움이 되지 않았고 처리할 일도 많았기 때문에, 소평장은 아우의 어깨만 토닥여준 뒤 바삐 동쪽 원락으로 향했다.

소평정은 잠시 그 자리에 멍청하게 서 있었다. 가슴이 솜으로 단단히 틀어막힌 것처럼 말 못하게 괴로웠다. 답답한 마음에 왕부를 나가 이리저리 돌아다니던 그는 결국 제풍당으로 들어가 임해의 뜰 안에서 넋을 놓고 앉아 있었다.

일선전 사건은 아직 민간에 알려지지 않았지만, 몽천설에게 소식을 들은 임해는 요 이틀간 몹시 마음을 졸이고 있었다. 다행히 소평정이 아무 탈 없이 찾아온 것을 보자 당연히 안도의 숨을 내쉬었지만, 곧 그의 기분이 평소 같지 않다는 것을 알 수 있었다.

어려운 일이 생길 때마다 숨어버리는 그의 습관을 알게 된 임해는 곧바로 캐묻지 않고 운 아주머니에게 좋은 술을 구해오게 했다.

그날 저녁 소평정은 주전자를 술잔 삼아 어두컴컴하고 별빛 하나 없는 우울한 밤하늘을 올려다보며 눈앞이 몽롱해질 때까지 마셔댄 다음에야 마음속 이야기를 임해에게 주절주절 늘어놓았다.

"부왕은 벌써 환갑이 지나셨는데, 이번 사건 때문에 며칠 후면 북쪽 국경으로 가실 거요. 지난번 감남의 전투가 끝난 뒤로 폐하께서는 병부더러 책임지고 군량 수송로를 다시 만들라고 명하셨는데, 형님도 그 진행 상태를 살피기 위해서 멀리 다녀오셔야 하오."

소평정은 빨개진 눈으로 임해를 바라보았다.

"궁궐 연회가 있던 날 내가 상대를 그렇게 쉽게 보지만 않았어도, 그렇게 경솔하게 굴지만 않았어도 지금 상황은 완전히 달라졌을 거요. 부왕과 형님이 고생하실 필요도 없었고……."

임해는 위로를 하고 싶었지만 무슨 말을 해야 좋을지 몰라 묵묵히 옆에 앉아만 있다가 비로소 생각난 듯 물었다.

"두 분이 떠나시면 공자는 어찌하나요? 랑야산으로 돌아가나요?"

소평정은 천천히 고개를 저으며 몽롱한 시선으로 다시금 앞을 바라보았다.

"아니오, 경성에 남을 거요."

"어째서요? 이 금릉성이…… 공자를 너무 구속한다고 생각지 않으셨던가요?"

"최근에 벌어진 일이 너무 많아서 그런지 몰라도 형님이 하신 말씀이 옳다는 것을 알았소."

소평정은 숨을 깊이 들이쉬며 들고 있던 술주전자를 돌 탁자 위에 돌려놓았다.

"아무리 구속받지 않는 자유로운 강호인이 되고 싶다 해도, 난 결코 강호인이 될 수 없소."

동궁에 번지는 불길

—

10

—

두꺼운 먹구름이 하루 밤낮 동안 하늘을 뒤덮더니 마침내 우레가 일며 새벽까지 우르릉 소리를 냈다. 여름날 처음으로 찾아온 폭우는 하늘에 구멍이 난 듯 쏟아졌고, 오래지 않아 하얀 빗방울이 땅을 헤집고, 강이 불어나고, 집집마다 처마에 폭포가 드리워졌다.

북연의 사절단은 하늘 가득 쏟아지는 빗줄기를 무릅쓰고 금릉성 성문을 나섰다. 하얀 조기(弔旗)를 늘어뜨리고 왕의 깃발은 둘둘 만 채였다. 말에 올라 흰 천을 덮고 까만 테두리를 한 영구마차를 호위하는 탁발우의 얼굴은 물에 흠뻑 젖었지만, 눈물인지 빗물인지 알 수가 없었다.

중화 군주는 검은 나무로 만든 튼실한 마차에 앉아 있었는데, 창이 없고 앞쪽 가리개 밖으로 잠그는 문이 있는 마차였다. 그녀는 고개를 숙이고 손발을 묶은 강철 수갑과 족쇄를 바라보았다. 차가운 얼굴은 무표정해서 귀국 후에 맞닥뜨려야 할 거대한 파도도 마음에 두지 않는 것 같았다.

날이 밝은 뒤 잠시 그쳤던 우레가 다시 울리기 시작했고 번쩍이는 빛줄기가 한밤중 같은 대낮의 어둠을 갈랐다. 이런 악천후 탓에 슬픔에 찬 마음을 안고 한시바삐 고국으로 돌아가고 싶어 하는 여행자들을 제외하면, 어두운 곳에서 다양한 소식을 수집해 전달하는 이들만이 금릉성 골목골목을 분주하게 뛰어다니고 있었다.

빗속을 뚫고 건천원으로 돌아간 한언은 단방 바깥의 처마 밑에서 흠뻑 젖은 삿갓과 도롱이를 벗고 시동이 건네준 수건으로 얼굴의 물기를 닦아낸 뒤 나는 듯이 안으로 들어갔다. 활활 타오르는 단약 화로 앞에 복양영의 모습은 없었다. 한언은 잠시 걸음을 멈췄다가 곧바로 방향을 틀어 단방에 딸린 쉬는 방으로 향했다.

사방이 장식 하나 없는 흰 벽으로 둘러싸인 이 방 한가운데에는 커다랗고 긴 탁자가 놓여 있었다. 탁자 위에는 각양각색의 병과 그릇이 진열되어 있고 그 안에는 기괴하게 생긴 풀벌레가 그득했다. 옥으로 만든 병을 들고 탁자 앞에 선 복양영은 나무집게로 조심스럽게 갖가지 재료를 집어 넣어 섞은 뒤 은공이로 살살 찧었다.

한언은 문밖에서 잠시 기다리다가 복양영이 고개를 들고 쳐다보자 그제야 다가가 허리를 숙였다.

"사부님, 병부에서 전해진 소식에 따르면 장림왕과 세자가 폐하의 승낙을 받아 7일 후에 함께 경성을 떠나는 것이 확실합니다."

복양영의 손동작이 우뚝 멈췄다. 그는 얼굴에 냉소를 떠올리며 말했다.

"앞으로 한 달 후면 황제도 관례대로 위산(衛山)에 제를 올리러 가야 한다. 거물들이 모두 떠나니 훨씬 편해지겠구나."

한언이 재빨리 알려주었다.

"하지만 장림세자는 군량 수송로를 순찰하는 것뿐이니 어가가 떠난 지 오래지 않아 돌아올 거예요."

"그가 돌아왔을 때쯤이면 내가 해야 할 일은 끝났을 것이다. 혼란이 벌어지면 그자 한 명쯤 늘어난들 대수로울 것도 없지."

복양영은 개의치 않는 얼굴로 지나가듯 물었다.

"소평정은 어찌한다더냐? 아비와 형을 따라간다더냐, 아니면 랑야산으로 돌아가거나 왕부에 남는다더냐?"

한언은 다소 풀이 죽은 얼굴로 대답했다.

"아직 잘 모르겠습니다. 소평정은 작위도 관직도 없어서 위에 보고할 필요도 없고, 늘 그랬듯이 장림부 안에서는 소식을 얻기가 무척 어려워서……."

복양영은 눈을 내리뜬 채 말이 없었지만 화난 표정은 아니었다. 그는 구리 쟁반을 들고 병에 섞은 약가루를 쏟아낸 다음 미리 준비해둔 풀물 반 잔을 부어 고르게 섞고, 바깥 단방으로 나가 단약 화로 위에 구리 쟁반을 걸었다. 얼마 지나지 않아 쟁반에서 청록색을 띠는 거품이 끓어오르면서 '찍찍' 소리를 냈다.

한언이 궁금한 듯 목을 쭉 빼고 들여다보았다. 복양영은 그런 그를 흘끗 보았다.

"무엇인지 아느냐?"

"압니다. 사부님께서 뼛골을 다치셔서 몸조리할 영약을 만드신 것이지요."

한언은 잠시 생각하다가 좋은 말로 치켜세웠다.

"사부님께서는 위로는 하늘의 뜻을 헤아리시고 아래로는 땅의 이치를 아시며 의술마저 이렇게 정통하시니, 참으로 타고난 기재이자 세상에서 가장 완벽한 분입니다."

복양영은 고개를 들고 비웃음을 터뜨렸다.

"세상에서 가장 완벽한 분이라? 인간의 능력이란 결국 한계가 있는 법, 한 가지에만 정통해도 성공한 사람이라 할 수 있다. 요 몇 년 잠시도 쉬지 않고 이리저리 바삐 다녔는데 의술을 익힐 시간이 어디 있었겠느냐?"

한언은 머리를 긁적였다.

"하지만 이 약은 사부님께서 직접 배합하신 것이 아닙니까?"

"물론 네 말도 맞다. 내 뼛골을 치료하는 데에는 이것이 유일한 방법이지."

복양영은 구리 쟁반을 내리고 약의 색깔을 살폈다.

"서리는 본디 빛깔이 없어 어두운 밤에 서서히 물이 들어 뼛속까지 서늘하게 만들지. 이것은 영약이기도 하지만 또한 극독이기도 하다."

한언은 화들짝 놀랐다.

"극독이라니요?"

"이 독은 상골(霜骨)이라는 것으로 우리 야진의 선현들께서 만드셨다. 안타깝게도 세상에 전해지지는 않고 궁학의 장서에만 기재되어 있지. 이 사부는 의술을 모르지만 우연히 그 책을 얻었고, 비방에 따라 몇 차례 시도해본 결과 큰 성공은 아니더라도 제법 성과가 있었다."

한언은 쟁반 위의 검푸른 독액을 멍하니 바라보며 생각나는 대로 물었다.

"극독인데 어떻게 상처를 치료할 수 있지요?"

싸늘하게 미소 짓는 복양영의 눈동자에 음산한 파문이 번졌다.

"나중에 자연히 알게 될 것이다. 장림부의 소식을 알아볼 필요는 없으니, 성을 나가 위씨 삼형제에게 때가 거의 되었으니 준비를 하라고 전하거라."

한언은 황급히 허리를 숙이고 공손하게 대답했다.

"예."

퍼붓는 비는 오래가지 못하게 마련이라 저녁나절까지 이어진 뒤 차츰 잦아들다가 다음 날에는 부슬비로 변했다. 비는 며칠 더 끈질기게 이어졌지만 결국 구름이 걷히면서 비도 그쳤다. 황제가 장림왕 부자의 출발을 허락한 날짜가 되자 푸르른 하늘은 씻은 듯이 청명했다.

첫날, 소평장은 떠나기 전에 일러두어야 할 말을 모두 전했다. 맨 먼저 몽천설에게 부중의 일과 아우는 모두 그녀가 챙겨야 한다고 말했고, 돌아서서 소평정에게는 형수와 장림부를 부탁한다고 진지하게 당부하여 두 사람 모두 어깨에 무거운 짐을 느끼고 아무렇게나 행동하지 못하게 해두었다.

바깥에서 마차가 준비되었다는 보고가 올라오자, 소평장은 바람막이를 걸치고 안채로 향했다. 문을 들어서자 처마 밑에 있던 원숙이 무슨 뜻인지 모를 손짓을 하는 것이 보여, 그는 움찔하며 걸음을 서둘렀다.

소정생은 먼 길을 떠나는 옷으로 갈아입고 서신 한 통을 든 채 눈을 내리깔고 창 앞에 서 있었다. 환한 아침 햇살 덕에 세월과 풍상이 그의 얼굴에 새긴 주름이 유난히 선명하고 깊어 보였다.

부왕의 손에 있는 하얀 서신에 눈길이 가자 소평장은 심장이 쿵 내려앉았다. 비단으로 만든 하얀 겉봉에는 까만색 마로 술을 달아 왕의 부고를 알리고 있었다.

"오늘 아침에 도착했다."

여전히 창밖을 내다보는 소정생의 눈동자에 물기가 비쳤다.

"남쪽 국경의 목(穆) 전하께서…… 지난달에 세상을 뜨셨구나."

머나먼 남쪽 국경을 지키는 목왕부는 경성을 방문하는 일이 별로 없었다. 소평장도 이 목왕부의 왕을 고작 몇 번밖에 만나지 못해 깊이 알지는 못했으나, 그가 금릉성을 방문할 때마다 반드시 장림부의 사당에 들러 향을 피우고 부왕과 함께 술을 주고받으며 옛이야기를 나누던 모습은 어렴풋이 기억에 남아 있었다. 한번 이야기꽃이 피면 밤새도록 술자리가 이어졌기 때문에 지나간 세월의 한 자락에서 부왕과 그는 무척 가까운 것이 분명했다.

소정생은 부고장의 매끄러운 겉봉을 손가락으로 천천히 매만지다가 돌아서서 책장에서 까만 나무상자를 꺼냈다. 상자 안에는 형식이 각기 다른 하얀 봉투 몇 장이 들어 있었고, 목왕부의 부고장도 그 위에 살짝 놓였다.

"랑야산을 제외하면, 한때 진정으로 그분을 알았던 사람, 마음속으로 그분을 기억하고 있는 사람은 이제…… 나밖에 남지 않았구나."

혼자만 들을 수 있는 목소리로 이 한마디를 중얼거린 뒤, 소정생은 심호흡을 하며 다시 기운을 차리고 돌아서서 성큼성큼 밖으로 나갔다. 낡은 장포 자락이 정원의 청석 바닥을 스쳤다. 허리가 약간 굽고 구레나룻은 희끗희끗했지만, 이 늙은 장림왕의 걸음걸이는 여전히 몹시도 굳건하고 침착했다.

북연 사절단과 장림왕 부자가 잇달아 경성을 떠난 뒤 어느덧 보름이 훌쩍 지나 뜨거운 여름이 찾아왔다. 소평정이 랑야산으로 돌아가지 않고 금릉성에 남겠다고 하자 소평장은 무척 기뻐했다. 그리고 그 기쁨의 결과로, 아우가 배워야 할 것들을 산더미처럼 남겨주었다.

6월은 석류꽃이 만발하는 계절로, 동쪽 원락 세자의 서재 밖에 심은 세 그루 석류나무에도 꽃이 활짝 피었다. 그날 찾아온 임해가 진맥을 끝내자, 몽천설은 그녀를 끌고 나무 그늘 아래로 가 더위를 식히며 꽃구경을 했다.

장림부는 얼음을 쓴 적이 없기에 더위를 피하기 위해 서재의 문과 창문을 활짝 열어놓았고, 이 때문에 정원에서도 책상 앞에 앉아 열심히 문서를 뒤적이는 소평정을 볼 수 있었다.

임해는 몽천설이 건넨 과갱(瓜羹, 박과의 식물을 물에 넣고 끓여낸 국-옮긴이)을 받으며 살며시 창문 쪽을 훑어보았다.

"둘째 공자께서 저렇게 차분하게 집중하실 때도 있군요."

몽천설이 웃으며 대답했다.

"자기는 일부러 부왕과 형님을 귀찮게 할 생각이 없는데 어쩔 수 없이 실수를 하게 된다나. 그래서 형님이 평소 하는 일을 잘 배워놓지 않으면 나중에 큰 도움이 못 될 수도 있다고 저렇게 열심이지 뭐야."

임해는 어쩐지 마음이 심란하여 손에 든 은국자를 만지작거리다가 한참 만에야 나지막이 말했다.

"저는 둘째 공자가 강호를 떠도는 것을 더 좋아하고 조정에는 뜻이 없는 줄 알았어요."

"뜻이 없는데 억지로 시킬 수야 없지만, 이제 저런 마음이 생겼으니 평장도 분명 기뻐할 거야."

이렇게 말하는 몽천설의 눈동자에 그리움이 어렸다.

"부왕과 평장은 지금 어디를 지나고 계실까?"

소평정이 창밖으로 머리를 내밀며 대답했다.

"여정대로라면 이제 막 원주에 도착했을 거예요. 거기서부터는 길이 갈라져요."

임해가 깜짝 놀라 벌떡 일어났다.

"우리 이야기를 듣고 있었던 거예요? 그럼 그렇다고 말을 했어야죠! 최소한의 예의도 몰라요?"

소평정은 억울한 듯 눈을 껌뻑껌뻑했다.

"내가 먼저 여기 앉아 있었고 당신은 나중에 왔잖소. 더군다나 당신이 형수님께 나를 흠모하고 있다고 고백한 것도 아니고, 내가 못 들을 이유가 뭐요?"

약간 화가 난 것뿐이던 임해는 이 말을 듣자 얼굴이 새빨갛게 달아올랐지만, 반박할 말을 찾지 못하고 홱 몸을 돌려 걸음을 옮겼다. 몽천설이 쫓아가 그녀를 붙잡으며 소평정을 노려보았다.

"무슨 말이 그래? 맞고 싶니?"

소평정도 임해의 반응이 몹시 의외였는지 창문을 넘어 밖으로 나왔다.

"정말 화났소? 난 그냥, 그냥 내키는 대로 농담한 것뿐이오. 예전에는 신경 쓰지 않았잖소?"

얼굴에 떠오른 홍조가 가시자 임해의 뺨은 도리어 창백해 보였다. 그녀는 몽천설의 손을 밀어내고 한 마디도 없이 정원을 떠났다.

형수의 노한 눈길을 받은 소평정이 허둥지둥 해명했다.

"정말이라니까요. 평소에도 이런 농담을 곧잘 했는데 저렇게 골을 낸 적은 없었다고요. 거짓말 아니에요!"

몽천설은 버들가지 같은 눈썹을 치켜세웠다.

"몇 번 마음씨 좋게 봐주었다고 해서 아주 머리 꼭대기까지 올라갈 생각이야? 뭘 그리 서 있어! 어서 쫓아가서 사과하지 않고!"

소평정은 영문도 모른 채 시키는 대로 쫓아나가 중문 앞에서 겨우 임해의 앞을 막아섰다.

"다 내 잘못이오. 쓸데없는 말을 하는 버릇은 반드시 고칠 테니 제발, 제발이지 화내지 마시오, 응?"

그가 연신 사죄를 하자 임해는 걸음을 멈추고 멍한 얼굴로 그를 바라보았다. 입술에는 아직도 핏기가 없었고, 눈동자 깊은 곳에는 분함보다는 막연함과 무력감이 담겨 있었다.

소평정은 심장이 내려앉는 것 같아 저도 모르게 그녀의 손을 붙잡고 걱정스럽게 물었다.

"대체 왜 그러는 거요?"

손마디가 부드럽게 얽히고, 따뜻한 손바닥과 가볍게 떨리는 손바닥이 바짝 닿았다. 임해는 정신을 가다듬고 먼저 손부터 빼냈다.

아무리 마음에 들어도, 함께한 시간이 아무리 즐거웠어도, 의술로 세상을 구하겠다는 그녀의 의지는 변한 적이 없었다. 만약 장림부 둘째 공자의 미래가 이곳 경성의 조정에 있다면, 그들은 잘 어울리는 상대가 될 수 없었다.

"아무것도 아니에요. 갑자기 제풍당에서 할 일이 생각났을 뿐이에요. 공자에게도 바쁜 일이 많으니 잠깐 동안 만나지 않는 것이 좋겠어요."

임해가 옆을 지나쳐 사라지는 모습을 멍하니 바라보던 소평정의 머릿속은 점점 더 미궁으로 빠져들었다. 그러나 언제나 낙관적인 그는 '잠깐 동안 만나지 말자'는 말을 글자 그대로 받아들였고, 이 때문에 몽천설이 쫓아와 묻자 자신 있게 대답했다.

"화가 난 것은 아니라고 했어요. 며칠 후에 다시 오래요."

남녀 사이의 얽히고설킨 감정 문제를 접어놓고 보면, 최근 소평정은 전에 없이 차분했다. 아침에 일어나 연공을 한 뒤 군사에 관한 것을 익히고, 북쪽 국경의 정세를 연구하고, 지도를 펼쳐 부왕과 형님의 여로를 추측하다가 자기 전에는 저녁 공부까지 했다.

더위가 기승을 부리자 황제는 연일 몸이 좋지 않아 사흘째 조례를 열지 않았다. 소평정은 입궁하여 문안인사를 드린 뒤, 돌아와서 부왕과 형에게 글을 썼다. 경성의 상황을 보고하는 내용이었지만, 부왕이 지나치게 걱정할까봐 단어와 문장을 고심해서 다듬느라 거의 자정이 되어서야 글을 마무리 지을 수 있었다. 그 후 그는 방에 돌아와 몽롱하게 잠이 들었다.

한 시진 정도 잤을까, 멀리 궁성에서 금종(金鐘)이 울리는 소리가 들려왔다. 고요한 밤중이라 종소리는 몹시 또랑또랑하게 울려 퍼졌다. 소평정은 벌떡 일어나 짧은 겉옷을 집어들고 달려나갔다.

마침 몽천설도 시녀들을 데리고 동쪽 원락에서 달려왔다. 긴 머리카락을 묶을 새도 없이 어깨 위로 늘어뜨린 데다 몹시 긴장한 표정이었다.

"내정사에서 경고를 하기 위한 종소리야. 궁에 무슨 일이 생긴 게 분명해! 어떡하지?"

사람들은 목을 빼고 궁성 쪽을 바라보았다. 그리 힘들이지 않고도 하늘 저편에서 하얀 연기가 피어오르고 아련하게 불빛이 일렁이는 것을 볼 수 있었다.

소평정은 재빨리 옷을 여민 뒤 형수를 위로했다.

"형수님은 걱정 말고 여기 계세요. 제가 가서 무슨 일인지 알아보고 곧바로 돌아올게요."

몽천설은 발을 동동 굴렀다.

"한밤중이라 궁문도 단단히 닫혔을 텐데 어떻게 들어가려고?"

소평정은 잠시 생각하다가 부왕의 서재로 달려갔다. 그리고 달빛에 의지해 책장에 숨겨진 비밀 공간을 연 뒤 그 속에서 손바닥만 한 영패를 꺼내 품에 넣고 바깥뜰에 있는 마구간으로 달려가 아무 말이나 집어타고 궁성을 향해 내달렸다.

장림부는 궁성 서남쪽에 있었고, 사람들이 본 하얀 연기와 불빛은 궁성의 중심부가 아니라 동궁의 장신전에서 솟아오르고 있었다.

어디서 불길이 시작되었는지, 어떻게 퍼졌는지, 지금은 아무도 아는 사람이 없었다. 바깥 전각에 있던 태감이 종을 울려 알렸을 때 불꽃은 이미 용마루를 타고 올라 태자의 침전을 휘감은 뒤였다. 다행히 순찰을 돌던 순비잔이 동궁 근처에 있었기에 가장 먼저 문을 박차고 뛰어들어 태자를 안고 불길에서 멀리 떨어진 남쪽 곁채에 모셔놓았다.

소원시는 기침만 조금 하고 다친 곳은 없어 보였으나, 충격이

켰는지 순비잔의 팔에 딱 달라붙어 있다가 순 황후가 정양궁에서 머리를 풀어 헤치고 맨발로 달려왔을 때에야 그에게서 떨어져 어머니 품으로 뛰어들었다.

순 황후도 아이 못지않게 놀라 소원시를 꼭 끌어안은 채 온몸을 덜덜 떨었다. 당직 중이던 어의가 달려와 태자는 아무 문제 없다고 재차 확인해줬는데도 핏기가 가신 황후의 얼굴은 한참 동안이나 본래의 색을 되찾지 못했다.

순비잔은 남쪽 곁채 밖의 경계를 강화하고, 병중인 황제가 놀라지 않도록 부통령 당동을 보내 상세한 내용을 보고하게 했다. 그런 다음 다급히 장신전으로 달려가 잠시 쉴 틈도 없이 바삐 움직였다.

다행히 궁에는 화재를 대비한 규정이 잘 마련되어 있어 전각마다 바깥의 쇠항아리에 물이 가득했고, 불이 붙은 범위도 작아 몇 번 물을 뿌리자 창살 사이로 날름거리던 불길은 차츰차츰 가라앉아 시커먼 연기가 되어갔다.

"순 형님, 순 형님! 사고를 알리는 종소리가 들리던데, 대체 무슨 일이에요? 단순한 불이에요?"

마침내 도착한 소평정이 비스듬히 뒤쪽에서 달려와 초조하게 물었다.

불길은 잡혔지만, 순비잔은 여전히 긴장을 풀지 않고 짙은 연기가 일렁이는 전각 안을 뚫어지게 보며 대답했다.

"날이 건조하고 나무가 바짝 말라 있으니 실수로 불이 붙었을 것이다. 다행히 늦지 않게 발견해서 불길을 잡을 수 있었다."

"태자 전하께서는 어때요? 폐하께서 놀라지는 않으셨어요?"

"태자 전하께서는 무사하시고 황후마마와 함께 남쪽 곁채에 계시다."

이렇게 말한 순비잔은 갑자기 정신이 들었는지 고개를 홱 돌리고 놀란 얼굴로 소평정을 돌아보았다.

"이 한밤중에 어떻게 들어왔느냐?"

소평정은 손에 든 영패를 보여주었다.

"선제께서 부왕께 하사하신 것인데, 미리 알리지 않고 언제든 궁에 들어올 수 있어요. 하지만 부왕께서는 한 번도 쓰시지 않았죠. 궁성의 종소리만 아니었다면 저도 함부로 꺼내지 않았을 거예요."

순비잔은 멍하니 영패를 바라보며 한동안 아무 말도 하지 못했다. 소평정은 남쪽 곁채를 돌아보았다.

"원시가 많이 놀랐을 테니 가서 만나봐야……."

그가 돌아서자마자 순비잔이 그를 홱 낚아채어 옆으로 끌고 갔다. 억눌린 목소리로 보아 금군통령이 이를 악물었다는 것을 알 수 있었다.

"누구를 만난다는 것이냐! 장림왕께서 그 영패를 한 번도 사용하지 않은 까닭이 무엇인지 생각이나 해보았느냐?"

소평정은 무슨 뜻인지 몰라 눈만 껌뻑였다.

"선제의 은혜를 받았으니 무한한 영광임이 분명하지만, 그런 것은 영광으로 끝내야 하는 것이다! 통보도 하지 않고, 허락도 얻지 않고 한밤중에 마음대로 엄한 궁궐에 들어올 수 있는 그런 물건은 절대로 써서는 안 되는 거야!"

"마음대로 쓴 것은 아니잖아요. 궁에서 위험을 알리는 금종이 들리는데 우리 장림부가 가만히 있을 수도 없고……."

"너 정말! 네 형이라면 오늘밤 절대로 이런 행동은 하지 않았을 것이다."

순비잔은 고개를 가로저으며 그의 말을 끊고 다시 추궁했다.

"궁궐 문에서 영패를 보고 너를 보내준 사람이 누구냐?"

소평정은 어리둥절해하며 대답했다.

"부통령 정춘도요."

순비잔은 겨우 안도했다.

"그나마 다행이군, 내가 잘 말해놓겠다. 오늘밤 너는 궁에 들어오지도 않았고 이곳에 온 적도 없다. 정말 태자 전하가 걱정된다면 내일 입궁해서 문안드리면 된다. 어서 가!"

그가 워낙 진지했고 큰 사고가 벌어진 것도 아니어서, 소평정도 더는 왈가불가하지 않고 고맙다고 인사한 후 물러나왔다. 밤중이라 빛이 적은데다 그의 움직임이 바람같이 빠르고 동궁 안은 혼란스러웠기 때문에 아무도 그를 눈여겨보지 않았다.

장림부 외에도 궁성에 가까이 있는 저택들 대부분이 종소리를 듣고 놀라 깨어났고, 성의 백성 태반이 잠을 이루지 못했다. 하지만 신하들은 밤에 궁에 들어갈 수 없어 문밖에서 소식을 탐문하는 수밖에 없었다. 날이 밝아올 무렵 황문의 내사(內使)가 나와 그들을 위로하고, 어가와 동궁 모두 무사하다는 소식을 전하자 그제야 궁 밖의 혼란도 차츰 가라앉았다.

다행히 소원시는 다친 데가 없었지만, 동궁의 화재라는 중대한 사고가 일어난 사실은 바꿀 수 없었다. 밤새 잠들지 못한 순 황후는 당직 관리와 태감, 궁녀들을 불러 몸소 엄히 심문했고, 마침내 궁인들이 피로한 나머지 실수로 촛불을 건드려 휘장에 불이 붙으면서 화재가 났음을 알아냈다.

태자가 곤히 잠든 사이 불길이 그 주위를 휘감았고 순비잔이 뛰어들어 겨우 구해냈다는 생각을 하자, 순 황후는 머리칼이 삐죽 설 만큼 소름이 끼쳐 분기탱천한 얼굴로 장신전 안팎을 지키던 서른일곱 명을 모조리 처형하라는 명을 내리고, 태자의 일상을 맡아보던 동궁 시종과 담당 상궁에게도 곤장을 내렸다. 이 때문에 동궁 안은 순식간에 울음바다가 되어 참혹하기 짝이 없었다.

왕부로 돌아가 몽천설에게 소식을 전한 뒤에도 소평정은 영 마음이 놓이지 않아, 날이 밝자마자 옷을 갈아입고 입궁을 청한 뒤 먼저 양거전을 찾아 문안을 올렸다. 도중에 우연인지 아닌지 동궁의 시중을 들던 궁인 수십 명이 통곡하며 신형사(慎刑司, 황궁의 죄인을 다스리는 곳—옮긴이)에서 끌려나오는 것을 목격했는데, 까닭을 들은 그는 아무래도 지나치다는 생각이 들어 황제에게 의견을 말했다.

막 탕약을 마시고 난 소흠은 베개에 기댄 채 한숨을 쉬었다.

"태자를 지키는 일을 소홀히 한 것은 벌을 받아 마땅하지만, 죄의 경중을 가리지 않고 수십 명을 일괄적으로 죽이는 것은 지나치게 가혹한 감이 있지."

이렇게 말한 그는 전각의 태감을 불러 정양궁에 말을 전하게 했다. 물론 엄하게 문책한 것이 아니라, 어젯밤 동궁에서 죄를 지은 이들을 내정사에 넘겨 심문한 뒤 규율에 따라 벌을 내리라는 내용이었다.

오랫동안 육궁을 다스려온 순 황후가 궁인들을 어떻게 단속하는지에 대해 소흠이 직접 나선 적은 거의 없었다. 갑자기 이런 명이 떨어지자 누군가 한마디 한 것이 분명하다고 생각한 그녀는 화가 머리끝까지 솟아 태감이 물러가자마자 벌떡 일어나 찻잔 두 개를 힘껏 집어 던져 깨뜨렸다.

"태자가 위험에 빠져도 믿을 만한 사람 하나 없는 마당에 본 궁이 못된 노비들을 처벌하는데도 하나같이 따지고 드는구나! 또 누가 폐하 앞에서 혀를 놀린 것이냐?"

정양궁 안에서 이 질문에 답할 수 있는 사람은 없었기에 모두 겁을 먹고 바닥에 엎드렸다. 비교적 담이 큰 소영이 다가가 순 황후를 부축해 앉히고 위로하려는데, 반쯤 닫혔던 전각 문이 활짝 열리고 복양영이 당황한 얼굴로 뛰어들어왔다. 어찌나 허둥거리는지 도중에 몇 번이나 넘어질 듯 비틀거렸다.

백신교의 존자인 그는 몇 년 전 처음 입궁한 이래로 지금까지 세상 이치를 다 안다는 얼굴로 느긋한 도인처럼 행동해왔고, 이토록 당황하며 허둥거린 적은 한 번도 없었다. 순 황후는 깜짝 놀라 조금 전의 분노도 잊고 황급히 물었다.

"늘 차분하던 상사가 대체 어찌 이러시오?"

복양영은 쓰러지듯이 황후좌의 계단 밑에 엎드려 초조한 얼굴로 말했다.

"마마, 마마…… 큰일 났습니다."

숨은 먹구름

—

11

—

밤새 놀란 마음이 가라앉지 않아 아직도 혼란스런 표정이던 순 황후는 복양영이 '큰일 났다' 고만 하고 거북한 얼굴로 주위를 둘러보자, 즉각 눈시울을 빨갛게 물들이며 탁자를 내리치면서 분노를 터뜨렸다.

"모두 물러가거라!"

좌우에서 시중들던 태감과 궁녀들은 고개조차 들지 못한 채 순식간에 밖으로 사라졌다. 소영도 함께 물러나려는데, 순 황후가 부축한 손을 꽉 잡고 있어 움직일 수가 없었다. 주저주저하며 빼내보려 했지만 끝내 그 손을 뿌리칠 수 없자 그녀는 어쩔 수 없이 그 자리에 남아 조심스럽게 숨소리를 죽였다.

복양영은 전각 안이 텅 빈 것을 확인한 다음 정신을 가다듬고 말했다.

"몇 달 동안 밤하늘을 지켜보았는데, 일찌감치 이상은 눈치 챘으나 워낙 중대한 사안이라 차마 말씀드리지 못했습니다. 그러다 오늘 백신의 계시를 받고서야 확신이 들었습니다."

그는 잠시 말을 멈췄다가 무릎으로 두어 걸음 다가가 떨리는 목소리로 보고했다.

“마마, 태자 전하께 커다란 겁운(劫運)이 다가오고 있습니다!”

순 황후는 온몸을 부르르 떨었다. 황후의 얼굴에서 혈색이 싹 가시고 부축한 소영의 손을 힘껏 움켜쥐는 바람에 소영의 얼굴도 시퍼렇게 질렸다.

복양영은 상반신을 앞으로 기울이고 조금 주춤해진 목소리로 말했다.

“마마, 곰곰이 생각해보십시오. 동궁의 경비가 그토록 엄중한데 어젯밤 갑자기 불이 났으니 이는 바로 커다란 흉조입니다. 자미성의 빛이 장성에 짓눌린 지 오래고, 몇 달 전에는 금성과 토성이 함께 무너지며 황도로 돌아가더니…….”

“알아듣지도 못할 말은 그만하시오!”

초조함과 분노에 찬 순 황후가 그의 말을 잘랐다.

“백신께서 대관절 무어라 말씀하셨는지 직접적으로 말하시오!”

복양영은 얼굴이 하얗게 질린 채 몹시 곤란한 듯 침을 꿀꺽 삼켰다.

“태자 전하의 복을 지탱하기가 어려워 용맥이 끊어지니 목숨이…… 목숨이 위태로울 수도 있다고…….”

대로한 순 황후가 벌떡 일어나 단숨에 복양영 앞으로 달려가 뺨을 힘껏 후려쳤다.

“무엄하다! 누가 네게 태자를 저주하라고 허락하더냐? 네가 상사의 자리에 있다 하여 본 궁이 죽이지 못할 것 같으냐?”

그 손찌검에 한쪽으로 몸이 기운 복양영은 양손으로 바닥을 짚고 말했다.

“소신도 이 말을 꺼내면 반드시 마마의 노여움을 살 것을 잘 아는데 무슨 이득이 있다고 이러겠습니까? 허나 동궁의 생사가 걸린 일이요, 하늘이 가엾게 여기시어 신에게 그 징조를 보여주신 이상 도저히 입 다물고 있을 수 없었습니다!”

순 황후는 분노와 경악에 휩싸여 온몸이 싸늘해지는 것 같았다. 한참 만에야 갑자기 복양영의 말을 알아들은 그녀는 멍하니 그를 응시하며 물었다.

“하늘이 가엾게 여기신다고? 그 말은, 태자에게 겁운이 닥쳤으나 풀어낼 수 있다는 말이오?”

“황후마마께서는 과연 영명하십니다. 태자 전하의 겁운은 장성이 궁을 침범하여 생긴 것이고, 이는 하늘의 뜻에 맞지 않으니 반드시 살아날 길이 있습니다.”

“살아날 길이 어디에 있소?”

복양영은 목소리를 죽이고 잠시 망설이다가 말했다.

“소신이 미력하나마 제단을 세워 생명의 제를 올리겠습니다. 백신의 보우를 빌려 태자 전하의 겁운을 다른 사람에게 옮기는 것이지요. 다만…….”

그가 또 말을 끊자 순 황후는 애가 타서 얼굴이 하얗게 질렸다.

“다만 무엇이오?”

“동궁은 천하에 둘도 없이 귀중한 분입니다. 보통 사람의 생명으로 그 겁운을 막으려면 적어도 수백에서 천 명은 필요하지요.”

그 말에 순 황후마저 놀란 숨을 들이켰고, 한쪽 구석에 꿇어앉아 있던 소영은 더욱 전전긍긍하며 고개를 숙였다.

"마마, 마마께서도 아시다시피 소신이 말씀드린 겁운을 옮기는 술법이 조금이라도 폐하의 귀에 들어간다면 소신은 내일 당장 궁성에서 끌려나가 해괴한 요술을 부렸다는 죄로 화형을 당할 것입니다."

살짝 고개를 드는 복양영의 눈동자에는 놀랍게도 눈물이 맺혀 있었다.

"죽을지도 모르는 위험을 무릅쓰고 달려와 말씀드린 소신의 성의를 믿지 못하시는 것은 아니겠지요?"

순 황후는 눈시울이 빨개진 채 다리에 힘이 빠져 무너지듯 바닥에 주저앉았다.

"상사는 항상 천기를 옳게 읽어냈고 예측이 틀린 적이 없으니, 본 궁도 상사를 믿고 싶소. 허나…… 허나 지금 상사가 한 말은 폐하께서는 결코 믿지 않으실 것이오. 폐하는 물론이고 본 궁의 오라버님조차 방금 그 말을 믿어줄 것 같지 않소."

복양영은 길게 한숨을 내쉬었다.

"귀에 거슬리는 말이겠지만 들어보십시오. 폐하께서는 태자를 잃으셔도 둘째 황자와 셋째 황자가 있습니다. 하지만 마마께서는요? 어젯밤 동궁이 위험에 빠졌을 때 마마의 기분이 어떠셨습니까? 이 세상에서 태자 전하를 위해 무엇이든 하실 분은 오로지 마마뿐이십니다!"

순 황후는 빛을 받은 창살이 바닥에 그려놓은 그림자를 하염없이 바라보았다. 조금 전 황제가 내린 명이 귓가에 맴도는 듯했다. 태자가 그토록 위험한 일을 겪었으니 엄히 벌하지 않으면 위엄을 세워 아랫것들을 다스릴 수가 없었다. 그런데 아버지인 황제의 눈에는 천한 궁인들의 목숨이 더 중요하다니.

"마마, 이 일은 반드시 은밀하게 진행해야 합니다. 폐하뿐만 아니라 오라버님이신 순 대인 앞에서도 결코 꺼내시면 안 됩니다."

복양영이 황후에게 조금 더 가까이 다가가 부드럽게 말했다.

"소신이 헤아려보니, 폐하께서 위산으로 제를 올리러 가실 때가 유일한 기회입니다. 더 미루었다가는 때를 맞추지 못할지도 모릅니다."

순 황후는 소매로 얼굴을 가리고 눈물을 뚝뚝 흘렸다.

"아들…… 내 아들……."

"이런 비상시국에는 절대로 약한 마음을 잡수시면 안 됩니다."

복양영은 그녀에게 흐느껴 울 겨를조차 주지 않고 태연하게 덧붙였다.

"마마, 소신이 태자 전하를 위해 제단을 세우고 겁운을 옮기는 술법을 펼치는 것을 허락해주시겠습니까?"

순 황후는 얼굴을 가린 손을 내리더니, 어느새 이글이글 타오르기 시작한 눈으로 복양영을 바라보며 천천히 고개를 끄덕였다.

태자를 만난 뒤 동궁을 나오던 소평정은 서화문(西華門) 밖에서 검은 가리개를 씌우고 빨간 바퀴를 단 복양영의 마차를 발견했다. 끌채에 기대어 사부를 기다리던 한언은 그의 눈길을 받자 황급히 자세를 바로하고 공손하게 예를 올렸다.

장림부와 건천원은 여태 교류가 없어 소평정은 백신교의 상사에 대해 잘 알지 못했고, 지금 인사를 하는 이 청년이 누군지도 전혀 몰랐다. 그래서 그는 고개를 끄덕여 답례한 뒤 궁문 밖에 세워

둔 자신의 말을 향해 걸어갔는데, 반쯤 가다 말고 별안간 우뚝 멈추고는 눈썹을 치켜세우며 나지막이 외쳤다.

"누구냐?"

서화문 밖의 궁궐 담장은 무척 곧았고, 담장 밖으로는 말을 매어두는 돌기둥 몇 개 외에도 길게 줄지어 자란 오동나무가 서 있었다. 오동나무는 가지가 많고 잎이 무성하여 여름의 햇볕을 피하기에 딱 좋았다. 소평정의 나지막한 외침에 답하듯 몇 장 밖의 굵직한 오동나무 뒤에서 그림자 하나가 모습을 드러냈다. 놀랍게도 소원계였다.

"원계? 거기서 뭐 하는 거야?"

소평정은 안색을 풀며 의아한 듯 물었다.

소원계는 궁궐 문을 바라보다가 눈을 내리뜨며 빙그레 웃었다.

"어젯밤 큰 소란이 벌어졌기에 조금 걱정이 되어서. 폐하와 태자 전하께서는 괜찮으셔?"

"큰 사고는 없었어. 여기까지 왔으면 입궁을 청해 들어가보지 그랬어?"

소원계는 입을 꾹 다물고 즉답을 피했다.

"소식을 들었으니 됐어. 폐하께서 나를 만나실 틈이 어디 있다고…… 이제 돌아가봐야지."

풀이 죽어 돌아서는 그의 모습에 소평정도 마음이 좋지 않았다. 하지만 그에게도 할 일이 많아 틈이 나지 않았기에 며칠 있다가 찾아가서 함께 술이나 해야겠다고 마음에 새기는 수밖에 없었다.

말을 몰아 궁궐 문을 벗어난 뒤 어느 작은 거리로 접어든 소원계는 뒤따르는 사람이 없는 것을 확인하고 가만히 안도의 숨을 내쉬었다. 소평정에게 궁궐의 소식이 궁금하다고 한 말은 물론 거짓이 아니었다. 하지만 궁궐 문밖에 숨어 있던 것은 오로지 남몰래 한언을 미행했기 때문이다.

복양영은 처음부터 그를 길러 이용하겠다는 뜻을 숨기지 않았고, 소원계 역시 자신에게 선택의 여지가 별로 없다는 것을 알았다. 하지만 누군가의 바둑돌로 살아가야 할 운명이라면, 좀 더 의지할 만한 사람, 좀 더 가능성이 있는 사람의 바둑돌이 되고 싶었다. 그리고 그 사람을 자신이 선택할 수 있기를 바랐다. 한언을 미행하여 복양영이 대체 무엇을 꾸미는지 알아내는 것이 바로 그 길을 향한 첫걸음이었다.

묵치후의 가르침을 받은 뒤로 소원계는 한시도 게으름 피우지 않고 밤낮으로 수련하여 빠르게 발전해나갔다. 덕분에 수차례 한언을 미행하는 동안 아무에게도 발각되지 않았고, 한번은 성공적으로 건천원 뒤쪽 전각에 잠입하기도 했다. 비록 중요한 기밀을 엿듣지는 못했지만 그 일로 인해 점점 실력에 자신이 붙은 상태였다.

그런데 오늘 소평정은 길을 지나다가 단숨에 그의 존재를 알아차린 것이다. 랑야각에서 배운 사람은 역시 만만치 않았다. 소원계는 약간 기가 죽었지만, 이 정도로 포기하지 않으리라 생각하며 마음을 가다듬은 뒤 다시 궁궐 문밖으로 돌아갔다.

그때 복양영이 득의한 표정으로 궁궐에서 나와 제자에게 몇 마디 분부한 뒤 마차에 올라 혼자 떠났다. 한언은 말을 타고 동쪽으로 방향을 잡은 뒤 한 번도 쉬지 않고 곧바로 동쪽 성문을 나갔다.

성 밖에는 인적이 드물었기 때문에 소원계도 너무 가까이 접근하지는 못하고 멀리서 뒷모습만 보고 쫓았다. 반 시진가량을 달리자 고산의 기슭에 이르렀는데, 이 일대는 산봉우리가 줄줄이 이어지고 길이 나지 않은 언덕이 곳곳에 자리하고 있었다.

한언은 이곳을 자주 찾아 주변 지형에 익숙한 듯, 얼마쯤 달리다가 금방 수풀 속에 숨겨진 꼬불꼬불한 오솔길을 찾아냈고, 그 길을 따라 어느 봉우리로 올라갔다. 산허리쯤에 이르자 위무병이 기다리고 있었다.

"위 셋째형님, 안녕하셨어요."

한언이 웃으며 다가가 공수를 했다.

"사부님의 계획은 순조롭게 진행되고 있어요. 해서 저더러 이쪽 상황을 확인하라 하셨어요."

위무병은 별말 없이 담담하게 고개를 돌리더니, 사냥꾼 복장을 한 부하 두 사람을 남겨 길 쪽을 감시하게 한 다음 한언을 데리고 산 뒤쪽으로 돌아갔다.

두 감시자 때문에 소원계는 더 이상 뒤쫓지 못하고 위무병의 모습만 머리에 새긴 뒤 수풀 속에 엎드려 기다렸다.

위무병과 한언은 뒤쪽 골짜기를 돌아간 뒤 산마루를 끼고 다른 산으로 올라갔다. 이곳은 더욱 외지고 인적이 없는데다 초목이 무성했다. 산봉우리를 눈앞에 둔 언덕에 아래로 푹 꺼진 곳이 있었는데, 얼핏 보면 길이 끊긴 것 같지만 비탈 위로 흘러내린 덩굴을 걷어내자 한 변이 두 장쯤 되는 네모진 동굴 입구가 나타났다.

"이곳이 현령동(玄靈洞)이군요? 처음 와봤어요."

한언은 웃으며 말하고는 위무병의 뒤에 바짝 붙어 동굴로 들어갔다. 처음에는 좁고 낮고 컴컴한 길이 이어져 발밑을 조심하며 걸었지만, 그렇게 백여 장쯤 가자 갑자기 바닥이 시원하게 넓어지고 동굴 천장도 2층짜리 누각만큼 높고 평평해졌다. 안에는 인공적으로 파낸 통로가 제각각 떨어져 있는 석굴로 연결되었고, 각각의 석굴은 방처럼 가구를 들이고 탁자에 등잔을 놓고 벽에 횃불을 걸어 무척 환했다.

위무병은 중정에서 걸음을 멈추고 휘파람을 불었다. 석굴 중 하나의 가리개가 걷히고 남자 둘이 나왔는데, 몸집이며 생김새가 위무병과 쏙 닮아 있었다.

한언은 그들과 잘 아는 사이인 듯 웃으며 다가가 인사했다.

"위 첫째형님, 둘째형님, 안녕하세요."

첫째인 위무기(渭無忌)는 입꼬리를 살짝 올리고 손을 들어 인사했다.

"언 형제로군. 들어오게."

가리개 안쪽 방은 부채꼴로 가장 넓은 곳이 족히 열 장 정도 되었다. 방 한가운데에 사람 키 반만 한 커다란 원통이 놓여 있고, 남자 몇 명이 그 속에 뜨거운 물을 붓는 중이었다.

위무기는 하얀 기가 도는 연두색 약초 한 움큼을 물속에 흩뿌린 뒤 손으로 휘휘 섞었다.

"됐다."

가리개 밖에 있던 위무병과 둘째 위무량(渭无量)이 나체의 남자 한 명을 좌우에서 부축해 와서는 물통에 넣었다. 입술이 허여멀겋고 얼굴이 터질 듯이 새빨갛게 달아오른 남자는 머리만 물통 밖으로 내놓은 채 눈을 꼭 감고 힘겹게 미약한 숨을 내쉬었다.

위무기가 가만히 그 모습을 관찰하다가 말했다.

"예상보다 이자의 병이 너무 빨리 발작했고 독성도 충분하지 않아서, 이 백인초(白茵草)로 하룻밤 달래놓아야 효과를 볼 수 있네."

한언은 다소 걱정스러웠다.

"그 차이가 사부님의 계획을 그르치지는 않겠죠?"

위무기가 그를 흘낏 보았다.

"내가 언제 일을 그르친 적이 있는가?"

한언은 재빨리 미소를 지어 무마하고는, 좀 더 다가가 물 위에 둥둥 뜬 약초를 자세히 살펴보려고 했다.

위무량이 손을 들어 막았다.

"우리 형제야 거의 염라대왕 앞까지 갔다 왔으니 겁낼 까닭이 없지만, 언 형제는 우리와 다르니 너무 가까이 가면 좋지 않아."

한언은 깜짝 놀라 황급히 물러나며 입과 코를 막았다.

"사부님 말씀으로는, 여러 곳을 돌아보셨지만 경성 서쪽의 적하진(赤霞鎭)이 가장 적당하대요. 그 마을은 인구도 꼭 천이 넘는데다, 산에 걸쳐 있어서 지형이 폐쇄적이라 통제하기도 쉬워요."

위무기가 담담하게 그 말을 받았다.

"나도 아네. 가장 중요한 것은 금릉성과 충분히 가깝다는 사실이지."

한언은 쿡쿡 웃었다.

"위 첫째형님도 벌써 생각해놓으신 게 있는 모양이군요. 언제쯤 사부님을 뵈러 오실 거예요? 확실한 날짜를 알려주셔야 해요."

위무기는 싸늘한 눈길로 통 속에 든 남자를 응시하다가 입을 열었다.

"무병을 먼저 적하진으로 보내 살펴봐야겠네. 피를 뽑는 날짜는 내일 내가 직접 성에 들어가 장존께 말씀드리지."

언덕 위에서 바스락거리는 소리가 들리자 수풀 속에 몸을 숨겼던 소원계는 즉시 눈을 떴다. 동해에서 진주를 캐는 사람들의 호흡법을 익힌 뒤로 그는 예전보다 훨씬 참을성이 강해져, 세 시진 가까이 꼼짝 않고 기다리는데도 얼굴에 초조한 기색 하나 없었다.

멀리서 위 셋째형이라고 불린 남자가 한언을 처음 만났던 장소로 안내하더니, 지키던 사냥꾼들을 물리고 자신도 함께 산기슭까지 내려와 경성으로 돌아가는 관도로 들어섰다. 동행길이지만 두 사람은 간격을 몇 장 정도 벌려 서로 모르는 척했다. 금릉성 동문 밖에 도착하자 한언은 고개조차 돌리지 않고 말을 몰아 성으로 들어갔고, 위 셋째형은 성 서쪽으로 가는 갈림길로 향했다. 소원계는 잠깐 망설이다가 위 셋째형을 뒤쫓기로 했다.

성 서쪽의 적하진은 지세가 좁아 살기 좋은 곳은 아니지만, 가까운 골짜기에서 나는 석재의 질이 우수해 석상을 조각하는 수공예 장인들이 모여들다보니 점차 마을이 되어 3백 호 가까운 인가가 생겨났다. 이 마을에서 밖으로 이어지는 길은 금릉성으로 향하는 흙길과 뒤쪽 골짜기 채석장으로 이어지는 산길뿐이었다.

위 셋째형이라는 사람은 석상을 사기 위해 적하진을 찾은 것이 아님은 분명했다. 그는 타고 온 말을 마을 바깥에서 냉차를 파는 점포에 맡기고, 한가로이 유람 온 사람처럼 하나뿐인 중심가와 몇몇 골목길을 이리저리 돌며 걷다가 마을 가운데에 있는 커다란 나무 밑 우물가에서 잠시 앉아 쉰 후 반 시진도 못 되어 돌아갔다.

누군가 뒤따를 것이라고는 예상하지 못했는지 위무병은 전혀 행적을 숨기려 하지 않았고, 평범한 행인처럼 금릉성으로 들어가 길을 에돌 생각도 없이 곧바로 건천원으로 향했다.

비록 건천원에 한 번 잠입한 적이 있는 소원계지만 그때는 천둥번개에 비바람이 치던 밤이어서 종적을 숨기기가 쉬웠고, 지금은 번잡한 한낮이라 경거망동할 수 없었다. 샛문으로 들어간 위 셋째형이라는 자는 금방 나올 것 같지 않아서 공연히 시간과 힘을 들여가며 기다릴 필요가 없다고 생각한 그는 살그머니 래양부로 돌아갔다.

여름날 신시는 더위가 극성을 부리는 때라, 별달리 관리를 받지 않는 래양부의 하인들은 어디서 뺀질거리는지 코빼기도 보이지 않았다. 딴생각에 사로잡힌 소원계는 개의치 않고 곧바로 침소로 갔는데, 뜻밖에도 문 안으로 들어서자마자 시원한 기운이 얼굴을 확 덮쳤다. 방 안은 대나무 발을 깊숙이 내려 바깥보다 햇볕이 훨씬 약해져 있었다.

"아이고, 나리, 드디어 돌아오셨군요! 저한테 한 말씀도 안 하시고 아무도 딸리지 않은 채 외출하시면 어쩝니까?"

허둥지둥 내실에서 달려나오는 아태의 손에는 얼음이 반쯤 담긴 대야가 들려 있었다.

강등당한 뒤로 래양부에서 쓰는 용품은 자연히 예전과는 크게 달라졌다. 방 한쪽에서 가느다란 연기를 뿜어내는 훈향(燻香)과 탁자에 놓인 우물에 담가 시원하게 해둔 과일, 그리고 아태가 들고 있는 얼음 조각을 하나씩 훑어본 소원계는 이 늙은 하인이 자신을 돌보기 위해 얼마나 신경 썼는지 알아차렸다. 그는 마음 한구석이 뜨거워지는 것을 느끼고 입을 삐죽이며 말했다.

"난 본래 더위를 별로 타지 않아. 발만 내리면 충분한데 무엇 하러 이런 것들을 구해 왔어?"

아태는 얼음 대야를 내려놓은 뒤 소원계의 장포를 벗겨주고 냉차를 따라 내미는 등 수선을 떨며 잔소리를 해댔다.

"작년 여름에 쓰던 것들은 올해도 준비를 해야지요. 나리 낮잠 주무실 때 쓰시라고 힘들게 구해놓았더니, 방에 안 계실 줄 누가 알았겠습니까? 날씨도 덥고 경성 사람들은 권세가들 비위나 맞추기 바쁘니, 중요한 일이 아니면 나가시지 않는 편이 좋습니다. 설사 일이 있다 해도 이렇게 아무도 딸리지 않고 나가시면 어찌합니까?"

소원계는 냉차를 꿀꺽꿀꺽 마시며 그의 잔소리에 아무 대꾸도 하지 않았다.

"나리께서는 그동안 죽어라 연공을 하시거나 아니면 혼자 몰래 빠져나가시는데……."

아태는 잠시 망설였지만 결국 하고 싶은 말을 꺼냈다.

"혹시 무슨 일에 휘말리신 것은 아니지요?"

소원계는 찻잔을 탁자에 내려놓고 자조적인 미소를 지었다.

"안심해. 지금 내게 무슨 일에 휘말릴 자격이나 있어? 다만, 아직 마지막 결정을 내리지 못한 것뿐이지."

"마, 마지막 결정이라니요?"

"앞으로…… 어느 편에 설 것인지."

소원계가 싸늘하게 뱉어낸 이 한마디를, 아태는 전혀 알아듣지 못했지만 캐묻지 말아야 한다는 것은 본능적으로 깨달았다. 아태는 래양후가 선제의 황손이라는 신분이 있는 한 몸을 낮추고 얌전하게 지내기만 하면 경성 한구석에서 편안하게 살아갈 수 있으리라 생각했다. 하지만 안타깝게도 어린 주인은 그럴 생각이 없는 것이 분명했다.

과일과 간식을 먹고 잠시 쉰 후, 소원계는 미뤄둔 연공을 시작했고 자정이 되어서야 깊이 잠들었다. 그리고 다음 날 아침에는 국수로 대충 배를 채우고 아태의 만류에도 아랑곳없이 또다시 혼자 밖으로 나갔다.

이제 막 성문이 열린 터라 거리를 지나는 사람은 드문드문 보일 뿐이었다. 작은 거리를 따라 건천원으로 가려던 소원계는 어제 본 위 셋째형과 비슷하게 생긴 사람이 성문으로 들어오는 것을 발견하고 깜짝 놀랐다.

멀리서 뒤를 쫓았더니, 그 사람은 과연 건천원을 찾아가 뒤쪽 전각으로 통하는 샛문을 두어 번 두드렸다. 금세 문이 열리더니 위무병이 나타나 그를 안으로 들여보내주었다.

"보아하니 부하들이 제법 많구나. 친형제마저 함께 휘하에 있고……."

소원계는 언덕의 수풀 속에 몸을 반쯤 숨기고 생각에 잠겨 중얼거렸다.

"성 안팎을 들락거리다가 일부러 적하진을 살펴보기까지 하고…… 대체 무엇을 꾸미는 걸까?"

영문을 몰라 골똘히 생각하고 있을 때, 갑자기 뒤에서 목소리가 들려왔다.

"래양후 나리, 며칠 동안 참으로 분주하시더군요. 제가 무얼 하고 있는지 그리 궁금하시면 직접 물어보지 그러셨습니까?"

소원계는 화들짝 놀라 뒤를 홱 돌아보았다. 수풀 사이로 난 오솔길 반대편에 복양영이 싱글싱글 웃는 얼굴로 태연자약하게 부채를 팔락이며 서 있었다.

소원계는 긴장하여 안색이 퍼렇게 질린 채 본능적으로 주위를 둘러보았다.

"내가 여기 있는지 어떻게 알았소?"

"나리께서는 천하제일 고수의 가르침을 받은 뒤로 무공이 크게 정진하셨더군요. 그렇게 오랫동안 뒤를 밟으셨는데도 부하들이 전혀 몰랐다니……."

복양영은 눈썹을 살짝 치키며 반농담조로 말했다.

"다행히 백신께서 보우하시고 저 또한 점복을 조금 할 줄 알기에 이렇게 마중을 나올 수 있었지요."

점으로 행동을 예측했다는 말을 믿을 리 없는 소원계는 차갑게 코웃음 치며 아무 말도 하지 않았다.

"제 추측이 틀리지 않았다면, 나리께서 이렇게 분주하게 돌아다니는 것은 아직 마음의 결정을 내리지 못한 탓이겠지요."

복양영이 그에게 두어 걸음 다가오며 가늘게 실눈을 떴다.

"설마하니 장림왕부에 붙으면 그들이 나리께 포부를 펼칠 기회를 주리라는 기대를 아직도 갖고 계시는 건 아니겠지요?"

소원계는 당당하게 고개를 들었다.

"내가 그런 생각을 했다 한들 상사가 나를 어찌할 것이오?"

복양영은 놀라거나 화내지 않고 뒷짐을 진 채 천천히 수풀 속을 거닐며 탄식했다.

"참으로 알 수가 없군요. 래양부가 이렇게까지 쇠락하고 나리께서 의지할 사람 하나 없는 외톨이가 된 근본 원인은 모두 지난날 영존께서 연루된 사건 때문입니다. 그런데도 정말 소평장의 아비를 원망하는 마음이 요만큼도 없으십니까?"

"상사의 혀는 칼날처럼 날카로워 하는 말마다 사람 마음을 헤집어놓는군. 허나 안됐지만 이 소원계는 어머니처럼 세상물정 모르는 부녀자가 아니오. 당신 말만 듣고 당신 손아귀에 마음대로 놀아나지는 않을 것이오."

소원계는 이뿌리에 힘을 주며 차가운 웃음을 지었다.

"지금 내 처지에 아무런 원한도 없다면 물론 거짓말이오. 하지만 장림왕께서 어명을 받아 선친의 사건을 처리하셨다고 해서 그분을 선친을 죽인 원수로 몰아가다니, 상사 스스로도 너무 억지라고 생각지 않소?"

복양영은 걸음을 멈추고 그를 뚫어져라 보더니 별안간 고개를 젖히며 웃음을 터뜨렸다.

"래양후, 오해를 하셨군요. 제가 말씀드린 소평장의 아비는 장림왕이 아닙니다."

집안이 참변을 당한 뒤로 소원계는 진정으로 자신을 놀라게 할 일은 더는 없으리라 생각했다. 하지만 복양영이 던진 이 한마디는 마른하늘의 날벼락처럼 그의 말문을 턱 막히게 했다.

"장림군 좌영 대장군 노원, 선제께서 친히 봉하신 삼품의 군후(軍侯)로, 감주와 면주(冕州)에 걸친 열한 개 주의 군권이 그의 손에 있었고, 마침 영존이신 래양왕의 채읍 또한 그 열한 개 주에 있었지요."

복양영의 목소리는 얼음처럼 차가웠다.

"대량은 제도적으로 군사와 정치를 분리하고 있습니다. 그 장림군 휘하의 대장군이 협력하지 않았다면, 영존 혼자서 어떻게 그 어마어마한 사건을 일으킬 수 있었을까요?"

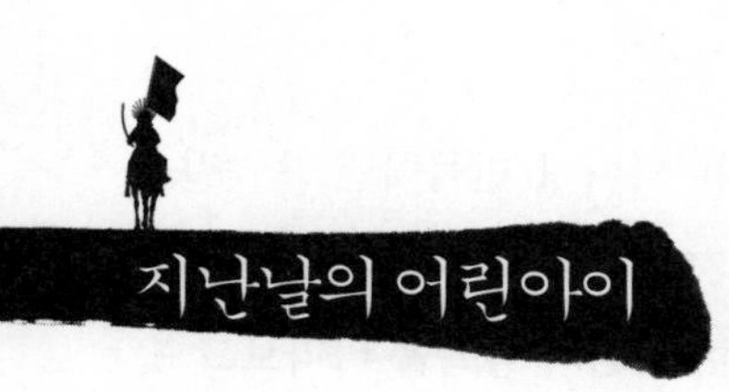

지난날의 어린아이

—

12

—

대량 북부 지방에는 물이 적어 위수와 분강의 지류, 그리고 감주 북쪽으로 통하는 대릉 운하가 전부이고, 이 세 물길이 모이는 중심지가 원주였다. 장림왕 부자는 그곳까지 동행한 뒤 소정생은 녕주의 영채로 북상하고, 소평장은 동쪽으로 꺾어 새 군량 수송로를 순찰하게 되어 있었다.

길을 나누어 떠나기 바로 전날, 소정생은 주부에서 하루 쉰다는 명을 내린 뒤 그 자신은 휴식을 취하지 않고 아침 식사를 한 뒤 소평장을 불러 말을 타고 성을 나섰다. 따르는 사람은 원숙이 이끄는 호위병 수십 명뿐이었다.

원주는 군사 요충지였지만 오랫동안 장삿길이 열리지 않은 탓에 남방의 성시들처럼 인파가 많지 않아, 성에서 20리쯤 떨어지자 곧바로 인적 없는 골짜기가 나타났다. 푸르른 숲 사이로 흐르는 계곡물은 시원한 쪽빛을 띠었고 이따금씩 새들의 지저귐이 어우러져 매우 아름다운 풍경을 연출했다.

산허리에 도착하자 소정생은 원숙과 호위병을 그곳에 남겨둔 채 소평장만 데리고 사냥꾼들이 지나다니며 만들어낸 오솔길을 벗어났다. 앞쪽에는 관목 숲이 우거지고 들풀이 무릎까지 자라 있었다. 그는 손수 검을 뽑아 풀을 베며 나아가 남쪽을 바라보고 솟은 언덕 앞에 도착했다.

얼핏 보면 그 언덕과 그가 서 있는 이곳은 하나같이 나무가 빽빽하고 들풀이 어지러이 자라 큰 차이가 없지만, 몇 걸음 다가가자 수풀 사이로 깨끗하게 정리된 널따란 초지가 펼쳐지고 그 한가운데 초록으로 덮인 봉분이 솟아 있었다.

소평장은 눈치를 챘는지 주저하며 걸음을 멈췄다가 한참 후에야 다가와 낮은 목소리로 물었다.

"그분이십니까?"

"랑야각이 네게 준 비단 주머니에는 자세한 것까지는 쓰여 있지 않았을 게야."

분묘 앞에 똑바로 선 소정생의 표정은 슬픔에 차 있었다.

"원주는 형님 조상들이 계시던 땅이고, 형님은 입버릇처럼 이곳에 묻히고 싶다 하셨지. 비록 그 소원은 이루어드렸지만, 너도 알다시피 끝내 비석을 세워드리지는 못했다."

소평장은 토분 앞에 천천히 무릎을 꿇었다. 차가운 이슬의 습기가 천을 통해 무릎으로 전해지자 옷자락이 축축해짐과 동시에 눈시울도 빨갛게 물들었다.

산바람이 불자 토분 위로 자란 푸른 풀들이 나지막이 몸을 숙였다. 소정생은 저도 모르게 지난날의 장면들을 떠올렸다. 설려(雪廬)에서 검진을 익히던 즐거운 나날, 무영전 밖 따사로운 햇살이 어루만지던 겨울날의 오후, 그리고 옷깃을 정리해주던 선생의 두 손.

액유정에 있던 어린 노비 백여 명 가운데 선생은 세 명을 선택했고, 평생의 인연은 그렇게 시작되었다.

첫째인 노원과 그 자신, 그리고 셋째인 임심. 선제의 왕부에서 그들은 새롭게 주어진 삶을 매우 소중하게 여기면서 그 은혜에 보답하기 위해 노력했다. 그들은 함께 무예를 익히고 글을 배웠으며, 함께 군에 몸담았고, 장림군이 세워진 뒤로는 북쪽 국경에서 일어난 전쟁터에서 함께 풍찬노숙하며 말을 달리고 적을 베었다. 평범하고 착실한 임심에 비해 노원은 재주가 뛰어나고 날카로워 소정생에게는 커다란 의지처가 되어줬고, 당시 장림군의 쌍벽으로서 천하에 이름을 날렸다.

"전장에서는 목숨을 맡길 수 있는 형제보다 더 중요한 것은 없다. 우리는 그 횟수를 헤아릴 수 없을 정도로 서로의 목숨을 구해주었다. 장림군에서 세운 전공이라면 네 아버지는 내게 전혀 뒤처지지 않았다."

"그런 분이 언제부터…… 변하기 시작하셨습니까?"

소평장의 목소리가 살며시 떨려 나왔다.

그래, 언제부터였을까?

부귀와 허영, 영광과 권력은 종종 초심을 잃게 하고 진심을 잊게 만들었다. 사람의 욕심이란 끝이 없어서, 얼마를 얻더라도 늘 부족하게 여기고 더 많이 얻어야 한다고 생각하게 되어 있었다. 그 때문에 선생은 임종 전에 그를 불러 훗날 그 어떤 자리에 오르더라도, 그 어떤 권력을 쥐게 되더라도 결코 미혹에 빠져서는 안 된다고 신신당부했다.

"나는 늘 선제의 엄격함을 원망하지 말고 폐하의 관용에 흐트러지지 말자고 스스로를 타일러왔다. 오늘 이날까지도 선생께 한 맹세를 지켰다고 자부하지만……."

소정생은 소평장의 어깨에 손을 얹어 힘껏 움켜쥐었다.

"하지만 생사를 함께한 형제가 부지불식간에 깊디깊은 심연으로 떨어졌다는 사실은 알아차리지 못했지."

소평장의 눈에도 눈물이 글썽였다.

"하지만 후회하셨습니다. 그러니 결국 나쁜 사람은 아니셨지요, 그렇지 않습니까?"

"한때의 탐욕과 나약함이 10년간 피 흘리며 쌓아올린 공적을 지워버렸지만, 사람의 본성은 그리 쉽게 지워지지 않는 법이다. 래양왕이 죽여 없애려던 주요 증인 열일곱 명을 구해내신 것도 형님이었고, 물증을 보호하신 것도 형님이었다. 그리고 자백서를 써서 내게 보내셨지."

20여 년이 지난 일이지만, 소정생은 아직도 가슴팍에 아릿한 통증을 느꼈다. 그가 전장에서 잘못된 결정을 내릴 때면 항상 노원이 일깨워줬고 심지어 바로잡아주기도 했다. 하지만 노원이 잘못된 길에 들어섰을 때 그는 제때 알아차리지 못했고 그를 심연에서 끌어내지도 못했다.

"선제께서는 군의 부패를 가장 꺼려하셨고 장림군의 이름에 오점을 남기는 것은 더더욱 용납 못하셨다. 자백서를 받아든 그 순간, 나는 네 아버지가 이미 죽을 결심을 했다는 사실을 알았다."

소정생은 굳은살이 가득 박힌 손을 바르르 떨며 소평장의 머리를 쓰다듬었다. 그해의 어마어마하던 파란이 다시금 눈앞에 떠오르는 것 같았다.

타고 온 말들이 꽁꽁 언 빙판길에 쓰러져 나가는데도 사흘 밤낮 자지도 쉬지도 않고 미친 듯이 내달렸지만, 끝내 그의 마지막을 볼 수 없었다. 목을 맨 부부의 시신은 면주 군아의 후원에 매달려 있었지만, 다섯 살 난 평장은 곁채의 아랫목에서 아무것도 모른 채 사부작거리며 놀고 있었다.

소정생이 할 수 있는 유일한 일은 그 조그마한 몸을 품에 꼭 안는 것이었다. 그 순간부터 그 아이는 바로 자신의 아이요, 그의 마음속 영원한 혈육이었다.

소평장은 토분의 빽빽한 풀 위에 이마를 묻고 묵직하게 쏟아져 나오는 울음을 억눌렀다.

"그분이 그런 잘못을 하셨는데, 부왕께서는 어찌하여 저를 끝내 장림부의 세자로 세우셨습니까?"

"너는 내 품에서 자랐으니 네가 어떤 아이인지 잘 알기 때문이다."

소정생은 몸을 숙여 그의 팔을 힘껏 그러쥐었다.

"선생께서는 장림부의 기개를 계승하고 이어가는 것은 결코 그 혈육만이 아니라고 말씀하셨다. 평장, 너는 한 번도 이 아비를 실망시킨 적이 없다."

소평장은 천천히 고개를 들어 눈물 젖은 눈동자로 아버지를 응시했다.

"앞으로도 그럴 것입니다."

원주 성 밖의 푸르른 하늘 아래에서, 장림왕은 한참 동안 장남을 품에 꼭 껴안았다. 그리고 두 부자는 서로 몸조심하라고 당부한 뒤 헤어졌다. 그러나 건천원 밖 수풀 속에 털썩 주저앉은 소원계에게는 부축해 일으켜줄 손이 없었고, 귓가에는 복양영의 차가운 목소리만 들려왔다.

"노원 같은 자는 본시 성공할 수 없는 인물입니다. 이유를 아십니까? 그자는 탐욕과 야심을 품었으면서도 충분히 독하지 못했고 소위 지난날의 추억이니 우의니 하는 것들을 잊지 못했기 때문이지요. 그자는 지금의 나리처럼 이미 선택한 길을 되돌릴 수 있다 여겼고, 이미 벌인 일도 벌충할 수 있다 여겼습니다. 하지만 현실은 어땠지요? 남을 해치고 자기 자신마저 해쳐, 죽은 뒤에 어디에 묻혔는지도 모르게 되었지요. 아마 묘비 하나 없을 겁니다. 말끝마다 목숨을 맡길 수 있다고 떠들어대던 그 형제가 그를 위해 싸워 쟁취한 것이 무엇이었을까요?"

소원계는 벌게진 눈으로 그를 바라보았다.

"적어도 소평장을 거둬 키워주었소."

"맞습니다. 바로 그 점이 차이입니다. 바로 그 점이 중요하지요."

복양영은 그가 이렇게 말할 줄 알았다는 듯 손뼉을 치며 웃었다.

"장림왕의 신분과 권력 덕분에 양자인 소평장은 지금의 지위를 누릴 수 있었던 겁니다. 영존은 돌아가신 태후의 적출 황자이자 폐하의 동복형제시지요. 그분이 잘못을 하지 않았더라면 나리와 자당께서 어찌 지금과 같은 상황에 처하셨겠습니까? 래양후 나리, 거짓으로 장림부 사람들과 가까이 지내는 것은 총명하신 행동입니다. 하지만 진심으로 소평장의 지시를 받을 생각이라면, 구천에 계신 래양왕께서 편히 쉬지 못하시겠지요."

소원계는 나무줄기를 붙잡고 비틀비틀 일어났다. 머릿속이 혼란스러웠지만, 더 이상 복양영의 말을 들어서는 안 된다는 생각에 이를 악물고 몸을 돌려 힘없이 산길 쪽으로 걸어갔다.

복양영은 그를 계속 몰아붙일 생각은 없는 듯 비척거리며 사라지는 그의 뒷모습을 무심히 바라보았다. 그런 그의 얼굴 위로 떠오른 감정이 무엇인지는 아무도 알아볼 수 없었다.

뒤에서 한언이 다가와 소리 죽여 말했다.

"사부님께서는 래양후께 무척 관대하시군요."

복양영은 빙그레 웃었다.

"소원계는 총명하고 의심이 많은데다 순종적이지도 않다. 아무리 나라도 저자를 내키는 대로 주무르는 바둑돌로 만들 방도가 없구나. 하지만 달리 말하면, 저렇게 영리하면서도 참을성 강한 사람은 남들보다 훨씬 위험한 법이지. 내가 저자에게 품을 들이는 것은 훗날 저자를 대량 황실에 묻어둔 독가시로 만들기 위해서일 뿐이다. 앞으로 내가 실패하여 죽는다 해도, 저자가 살아 있으면 이 금릉성에 진정한 평화란 없을 테지."

물론 소원계는 이 백신교의 상사가 자신에게 내린 평을 들을 수 없었다. 혼돈 속에서 래양부로 돌아간 그는 요 며칠간의 노력이 너무도 가소롭고, 또 너무도 비참하게 느껴졌다. 아태가 놀란 얼굴로 마중 나와 이것저것 물었지만 듣고 싶지도 않고 대답하고 싶지도 않았다. 그는 독한 술을 가져오라고 소리친 뒤 혼자 방 안에 틀어박혀 퍼마셨고, 잠이 들었다가 깨어나서 껄껄 웃었다가 멍하니 앉아서 허공을 쳐다보곤 했다.

그렇게 이삼 일이 지나자 소원계는 마침내 평정심을 되찾았고, 방에서 나와 연공을 계속했다. 얼굴이 전보다 더 무표정해진 것을 제외하면 겉보기에는 본래대로 돌아온 것 같았다.

원락 밖에서 아태가 누군가와 이야기 나누는 소리를 듣자니, 장림부 둘째 공자가 술을 마시자고 찾아온 것 같았다. 소원계는 가로세운 검을 거울삼아 창백하고 일그러진 자신의 얼굴을 바라보았다. 문득 달려가서 소평정을 붙잡고 캐묻고 싶은 충동이 밀려왔다. 그 이야기를 알고나 있는지, 평생 차남으로 남아 하는 일 없는 장림부의 공자로 살아가도 정말 괜찮은지 묻고 싶었다.

하지만 소평정이 방문을 열고 앞에 나타났을 때, 이 젊은 래양후는 고개를 돌리고 흠잡을 데 없는 미소만 지어 보였다.

7월 19일은 무정제의 기일이었다. 소흠은 관례대로 보름 동안 제를 올리며 효를 다하기 위해 위산의 황릉으로 향했다. 작년에는 황자들이 모두 따라갔지만, 얼마 전 동궁의 화재로 소원시가 큰 충격을 받자 순 황후는 먼 길 가는 것이 좋지 않다는 태의의 당부를 이유로 태자를 경성에 남게 해달라고 황제에게 무릎 꿇고 청을 올렸다. 소흠도 태자를 아끼는 마음은 황후 못지않기에 잠시 망설이다가 허락했고, 위산에는 황실의 우림영(羽林營)이 있다며 순비잔을 동궁 곁에 남겼다.

황제의 어가가 경성을 떠난 지 이틀째 되는 날, 한언은 다시 고산 골짜기에 있는 그 동굴을 찾아갔다. 약통에 들어갔던 남자는 침상 위에 똑바로 누워 있었는데, 눈동자가 뒤집혀 흰자가 드러났고, 팔다리에는 경련이 일고 눈가에는 검붉은 핏자국이 나 있었다. 한언은 천으로 코와 입을 단단히 가리고 겁먹은 듯 구석에 바짝 붙어 섰다.

위무기는 태연자약한 표정으로 도자기 병 하나를 가져와 환자의 눈에서 흘러내린 피와 오물을 채취했다. 옆에 있던 한언이 다소 불안한 목소리로 물었다.

"경성의 규칙은 다른 곳보다 훨씬 엄격해서, 적하진에서 환자가 연달아 일곱 명 나오면 진맥을 한 의원이 곧바로 경조부에 보고해야 해요. 관아가 제대로 처리한다면 역병을 퍼뜨릴 수 없어요."

위무기가 빙그레 웃으며 말했다.

"장존께서도 우려하신 점이지. 걱정 말게. 관부가 상황을 수습할 동안에는 적하진에 이런 일이 생겼다는 것을 아무도 알지 못하게 할 테니."

독혈이 두 병 모아지자 위무기는 나무 마개로 입구를 단단히 틀어막고 천으로 잘 싼 뒤, 가리개를 걷고 중정으로 나갔다. 한언이 입과 코를 가린 채 바짝 뒤따랐다.

바깥에서 기다리던 위무병은 웃음을 금치 못했다.

"언 형제, 너무 겁먹을 것 없네. 적하진 쪽은 우리 형제가 손을 쓸 테니 자넨 돌아가서 장존 어른과 함께 기다리게."

한언은 그 말을 기다렸다는 듯이 웃으면서 그들을 치켜세운 뒤 숨조차 제대로 쉴 수 없는 동굴에서 나는 듯이 빠져나와 건천원의 복양영에게 가 진척 상황을 보고했다.

복양영은 여전히 단방 안에서 상골을 만들고 있었는데, 보고를 듣고도 고개만 끄덕일 뿐 계속해서 손을 놀렸다. 옥그릇에 든 약즙은 지난번보다 조금 묽어진 듯했고, 단약 화로 위에 걸어둔 구리 쟁반에서 달인 후 나온 즙도 검푸른색에서 연파란색으로 바뀌어 있었다. 복양영의 입술 위에 떠오른 웃음도 훨씬 깊어졌다.

그날 밤 이경쯤, 조용하던 뒤쪽 전각의 복도에서 마침내 발소리가 들려왔다. 등불 아래에서 홀로 바둑판 앞에 앉아 기보를 익히던 복양영은 즉시 몸을 일으켰는데, 그 눈동자에는 보기 드물게 간절한 열망이 떠올라 있었다.

문이 살짝 열리더니 온통 새까만 옷을 입은 위무기가 빠른 걸음으로 들어와 두 손을 모으고 예를 올린 뒤 간결하게 보고했다.

"장존께 보고드립니다. 적하진의 수원 세 곳에 역병을 일으키는 독혈을 탔습니다. 며칠 후면 병이 확연하게 드러날 것입니다."

"아무도 본 사람이 없겠지?"

"결단코 없습니다."

복양영은 만족스런 미소를 지었다.

"잘했다. 이제부터는 모든 것을 매우 신중하게 해야 한다. 나도 입궁해서 황후마마를 뵈어야겠구나."

복양영의 수하들 가운데 그의 계획을 가장 잘 아는 사람은 위무기였다. 그런 그가 다소 걱정스런 얼굴로 입을 열었다.

"설사 모든 것이 순조롭게 진행된다 해도 일단 사건이 벌어지면 필시 장존의 존재가 드러날 것입니다. 앞으로 이 경성에서 발붙이지 못하실까 걱정입니다."

"우리가 금릉에 온 것이 부귀영화를 누리기 위해서는 아니지 않느냐."

복양영은 돌아서서 바둑판 앞으로 다가갔고, 내리깐 눈 밑으로 그림자가 졌다.

"당시 우리가 겪은 고통을 원수들에게 맛보여줄 수 있다면 어떤 대가를 치러도 상관없다."

입을 꾹 다무는 위무기의 얼굴 위로 흥분에 찬 홍조가 떠올랐다.

"예, 야릉성(夜凌城)에서의 지옥 같은 악몽을 원수들에게도 꼭 보여줘야 합니다."

어두운 밤, 건천원에서 이런 파도가 일고 있다는 사실을 순 황후는 까맣게 몰랐다. 그저 건천원에 태자의 겁운을 물리칠 제단을 세웠다는 것만 아는 그녀는 복양영이 다시 입궁하여 술법의 효험에 대해 보고하기만을 이제나저제나 기다리고 있었다.

의심이 곧 병이 된다더니, 일단 사악한 말에 빠져들자 순 황후는 태자를 볼 때마다 안색이 나쁘다고 느꼈고 나날이 초조함만 더해갔다. 그런 와중에 복양영이 알현을 청한다는 말을 듣자 당장 소영을 보내 그를 데려오게 했다.

전각에 들어와 예를 올리고 난 복양영은 황후의 안색을 살피며 걱정스러운 듯 물었다.

"불편해 보이시는 것이 그간 편히 주무시지 못하셨군요?"

"본 궁은 신경 쓸 것 없으니 어서 말해보시오. 태자를 위한 술법이 효험이 있소?"

"마마, 자미궁을 침범한 어두운 빛이 건궁(乾宮)을 비추며 경성 서쪽을 가리키고 있습니다. 신이 특별히 사람을 보내어 성 서쪽에 있는 적하진을 살펴보니 겁운이 이동하여 효험을 보이기 시작했습니다."

순 황후는 길게 안도의 숨을 내쉰 뒤 잠시 눈을 감았다가 다소 가라앉은 목소리로 말했다.

"태자를 대신해 겁운을 맞이한 적하진의 백성들은 큰 공을 세운 셈이오. 일이 끝나면 상사가 본 궁을 대신하여 잘 위로해줘야 할 것이오."

복양영이 눈썹을 살짝 치켰다.

"마마, 아직 공이 이루어진 것은 아니니 위로를 말씀하시기는 다소 이릅니다."

순 황후는 깜짝 놀랐다.

"이미 효험이 있다 하지 않았소?"

"경성은 천하를 통틀어 가장 지엄한 곳이니 이상이 발생하면 의원들이 관부에 통보할 것입니다. 적하진이 제때 치료를 받아 재난이 해소되면, 태자 전하께서 겁운을 피하지 못하시는 것은 물론이고 반서(反噬)를 입으실 수도 있습니다."

순 황후는 얼굴이 흙빛이 되어 한참 동안 그를 노려보았다.

"그런…… 반서에 대해서는 말한 적이 없지 않소!"

"마마, 고정하십시오."

복양영이 위로하듯 손을 들어 보였다.

"중요한 순간이니 마마께서 마음 약해지시지만 않으면 됩니다. 신이 듣자니 경조부윤 이 대인은 순 각로(閣老, 내각에서 일한 원로 대신—옮긴이)께서 살아생전 가장 아끼던 문하생이라 하더군요."

순 황후는 그제야 그의 뜻을 알아듣고 핏기 하나 없는 입술을 파르르 떨었지만 결국 독한 마음을 먹고 입을 꾹 다물었다.

위산과 경성은 파발마로 하루면 닿을 거리였다. 봄 사냥 때와는 달리 제를 올리기 위해 어가를 따르는 이들은 황제를 가까이 모시는 시종과 어의 외에는 황제의 이복 아우들과 내각의 중서령, 대학사 두 명뿐, 종실과 대신들이 대거 따르지는 않았다. 소평정은 예전에도 자주 따라가지 않은데다 올해는 혜왕 사건의 여파로 인해 왕부에 남으라는 황명이 있었다.

그때는 소정생 부자가 경성을 떠난 지 이미 두 달 가까이 지난 뒤였다. 앞으로 열흘 정도 후면 형이 돌아온다는 것을 잘 아는 소평정은 더욱더 성의를 보였고, 매일 진지하게 조정의 일을 익히는 것을 제외하면 제풍당으로 임해를 찾아가는 것이 고작이었다.

그의 농담에 돌아서서 떠나버린 그날 이후로, 임해는 갑자기 무척 바빠진 것 같았다. 열 번을 찾아가면 겨우 세 번 정도 그녀를 만날 수 있었고, 그때마다 환자가 많아 몇 마디 나누지도 못했다. 그러나 아직도 화가 나 있다고 생각하기에는 쌀쌀하게 굴지도 않았고 말투도 부드러웠다. 그저 어딘지 모르게 소원해진 느낌이 드는 것뿐이어서 소평정은 도무지 영문을 알 수 없었다.

더위가 기승을 부리는 여름에는 모기나 음식으로도 쉽게 병에 걸리기 때문에 제풍당에 환자가 많아진 것도 꼭 거짓은 아니었다. 임해는 매일 진맥을 하고 병증을 연구하며 잠시도 쉴 틈을 만들지 않았기에 그의 생각을 거의 잊을 수 있었다.

이날도 열이 나는 환자를 배웅하고 돌아오는데 두중이 들어와 다소 의아한 얼굴로 물었다.

"최근 이상한 일이 있는데 알고 계십니까?"

임해가 고개를 들었다.

"무슨 일인가요?"

"경성과 부근의 몇몇 마을에서 누군가 백인초를 대량으로 사들였습니다."

임해는 움찔했다.

"백인초는 일상적으로 쓰는 약이 아닌데 대량으로 사들였다고요? 어째서죠?"

두중은 어깨를 으쓱했다.

"이치에 맞지 않으니 이상하다고 말씀드리는 게 아니겠습니까!"

임해가 좀 더 자세히 물으려는데, 쉰 살가량의 베옷을 입은 노인이 문가에 서서 안을 살피다가 두 사람을 발견하고 웃으며 인사를 건넸다.

"임 낭자, 두 주인장."

두중은 서둘러 노인을 맞아들이면서 사람을 시켜 차를 가져오게 했다.

"장(張) 의원 아니십니까? 참 오랜만에 뵙습니다. 이렇게 성안까지 오시다니 무슨 일입니까?"

장 의원은 공수를 하며 말했다.

"우리 적하진에 요 며칠 갑자기 열병이 여럿 발생했다네. 갑작스럽기는 하나 유행병은 아닌 듯하네. 낭자도 알다시피 내 조그마한 의원에는 손이 부족해서 혹시 제풍당 의원들께서 한번 봐주실 수 없나 해서 이렇게 찾아왔네."

임해가 주의를 상기시켰다.

"여럿이 동시에 발생했나요? 경조부에는 보고하셨는지요?"

장 의원은 품에서 진맥 결과를 적은 종이 한 다발을 꺼내 보이며 말했다.

"이렇게 문서도 챙겨왔지. 제풍당에 도움을 청하고 곧바로 알리러 갈 생각이네."

"갑작스럽게 일어났고 여럿이 동시에 앓는다고 하니 가볍게 보아서는 안 되겠군요."

임해는 눈을 찡그리고 잠시 생각한 다음 말했다.

"우선 관부에 보고하러 가시지요. 저도 준비를 하고 의원들 몇 분과 함께 적하진으로 가보겠습니다."

임해가 직접 간다고 하자 장 의원은 더할 나위 없이 기뻐 연신 고맙다고 인사한 뒤, 곧바로 경조부로 달려가 신고를 알리는 북을 울렸다.

오래지 않아 관아의 대문이 반쯤 열리고 소속 관리가 나와 무슨 일이냐고 묻더니, 그를 안으로 데리고 들어가 대청 정원에서 기다리게 했다. 대략 향 반쪽이 탈 시간이 지난 뒤 심부름꾼이 와서 대청으로 안내했는데, 주인석에 앉아 장 의원을 맞이한 사람은 뜻밖에도 경조부윤 이고(李固)였다.

작은 마을의 일개 의원인 장 의원은 이렇게 높은 관리를 처음 보는지라 덜덜 떨며 바닥에 엎드려 사정을 고하고 가져온 문서를 바쳤다. 이고는 친히 그 문서들을 살핀 뒤 온화하게 말했다.

"잘 알겠다. 관례대로 태상시(太常寺, 황실의 능묘와 제례를 담당하는 관청-옮긴이)에 보고하여 처리하도록 할 테니 그만 돌아가거라."

장 의원은 머리를 조아린 뒤 관리를 따라 물러나왔다. 그의 모습이 사라지자, 이고의 온화하던 얼굴에 어두운 그림자가 지고 눈빛도 무겁게 가라앉았다.

"어가가 위산에 있으니 경성에서는 당연히 본 궁의 명을 받들어야 하오. 이 대인은 우리 순씨 집안의 문하생이나 그간 대인을 성가시게 한 적이 없었소. 이렇게 사소한 일조차 원치 않는다니, 스스로의 앞길에 대해 생각이나 하고 있는 것이오?"

정양궁으로 불려가 황후마마에게 직접 꾸지람까지 들은 이고는 상황이 황후의 말처럼 사소하지 않다는 것을 느끼면서도 도저히 거절할 용기가 나지 않았다.

진맥 내용을 적은 문서 다발은 날아갈 듯 가벼워 전혀 무게가 느껴지지 않았다. 경조부윤은 머리에 쓴 관모를 만지작거리다가 천천히 손을 내려 그 문서를 한 장 한 장 잘게 찢었다. 그리고 찢어진 종잇조각들을 밟고 서서 대청 밖을 향해 큰 소리로 외쳤다.

"여봐라, 위 도두를 청해오너라."

—

13

—

심장이 찢어지는 듯한 통곡 소리 속에서 거친 마로 만든 하얀 천이 피와 오물로 범벅된 환자의 일그러진 얼굴을 덮었다. 임해는 약 궤짝을 짚어 지치고 힘없는 몸을 꼿꼿이 세우며 주위를 둘러보았다.

적하진 안 이 조그마한 진료소의 평방 일고여덟 장짜리 마루에는 여름 돗자리가 그득히 깔리고 미약하게 신음하는 환자들이 빽빽하게 누워 있었다. 첫 번째 환자가 죽은 뒤로, 며칠 안에 이 작은 마을에 번져나간 병은 국경의 전쟁터에도 가본 적 있는 그녀마저 깜짝 놀라게 만들 정도였다.

새로운 환자가 속속 나타났으나 마루에는 누울 곳이 없어 문밖의 길가에 앉아야 할 정도였다. 임해는 정신을 가다듬고 달려가 수건을 대고 맥을 짚었고, 안색은 점점 어두워졌다.

장 의원이 얼굴에 땀을 뻘뻘 흘리며 아무도 없는 거리에서 달려와 헐떡이며 말했다.

"낭자, 마을 역참에 있는 10여 명도 모두 발병했네. 이건…… 아무래도……."

늙은 의원은 몹시 걱정스런 눈빛이었지만, 가까이 있는 환자들을 꺼려 입을 다물었다.

임해는 손등으로 이마에 맺힌 땀을 닦으며 대답했다.

"보고하신 지가 언제인데 관부에서는 어찌 이렇게 반응이 늦는지…… 한 번 더 재촉해야겠어요."

지금은 한두 곳의 진료소에서 막아낼 상황이 아니었다. 장 의원은 즉시 머슴을 불러 다시 금릉성에 다녀올 수 있도록 수레를 가져오게 했다.

마루에 누운 환자들이 발작을 일으키는 바람에 임해는 그쪽으로 돌아가 다른 의원들과 함께 환자를 살폈다. 한동안 시간 가는 줄 모르고 정신없이 움직이는데, 떠난 줄 알았던 장 의원이 흙빛이 된 얼굴로 달려왔다.

"임 낭자, 성으로 가는 길이 관병들에게 막혔네. 죽은 자든 산 자든 절대 통과시키지 않겠다고 하는데, 이래가지고야 어찌 경조부에 알릴 수 있겠나!"

임해는 깜짝 놀랐다.

"뒷산 채석장으로 연결되는 길은요?"

"듣자니 거기도…… 막혔다는군."

경조부윤 이고가 적하진을 봉쇄한 일은 순 황후가 복양영을 직접 보내 감독하게 했기 때문에 그 정도와 시기가 한 치도 어긋남없이 정확했다. 아직 상황이 확실하지 않은 초반에는 몰래 이동을 통제했지만 환자가 나날이 늘어나자 번개처럼 모든 통로를 틀어막아 바깥과 완전히 단절시켰다.

임해가 마을 밖 입구로 달려갔을 때는 이미 높다란 방벽이 솟아 있고, 그 뒤에는 경조부 관병들이 창을 들고 엄정하게 진을 갖춰 기다리고 있었다. 놀란 마을 사람 수십 명이 울부짖으며 빠져나가려고 용을 썼지만, 가까이 가기도 전에 창날을 못 이겨 돌아서야 했고 그러는 사이 몇 명이 다쳐 쓰러지기도 했다.

경조부의 위 도두가 방벽 바깥에서 냉랭한 얼굴로 소리 높여 외쳤다.

"적하진에 도적이 침입했으니 아무도 출입하지 못하도록 마을을 봉쇄하고 샅샅이 조사하라는 상부의 명이다!"

그가 책임자라고 생각한 임해는 억지로 사람들을 비집고 다가갔다.

"대인, 저는 제풍당의 의원입니다. 적하진 사람 열 명 중 세 명에게서 병증이 나타났으니 역병일 가능성이 무척 큽니다. 지금이라도 손을 쓰면 막을 수 있으나 더 지체하면 무슨 일이 벌어질지 모릅니다. 일단 역병이 퍼지면 대인 혼자서는 감당하실 수 없을 겁니다."

"이곳은 경성이고, 몇 년째 역병이 일어난 적이 없다. 의원이라해서 그런 거짓말로 사람을 놀라게 할 생각은 마라."

위 도두가 얼굴을 굳히고 차갑게 말했다.

"상부의 엄명으로 며칠 마을을 봉쇄하고 조사하는 것뿐이다. 조사가 끝나면 자연히 풀려날 일을 어찌 이리 소란들이냐!"

말을 마친 그가 손을 내젓자, 병사 10여 명이 창을 들고 다가와 마구 소리치며 사람들을 쫓아냈다.

"물러나라, 모두 물러나!"

뒤따라온 장 의원은 나이 때문에 동작이 굼떠 하마터면 창에 찔릴 뻔했다. 황급히 그를 붙잡아 안전한 곳으로 물러난 임해는 머리가 몹시 혼란스러웠다. 두중이 어제 사람을 보내 약재를 가져다줬을 때 환자가 많아 당장은 돌아가지 못한다고 전했으니, 제풍당은 그녀가 며칠쯤 소식이 없어도 이상하게 생각하지 않을 것이다.

적하진에 정말 강력한 역병이 발생했다면, 짧은 시일 안에 얼마나 많은 사람이 생사의 강을 건너게 될지 몰랐다. 임해는 바르르 떨리는 손으로 욱신거리는 이마를 누르며, 무력감에 휩싸인 채 어찌해야 좋을지 몰랐다.

위무기는 방벽 뒤로 몇 장 떨어진 곳에서 마치 아무런 관련도 없는 사람인 양 무심한 눈길로 그 혼란의 도가니를 바라보고 있었다. 입가에 한 줄기 냉소가 떠올랐다. 이 자리에 있는 사람들 가운데 적하진이 맞이할 운명을 명확하게 아는 사람은 그 혼자뿐이었다. 심지어 의원인 임해보다도 잘 알았다.

통곡, 분노, 흥분…… 그런 것은 오래 이어지지 못했다. 그 다음에는 공포와 절망, 정적이 그 자리를 대신할 것이다. 그리고 마지막에는 곳곳에 시신들이 나뒹굴 것이다. 진료소, 거리, 자신의 집, 달아나려던 바깥의 길목…… 귀한 자든 천한 자든, 남자든 여자든, 누구나 천명을 기다려야 했고, 누구도 하늘의 선택에 저항할 수 없었다. 설사 억지로 버텨 살아난다 해도, 아비도 어미도 집도 없는 떠돌이가 되어야 했다.

위무기는 무관심한 얼굴로 몸을 돌려 말을 타고 금릉성으로 돌아갔다. 주작대가를 지나면서 그는 일부러 제풍당 앞에 잠시 멈췄다. 금릉성에서 가장 번화한 이 거리는 여느 때처럼 시끌벅적했고, 제풍당에서 진료를 하는 의원들은 따스한 목소리로 환자들과 이야기를 나누고 있었다. 흑단목으로 만든 간판이 문 앞에서 이리저리 흔들렸다.

위무기는 '제풍당'이라는 이름을 처음 들은 날을 어렴풋이 떠올렸다. 그때 주위는 몹시 고요했다. 몸이 불타는 것처럼 바짝바짝 마르는 느낌이었지만, 물을 마시고 싶어도 입을 열어 말할 수가 없었다. 멀리서 희미하게 들려오는 목소리는 마치 환청인 듯했다.

"우리는 제풍당 의원이오. 누구 없소? 살아 있는 사람 없소?"

이 죽은 땅에 발을 들여놓은 사람이라면 더없이 용기 있는 자가 분명했다. 그러나 결국…… 누가 누구를 구해낼 수 있었던가?

잠깐 넋을 놓았던 위무기는 다시 차가운 얼굴로 돌아와 말머리를 동쪽으로 돌렸고, 건천원으로 돌아가 뒤쪽 전각에 있는 단방으로 들어갔다.

복양영은 단약 화로에서 새로 만든 독액을 기다란 쟁반에 쏟아내고 있었다. 독액은 이제 거의 투명해져 있었다.

옆에 있던 한언이 아부를 늘어놓았다.

"축하드립니다, 사부님. 드디어 상골을 완성하셨군요."

복양영은 그를 흘끔 보며 미소를 지었다.

"너는 늘 이 사부를 위해서라면 목숨도 아깝지 않고 만 번 죽어도 마다하지 않겠다고 했었지. 그 말, 사실이냐?"

"당연히 사실이지요. 제 마음은 백신께서 아십니다!"

"백신까지 갈 필요도 없이 이 사부에게 확인할 방법이 있다."

복양영은 빙그레 웃으면서 고개를 돌려 위무기에게 다가갔다.

"어찌되었느냐?"

"모두 장존께서 예상하신 대로 순조롭게 진행되고 있습니다."

"상황이 그리 돌아간다면 궁에도 손을 써야겠구나."

위무기는 그 말뜻을 알아차리고 품에서 나무상자 하나를 꺼내 한언에게 건넸다. 상자를 받는 한언의 멍한 표정으로 보아 무엇인지 모르는 것 같았다.

"이게 뭐예요?"

"겉보기에는 보통 수건이지만 사실은 역병 환자의 피와 땀이 스민 것이지."

그 말에 한언은 화들짝 놀라 하마터면 상자를 떨어뜨릴 뻔했다.

"언 형제, 겁내지 말게. 자네는 그것을 궁에 가지고 가기만 하면 되니까."

위무기가 태연하게 미소를 지으며 말했다.

"자네는 어려서부터 장존 어른의 손에 자랐고, 장존께서 가장 소중하게 생각하는 사람 아닌가. 내 아무리 정신이 없어도 그런 자네를 해칠 짓을 하겠나?"

복양영도 그 말을 듣고 웃음을 터뜨렸고, 두 사람은 한언으로서는 전혀 이해할 수 없는 눈빛을 주고받았다.

그 후 며칠 동안 복양영은 단방에서 상골을 제조하는 데만 몰두했고, 위무기는 매일 한 번씩 적하진을 찾아 봉쇄 상황을 확인했다. 그렇게 닷새째가 되자 방벽 안에서 분노를 터뜨리던 마을 사람은 거의 절반으로 줄어들었다.

임해는 훨씬 수척해진 몸으로 여전히 위 도두를 설득하려고 애셨다.

"대인, 이제 마을의 역병이 걷잡을 수 없게 되었고 시신이 수십 구나 쌓여 있습니다. 못 믿으시겠으면 사람을 들여보내 확인해보세요!"

위 도두도 안색이 좋지 않았지만 어쩔 수 없다는 말투로 대답했다.

"상부에서 내려온 명이다. 마을에서 무슨 일이 벌어져도 끼어들지 말고 봉쇄만 하라셨다."

임해는 피로에 지쳐 이마를 문질렀다.

"대인, 오늘은 봉쇄를 풀어달라고 온 것이 아닙니다. 이제는 이곳 사람을 내보낼 수도 없게 되었으니까요. 하지만 역병이 의심되는데 그 원인을 조사하거나 치료를 하지도 않고, 심지어 약재와 음식도 제공하지 않으면 나중에 어찌될 것 같습니까?"

"쓸데없는 소리 마라. 이제 길어야 사흘이다. 그 짧은 사이 마을이 없어지기라도 한다더냐? 썩 돌아가거라! 모두 돌아가!"

마을 사람 한 명이 분통을 터뜨렸다.

"아주 우리를 잡아놓고 몰살시키자는 수작 아니오? 어째서요? 이유가 뭐요?"

방벽 안에 있던 사람들이 고함을 치며 호응했다. 그 혼란 속에서 임해는 위 도두의 움직임을 좇아가 다시 물었다.

"대인, 한 가지 여쭙겠습니다. 방금 상부의 명령이라 하셨는데 그 상부가 대체 어떤 분입니까? 경조부입니까?"

"네가 신경 쓸 일이 아니니 묻지 마라!"

"적하진도 경성 관할입니다. 천자가 계신 곳에 역병이 발발했는데 모른 척 내버려두는 것이 무슨 죄인지 아십니까?"

위 도두는 표정 관리를 하려고 애쓰며 억지로 호통을 쳤다.

"닥쳐라! 네가 역병이라 하면 다 역병이 되는 줄 아느냐? 그런 허튼소리를 믿을 줄 알고!"

임해는 초조한 마음에 방벽을 쌓은 말뚝에 손을 얹고 더 따져보려다가 갑자기 시선을 먼 곳에 고정했다. 순간적으로 입술이 파르르 떨렸다.

금릉성으로 통하는 흙길 저편에서 말 한 필이 흙먼지를 일으키며 달려오고 있었다. 말을 탄 사람의 얼굴은 정확히 보이지 않았지만, 그 자세와 움직임은 절대로 잘못 볼 리 없었다.

뒤에 있던 관병들도 누군가 오는 것을 발견했다. 그쪽으로 몸을 돌려 다가간 위 도두는 그가 누구인지 모르는지 큰 소리로 물었다.

"누구냐? 도적을 수색하느라 길을 봉쇄했으니 지나갈 수 없다!"

"봉쇄?"

소평정은 말에서 뛰어내려 방벽 쪽을 내다보았다. 멀찌감치 임해의 모습이 보이자 그는 얼굴을 굳히며 대꾸 한마디 없이 성큼성큼 그쪽으로 걸어갔다.

위 도두가 허리에 찬 칼을 뽑아 호통을 쳤다.

"막아라!"

그가 관병들을 이끌고 달려와 칼을 휘두르며 막아섰다.

경조부 관병들의 실력은 소평정보다 한참 아래였고 지금 그는 몹시 화가 나 있었기 때문에 단숨에 그들을 물리치고 위 도두를 사로잡아 인질로 삼았다.

"모두 멈춰라! 길을 열어라!"

관병들이 미처 반응하기도 전에 임해가 매섭게 외쳤다.

"안 돼요! 열면 안 돼요!"

소평정은 위 도두를 끌고 다가가 다급하게 물었다.

"당신이 왕진을 갔다가 오랫동안 소식이 없다며 두중마저 이상하게 생각하고 있었소. 대체 무슨 일이오?"

그의 얼굴을 마주한 임해는 연일 이어진 초조함과 절망이 둑 무너지듯 터져 더 이상 눈물을 참지 못했다.

"적하진에 역병이 일어난 지 열흘째인데, 그 원인도 모르고 약도 부족해요."

그녀가 여기까지 말했을 때 방벽 옆을 지키고 있던 관병 하나가 갑자기 비틀비틀하더니 정신을 잃고 털썩 쓰러졌다. 가까이 있던 동료들이 살피러 다가가자 임해가 소리 높여 외쳤다.

"건드리지 말아요! 환자가 처음 발작할 때의 모습이에요."

주위에 있던 관병들은 질겁하며 물러났고 웅성거림이 사방으로 퍼졌다.

소평정은 걱정스럽고 초조한 나머지 위 도두를 팽개치고 방벽을 넘어 들어가 임해의 손을 붙잡았다.

"그런데도 어서 떠나지 않고 뭘 하는 거요!"

임해는 뒤로 물러서며 고개를 가로저었다.

"경성에는 역병이 의심될 때 처리하는 절차가 있어요. 경조부는 적어도 보름 전에 소식을 들었는데 이렇게 나온다는 것은 결코 정상이 아니에요. 당신이 직접 태의서(太醫署, 의학을 교육하던 기관—옮긴이)에 가서 우리를 도와달라고 부탁해줄 수 없나요?"

소평정이 뭐라고 말하려 하자 그녀는 재빨리 그 말을 막으며 부드럽게 말했다.

"평정, 지금 이 상황은 오로지 당신에게 달려 있으니 냉정하게 생각해야 해요. 나는 의원이니 이곳에 있어도 괜찮아요."

소평정의 얼굴이 분노로 활활 타올랐다.

"걱정 마시오. 태의서가 아니라 내각으로 달려가겠소!"

적하진 입구에서 벌어진 이 소란은 멀리 있던 위무기도 똑똑히 보았다. 그는 전혀 끼어들 생각이 없는 듯 냉정한 얼굴로 돌아서서 말에 올라 건천원 뒤쪽 전각으로 내달렸다.

단방 내 조용한 방 안의 탁자에는 완성된 상골이 그릇에 담겨 있었다. 복양영은 길이가 몇 치 정도 되는 단검을 쥐고 날카로운 검날을 천천히 독액에 담그는 중이었고, 옆에서는 한언이 호기심 어린 눈길로 지켜보고 있었다.

"장존께 보고드립니다. 적하진을 봉쇄한 관병들 중에도 환자가 나타나기 시작했습니다. 소평정도 달려왔으니 오늘 무슨 일이 생길 것이 분명합니다."

위무기가 빠른 걸음으로 그의 뒤로 들어와 차분하게 말했다.

"소평정? 그자가 왜?"

"임해가 적하진에 있습니다."

"임해가? 의외로구나."

복양영은 놀란 듯이 고개를 돌렸지만 그리 신경 쓰는 눈치는 아니었다.

"그 계집아이야 아직 어리니 안에 있든 말든 상관없지. 여 노당주만 아니면 돼."

말을 마친 그가 상골에 담갔던 단검을 꺼내자, 검 끝에 묻은 물기가 스르르 사라지며 푸르스름한 빛만 희미하게 남았다.

"현리(玄螭)는 왔느냐?"

한언은 자신에게 던진 질문인 줄 알고 멍한 표정으로 눈을 끔뻑끔뻑했다.

"혀, 현리라니 무슨……."

옆에 있던 위무기가 웃으며 말했다.

"현리 두 마리를 받아 현령동에서 기르고 있습니다. 장존의 상처를 치료하는 데는 아무 문제 없을 것이니 걱정하지 마십시오."

복양영의 시선이 가볍게 한언의 얼굴을 스쳤다.

"너는 현리가 무엇인지 모르는구나, 그렇지?"

"말씀을 들으니 무슨 동물인 것 같습니다."

"현리는 아주 보기 드문 영험한 뱀이다. 우리 야진 변경에 있는 깊은 골짜기에서만 사는데, 사람을 보내 10년 동안 뒤진 끝에 겨우 두 마리를 잡았지."

복양영은 참을성 있는 얼굴로 다정하게 설명해주었다.

"우리 야진의 궁학에 있는 장서에는 상골의 물을 마셔 한독(寒毒)을 사경육맥(四經六脈, 한의학에서 말하는 인체의 경맥 일부—옮긴이)으로 보낸 뒤 현리의 간을 먹으면 근골을 다시 만들 수 있다고 되어 있다. 비록 세상에 전할 수는 없지만 실질적으로 효험을 본 사례가 있는 방법이지. 보통 사람이 이 방법대로 수련하면 공력이 10년 늘어나고, 이 사부같이 노쇠하고 병을 앓는 사람이 수련하면 뼈와 근육이 튼튼해져 오래오래 살 수 있단다."

한언은 감탄을 터뜨렸다.

"아, 사부님의 뼛골을 그런 식으로 치료하려는 것이군요. 한데 어째서 이렇게 신묘한 방법을 세상에 전할 수 없다고 하시는지요? 재료를 얻기가 어렵기 때문인가요?"

복양영은 대답 없이 미소만 지은 채, 하얀 수건으로 단검 끝을 닦아 칼집에 넣고 눈앞으로 가져와 가만히 응시했다. 새까만 가죽과 적동으로 만든 칼자루에는 두 글자가 깊숙이 조각되어 있었다.

'야릉(夜凌)'

방 안의 가리개가 밖에서부터 걷히고 야윈 몸집을 한 사람이 들어왔다. 검은색 바람막이에 달린 두건으로 얼굴을 반쯤 가린 그 사람은 복양영에게 허리 숙여 예를 올리며 말했다.

"장존께 인사드립니다."

낮고 부드러운 목소리를 들어보니 여자였다.

복양영은 야릉 단검을 그녀의 손에 건네며 당부했다.

"내가 떠나면 기회는 오로지 네게 달려 있다. 결코 경거망동하거나 적을 얕보지 말거라."

위무기가 웃으며 말했다.

"운 처자의 세심함과 대범함은 저도 따르지 못할 정도이니 전혀 걱정하지 않으셔도 됩니다."

단검을 받은 사람은 천천히 일어나 두건을 벗고 그 아래에 숨겨진 얼굴을 드러냈다. 피부는 탄력이 가셨지만 여전히 고운 미모가 남아 있는 얼굴, 놀랍게도 제풍당의 운 아주머니였다.

그때 위무병과 위무량 형제도 문가에 나타나 공손하게 말했다.

"장존, 가져가야 할 것은 모두 챙겼습니다. 바로 가시겠습니까?"

"순백수는 10여 년간 조정에 있었으니 그 누이처럼 쉽게 속는 인물이 아니다. 곧 풍파가 일어날 테니 피해 있어야겠지."

복양영은 차가운 웃음을 흘렸다.

"남은 독혈 두 병은 너희 형제가 성안 아무데나 던져놓거라."

위무기는 눈동자를 활활 불태우며 이를 악물었다.

"적하진의 역병이 심각하니 인력과 물자의 부족뿐만 아니라 인간 지옥이 무엇인지 철저하게 느끼게 해줄 것입니다. 이 성안에서 다시 소동이 일어날 때면 금릉성 전체가 공포와 혼란에 빠질 것이 분명합니다. 대량의 조정에 제아무리 어마어마한 능력이 있다 해도 이 상황을 막아낼 수는 없을 것입니다."

위무량도 그 말을 받아 아첨을 주절거렸다.

"이를 말입니까? 전례가 있는 병이니 예방할 수도 있었는데, 장존께서 뛰어난 계략으로 경성의 역병 처리 체계를 무너뜨리신 덕분에 이런 효과를 볼 수 있었지요."

"경성?"

복양영이 비웃듯이 코웃음을 쳤다.

"이곳이 경성이고 오랫동안 역병이 번진 적이 없기에 대량 사람들이 하나같이 착각을 한 것이다. 이곳이…… 절대적으로 안전한 곳이라는 착각."

이렇게 말한 그는 위무기와 한언에게 뒤를 따르라는 손짓을 하고 성큼성큼 밖으로 걸어나갔다.

건천원 일행이 마차 두 대에 나눠 타고 금릉성 동쪽 성문을 나갈 때, 성문 밖에서 달려오는 수백 명의 인마와 딱 마주쳤다. 복양영은 황급히 마차를 옆으로 비켜 길을 터주게 하고 길가에서 차를 파는 노점 뒤로 숨었다.

"장림세자……."

한언이 조그맣게 속삭였다.

"예정보다 며칠 빨리 돌아왔군요."

복양영의 입가에 서늘한 미소가 피어올랐다.

"빠르든 늦든 상관없다. 한 사람 더 끌어들였으니 운이 좋구나."

소평장이 돌아오기로 한 날짜는 확실히 한언이 말한 대로 아직 며칠이 남아 있었다. 그러나 고령에 변경으로 떠난 부왕이 늘 마음에 걸리던 그는 군량 수송로를 순찰하자마자, 서둘러 경성에 돌아가 남은 일을 인계하고 북쪽 국경으로 가서 부왕을 대신할 생각에 하루도 쉬지 않고 돌아온 것이었다.

내내 길을 재촉한 덕분에 해가 지기 전에 성문을 통과할 수 있었다. 집에서 기다리는 몽천설이 얼마나 놀라고 기뻐할지 떠올리자 소평장의 입술 끝이 절로 올라갔다. 앞장서서 길을 여는 호위병의 채찍 소리와 함께 주작대가 가로 길로 들어섰을 때 옆에 있던 동청이 놀란 목소리로 말했다.

"아니, 둘째 공자 아니십니까?"

소평장이 듣고 돌아보니, 소평정이 말을 타고 노한 기색으로 거리 입구를 지나 궁성 쪽으로 달려가고 있었다. 그는 재빨리 목청을 높여 불러 세운 뒤 말을 달려 다가가 아우를 살펴보며 물었다.

"무슨 일이냐? 이렇게 살기등등한 얼굴로……."

분노에 휩싸여 있던 소평정은 갑작스레 형이 나타나자 어리둥절하다가 겨우 정신을 차리고 기뻐하며 형의 팔에 매달렸다.

"형님, 돌아오셨군요!"

"겨우 며칠 빨리 온 것뿐인데 호들갑은."

소평장이 미소를 지으며 그의 팔을 토닥였다.

"대체 무슨 일이냐?"

소평정은 금세 다시 노기를 띠며 적하진이 봉쇄된 일을 가능한 한 간략하게 설명한 뒤 분기탱천한 목소리로 덧붙였다.

"당장 내각의 직방에 가서 알리려던 참이에요. 사람이 없으면 아예 순 수보 집으로 갈 거라고요!"

역병이 한번 퍼지면 얼마나 무서운 일이 벌어질지는 소평장도 잘 알고 있었다. 하물며 금릉성은 천자가 있는 나라의 수도로 인구도 많아 더욱더 큰일이었다. 그는 눈을 찡그린 채 생각에 잠겼다가 고개를 저었다.

"아니다, 역시 경조부를 먼저 찾아가는 것이 좋겠다."

"임해가 경조부의 반응이 이상하다고 했다고요. 믿을 곳이 못 돼요."

소평정은 초조한 나머지 눈에서 불꽃이 튀며 말했다.

"방금 말씀드렸는데 그래도 모르시겠어요?"

소평장은 눈빛을 냉정하게 가라앉히며 확신에 찬 목소리로 말했다.

"이상하기 때문에 먼저 찾아가야 하는 것이다."

—

14

—

내각의 수보인 순백수는 본래도 일상적인 업무가 무척 많았는데, 어가가 위산으로 떠난 뒤로는 연락하고 보고하는 일까지 더해져 더욱 쉴 틈이 없었다. 그래서 매일 하늘이 어두워질 때까지 궁성의 직방에 남아 다음 날 황제에게 올릴 내용을 정리하곤 했다.

8월에 접어들면서 더위가 다소 누그러지고, 가을 기운이 느껴지는 가장 쾌적한 시기가 찾아왔다. 집중력이 높아져 평소보다 효율적으로 일할 수 있게 된 순백수는 이대로라면 등불을 켜기 전에 일을 마칠 수 있겠다 싶었다.

새로 올라온 상주문을 막 덮는 순간, 잠그지 않은 직방의 문이 발길질에 우당탕 소리를 내며 열리더니 소평정이 경조부윤 이고를 질질 끌다시피 하고 들어와 순백수의 발치에 내동댕이쳤다. 내각의 수보는 놀란 나머지 벌떡 일어나 어리벙벙하게 있다가 한참 만에야 들어온 사람을 알아보았다.

"소평정! 이 대인은 조정의 관리이고 이곳은 조정의 중심지이건만, 이게…… 이게 무슨 짓이냐?"

순백수는 분노로 얼굴이 시뻘겋게 달아올랐다.

"존귀한 신분과 폐하의 총애만 믿고 이렇게……."

그의 외치던 목소리가 도중에 뚝 끊겼다. 그는 소평정 뒤로 시선을 던지며 몹시 의외인 듯 두 뺨을 팽팽하게 당겼다. 걷어찬 힘이 어찌나 셌는지 아직도 흔들거리는 문짝 옆에 소평장이 냉엄한 표정으로 뒷짐을 지고 서 있었다.

"세자는 규칙을 잘 아는 분이라 생각했습니다만……."

"저도 오랫동안 내각을 이끌어온 순 대인이라면 적어도 경중과 완급을 잘 헤아리시고 흑백과 분수를 잘 아시리라 생각했습니다. 경성에 역병이 퍼지고 마을 사람 전체가 죽어가는 일이 억지로 눌러 막을 수 있는 것입니까?"

순백수는 그 엄숙한 표정에 위축되어 알 수 없다는 얼굴로 물었다.

"세자, 그 무슨 말씀입니까?"

소평정은 한 걸음 다가서며 분노에 찬 목소리로 말했다.

"성 서쪽 적하진에서 역병이 발생한 지 수일째로 천 명이 넘는 마을 사람이 그 안에 갇혀서 죽음만을 기다리고 있습니다. 순 대인께서도 여기 이 부윤 대인처럼 전혀 모르는 일이라고 하시겠습니까?"

이고는 바닥에 엎드린 채 숨을 헐떡이며 변명했다.

"둘째 공자께서 어디서 헛소문을 듣고 오셨는지 모르지만, 우리 경조부는…… 그런 소식을 들은 적이 없습니다."

순백수는 곧바로 요점을 파악하고 다급하게 물었다.

"경성 서쪽에서 역병이라고요? 이런 일은 결코 마음대로 지어

내서는 안 되는 법, 그 말씀이 정말입니까?"

소평장은 그의 반응이 꾸며낸 것이 아님을 알고 눈을 찌푸렸다.

"어가가 제를 올리러 떠나시면서 경성의 일을 내각에 맡기셨는데, 역병이 걷잡을 수 없이 번지고 있다는 사실을 수보 대인께서 정말 모르고 계셨습니까?"

순백수는 소평정의 무례를 따질 틈도 없이 매서운 시선을 이고의 얼굴에 꽂으며 물었다.

"이 대인, 이는 결코 어물쩍 넘길 수 있는 일이 아니오. 다시 한 번 묻겠소. 정말 역병이 발생했소?"

이고는 찔리는 데가 있는지 고개를 푹 숙였다.

"역병이 정말 발생했는지 아닌지 소관이 어찌 알겠습니까? 허나 민간 의원에서 통보가 없었던 것만은 확실합니다."

그 대답이 무슨 뜻인지 순백수가 모를 리 없었다. 그는 즉각 광분하여 문가로 달려가더니 밖에서 대기하던 서리들을 불러 분부했다.

"당장 태상시경에게 통보하라. 경성 서쪽 적하진에서 역병이 발생한 것으로 의심되니 태의서에 명하여 즉시 사람을 보내 조사하게 한 뒤 내각에 상세히 보고하라고! 그리고 너는 예부와 호부 상서 대인에게 의논할 일이 있으니 속히 직방으로 오시라 전하라!"

서리 두 명이 허둥지둥 밖으로 달려가는데 순백수가 무슨 생각이 났는지 나중에 출발한 사람을 불러 세우며 한마디 덧붙였다.

"잠깐, 순방영에도 금릉성의 경비를 강화하라고 전하라!"

사람을 보내 조사하라고 했지만, 보고를 받기도 전에 상서들을 부른 것은 이미 마음속에 판단이 섰다는 뜻이 분명했다. 이고는 덜덜 떨리는 몸을 잔뜩 움츠리며 더욱 불안하고 당황한 얼굴이 되었다.

긴급하게 명을 내려 처리할 준비를 끝낸 순백수는 그제야 정신을 차리고 소평장을 돌아보며 다소 딱딱한 미소를 지어 보였다.

"둘째 공자의 말씀이 사실이라면, 급선무는 상황을 통제하는 것입니다. 경조부윤이 직무를 소홀히 했는지를 추궁할 시기는 아닌 것 같으니, 우선 파직하여 가두었다가 급한 일이 처리되고 나면 이 늙은이가 반드시 엄히 심문하겠습니다. 세자께서는 어찌 생각하십니까?"

가장 먼저 해야 할 일이 역병을 잡는 것임은 분명했고 방금 순백수가 내린 명도 틀린 곳이 없었기에, 서둘러 이 자리에서 이고를 심문할 까닭은 없었다. 소평장은 잠시 생각한 뒤 반대하지 않고 소평정을 돌아보았다.

"태의서에서 적하진으로 사람을 보낼 테니 너도 함께 가서 도울 일이 있는지 살펴보아라."

그러잖아도 적하진 상황이 마음에 걸리던 소평정은 재빨리 대답하고 사라졌다.

"이 부윤이 직무를 소홀히 했는지, 아니면 다른 연고가 있었는지는 심문하기 전에는 함부로 추측할 수 없겠지요."

소평장은 순백수의 눈을 깊숙이 들여다보며 말했다.

"당연히 급선무부터 처리하셔야겠지만, 아우가 고발자이니 훗날 심문하실 때 아우를 부르는 것을 잊지 마십시오."

"예, 예, 그렇지요. 당연한 일입니다."

순백수는 억지로 웃음을 지어냈다.

"어가가 계시지 않는 지금 경성에 소란이 벌어지면 크건 작건 우리 내각의 책임인데 어찌 소홀히 다루겠습니까?"

직분을 따지자면 그의 말도 거짓이 아니었기에 소평장은 구태여 끝까지 몰아붙일 생각은 없었다. 순백수가 당직을 서는 호위병을 불러 이고를 가두라고 명하자 그는 더 말하지 않고 살짝 허리를 숙여 인사한 뒤 돌아서서 그곳을 떠났다.

그가 나가자마자 순백수는 곧바로 순월을 불러 끌려가던 이고를 궁성 앞쪽 전각의 곁채로 데려오게 한 다음 몸소 심문했다.

"장림부 둘째 공자에게 발각된 것은 뜻밖이었습니다. 소리 소문 없이 깨끗하게 처리할 수 있을 줄 알았는데……."

이고는 울상을 지은 채 설명하다가 순백수가 전혀 모르는 표정인 것을 보고 어리둥절했다.

"아니, 황후마마께서 대인께 말씀드리지 않았습니까?"

복양영이 마지막으로 다녀간 뒤로 일주일째 그를 보지 못한 순 황후는 소식을 기다리다 애간장이 녹을 지경이었고, 백신상 앞에 피운 등잔불의 흔들림마저 불안한 마음을 부채질했다.

순백수가 굳은 얼굴로 정양궁으로 달려왔을 때, 황후는 편전의 백신상 앞에서 경을 외우며 축수를 올리고 있었다. 분노와 초조함에 휩싸인 순백수는 군신의 예조차 무시하고 곧바로 안으로 들어가면서 좌우를 꾸짖었다.

"모두 물러가거라!"

순 황후는 깜짝 놀라 고개를 들었다가 시퍼레진 그의 얼굴을 보자 제 발 저리듯 움찔하며 소영에게 시녀들을 데리고 물러가라는 눈짓을 한 뒤 물었다.

"오라버님, 무슨 일이십니까?"

순백수는 에둘러 말할 틈조차 없어 바짝 앞으로 다가서서 그녀의 눈을 노려보았다.

"소식을 봉쇄하고 역병을 내버려두라 이고에게 명하신 분이 마마이십니까?"

"어찌 아셨습니까? 설마 막으신 건 아니겠지요?"

그녀는 두 손을 바르르 떨며 순백수의 소맷자락을 움켜쥐었다.

"역병은 본디 하늘이 내리신 재앙입니다. 적하진에 무슨 일이 벌어지든 이는 모두 백신의 힘을 빌려 태자를 겁운에서 구하기 위함이니 그들을 구하시면 안 됩니다. 막으시면 아니 된단 말입니다!"

순백수는 심장이 철렁하여 저도 모르게 이를 악물었다.

"태자를 겁운에서 구하다니요?"

"복양 상사가 아직 술법이 완전히 이루어지지 않았다 했으니 절대로 끼어드시면 안 됩니다. 도중에 멈추면 반서가……."

순 황후가 눈물바람을 하며 울부짖었다.

"백성의 목숨으로 신께 제를 올리는 것이 대량의 왕도에 어긋난다는 것은 저도 압니다. 하지만…… 하지만 태자가 얽혀 있는데 믿어야지 어찌합니까! 걱정하실 필요 없습니다. 어찌되었든 태자를 대신하여 재앙을 입은 사람들이니 후하게 위로하고 그 가족이 평생 풍족하게 살도록……."

순백수는 더 이상 듣고 있을 수가 없어 옆에 있던 신상을 와락 뒤집어엎고 말았다. 등잔이 와장창 소리를 내며 깨졌다.

"복양영! 역시 그자의 짓이었구나!"

그는 격렬하게 씰룩이는 가슴을 안고 초조하게 전각 안을 왔다갔다하다가 한참 만에야 다소 평정을 되찾았다.

"그날 동궁에서 화재가 발생하여 마마께서 혼비백산하신 것은 압니다만, 그 일로 이렇게…… 이렇게까지 넋이 나가신 줄은 생각지도 못했습니다!"

"하지만 복양 상사가……."

"다시는 복양영을 입에 담지 마십시오!"

순백수는 몸을 웅크리고 황후의 손을 힘껏 움켜잡았다.

"누이야, 이 난관을 넘길 수 있을지 없을지 모르는 판국이니 일단 정신 바짝 차려야 한다! 말해보아라. 네 명을 받은 사람이 이고 한 명뿐이냐?"

순 황후는 얼굴이 하얗게 질린 채 그를 바라보다가 머뭇거리며 고개를 끄덕인 뒤 더 할 말이 있는 듯 입을 열었다. 그런데 그때 신당의 문이 벌컥 열리고 소영이 허둥지둥 달려들어오며 외쳤다.

"마마, 큰일 났습니다. 태자 전하께서 갑자기 혼절하셨습니다!"

놀라고 당황한 순 황후는 거의 반쯤 넋이 나간 채 소영의 부축을 받아 가마에 올라 동궁으로 달려갔다. 편전에 혼자 남은 순백수는 눈을 감고 한참을 서 있은 뒤에야 가까스로 평소의 차분함을 되찾았다. 정양궁에서 가장 가까운 인안문(仁安門)으로 나온 그는 먼저 순월을 순방영에 보내 손 통령에게 즉각 건천원을 봉쇄하라 명한 뒤, 다시 앞쪽 전각에 있는 직방으로 달려가 적하진의 소식이 왔는지 확인했다.

직방의 문루를 넘기 무섭게 태상시경 고황(顧況)과 태의령(太醫令)

당지우(唐知禹)가 마중 나왔다. 두 사람의 낯빛을 보는 순간 순백수는 더욱더 가슴이 철렁하여 목멘 소리로 물었다.

"정말 역병이오?"

당지우는 고개를 끄덕였다.

"죽은 사람이 벌써 백 명에 가깝고 위독한 사람도 허다합니다. 다행히 민간의 제풍당 의원들이 발병 초기부터 적하진에 있었기에 증상의 변화와 진료 방법, 전염 과정과 죽을 때의 증상들을 비교적 상세히 알고 있습니다. 태의서에서 그 내용을 토대로 옛 기록을 조사하여 같은 병이 발생한 적이 있는지 살펴보고 있습니다."

순백수는 이해가 가지 않아 발을 힘껏 구르며 책망했다.

"이런 상황에서 옛 기록을 조사해서 무엇 한단 말이오?"

고황이 재빨리 태의령 대신 설명했다.

"대인께서는 모르시겠지만 역병을 치료할 때는 보통 환자가 많아지는 후기에 가장 효과적인 치료법을 찾아낼 수 있습니다. 만약 예전에 같은 역병이 발생한 적이 있다면 더욱 많은 목숨을 살릴 수가 있지요."

순백수는 손으로 이마에 맺힌 땀을 닦으며 어렵게 물어보았다.

"그렇다면 태의서에서는 적하진의 역병을 어떻게 보시오? 아직 수습할 가능성이 있소?"

고황과 당지우는 서로를 한번 쳐다보고는 뭐라고 표현하기 힘든 복잡한 표정을 지었다.

"적하진은 이미 그 지경이 되었으니 더 나빠지려야 나빠질 것도 없지요. 소관이 걱정하는 것은……."

"무엇이오?"

"적하진에서 일어난 역병이 적하진에서 끝나지 않을지도 모른다는 것입니다."

순백수는 다리에 힘이 풀려 저도 모르게 비틀비틀 뒤로 물러났다. 그 순간 그는 황후를 까맣게 잊었고, 심지어 태자 생각도 나지 않았다. 날카로운 칼처럼 그의 심장을 가르는 것은 바로 '금릉성' 이라는 세 글자였다.

위무량과 위무병은 나란히 주작대로의 입구에 서서 저 멀리 궁성의 성문을 아득하게 바라보았다. 적하진의 사고가 알려진 지 엿새째, 금릉성에도 이미 소문이 쫙 퍼져 경성의 중심가인 이 거리는 눈에 띄게 조용하고 한산해져 있었다.

짐수레가 청석길을 지나며 '끼익끼익' 소리를 냈고, 신음하는 환자 몇 명이 제풍당으로 실려 들어갔다. 잠시 후 소평정이 진료소에서 뛰어나와 말을 타고 서쪽으로 달려갔다.

위씨 형제는 마주 보며 기쁜 표정을 지었다.

적하진 밖 흙길 입구에는 아직 방벽이 남아 있었지만 반쯤 무너진 상태였다. 말을 달려 가까이 다가간 소평정이 뭐라고 말을 꺼내기도 전에 그곳에서 만나기로 한 임해가 그의 표정을 읽고 물었다.

"금릉성에도 환자가 생겼나요?"

"금릉성뿐만 아니라 궁 안에도 생겼소. 이곳에서 그랬던 것처럼 갑작스럽고 동시다발적으로 생겨났소."

소평정은 임해의 창백한 얼굴을 보면서 그녀가 뒤로 물러나는 것도 아랑곳없이 힘껏 그 어깨를 붙잡았다.

"금릉성에 환자가 생긴 이상 이 방벽은 이제 유명무실하오. 이런 마당에 당신과 나 사이에 꺼릴 것이 어디 있소?"

혼자 보름을 버티면서 누적된 피로와 초조함, 실망, 낙담이 임해의 몸에 남아 있던 마지막 한 올의 힘마저 빼앗아갔다. 그녀는 눈시울을 붉히며 이마를 소평정의 가슴에 살짝 기댄 채 중얼거렸다.

"일찍 대비할 수만 있었다면 이렇게까지는 되지 않았을 텐데, 가장 중요한 시기에 하필이면 이곳에 갇히는 바람에……."

소평정은 팔에 힘을 잔뜩 주면서 눈동자를 반짝였다.

"나는 의술은 모르지만 이번 역병은 어딘지 이상하다는 느낌이 드오. 단순한 재해가 아닌 것 같소."

"당신도 그렇게 생각해요? 나는 처음부터 이상했어요. 그래서 태의서에 수원을 잘 살펴보라고 했지요."

임해는 숨을 깊이 들이쉬어 기운을 차리려 애썼다.

"이제 금릉성의 상황도 악화될 거예요. 적하진의 참상도 오랫동안 숨기지는 못할 텐데 조정에서는 어쩔 생각이죠?"

적하진 소식은 일찌감치 봉쇄되어 그 안에서 무슨 일이 일어났는지 아는 사람은 지금으로서는 많지 않았다. 그러나 손바닥으로 하늘을 가릴 수는 없는 법, 금릉성에서도 나날이 환자가 늘어나고 있었다. 일단 상황이 걷잡을 수 없게 되면 성 전체가 혼란에 빠져 밖으로 달아나려는 사람들이 생기는 것은 시간문제였다. 임해가 던진 '조정에서는 어쩔 생각이죠?'라는 질문은, 확실히 지금 내각의 발등에 떨어진 가장 큰 불이었다.

성 서쪽에서 역병이 발생했다는 것을 확인한 당일, 순백수는 즉각 위산으로 급보를 띄워 어가에 한동안 경성으로 돌아오지 말라고 청했다. 그런 다음 그 자신은 태의서에서 효과적인 방법을 찾아내어 최악의 상황이 일어나지 않게 막을 수 있기만을 바라며 태상시와 내각을 분주히 왔다갔다했다. 그러나 잇따라 들어오는 소식은 며칠 만에 그의 희망을 산산이 부숴놓았다.

복양영은 종적을 감췄고 건천원은 텅 비어 있었다.

금릉의 황성에서 제법 떨어져 있는 이곳저곳의 골목에서는 속속 환자가 발생했다.

금릉성에서 이 병으로 죽은 첫 번째 사람은 놀랍게도 동궁에서 궁녀들을 가르치던 상궁이었다.

진전이 있었다고 할 만한 것은, 옛 기록을 조사하던 태의서의 의관이 마침내 유사한 역병이 일어난 기록을 찾아낸 것이었다. 그러나 그에 관한 기록들은 읽으면 읽을수록 놀랍기만 했다.

"이 역병이 30년 전에 발생했다고?"

순백수는 의아한 목소리로 물었다.

"꽤 오래된 일이기는 하나 몇 세대 전의 일도 아닌데, 그렇게 큰 사건이 있었는데도 기억하는 태의가 한 사람도 없었소? 어찌 기록을 찾아내는 데 이렇게 오래 걸렸소?"

태의령 당지우가 한숨을 쉬며 말했다.

"당시 역병이 발생한 곳은 멀리 떨어진 변경이었고, 태의서에서 직접 가서 처리하지도 않았기에 남겨진 기록이 제한적이었습니다."

"대체 어디서 발생한 것이었소?"

"당시 우리 대량의 속국이던 야진의 국도, 야릉성입니다."

순백수는 무언가 떠오른 듯 찬 숨을 헉 들이켰다.

"그렇다면…… 30년 전 야진국을 멸망시킨 그 역병 말이오?"

야진의 국도에서 느닷없이 역병이 일어났을 때, 조정에서 제때 손을 쓰지 못한 탓에 백성들이 모조리 달아나 야릉성이 텅텅 빌 정도였고 그 결과 역병이 나라 전체로 퍼져 완전히 손을 쓸 수 없게 되었다. 무정제는 어쩔 수 없이 장림군 비산영을 보내어 야진과 대량을 잇는 모든 통로를 봉쇄하여 도망자들이 국경을 넘지 못하게 막았으나, 조정과 민간의 의원들은 자진하여 치료를 하러 들어갔고 대량 또한 국고에 있던 약재와 물자를 지원해주었다. 너무도 참혹한 사건이었기에 당시 멀리 경성에 있던 순백수도 대략적인 이야기는 들었지만, 수십 년이 지나는 동안 기억이 희미해져 지금 상황과 곧바로 연결 짓지 못한 것이었다.

"장림군 비산영은 몇 달 동안 국경을 봉쇄했다가 겨울이 되어서야 물러났습니다. 그 역병으로 국도 야릉성은 죽음의 성이 되었고, 백성들은 열에 여섯 일곱이 죽고 황족 중에 살아남은 사람도 없어 야진이라는 이름은 사라지게 되었지요."

순백수는 종잇장처럼 하얘진 얼굴로 당지우를 한참 동안 바라보다가 이윽고 의견을 묻는 눈빛으로 고황을 돌아보았다.

태상시경은 그 눈이 무엇을 묻는지 알아차리고 입을 꾹 다문 채 생각에 잠겼다가 천천히 말했다.

"야진의 전례로 미루어보아, 태의서에서 아무리 최선을 다해도 경성에서 역병이 악화되는 것은 이미 피할 수 없는 상황입니다."

무거운 발걸음으로 태상시 관아의 대문을 나선 순백수는 마차에 오르다가 발이 미끄러져 하마터면 바닥에 나동그라질 뻔했으나, 순월이 겨우 붙잡아주었다.

"조심하십시오, 대인…… 곧바로 직방으로 가시겠습니까?"

순백수는 정오에 가까워진 길가 수양버들의 그림자를 잠깐 바라보다가 고개를 저었다.

"신시에 조정에서 회의가 있으니 먼저 장림왕부로 가자."

순월은 그 말에 흠칫 놀랐지만, 평소에도 주인의 명에 반문하는 적이 없었기에 이번에도 아무 말 없이 순백수를 부축하여 조심조심 마차에 태우고 앞장서서 길을 열었다.

종실의 일원이고 실제로 직무를 맡고 있는 소평장이니, 경성의 큰 사건에 관한 회의에 그를 부르는 것은 당연했다. 더욱이 태의서에서 매일 올리는 역병에 관한 소식과 소평정이 때때로 가져오는 최신 정보 덕에 장림세자는 지금 금릉성이 얼마나 위험한지를 다른 대신들보다 더 잘 알았다. 순백수가 찾아와 명첩을 전했을 때 그는 이 수보 대인이 찾아온 뜻을 대강 짐작했다.

"태의서의 통보를 받은 뒤 저도 비산영의 옛 기록을 살펴보았습니다."

대청에서 손님을 맞이하여 자리를 청한 소평장이 곧바로 본론을 꺼냈다.

"역병에 관한 기록은 태의서와 거의 일치합니다."

"세자께서 옛 기록을 살피셨다니 야진의 국도가 어떤 최후를 맞았는지 아시겠군요."

순백수의 말투는 차분했지만 그 속에는 단호한 결심이 담겨 있었다.

"금릉성이 이미 위험에 처했다면, 우리 대량은 무슨 일이 있어도 야진의 전철을 밟을 수는 없습니다. 폐하께서 계시지 않으니 중책을 맡은 내각이 일찌감치 결단해야 합니다."

"순 대인께서는 어떤 생각이신지……."

순백수는 이를 악물었다.

"아직 상황이 심각하지 않은 지금, 성을 봉쇄하는 것입니다."

소평장은 고개를 돌려 바깥을 내다보며 말이 없다가 한참 만에야 비로소 입을 열었다.

"이곳은 경성이고 황실의 종묘와 수많은 백성이 있습니다. 내각에서 그런 결단을 내릴 수 있겠습니까?"

"이 늙은이도 어려운 결단인 것은 압니다. 게다가 조금의 실수라도 있으면 평생 오명을 쓰겠지요. 허나 세자께서도 아시다시피 이런 상황에서 하루라도 더 망설이면 후회막급의 지경에 처할 것입니다. 폐하께 중임을 받은 내각이 나서서 막지 않는다면 누구에게 그 책임을 미룰 수 있겠습니까?"

순백수는 소평장의 시선을 따라 먼 곳을 바라보며 눈을 가늘게 떴다.

"금릉성에는 종묘와 백성들이 있지만, 저 성벽 밖에는 폐하의 어가와 우리 대량의 금수강산이 있습니다."

소평장은 눈을 내리깔고 잠시 생각하다가 천천히 허리를 굽히며 말했다.

"순 대인의 뜻, 잘 알겠습니다. 잠시 후에 있을 조정의 회의에서 장림부는 대인을 지지할 것입니다."

순백수는 희미하게 희색을 띠며 공수하고 깊숙이 몸을 숙였다.

"고맙습니다, 세자."

적하진 사건이 일어난 뒤 조정의 중신들은 거의 매일같이 회의를 열었지만, 사품 이상의 관리와 직책을 맡은 종실들을 모두 부른 것은 이번이 처음이었다. 회의를 주재한 순백수가 입을 열기도 전에 전각 안의 분위기는 벌써부터 무겁게 가라앉아 있었다.

"폐하께서 경성을 내각에 부탁하셨으니 내각의 신료들은 모두 책임이 크오."

순백수의 시선이 주위를 하나하나 훑었다.

"경성의 백성들이 조정만 바라보고 있으니, 대인들께 무슨 의견이 있으면 주저 말고 말씀해보시오."

오랜 정적이 흐른 끝에 이부의 여 상서가 공수를 하며 물었다.

"수보 대인께서는 어찌 생각하십니까?"

순백수는 시간 낭비할 마음이 없어 직접적이고 명쾌하게 대답했다.

"역병의 기세가 맹렬하여 단시일 내에는 수습하기가 어렵소. 본관은 조정의 대국을 생각하여 금릉성을 즉각 봉쇄하고자 하오!"

'봉쇄' 라는 두 글자에 전각 안이 순식간에 소란스러워졌다. 다른 일이라면 다른 이들의 입장을 들어보고 경중을 따져볼 수도 있겠지만, 금릉성을 봉쇄하는 일은 생사가 달린 문제라 덮어놓고 따를 수는 없었다. 곧바로 누군가 일어나 따졌다.

"순 대인, 이곳은 경성입니다! 천자의 기업(基業)이 있는 나라의 국도로서, 평범한 다른 성시들과는 비교할 수도 없는 곳이지요. 성을 봉쇄하여 안팎이 단절되면, 역병이 퍼질 경우 성에 있는 모든 사람이 목숨을 잃지 않겠습니까?"

사람들이 고개를 끄덕였고, 동의하는 사람들은 자연히 맞장구를 쳤다.

"그렇습니다. 성안에 병이 난 사람도 있지만 아직 병이 나지 않은 사람도 있는데 한꺼번에 죽음을 기다리자는 말씀입니까?"

태의령 당지우가 황급히 나섰다.

"죽음을 기다리는 것은 아닙니다. 성에는 물이 있고 식량도 충분합니다. 성을 봉쇄한 후 태의서에서 환자 구역을 마련하여 병이 발작한 백성들을 그곳으로 옮겨 한꺼번에 치료할 것입니다. 병이 나지 않은 사람들은 환자들과 격리한 뒤 가능한 한 외출을 삼가며 신중하게 예방하면……."

예부의 심 상서가 다급히 끼어들었다.

"그렇게만 하면 역병에 걸리지 않소?"

당지우는 그 질문에 멈칫하며 난처한 목소리로 대답했다.

"역병이란 어찌해도 완전히 막을 수 없습니다. 그렇다고 해도 혼란에 빠져 사방으로 흩어지다가 치료를 받지 못하고 다른 지역까지 병을 옮기는 것보다는 낫습니다."

처음 반대 의견을 냈던 대신은 더욱더 불만스럽게 그를 노려보았다.

"멀쩡한 사람에게 병을 옮기지 않는다고 장담하지도 못하는데, 그것이 죽음을 기다리는 것이 아니면 무엇이란 말이오! 당 대인, 지금 이 성에 환자가 많소, 아니면 환자가 아닌 사람이 많소?"

당지우는 대답할 말을 찾지 못해 상관인 고황을 돌아보았다.

고황이 일어나 해명했다.

"역병에 걸려도 곧바로 증상이 나타나지 않습니다. 정말 병이 없는지 아니면 잠시 증상이 나타나지 않은 것인지는 아무리 훌륭한 의원이라도 판별할 수 없지요."

"그런 논리라 해도, 병에 걸리지 않았는데도 성에 갇혀 어쩔 수 없이 죽게 될 사람이 생기지 않소?"

전각에 있는 사람들 중 많은 수가 고개를 끄덕이며 찬동했고, 아직 반대하지 않은 사람들마저 다소 망설이는 표정이 되었다.

"비상한 시국에는 비상한 용기가 필요한 법이오."

순비잔의 싸늘한 목소리가 웅성거리는 소리를 억눌렀다.

"성문을 봉쇄하면 물론 성 전체가 어려움을 맞게 될 수도 있으나, 역병이 사방에 퍼지도록 내버려두면 나라 전체가 위기에 처할 텐데 어찌 진정으로 성안의 백성들을 구하는 일이라 할 수 있겠소?"

금군통령은 내내 검을 차고 전각문 옆에 서 있었고, 그 바깥으로는 전각을 지키고 선 장령과 병사들의 그림자가 언뜻언뜻 비쳤다. 대신들 대부분은 본래 이 점을 알아차리지 못하고 있었으나 그가 입을 여는 순간 상황을 눈치 채고 안색이 흉하게 어두워졌다.

"어찌된 것입니까?"

심 상서가 딱딱한 얼굴로 그와 순백수를 번갈아 보았다.

"이것이 회의입니까, 아니면 협박입니까?"

순백수가 날카로운 시선으로 그를 마주 보았다.

"여기 계신 대인들은 모두 조정의 대들보요. 군주의 녹을 먹고 군주에게 충성을 다하는 신하들이니 위험할 때일수록 백성들의 모범이 되어야 할 것이오. 성을 봉쇄하라는 명이 떨어진 후 대신들 중에서 대담하게 가족을 데리고 달아나 백성들을 혼란시키는 자가 나온다면 그 자리에서 용서 없이 참할 것이오!"

이 말이 떨어지자 전각 안은 꽁꽁 얼어붙은 것처럼 조용해졌고, 거친 숨소리만 울렸다. 심 상서 등은 한참 만에야 겨우 정신을 차렸고, 더 따져보기라도 할 것처럼 순백수에게 몇 걸음 다가섰다.

내내 의자에 앉아 묵묵히 듣고만 있던 소평장이 그제야 몸을 일으키더니, 옆으로 두어 걸음 움직여 군신들 앞에 섰다. 그는 순백수를 향해 두 손을 들고 예를 갖추며 결연한 목소리로 말했다.

"성을 봉쇄하라는 명이 떨어지면 우리 장림부는 반드시 따를 것입니다."

벼랑 끝에서 살아나다

—

15

—

핏빛 석양이 내리쬐는 가운데 금릉성의 네 방위에 있는 두꺼운 성문이 천천히 닫혔다.

소식을 들은 성안의 백성들은 몸에 지니기 좋은 귀중품만 싸들고, 노인과 아이의 손을 잡은 채 꾸역꾸역 성문으로 몰려들었다. 현장은 혼란에 빠졌고 사방에서 울음소리가 울렸다.

"적하진 사람들이 모두 죽었다잖소! 여기서 달아나야 하오!"

"옳소! 우리를 보내주시오!"

"열어라! 성문을 열어라!"

순방영의 장창수들이 빽빽하게 인간 담장을 만들어 주 도로를 막고 창끝을 앞으로 내밀자 성문 안에 갇힌 인파들은 고래고래 소리를 질렀고, 심지어 몽둥이 같은 것을 들고 와 강행 돌파하려는 사람도 있었다.

양 갈래 기병이 성벽 옆에서 달려나오자 말발굽 아래로 먼지가 풀풀 날렸다. 기병들은 채찍을 휘두르며 뚫고 나오는 자들을 억지로 돌려보냈다.

기병대가 후위를 맡은 가운데 풀을 높이 쌓은 짐수레가 길 한가운데까지 밀려왔다. 순백수는 손 통령의 부축을 받아 가까스로 풀더미에 기어오른 뒤 휘청거리며 일어섰다.

소평장이 말을 몰아 수레 옆에 서자, 옆에서 동청이 채찍을 휘두르며 높이 외쳤다.

"모두 조용히 하시오!"

잠깐 조용해진 틈을 타, 겨우 균형을 잡은 순백수가 허리를 곧게 펴고 사람들을 향해 공수하면서 소리 높여 말했다.

"어르신들, 경성에 역병이 번진 것은 큰 어려움이나 지나치게 당황할 필요는 없소이다. 태자 전하께서 아직 동궁에 계시고……."

그는 옆에 있는 소평장을 가리키며 말을 이었다.

"장림부의 세자께서도 이곳에 계시오. 내각의 수보인 소관의 가족들 또한 어른 아이 할 것 없이 모두 부중에 남아 있소! 금릉은 바로 천자의 성이니 하늘이 보우하실 터, 우리 조정도 여러분과 함께 천명을 기다릴 것이오!"

희끗희끗한 귀밑머리를 헝클어뜨린 채 보랏빛 관복을 입은 쉰 먹은 노인이 목이 터져라 소리를 지르자, 아래쪽에서 웅성거리던 사람들은 절로 차분해졌다.

그때 마침 금군이 도우러 도착했고, 검은 복면을 한 대열이 달려와 꼭 닫힌 성문 앞을 빽빽하게 가로막았다.

적하진에서 제풍당으로 돌아온 후, 임해는 오로지 약방문을 고치는 데 전력을 기울였다. 역병이 처음 발생했을 때부터 치료에 참여한 사람으로서 그녀가 찾아낸 약방문은 병세를 호전시키는 효과가 있었지만, 그 후 병이 악화되면서 중환자에게는 큰 효과를 보지 못했다.

소평정도 돕고 싶었지만 그 부분에서는 힘이 되지 못해, 환자들을 운반하는 일을 돕는 것 말고는 임해와 두중이 작은 소리로 의견을 나눌 때 옆에서 지켜보는 것이 고작이었다.

"최근에 만든 약방문을 보여다오."

별안간 문가에서 노쇠한 목소리가 들려왔다. 그쪽을 돌아본 사람들은 곧 얼굴에 희색을 띠며 반갑게 불렀다.

"사부님!"

"노당주!"

여건지는 미소를 지으며 고개를 끄덕인 뒤 힘찬 걸음으로 들어왔다.

"일이 있어서 왔다가 성문이 봉쇄된 것을 보고 깜짝 놀랐구나."

그는 어깨에 멘 보따리를 두중에게 건네고 탁자로 가서 앉아 임해가 쓴 약방문을 보더니, 잠시 생각에 잠겼다가 종이 한 장을 꺼내 글을 써내려가며 말했다.

"지난날 야릉에서 발생한 역병으로 추론해보면 조정에서 때맞춰 결단을 내린 셈이다. 이 약방문이 몇 사람이나 더 구할 수 있을지는 모르지만 서둘러 달여 위중한 환자부터 먹여보도록 해라."

소평정이 기쁜 목소리로 물었다.

"노당주, 당시 야릉에 가신 적이 있으세요? 그렇다면 당주께서 오셨으니 금릉성 백성들은 살아나겠군요?"

여건지는 말없이 이마를 꾹꾹 눌렀고, 옆에 있던 임해가 소리 죽여 설명했다.

"그렇게 간단한 일이 아니에요. 겉으로 드러나는 증상이 비슷하다고 해서 반드시 같은 병인 것도 아니고, 설령 완전히 똑같은 병이라 해도 30년이라는 세월 동안 달라졌을 수도 있어요. 사부님의 예전 경험이 큰 도움이 되겠지만 약효가 어느 정도인지는 지켜봐야 해요. 솔직히 말해 역병이 닥쳤을 때 이를 잠재우는 것은 반은 의원에게, 나머지 반은 천명에 달려 있어요."

마지막 말을 할 때 그녀의 목소리는 약간 쉬어 있었다. 의술을 행하는 사람으로서 이런 무력감을 잘 아는 여건지가 그녀의 어깨를 살며시 토닥여주었다.

야릉의 옛 약방문으로 만든 탕약이 완성되자 임해는 대청으로 나가 위중한 환자들에게 약 먹이는 것을 도운 뒤 빈 약그릇들을 쟁반에 담아 안뜰로 돌아왔다. 약방 바깥의 회랑 아래에 도착한 그녀는 전에 없이 피로를 느껴 버티지 못하고 담장에 기대어 잠시 쉬었다.

정원에 있던 소평정이 이 광경을 보고 허둥지둥 달려와 쟁반을 받아 난간에 올려두고 걱정스럽게 말했다.

"당신도 한숨 자는 것이 좋겠소. 당신마저 쓰러지면 노당주를 도울 사람이 없어지잖소?"

그가 소매에서 손수건을 꺼내 땀방울이 솟은 그녀의 이마를 닦아주려 했지만, 그녀는 일부러 두어 걸음 물러서서 피했다.

"왜 그러시오?"

소평정은 알 수 없는 눈길로 물었다.

임해가 먹빛 벽돌담을 짚고 서서 나지막이 물었다.

"평정, 두렵지 않아요?"

"무엇이 말이오? 나는 노당주와 당신을 믿소. 반드시 방법을 찾아낼 거요."

담장을 짚은 임해의 손에서 차츰차츰 힘이 빠지고 몸이 휘청거리는가 싶더니 그녀가 뒤로 천천히 쓰러졌다. 깜짝 놀란 소평정은 와락 달려가 그 허리를 끌어안고, 노당주를 소리쳐 부르면서 그녀를 방 안으로 옮겼다.

약방에 있던 여건지가 소리를 듣고 달려와서 보더니 낯빛을 흐렸다. 그는 부드러운 손수건을 그녀의 손목에 올려 자세히 맥을 짚은 다음 눈동자와 혀를 살폈다.

그때쯤 정신이 든 임해가 얼굴을 붉히며 일어나 앉으려고 했다. 소평정은 재빨리 그녀를 부축해 일으키고 등에 베개를 받쳐주며 초조하게 여건지에게 물었다.

"어떻습니까?"

여건지는 묵묵히 생각에 잠겨 대답이 없었다. 그때 두중도 소식을 듣고 달려와 침상 옆에 꿇어앉아 맥을 짚어보더니 긴장한 듯 얼굴이 파리해졌다.

임해가 그에게 나지막이 물었다.

"처음 약을 먹은 환자는 차도가 있나요?"

두중이 황급히 대답했다.

"극히 적은 수가 각혈을 멈췄지만 고열은 그대로입니다."

"그렇다면 좀 더 강한 것을 시도해봐야……."

여건지가 재빨리 그녀의 말을 끊었다.

"약방문을 고치는 것은 내가 하마. 너는 쓸데없는 생각은 말고 푹 쉬도록 해라."

임해는 베개에 살짝 기대면서 기운은 없지만 굳센 목소리로 말했다.

"사부님, 지금은 안전을 따질 때가 아니니 가능한 한 대범하게 나가셔야 합니다. 저는 이제 막 발병했으니 약을 시험하기에 좋을 거예요."

소평정은 깜짝 놀라 두 사람을 번갈아 보았다.

"시험? 무슨 시험 말이오?"

방 안에 있던 의원들은 침묵에 빠졌다. 잠시 후, 여건지가 일어나 밖으로 나가더니 어두운 얼굴로 혼자 생각에 잠겼다가 거의 반 시진 만에야 새로운 약방문을 써서 두중에게 건넸다.

"이렇게 달여 오게."

두중이 받아 살펴보더니 다소 놀란 표정이 되었다.

"노당주, 너무 위험하지 않을까요?"

여건지는 고개를 숙이고 힘줄이 불거진 늙수그레한 손을 한참 내려다보더니 비로소 한숨을 내쉬며 말했다.

"그대로 달여 오게."

소평정은 고민 끝에 임해가 병으로 쓰러진 소식을 왕부에 전하지 않았다. 장림왕부에는 아직 환자가 없었는데, 몽천설의 성품대로라면 그 소식을 듣고 절대 모른 척할 리가 없었다. 왕부에서 한참을 기다려도 부군이 돌아오지 않자, 몽천설은 참다못해 나가보려 했지만 동쪽 원락 중문에 도착하자마자 동청에게 가로막혔다.

"세자비, 바깥이 몹시 소란스럽습니다. 너무 위험해서 절대로 보내드릴 수 없습니다!"

"날 막겠다고?"

몽천설은 눈썹을 치켜세우고 동청을 아래위로 훑어보았다.

"우리 두 사람이 일대일로 싸우면 날 막을 수 있다고 생각해?"

동청은 말문이 막혀 뭐라고 대답해야 좋을지 몰랐다. 그때 바깥에서 돌아온 소평장이 두 사람이 대치하는 것을 보지 못한 듯 태연하게 불렀다.

"소설, 이리 와봐. 그러잖아도 찾고 있었어. 아주 중요한 일이 있는데 당신 도움이 필요해."

도움이 필요하다는 말에 몽천설은 기운이 펄펄 났다.

"무슨 일이에요?"

소평장은 그녀의 팔꿈치를 잡고 서재 남쪽 곁채에 있는 장서실(藏書室)로 데려갔다.

"랑야각이 모르는 것이 없다는 말은 당신도 들어보았을 거야. 이 책들은 모두 평정이 랑야각 서고에서 베껴온 것인데, 듣자니 마침 이번 역병을 잠재우는 방법도 이곳에 적혀 있다는군."

"정말이에요?"

몽천설은 고개를 들고 대들보에 닿을 정도로 책이 빽빽하게 들어찬 서가를 바라보며 놀라면서도 기뻐했다.

"하지만 평정은 제풍당을 돕고 있고 나는 경성을 안정시키느라 할 일이 많아 몸을 뺄 수가 없어. 그러니 당신이 한번 찾아봐줘. 어느 책이든 '상고습유(上古拾遺)' 라는 글자를 찾으면 돼."

몽천설은 저도 모르게 허리춤의 띠를 손가락으로 배배 꼬며 난처한 듯 말했다.

"나더러 책을 뒤지라고요? 다른 사람에게 시킬 수는 없을까요?"

소평장은 좌우를 둘러보더니 나지막이 속삭였다.

"랑야각의 책이잖아. 얼마나 많은 비밀이 들어 있을지 모르는데 남에게 함부로 보여줄 수야 없지."

몽천설은 잠시 망설이더니 울적하게 고개를 끄덕였다.

"그, 그럼…… 그럴게요."

몽천설을 다독여놓은 소평장은 야간 순찰 협조 문제를 처리한 뒤에야 친위대 몇 명을 데리고 제풍당으로 달려갔다.

그때는 이미 어둑어둑해져 있었고, 임시 병실로 바뀐 몇몇 대청에는 등잔 몇 개만 켜놓아 분위기가 몹시도 칙칙했다. 곧장 후원으로 들어간 소평장은 정원에 멍하게 서 있는 아우를 발견하고 걸음을 빨리하여 다가갔다.

"노당주가 성에 들어오셨다지? 정말 좋은 소식이구나. 그분이 병을 치료하신……."

여기까지 말하다가 아우의 이상을 눈치 챈 그는 눈을 찡그리며 물었다.

"왜 그러느냐?"

소평정의 눈두덩이는 푸르스름했고 목소리는 잠겨 있었다.

"형님…… 임해도 병에 걸렸어요."

소평장은 깜짝 놀라 그를 지나쳐 맞은편 방으로 들어가려다가 마침 안에서 나오는 여건지와 마주쳤다. 그가 다급히 물었다.

"임 낭자는 괜찮습니까?"

여건지는 몹시 지친 얼굴로 기둥을 짚고 서서 대답했다.

"사나운 병이지만 위험을 견뎌내고 나은 사람이 적지 않습니다.

저 아이는 늘 몸이 튼튼했으니…….”

대답이라기보다 자신을 위로하는 말에 더 가까웠다.

그때 두중이 새로 달인 탕약을 들고 약방에서 나왔다. 소평정이 재빨리 받아들고 직접 임해에게 가져가, 그녀를 부축해 일으키고 약을 입술에 살짝 묻혀 온도를 잰 뒤 조심조심 두 숟갈 떠먹였다.

임해는 희미해진 흑수정 같은 눈동자를 들고 소평정을 똑바로 보려 애썼다. 무슨 말을 하려는 것 같았지만 그녀는 결국 아무 말 못하고 소리 없이 탕약 그릇을 비웠다.

오늘 두 번째로 복용한 약이었다. 여건지는 효과를 기대하며 내내 침상 옆에서 관찰했고, 반 시진이 지나자 맥을 짚어보더니 한참 만에야 스르르 손가락을 뗐다.

소평정은 낮에 그랬던 것처럼 상황이 어떠냐고 다급히 캐묻는 대신 임해의 손을 이불 속에 넣고 잘 여며주었다.

방 바깥의 처마 아래에는 등잔 하나뿐이지만 다행히 고운 달빛이 부드러운 빛무리를 비쳐주고 있었다. 소평장은 방으로 들어가지 않고 섬돌 앞에 조용히 서 있다가 노당주가 나오는 소리를 듣고 몸을 돌렸다.

여건지가 그의 곁으로 다가오더니 수심에 찬 목소리로 말했다.

“내일까지 열이 오르지 않으면 저 아이도…… 이 겁운을 넘길 수 있을지 모릅니다.”

병실 안의 희미한 등불이 반쯤 열린 창문을 통해 흘러나왔고 침상 앞을 지키고 선 소평정의 진지한 얼굴을 볼 수 있었다. 잠시 묵묵히 서 있던 소평장이 나지막이 물었다.

“임 낭자가 우리 평정이를 싫어하지 않는다는 것은 저도 압니다. 그녀가 어째서 신분을 밝히기를 꺼려하는지, 노당주께 여쭙고 싶습니다."

여건지는 움찔 당황하며 그를 돌아보았다.

"세자께서 짐작하고 계셨습니까?"

"제가 짐작하기를 바라셨던 것이 아닙니까?"

여건지는 눈꺼풀을 내리뜨고 살며시 고개를 끄덕였다.

"예, 그랬지요. 그 옛날 저들 모녀가 소리 소문 없이 모습을 감추었을 때 이 늙은이가 뒤를 봐주었습니다."

"어째서 부왕께 알리지 않으셨습니까?"

책망하는 말투는 아니었지만 도무지 이해가 가지 않는다는 듯한 목소리였다.

"그때 임심의 부인은 부군을 잃은 슬픔 때문에 집념에 사로잡혀 어떤 자극도 견딜 수 없는 상태였습니다. 이 늙은이는 의원이니 환자를 먼저 생각해야 했습니다. 5년 전 그녀가 세상을 떠난 뒤 물으니 저 아이도 지난 약속을 거론하는 것을 원치 않는다고 하더군요. 하여 그 일을 가만히 놓아둘 수밖에 없었습니다."

소평장은 살짝 눈을 찡그렸다.

"그렇다면 임 낭자는 어머니의 명을 따르고 있는 것이군요."

"꼭 그런 것은 아닙니다. 저 아이는 어려서부터 성품은 차분하지만 주관이 뚜렷해서, 이 늙은이조차 그 아이가 무슨 생각을 하는지 모를 때가 종종 있었습니다."

창가에 비친 희미한 그림자를 다시 바라보는 소평장은 마음이 몹시 아팠다.

"이유가 무엇이든 하늘이 가엾이 여기기를 바랄 뿐입니다. 두 사람이 자연스럽게 연분을 쌓았으니 설령 끊어지게 되더라도……
지금은 안 됩니다."

여건지는 장탄식을 하며 아무 말도 하지 않고 방으로 돌아갔다.

역병 환자 중에는 한밤중에 갑자기 병세가 악화되는 사람이 많은데다 새로 고친 약이 다소 위험하기도 했기 때문에, 여건지는 돌발 상황에 대응하기 위해 두중과 번갈아가며 밤새 병실을 지켰다. 소평정은 침상 곁에서 한 발짝도 떨어지지 않았다. 피곤해서 깜빡 졸 때도 있었지만 일각도 못 되어 화다닥 깨어나곤 했다.

그렇게 한밤중이 지날 때까지 임해는 호흡이 다소 짧아지고 양쪽 뺨에 홍조가 떠올랐지만 열이 오르지는 않았다. 소평정은 수건을 물에 적셔 그녀의 뺨을 닦아준 다음, 체온을 확인하기 위해 이마에 손등을 가져갔다.

그러자 혼수상태에 빠진 것 같던 임해가 갑자기 낮은 소리로 속삭였다.

"……말아요."

소평정은 내밀던 손을 허공에 우뚝 멈추고 나지막이 물었다.

"뭐라고 했소?"

임해가 천천히 눈을 떴다. 눈동자가 촉촉하게 젖어 있었다.

"네 몸에 직접 손대지 말아요. 위험해요."

소평정은 빙그레 웃으며 부드럽게 말했다.

"우린 친구잖소? 당신이 원치 않으면 조심하겠소. 하지만 친구라면 무슨 일이 있어도 서로를 두려워하지 않는 거요."

가느다란 눈물이 임해의 눈꼬리에 배어나왔다. 그녀는 몽롱한 눈길로 소평정의 얼굴을 바라다보며 속삭였다.

"당신이 어떤 모습을 하고 있을까, 상상한 적이 있어요. 당신은 내가 상상하던 것보다 훨씬 좋아요. 평정, 나중에 어떻게 되든 난 당신을 알게 되어 참 기뻐요."

소평정은 그 뜻을 명확히 알아듣지 못한 채 몸을 숙여 그녀의 머리를 쓰다듬었다.

"걱정 마시오. 노당주께서 치료해주실 테니 당신은 아무 일도 없을 거요."

임해는 숨을 쌕쌕거렸다. 희미하게 흐려지는 의식 속에서 얼핏 정신이 든 그녀가 고개를 들며 말했다.

"물을 마시고 싶어요."

소평정은 재빨리 일어나 옆에 있는 작은 탁자에서 물을 가져온 뒤 그녀의 어깨를 부축하고 한 모금 마시게 해주었다.

임해의 미간이 살짝 찡그러졌다. 물 한 모금 마시는 것조차 무척 힘이 들어서, 소평정이 더 주려 하자 눈을 감고 고개를 돌리며 싫다는 표시를 했다.

소평정은 손에 든 잔을 멍하니 바라보다가 별안간 무슨 생각이 났는지 벌떡 일어나 바깥으로 달려갔다. 그리고 건넌방을 지나면서 방에 있던 조그마한 등잔을 주워들었다.

바깥에서 눈을 감고 명상하던 두중이 그 기척에 깜짝 놀라 무슨 일이 생긴 줄 알고 허둥지둥 방 안으로 달려들었다. 옆으로 누운 임해는 숨소리는 약하지만 상태는 안정적이었다. 그래도 두중은 혹시나 하는 마음에 양쪽의 맥을 짚어보고 악화되지 않은 것을 확인한 뒤에야 비로소 안도했다.

그때 소평정이 돌아왔다. 그의 손에는 빨간 과일이 하나 들려 있었다. 그는 과일을 주전자에 넣고 화로에 올려 끓이기 시작했다. 공연히 놀랐던 두중이 투덜투덜 원망했다.

"이렇게 급히 어딜 다녀오신 겁니까? 전 또 무슨 일이 생긴 줄 알고 얼마나 놀랐는지……."

"임해에게 물을 주려고요."

"탁자에 물이 있지 않습니까?"

"그건 싫대요."

소평정은 이렇게 말하며 주전자를 살짝 기울여 옅은 붉은빛을 띤 밤차를 따르고 임해의 입가에 가져가 살짝 먹였다. 예상대로 그녀는 거절하지 않고 천천히 몇 모금을 마셨고 곧 빙그레 웃음을 지어 보였다.

여 노당주가 임해의 병을 두고 했던 예측은 정확했다. 그날 밤 열이 오르지 않은 그녀는 다음 날 깨어났을 때 눈에 띄게 좋아졌고 뺨의 홍조도 가셨다. 팔다리에는 여전히 힘이 없었지만 혼절하거나 경련이 일지도 않았다.

저녁이 되어 새로 고친 다섯 번째 약을 먹자 상태는 더욱 좋아졌다. 여건지가 볼 때 오래전 야진에서 발병했던 역병이 호전될 즈음의 증상과 기본적으로 같았고, 연일 먹구름만 드리우는 경성의 상황에서 모처럼 좋은 징조였다.

두중은 노당주가 시키는 대로 제풍당의 환자들 중 스무 명을 골라 잇따라 약을 복용하게 했고, 모든 의원이 전 과정을 세심하게 지켜보며 그날 밤에 효험이 나타나기만을 빌었다.

정말 하늘이 가엾게 여긴 것인지, 새벽녘이 되자 약을 복용한 환자들의 열이 내리기 시작했고 심지어 일고여덟 명은 잠깐 정신을 차리고 물을 달라는 말을 하기도 했다. 밤새 고생한 의원들은 매우 기뻐했고, 특히 소평정은 신나게 후원의 병실로 달려가 임해에게 이 좋은 소식을 전했다. 그때 임해는 반쯤 몸을 일으키고 앉아 헝클어진 머리카락을 직접 빗고 있었다.

"하루 푹 자더니 안색이 훨씬 좋아졌소."

소평정은 침상 옆에 앉아 그녀가 머리 빗는 것을 즐겁게 구경하다가 갑자기 생각난 듯 물었다.

"참, 어젯밤에 당신이 내가 어떤 모습을 하고 있을지 상상한 적이 있다고 했는데, 아무리 생각해봐도 무슨 뜻인지 모르겠소. 설마 우리가 감주에서 만나기 전에……."

창백하던 임해의 뺨이 확 달아올랐고 표정도 딱딱하게 굳었다.

"열이 오른 환자가 잠꼬대처럼 한 말이니 분명 잘못 들었을 거예요."

소평정은 물러서지 않았다.

"그날 당신은 열이 오르지 않았잖소!"

마침 안으로 들어온 여건지는 빨개진 제자의 얼굴을 보고 희끗한 눈썹을 치켜올리더니, 자리에 앉아 진맥을 하고 몸이 어떤지 물었다. 임해는 자신의 병이 마지막 치료 방법을 결정하는 데 매우 중요하다는 것을 알고 꼬박꼬박 진지하게 대답했다.

스승과 제자가 상의를 하고 있는데, 갑자기 두중이 허둥지둥 달려들어와 외쳤다.

"노당주, 큰일 났습니다! 대청에 있던 환자 스무 명이 다시 열이

오르고, 그 중 몇 명은 몹시 위중합니다!"

약을 먹인 환자들 중 절반은 각혈까지 한 중환자였기 때문에 일단 상황이 악화되면 돌이킬 여지가 거의 없었다. 황혼녘이 되자 여덟 명이 속속 숨을 멈춰, 새벽녘에 보인 효과는 꺼지기 전 마지막으로 불타오른 것이 아니었나 싶은 생각이 들게 했다.

검은 옷에 검은 두건을 쓴 태의서의 장의사들이 시신을 싣고 나갔다. 병실 안 사람들은 대부분이 슬퍼할 힘도 없어 멍하니 그 모습을 지켜보았고, 간혹 나지막이 흐느끼는 소리만 들려왔다. 밤새 바삐 뛰어다녔는데 이런 결과가 나오자 두중은 견딜 수가 없어 문밖으로 뛰쳐나가 석양이 비치는 텅 빈 거리를 바라보며 중얼거렸다.

"수십 년 전 야릉성의 풍경도…… 이랬을까."

여건지의 손이 그의 등을 살며시 토닥였다.

"들어오게. 아직은 눈물을 흘릴 때가 아닐세."

슬프고 지친 목소리였다.

두중은 이를 악물고 정신을 차린 뒤 노당주를 따라 약방으로 돌아갔다. 두 사람은 약방문의 항목 하나하나를 상의하고 약재를 자세히 살피며 어떤 부분에서 오류가 있었는지 곰곰이 생각했다.

약을 복용한 건넌방 환자들이 효과가 없었다는 말을 듣자 소평정은 한참을 망설였지만 결국 임해에게 알려주었다. 그녀는 꼬박 일각 동안 꼼짝도 않고 침상에 앉아 있다가, 거울을 가져와 자신의 눈 안쪽과 혀 밑을 살펴보며 곤혹스런 표정을 지었다.

"똑같은 약방문인데 왜 내게만 효과가 있었을까?"

임해는 침상 머리맡 탁자에 놓인 약그릇을 바라보며 섬세하고 부드러운 눈썹을 잔뜩 찌푸렸다.

"중환자는 그렇다 쳐도, 나처럼 이제 막 발병한 사람까지도 고열이 오르다니……."

옆에 앉아 함께 생각하던 소평정이 그녀의 손을 끌어당겨 잡으며 말했다.

"임해, 어젯밤 당신이……."

임해는 버럭 화를 내며 그 손을 뿌리쳤다.

"때가 어느 땐데 아직도 그런 말이에요!"

말을 다 하지도 못하고 타박만 들은 소평정은 그녀가 이불을 걷고 침상에서 내려오려는 것을 보고 황급히 붙잡아 말렸다.

"뭘 하는 거요?"

임해는 대답하지 않고 겉옷을 어깨에 걸친 뒤 힘겹게 탁자를 짚고 일어났다.

"알았소, 알았소. 노당주한테 가려는 거지? 내가 부축해주겠소."

별 뾰족한 수가 없던 소평정은 거의 안다시피 하여 그녀를 약방으로 데려갔다. 여건지는 두 사람을 돌아보기 무섭게 눈을 찡그렸지만, 야단칠 힘도 없는지 나무의자를 가리키며 임해에게 앉으라고 권했다.

소평정이 그 틈을 타서 말을 꺼내려는데 하필 두중이 먼저 입을 열었다.

"방금 노당주와 함께 약방문 전체를 다시 살펴보았지만 어디가 잘못되었는지 알아내지 못했습니다. 낭자가 보시기엔 어떻습니까?"

"사부님께서는 30년 전 야진에서 발생한 역병을 치료하신 적이 있으니, 약방문의 가장 기초가 되는 부분은 절대 틀릴 리 없어요."

시선으로 약방문의 글자를 하나씩 훑어나가면서 임해는 생각에 잠긴 채 말했다.

"나중에 고친 약은 일견 강해 보이지만, 강한 약을 통해 살아남게 하는 것도 꼭 필요한 부분이고……."

두중은 즉시 고개를 끄덕였다.

"그러게 말입니다. 게다가 낭자는 그 약을 복용한 후에 확실히 병세가 좋아졌는데, 다른 환자들에겐 어째서 효험이 없었을까요?"

소평정이 급히 끼어들었다.

"제 생각에는……."

"약방문은 같으나 차이는 환자의 몸에 있을 거예요."

임해가 창밖을 바라보며 계속 생각에 잠긴 채 말했다.

"환자 스무 명 가운데 저와 상황이 똑같은 사람이 있었나요?"

"나이가 비슷하고 막 발병한 낭자가 있었습니다만, 약을 복용한 다음에도 여전히 열이 올랐습니다."

세 명의 의원이 낙담한 표정으로 서로를 바라보았다.

마침내 말할 기회를 얻은 소평정이 탁자를 두드리며 말했다.

"저도 한마디 해도 될까요? 딱 한마디만요."

노당주가 의아한 눈으로 그를 보며 물었다.

"누가 감히 둘째 공자께 말을 못하게 했습니까? 말씀하시지요."

"계속 알려주려고 했는데 틈을 줘야죠. 어젯밤에 임해가 물을 달라기에 저걸 끓여서 줬어요."

소평정이 벽 쪽에 세워진 약 궤짝을 가리켰는데, 바쁜 나머지 제대로 닫지 못한 서랍 하나가 삐죽 튀어나와 있었다.

"밤?"

세 의원은 한참 동안 그 궤짝을 바라보다가 동시에 무언가 생각난 듯 서로를 보았다.

여건지의 얼굴에 언뜻 희색이 떠올랐다.

"폐 때문이구나. 폐에 열이 가시지 않았던 게야!"

처음 서광이 비치고

—
16
—

경성 봉쇄에 있어 성문을 닫는 것은 비교적 간단한 일이었고, 위기에 빠진 성안에서 기본 질서를 유지하는 것이야말로 가장 어려운 부분이었다. 평상시의 순찰 외에도 환자 구역들의 진료소와 약방, 태의서의 창고, 관의 곡창과 은전고까지 교대 당직을 더욱 강화해야 했다. 나날이 긴장을 더해가는 상황에서 각 관청의 병사와 경조부의 병사, 순방영과 금군 등 여러 곳의 관병을 함께 조달하여 부리려면 능력과 신분 중 어느 하나라도 빠져서는 안 되었다.

지금 경성에서 자신보다 더 알맞은 사람을 찾을 수 없다는 것을 잘 아는 소평장은 내각의 부탁을 사양하지 않고 경성 경비라는 중요한 책임을 떠맡았다. 그는 매일 아침 일찍 나가 밤늦게야 돌아왔고, 바쁜 업무로 한두 시진밖에 자지 못했다.

이런 금릉성의 상황에서 불행 중 다행이라고 할 만한 것은, 병영에서는 아직 역병이 대량으로 발생하지 않았다는 것과 제풍당에서 속속 전해지는 소식으로 무겁게 가라앉은 어둠 속에 어렴풋이 희망이 비치기 시작했다는 것이다. 그러나 여전히 새로 병을 얻어 쓰러지는 사람이 부지기수였고, 중환자 중 죽는 사람 수도 시시각각 늘어나고 있었다. 이곳 대량의 경성이 지난날 야릉성이 겪은 지옥 같은 액운을 피할 수 있을지 아직은 미지수였다.

태자 소원시는 궁성에서 가장 먼저 발병한 환자였다. 다행히 초기부터 어의가 밤낮으로 간호한 덕분에 병세가 급속도로 악화되지는 않았고, 궁성 샛문으로 시신 수십 구가 실려 나가는 상황에서도 그의 상태는 안정적인 편이었다.

"숙부께서는 성을 봉쇄하시면서 태자까지 붙잡아두셨습니다."

궁궐의 계단으로 끌려 내려가는 또 하나의 시신을 바라보며 순비잔이 어두운 눈빛으로 말했다.

"만에 하나 태자 전하께서…… 그리되면 설사 경성을 구해낸다 해도 그 결과가 어찌될지……."

순백수는 눈을 꼭 감은 채 말이 없었다. 성 봉쇄라는 결단을 내릴 때 순백수인들 뒷일을 생각하지 않았을 리 없었다. 하지만 고민해봐야 소용없는 일이었다. 태자는 병이 들었고 조정의 일은 결국 내각 수보인 그의 책임이었다.

순비잔은 걱정스럽게 숙부를 바라보며 위로를 건네려다가, 소평장이 태청전(泰淸殿) 샛길 저편에서 다가오는 것을 발견하고 황급히 마중을 나갔다.

모두 기분이 몹시 무거워 묵묵히 예를 갖출 뿐 인사말도 없었고, 소평장은 태자를 살펴보기 위해 곧바로 내전으로 들어갔다.

고열로 혼수상태에 빠진 소원시는 편안히 잠들지 못하고 이따금씩 몸부림치며 신음했다. 옆에 있는 내관과 궁녀들은 검은 수건으로 코와 입을 가렸지만 순 황후 혼자 아무것도 쓰지 않은 채 눈물을 글썽이며 아들의 손을 꼭 잡고 있었다. 그녀의 낯빛은 누르스름해졌고 헝클어진 귀밑머리는 며칠 새 훨씬 희끗해진 데다 눈동자에는 생기라곤 찾아볼 수 없었다.

소원시를 살핀 소평장은 생기 하나 없는 황후의 모습을 보고 안타까운 마음에 부드럽게 말했다.

"민간에서 병이 호전되고 있습니다. 태의령 당 대인께서 약효를 지켜보고 있으니, 새로 만든 약방문이 태자께 효과가 있다 판단되면 곧바로 동궁으로 달려올 것입니다."

며칠 동안 태자의 침상을 지킨 순 황후는 거의 넋이 나가 순백수가 말을 걸어도 반응이 없었다. 그런데 오늘은 어찌된 셈인지 소평장의 목소리가 귀에 들어온 듯 처음으로 소원시에게서 시선을 떼고 고개를 들었다. 침상 앞에 반쯤 꿇어앉은 장림세자의 얼굴은 부드럽고 우아했고 말투 역시 온화했다. 정신이 혼미한 황후는 별안간 젊은 시절 소흠과 함께 동궁에서 지내던 날들을 떠올렸다.

지금 생각해보면 그때가 그녀의 인생에서 가장 마음 편하고 가장 평온하던 나날이었다. 선제의 엄격함이나 태후의 편애에도, 수많은 풍파와 계속되는 위기에서도, 그녀는 지금 태자를 걱정하는 만큼 부군을 걱정한 적이 없었다. 소흠이 동궁의 자리를 지키고 장래 존귀하기 짝이 없는 천자가 될 것임을, 그 누구도 그 자리를 뒤흔들어놓지 못할 것임을, 그녀는 굳게 믿었다.

어째서였을까? 아마 소흠 곁에는 언제나 장림왕이 있었기 때문이리라.

한때는 그렇게 확신했지만 지금은 의심만 가득했다. 한때는 그렇게 믿었지만 지금은 거리낌만 가득했다. 이 세상에서 가장 풀기 어려운 것이 바로 심마(心魔)였다. 심마는 한번 생겨나면 골수까지 뿌리를 내려 쉽사리 뽑아낼 수 없었다.

"그럴까? 태자를 구해낼 약이…… 정말 나올까?"

순황후가 희미하게 중얼거렸다. 눈앞의 장림세자에게 묻는 것인지 아니면 혼잣말인지 알 수가 없었다.

소평장은 눈썹을 살짝 찌푸리며 그녀를 잠시 응시하다가 탄식을 하고 물러나왔다.

순비잔은 금군의 일로 부통령 당동이 청해 떠나갔으나 순백수는 여전히 복도에 남아 있다가 소평장이 나오자 황급히 다가왔다.

"세자, 시간이 되신다면 잠시 이야기를 나누고 싶습니다."

그는 내각의 수보였고, 아무리 바빠도 그런 그와 이야기를 나눌 시간 정도는 있었다. 소평장은 허리를 살짝 숙인 뒤 그와 함께 옆쪽 난간뜰로 나갔다.

"지난번 세자께서 둘째 공자와 함께 직방으로 찾아와 경조부윤 이고가 역병 발생 보고를 고의로 지연시켰다고 고발하신 것을 기억하시지요?"

소평장은 담담하게 대답했다.

"기억하는 것이 아니라 지금도 그렇게 생각하고 있습니다. 경성은 항상 방비를 완벽하게 갖추고 있는 곳이지요. 역병을 제때 진압하지 못한 근본 원인을 따져보면, 최초로 병을 보고했을 때 이고가 절차대로 처리하지 않고 억지로 소식을 봉쇄하여 적하진에서 역병이 기승을 부리게 만들었기 때문입니다. 이로 인해 인력과 물자 공급이 막히고, 결국 금릉성 안에서도 병이 대량 발생하여 성 전체가 공황 상태에 빠졌지요. 조정은 두루 살피기도 전에 지쳤고 결국 화가 이렇게 커진 것입니다. 이렇게 하나하나 짜인 듯 진행된 것을 보면 사람이 개입한 흔적이 확연한데, 조정을 다스린 지 오래인 순 대인께서도 모르실 리 없지 않습니까?"

순백수는 관자놀이를 문지르며 어두운 표정으로 말했다.

"옳은 말씀, 이 몸도 그리 느낍니다. 솔직히 말씀드리면 이미 이고를 심문했고, 이것이 그 자백서입니다."

소평장은 의심쩍은 듯 그가 내민 두 장짜리 자백서를 받아 재빨리 훑어보았다.

"복양영? 경조부윤의 자백 때문에 내각에서 순방영을 보내 건천원을 봉쇄한 것이었습니까?"

소평장이 눈을 찡그리며 물었다.

"그렇습니다."

상대의 얼굴이 약간 굳어지는 것을 보자 순백수는 황급히 해명했다.

"긴요한 사안이니만큼 즉각 세자께 말씀드려야 했으나, 안타깝게도 건천원을 봉쇄하고도 복양영을 붙잡지 못했고 그 후 경성이 혼란에 빠지는 바람에 우선해야 할 일이 너무 많아 그만 놓치고 있었습니다."

소평장은 그래도 표정을 풀지 않고 차갑게 말했다.

"금릉성의 존망을 예측하기 힘든 지금은 어찌하여 갑자기 그 이야기를 할 틈이 나셨습니까?"

"요 며칠 어서원에 있는 야진국의 옛 기록을 살피다가, 복양영이라는 자에 대해 차츰 짚이는 데가 있었기 때문이지요."

그 말에 소평장도 흥미가 인 듯했다.

"어떤 부분 말입니까?"

순백수가 천천히 말했다.

"야진국이 역병으로 망한 뒤에 확인된 수치에 따르면, 당시 역병이 가장 성행한 야릉성의 생존자는 채 3할이 되지 않았고, 대부분은 어린아이나 소년이었습니다. 역병이 가신 뒤에도 인구가 줄어 그 다음 해는 당연히 흉년이었고 유랑민이 늘어나 전국이 죽음의 땅처럼 변했습니다. 3년 후 야진이 정식으로 우리 대량에 편입되자 그제야 사람들이 옮겨가기 시작했지요."

소평장은 재빨리 요점을 파악했다.

"어린아이나 소년이라 하셨습니까?"

"복양영의 나이로 미루어 30년 전이면 열여섯이나 열일곱 살이니, 야진국의 생존자였을 가능성이 있습니다. 세자께서도 방금 말씀하셨듯이 이 일은 누군가 이 금릉성에 지난날 야릉성과 똑같은 역병을 퍼뜨리려고 꾸민 음모가 분명합니다. 이익을 도모하지도 않고, 뒷일을 깊이 생각하지도 않은 채 이토록 끔찍한 상황을 만든 것을 보면, 이를 설명할 가장 합당한 이유는 바로 복수입니다. 세자께서는 어찌 생각하십니까?"

소평장은 묵묵히 생각에 잠겼다가 망설이는 얼굴로 말했다.

"야진의 참극은 실로 안타깝지만 천재지변으로 일어난 일인데 대량에 복수를 한다는 것은 너무 비이성적인 생각 아닙니까?"

순백수는 장탄식을 내뱉었다.

"어찌 세상 모든 사람이 이성적으로만 행동하겠습니까? 당시 선제께서는 야진에서 대량으로 통하는 길을 봉쇄하셨는데, 비록 역병이 만연하여 어쩔 수 없이 내린 결정이었다고는 하나, 원망을 품은 사람도 있을 수 있습니다. 그런 미치광이들이 하는 일은 보통 사람으로서는 이해할 수가 없지요."

"하지만 이고는 경조부윤이고, 출신 또한 분명하여 결코 야진 사람이 아닙니다. 그런 그가 어째서 복양영을 도와 이런 짓을 했단 말입니까?"

순백수는 입가를 살짝 굳히며 억지 미소를 지었다.

"이고의 자백에 따르면, 복양영이 처음에는 거금을 주며 매수하고 나중에는 듣기 좋은 말로 속여, 일이 이렇게 심각해져 지금 같은 큰 화를 불러들일 줄 몰랐다고 합니다."

"복양영이 직접 이고를 매수했다……."

소평장은 그를 흘끗 보며 입가에 한 줄기 냉소를 떠올렸다.

"성공을 확신할 수 없는 일인데, 실로 담이 큰 자로군요."

순백수가 황급히 수습했다.

"그것이…… 확실히 잘 이해가 가지 않는 일이기는 합니다만, 사소한 부분이니 나중에 상세히 심문해보기로 하지요. 오늘 이 늙은이가 이 이야기를 꺼낸 까닭은 한 가지 걱정되는 것이 있어 세자께서 경성을 방비하실 때 주의하라고 말씀드리고 싶어서입니다."

"어떤 일입니까?"

"복양영이 복수를 위해 왔다면, 지난날 야릉성의 생존자가 그자 한 사람만은 아니겠지요."

확실히 중요한 지적이었기 때문에 소평장조차 저도 모르게 눈썹을 치켜세우며 눈을 가늘게 떴다.

위무병과 위무량 형제는 주작대가 끝자락에 서서, 멀리 제풍당에서 또 하나의 시신이 실려 나오는 것을 바라보았다. 그들의 얼굴에는 즐거운 미소가 떠올랐지만 동시에 아득하면서도 희미한 고통이 엿보였다.

황제가 없으니 조정 대신들이 이리저리 책임을 미루면서 결단을 내리지 못할 것이라 생각한 복양영은 두 사람에게 금릉성 곳곳에서 역병이 발생하면 그 뒤의 상황을 좀 더 관찰한 후에 떠나라고 명했다. 그런데 예상과 달리 단 며칠 만에 금릉성이 봉쇄되는 바람에 그들은 빠져나갈 기회를 놓치고 성안에 갇히고 말았다. 하지만 어릴 때 역병을 앓은 두 사람은 다시 감염될 염려가 없었기에 마음 편히 조그마한 집에 머물며 이따금씩 밖으로 나가 금릉성의 인간지옥을 살피면서도 전혀 위험을 느끼지 못했다.

그때 큰길 반대편에서 말발굽 소리가 들려와 두 형제는 목을 빼고 그쪽을 바라보았다. 관복을 입은 세 사람이 제풍당 문 앞에 말을 세우는 것이 보였는데, 그 중 수장인 듯한 사람은 푸른 장포를 입은 마흔 살가량의 관리로 다름아닌 태의령 당지우였다.

성이 봉쇄된 후 환자 구역을 설치하고 의료 도구와 약재를 조달하는 일은 모두 이 태의령 책임이었고, 위씨 형제도 당연히 그를 알고 있었다. 하지만 여태껏 엄숙하고 무겁던 표정과 달리, 빠른 걸음으로 제풍당으로 들어가는 당지우의 얼굴에서는 흥분에 찬 웃음이 가득했기 때문에 몸을 숨기고 훔쳐보는 두 사람은 심장이 덜컹 내려앉았다.

거리에 인접한 세 칸짜리 제풍당은 이미 임시 진료소가 되어 있었다. 한 차례 약을 시험한 뒤로 이곳의 환자들 태반이 정신을 차렸고 그중 몇몇은 부축을 받아 일어나 앉을 정도였다.

당지우와 그 뒤를 따르는 두 의관은 문가에서 눈물을 글썽이며 그 광경을 바라보다가 여건지가 가까이 온 다음에야 정신을 차렸다. 당지우는 늙은 당주의 손을 꽉 잡으며 물었다.

"소관이 잘못 본 것은 아니오? 정말…… 정말 효험이 있소?"

"이 늙은이의 지난 경험으로 미루어보아 특별히 몸이 약한 사람이나 이미 병이 심해진 사람을 제외하면, 십중팔구 호전될 수 있습니다."

여건지가 웃으며 종이 한 장을 건넸다.

"이것이 마지막으로 만들어낸 약방문입니다. 사람마다 체질에 따라 미세한 조정이 필요하니, 환자를 맡은 의원이 직접 살피고 조절해야 합니다. 당 대인께서도 명의 집안 출신이시니 이 늙은이가 쓸데없는 잔소리를 늘어놓지 않아도 되겠지요."

당지우는 반갑게 약방문을 받아들며 알겠다고 대답한 후 곧바로 발길을 돌렸다. 문가에 이르렀을 때 그는 다시 여건지를 향해 예를 올리며 말했다.

"작별인사 하는 것도 잊다니, 허 참, 이런 실례가…… 부디 너그러이 봐주시오, 노당주. 그럼 이만……."

여건지도 그의 지금 심정을 모르는 바가 아니기에 허허 웃으며 괜찮다고 하려는데, 갑자기 두중이 뛰쳐나와 다급히 그를 불렀다.

"당주, 일이 생겼습니다."

여건지는 움찔 놀랐다. 그가 묻기도 전에 당지우가 당황한 표정으로 연신 물었다.

"무슨 일인가? 어디에 일이 생겼다는 건가? 약방문인가?"

급히 달려온 두중은 잠시 숨을 돌린 후에 대답했다.

"그렇습니다. 약방문에서 가장 중요한 약재가 바로 백인초입니다. 방금 낭자께서 이 역병이 번지기 전에 경성에서 누군가 거금을 들여 대량으로 백인초를 사들인 것을 생각해내셨는데, 시일을 헤아려보면 약방마다 이렇게 빨리 약초를 보충해놓지는 못했을 터라 아무래도……."

당지우도 의술을 행하는 사람인 만큼 백인초는 자주 쓰이는 약초가 아니고 생산량이 적기 때문에 쟁여둘 이유가 없다는 것을 잘 알았다. 이 일이 벌어지기 전에 백인초를 대량 사들였다면 그 목적은 단 하나였다. 그의 얼굴에서 핏기가 싹 가시고 똑바로 서 있기도 힘든지 몸이 휘청거렸다.

약방문이 아무리 효과적이어도 약재가 부족하면 아무 소용이 없었다. 이토록 중대한 문제는 이 자리에 있는 사람들만으로 결정할 수 없었기 때문에 당지우는 왔다갔다하며 고민하다가 여건지와 함께 내각으로 가서 보고하기로 했다.

제풍당은 사온 약재를 되팔아 장사하는 일이 없었기에 백인초를 얼마큼 보유하고 있었고, 약을 팔 수 없는 궁궐의 어약방(御药房)에도 당연히 정량이 보관되어 있었다. 거기다 다른 약재상들이 가진 얼마 안 되는 양까지 긁어모아 태의서에서 하루 종일 셈해본 결과 낙관할 수 없는 양이라는 결론에 이르렀다.

"보름치?"

소식을 듣고 태의서에 상의하러 달려온 순백수와 소평장은 똑같이 괴로운 표정으로 서로를 바라보았다.

"경성의 상황이 악화되지 않는다면 현재의 보유량으로는 길어야 보름을 버틸 수 있습니다."

무의식중에 마구 긁은 탓에 태상시경 고황의 귀밑머리는 어지럽게 헝클어져 있었다.

"역병을 완전히 가라앉히려면 그사이 두 배의 양을 조달해 와야 합니다."

순백수는 재빨리 셈을 해보았다.

"시간은 급박하나 이웃 주부에는 물자가 풍부하니, 태상시의 전문 관리가 내각의 문서를 가져가서 서둘러 조달하면 억지로 맞출 수는 있을 것이오."

"허나 감염되기가 쉬운 역병인데 성안에서 사람을 보내면 역병이 밖으로 퍼질 위험이 있지 않겠습니까?"

순백수는 다소 이해가 가지 않는 눈길로 당지우를 바라보았다.

"노당주의 약방문이 있지 않소?"

당지우는 어쩔 수 없다는 표정을 지으며 설명했다.

"순 대인께서는 모르시겠지만, 비록 치료법이 있어도 급성으로 발작하는 병이니 만에 하나 사방으로 퍼지면 약방문이 이르기도 전에 많은 이가 병에 걸릴 것입니다. 마지막에야 잠재울 수는 있겠지만 적잖은 사람이 목숨을 잃겠지요."

방 안은 순식간에 침묵에 잠겼다. 한참 후 소평장이 먼저 입을 열었다.

"금릉성 전체 백성들의 목숨이 달려 있으니 위험하더라도 바깥에 도움을 청해야 하오. 다만 당 대인의 염려도 일리가 있소. 역병이 발생한 곳에서 사방으로 사람을 보내면 어떤 사태를 야기할지 예측하기 어려우니 확실히 상책이라고 할 수는 없소. 내 생각에는 성에서 가장 가까운 곳이 위산이고 폐하의 곁에도 의관이 있으니 폐하께서 직접 하명하시게 하는 것이 더욱 빠르고 안전할 것 같소."

사자 한 사람을 보내는 것이 태상시의 관원들을 사방으로 보내 도움을 청하는 것보다 덜 위험한 것은 당연했다. 그렇지만 위산에 있는 사람은 황제였고, 사소한 실수로도 돌이킬 수 없는 결과를 불러올 수 있었기에 순백수는 쉽사리 결정을 내리지 못하고 방 안을 서성거렸다.

그때 옆에서 묵묵히 듣고만 있던 여건지가 일어나 뒤에 있던 두중을 가리키며 말했다.

"대인께서 염려가 되신다면 이 늙은이의 제자를 보내시지요. 이 사람을 사신으로 보내면 만에 하나라도 문제가 생기지는 않을 것입니다."

순백수는 움찔 놀랐다.

"그자가 가면 위험하지 않다? 어찌하여 그렇소?"

"당시 야릉성에서 역병에 옮았다가 치료를 받고 살아남은 사람은 다시는 같은 병에 걸리지 않으며 다른 사람에게도 옮기지 않습니다. 이 점은 당 대인께서도 잘 아시겠지요."

이 말에 담긴 뜻이 분명했기 때문에 방 안에 있던 모든 사람이 다소 놀란 얼굴로 두중을 바라보았다.

두중은 허리를 숙이고 예를 갖추며 말했다.

"소인은 야진에서 태어났는데 역병이 발생했을 때는 고작 너덧 살이라 정확히 기억하지는 못합니다. 그러나 노당주께서 성에 들어오신 후 이번 역병이 야릉에서 발생했던 것과 똑같다고 알려주셨습니다. 어린 시절 큰 어려움 속에서 목숨을 건진 것만으로도 다행인데, 금릉성의 위기를 해소하는 데 도움이 될 수 있다면 소인에게는 큰 위안이 될 것입니다."

그의 말은 몹시도 간곡하고 진실했다. 순백수는 그런 그를 가만히 들여다보다가 깊이 캐묻지 않고 고개를 끄덕여 허락한 뒤 당지우에게 위산에 올릴 상주문을 준비하게 했다.

소평장은 그가 여전히 의혹을 품고 있다는 것을 짐작하고 돌아서서 방을 나가 아무도 없는 복도에서 기다렸다. 과연 얼마 지나지 않아 순백수가 따라나왔다.

"순 대인께서는 두중이 야진인이라 걱정되시오?"

소평장이 대청 쪽으로 시선을 던지며 나지막이 물었다.

"두중의 나이로 보아 너덧 살 때부터 제풍당에서 키웠다면 복양영과는 거의 관계가 없으리라 믿습니다."

순백수는 수심에 잠긴 듯 한숨을 푹 쉬었다.

"허나 세자, 성안 백성들의 존망이 걸린 일입니다. 이토록 중대한 사안인데 추호라도 의심되는 부분이 있는 사람에게 모든 것을 걸 수는 없지 않겠습니까?"

두중 혼자 보낼 경우 설사 완벽하게 믿음이 가는 사람이라 해도 도중에 무슨 사고가 생겨 일을 그르칠 수 있었다. 그렇다고는 해도 다른 사람을 황제에게 보내려니 소평장 역시 순백수처럼 쉽사리 마음이 놓이지 않았다. 이리저리 생각하던 그는 문득 아우가 위산에도 랑야각의 비둘기집이 있다고 했던 것을 떠올렸다.

"랑야각의 비둘기집? 전서구를 보내자는 말씀입니까?"

소평장이 고개를 끄덕였다.

"전서구로는 간단한 소식만 보낼 수 있으니 직접 폐하를 뵙고 아뢰는 것만큼 자세하게 전할 수는 없겠지요. 허나 만에 하나에 대비하기 위해서이니, 가장 중요한 소식을 위산에 전할 수 있다는 보장만 있으면 충분합니다."

사실 순백수도 두중을 깊이 의심하지는 않았기에 안전한 보완 방법까지 생기자 금세 얼굴을 활짝 폈다. 그는 서둘러 소평장과 작별하고 상주문을 쓰는 당지우를 재촉하러 갔다.

경성의 급선무는 기한 안에 백인초를 충분히 조달하는 것뿐 다른 복잡한 사항은 없었고, 어가를 따라 위산으로 간 사람 중에 태의서의 의정(醫正, 관직명)도 있어 이해가 가지 않는 부분을 설명해 줄 수도 있었기에 당지우는 최대한 빨리 상주문을 완성하고 준비를 마친 뒤, 고황과 순백수에게 검토를 받아 정중하게 두중에게 건넸다.

말을 타고 떠나는 제풍당의 사신을 눈으로 배웅하고 나자 순백수의 얼굴에 떠올랐던 미소가 살짝 옅어지고 전혀 다른 근심 걱정이 미간에 떠올랐다.

경성에는 역병을 억제할 약방문이 생겼고, 위산의 힘이라면 때맞춰 약재를 조달하는 데 큰 문제가 없을 터였다. 상황이 이대로만 흘러가면 금릉성은 이번 위기를 순조롭게 벗어날 수 있었다.

위기가 해소되고 어가가 돌아오면, 미뤄둔 일을 밝혀야 했다. 여전히 형부의 천뢰에 갇혀 있는 이고를 떠올리기만 하면 순백수의 심장은 바짝 죄어들곤 했다.

"대인, 저택으로 돌아가시겠습니까?"

순월이 마차 앞에 서서 한참 동안 움직이지 않는 그를 향해 조용히 물었다.

"며칠 동안 저택에 발길을 하지 않으셨는데 조금 쉬셔야지요."

순백수는 살며시 고개를 저으며 중얼거렸다.

"아직 편히 눈을 붙일 때가 아니다. 순월, 장림세자가 신경 쓰지 못하는 틈에 천뢰에 다녀오거라."

금릉성 비둘기집에 가서 위산의 비둘기집에 소식을 전해달라고 부탁하는 것은 소평정에게는 지극히 간단한 임무였다. 힘들이지 않고 일을 끝낸 그는 형에게 보고하기 위해 서둘러 왕부로 돌아갔다.

그때는 성을 봉쇄한 지 이미 스무 날이 지난 뒤였다. 이제 거리에는 겁 없이 한가하게 돌아다니는 사람은 아무도 없었고, 순방영의 관병들과 시신을 운반하는 장의사들, 왕진을 가는 의원, 환자 구역으로 옮겨지는 사람들뿐이었다. 쾌마를 타고 달린 소평정은 얼마 가지 않아 왕부 문 앞에 도착했고, 마침 섬돌 앞 석사자 옆에서 들어갈까 말까 망설이는 소원계를 발견했다.

"원계? 이런 때 어쩌자고 외출을 해?"

소평정이 말에서 뛰어내려 그에게 다가갔다.

"집에는 별일 없어?"

깜짝 놀라 돌아본 소원계는 소평정인 것을 알고 안도의 숨을 쉬었다.

"병으로 하인 두세 명이 죽었는데…… 나는 괜찮아."

그는 긴장한 듯이 손가락으로 옷깃을 움켜쥐고 조몰락거리다가 결심한 얼굴로 말했다.

"평장 형님께 보여드릴 것이 있어 가져왔어."

소평정은 의아해하며 눈을 가느다랗게 떴다.

"어떤 거야?"

"어머니의 유서."

—

17

—

래양 태부인의 유서는 본래 대여섯 장은 되었는데, 소원계는 불태우고 남은 석 장만 소평장의 손에 넘겨준 채 묵묵히 한쪽으로 물러나 그가 모두 읽기를 기다렸다.

잠시 후 소평장이 천천히 물었다.

"순 통령이 몸소 사람들을 이끌고 래양후부를 조사했는데, 그처럼 꼼꼼한 사람이 어째서 이 유서를 발견하지 못했던 것이냐?"

"그 유서는 금군의 조사가 끝난 다음에 복양영이 제게 준 것입니다."

소원계의 얼굴은 창백했지만 목소리는 차분했다.

"어머니께서 그런 일을 하신 배후에는 복양영의 부추김이 있었습니다. 그 유서에 하나하나 쓰여 있으니 형님께서도 보시면 아시겠지요."

소평장은 유서를 내려놓고 그를 가만히 응시하다가 물었다.

"이런 속사정을 어째서 일찍 보고하지 않았느냐?"

소원계는 눈시울을 붉히며 고개를 숙였다.

"복양영은 상사라는 높은 지위를 가졌고 황후마마의 총애를 받고 있었습니다. 하지만 어머니께서는 큰 죄를 지은 죄인으로, 돌아가신 뒤에도 위패 하나 세우지 못했습니다. 어머니가 쓰신 유서를 위에 보고한들 무슨 소용이 있겠습니까? 무엇을 할 수 있겠습니까? 결국 저만 힘들게 될 뿐이지요. 평장 형님께서는 비웃으시겠지만, 건천원이 봉쇄되었다는 소식을 듣지 못했다면 이렇게 장림부로 찾아오지도 못했을 겁니다."

옆에 있던 소평정이 끼어들었다.

"복양영이 이 유서를 전해주면서 뭐라고 했어? 그자가 그렇게 한 데에는 당연히 무슨 목적이 있지 않았을까?"

소원계는 눈물을 꾹 참고 심호흡을 했다.

"뻔하지. 우리 모자가 단둘이 의지하며 살아온 것을 잘 아니, 내 원한을 자극해서 어머니를 조종했던 것처럼 나를 조종하기 위해서였겠지."

소평장은 다시 한 번 유서를 흘낏 보며 물었다.

"도중에 내용이 끊긴 것을 보면 몇 장 빠진 것 같구나."

"그렇습니다. 몇 장이 더 있었지요. 지난 일들과 분한 마음, 망령된 원망을 쏟아낸 내용이었습니다. 아들로서 어머니의 허물을 입에 담는 것은 도리가 아니지만, 시비를 가리지 못하는 그런 이야기는 다시 보고 싶지 않아 그 자리에서 불태웠습니다."

소평장은 잠깐 동안 말없이 생각하다가 차분하게 입을 열었다.

"원계, 누군가 부추기고 조종했다 해도 네 어머니가 하신 일들은 결국 그분이 손수 하신 일이니 죄를 벗을 수는 없다."

"잘 압니다. 오늘 형님을 찾아온 까닭은 복양영을 고발하여 어머니의 죄를 씻고자 해서가 아니라 다른 일 때문입니다."

소원계는 마음을 추스르며 빠르게 말했다.

"복양영이 저를 조종하려 했을 때 곧바로 보고하지는 못했지만, 그자의 거동이 신경 쓰여 그 제자 한언의 뒤를 밟았고 몇 차례 건천원을 드나든 사람들을 기억하고 있습니다. 그 중 두 사람이 아직도 성안에 있습니다."

깜짝 놀란 소평정이 무심코 소리를 질렀다.

"지금도 말이야?"

위씨 형제는 건천원에 공개적으로 드나든 적이 없었기에 자신들이 복양영의 수하라는 것을 아무도 알아보지 못하리라 여겼고, 때문에 아무런 경계 없이 얼굴에 썼던 복면마저 벗은 채로 경성의 거리를 나다녔다. 이 금릉성에 자신들의 얼굴을 기억하는 사람이 있을 줄은 꿈에서조차 생각지 못했다.

위무병을 쫓아 적하진에 다녀왔던 소원계는 사건이 발생하자 가장 먼저 이번 역병이 누구의 음모인지 깨달았고, 그 미치광이들과 한패가 되지 않은 사실을 몹시 다행으로 여겼다. 금릉성이 봉쇄된 후 그는 아태의 권유에도 아랑곳없이 몇 차례 거리로 나가 성안 광경을 살폈는데, 보면 볼수록 살이 떨려 몇 번이나 태의서가 설치한 환자 구역으로 뛰어들려다가 아태의 손에 끌려나오곤 했다. 그러다가 위씨 형제의 얼굴이 눈에 띄었을 때 그는 매우 놀라 즉시 뒤를 밟았다. 그들이 머무는 곳을 확인하고 부중으로 돌아온 그는 며칠 동안 망설이다가 결국 장림왕부를 찾아가기로 했다.

이번이 기회였다. 소원계는 자신에게 기회가 많지 않다는 것을 잘 알고 있었다. 기회가 오면 잡을 수 있을 때 잡아야 했다. 하지만 위씨 형제를 고발하려면 복양영을 눈여겨본 이유가 필요했다. 장림세자처럼 영리한 사람 앞에서는 구구절절 핑계를 지어내기보다는 사실 한마디가 훨씬 믿음직스럽다고 생각한 그는 두 번 세 번 고민한 끝에 유서를 내놓기로 결심했다.

위험해 보인 이 방법은 결국 성공이었다. 소평장은 잠시 생각하다가 알겠다는 표정을 지으며, 소평정과 함께 가서 위씨 형제를 체포하라고 명령했다.

금릉성의 중심가에는 큰길이 종횡으로 교차하여 뻗어 있었고, 그 길들은 널찍하면서도 곧고 평평했다. 하지만 보통 백성들이 사는 곳은 마차가 통과할 수 없는 작은 거리에 접해 있었고, 골목길의 너비는 고작 두 사람이 나란히 지날 수 있을 정도였다. 위씨 형제의 임시 은신처도 그런 골목에 있었기에, 인마가 대거 몰려가 포위할 필요도 없이 골목길로 들어서서 앞뒤를 틀어막는 것만으로도 달아날 길을 차단할 수 있었다.

위무병은 검을 들고 골목 입구를 막아선 소평정을 이를 악물고 노려보다가, 돌아서서 반대편 끝에 선 소원계를 바라본 뒤 위무량과 눈짓을 주고받았다. 결심을 내린 두 사람은 동시에 몸을 날려 젊은 래양후 쪽으로 돌파해나갔다.

당연히 진짜 실력을 보여줄 생각이 없던 소원계는 소평정이 도착할 때까지 두 사람을 막기만 했다. 2대 2의 상황이 되자 위씨 형제가 달아날 기회는 완전히 사라지고 말았다. 채 십 초가 지나기도 전에 소평정이 검 끝을 퉁겨 위무량을 구석으로 밀어붙인 뒤 손목을 낚아채 담장을 향해 힘껏 집어던졌고, 담에 부딪혔다가 바닥으로 나동그라진 위무량은 온몸에 힘이 탁 풀려 일어나지 못했다. 놀라고 화가 난 위무병이 소원계의 얼굴을 향해 장풍을 마구 쏟아내자 소원계는 연신 뒤로 밀리다가 허점을 드러냈다. 위무병이 질풍같이 달려들려는 찰나, 뒤에서 소평정이 한 손으로 그의 어깨를 잡아누르고 손가락에 힘을 꽉 주었다. '으드득' 하고 어깨뼈 부서지는 소리와 함께 위무병은 참혹한 비명을 지르며 바닥으로 고꾸라졌고, 소원계의 발길질에 더는 움직이지 못하게 되었다.

소평정은 다시 돌아가서 쓰러진 위무량의 멱살을 붙잡아 담장에 바짝 붙여 세운 뒤 무섭게 외쳤다.

"말해! 복양영이 역병을 퍼뜨린 목적이 무엇이냐? 그자는 지금 어디에 숨어 있지?"

위무량은 사지가 축 늘어지고 고통으로 얼굴을 잔뜩 찌푸리면서도, 두려운 기색 하나 없이 태연하게 소평정의 눈을 마주 보며 차가운 목소리로 말했다.

"공연히 힘쓰지 마라. 국주께 충성을 바친 야릉자는 죽음을 두려워하지 않는다."

말이 끝나기도 전에 그의 입가에서 시꺼먼 피가 주르륵 흘러내렸다.

이를 본 소원계가 깜짝 놀라 재빨리 발로 위무병을 뒤집어보니 역시 입가에 시꺼먼 피를 흘리고 있었고 눈동자에도 생기가 전혀 없었다.

"붙잡히자마자 자결이라니…… 대체, 대체 어떤 자들이지?"

소원계는 멍하니 발을 떼고 휘청거리며 한 걸음 물러났다.

증인을 생포하지 못한 소평정은 잔뜩 실망하여 발을 동동 굴렀지만, 시체를 이대로 버려둘 수는 없어서 씩씩거리며 소원계와 함께 두 형제의 시신을 그들이 살던 집으로 옮겼다.

"일단 여기다 놓고 문을 닫아두자. 형부에 통지해서 수습하라고……."

이렇게 말하던 소평정이 갑자기 말을 멈추고 몸을 숙였다. 시신을 질질 끌어오는 동안 위무량의 상의가 찢어지면서 옆구리 아래쪽에 찍힌 꽃무늬 문신이 반쯤 드러났기 때문이다. 소평정은 그의 팔을 들어올리고 옷자락을 들춰 자세히 들여다보았다. 문신은 타원형에 뾰족한 끝이 말려들어간 잎과 나란히 핀 꽃 두 송이로, 단동주의 시신에서 발견한 것과 똑같았다.

"왜 그래?"

소원계가 다가와 그쪽을 살피더니 저도 모르게 시선을 모았다.

"문신일 뿐이잖아. 뭐가 문제야?"

"똑같은 문신을 단동주의 몸에서도 봤어."

소평정은 몸을 일으키고 이마를 어루만졌다.

"그 유명암화도 복양영의 결사대였구나. 지금까지 건천원이 연루되어 있다고는 생각지도 않았는데……."

소원계는 단동주가 복양영의 사람이라는 것을 이미 알고 있었지만, 이 문신은 처음 보았기 때문에 한참 동안 자세히 들여다보다가 중얼거렸다.

"똑같은 결사대들이 똑같은 문신을 하고 있는 것이 우연일 리 없어. 복양영의 부하들은 모두 몸에 이런 표식을 가지고 있는 게 아닐까?"

소평정은 생각에 잠겼다.

"그들 모두가 이런 문신을 하고 있는지는 확신할 수 없지만, 이렇게 특이한 도안이라면 전혀 무관한 사람들이 이런 문신을 했을 가능성은 높지 않아. 이런 문신을 가진 사람은 복양영의 심복은 아니더라도 무슨 관계가 있는 것이 분명해. 하지만 그걸 안들 무슨 소용이야? 문신이 옷 속에 숨겨져 있으니 의심스러운 사람을 조사할 때면 모를까, 보통 사람들에게 문신이 있는지 없는지 어떻게 알아내겠어?"

소원계도 눈을 내리깔고 잠시 생각하다가 고개를 끄덕였다.

"그러게. 한 사람이라도 생포했으면 좋았을 텐데……."

이렇게 말한 두 사람은 똑같이 실망한 표정을 지었다. 그들은 언짢은 기분으로 이불을 찾아 시신을 덮고 나와 바깥문을 꼭 닫은 뒤 골목 어귀에서 헤어졌다. 소원계는 래양후부로 돌아갔고 소평정은 뒤처리를 맡기기 위해 형부로 달려갔다.

육부의 관아들은 예부를 제외하면 모두 궁성 서문에서 멀지 않은 중심가 부근에 자리하고 있었다. 그 길 입구로 들어섰을 때 마침 서문 쪽에서 순비잔이 친위대 몇 명과 함께 달려오는 것이 보여, 소평정은 재빨리 손을 휘저으며 인사했다.

"순 형님, 어디 가세요?"

순비잔이 고삐를 당겨 멈춘 뒤 웃음을 지으며 말했다.

"형부로 네 형님의 심부름을 가는 길이다. 어제 동궁에서 나오는 길에, 경조부의 이고가 천뢰에 갇혀 심문을 기다리고 있는데 지금 경성의 상황을 보면 마음이 놓이지 않는다며 무슨 사고가 생기지 않았는지 나더러 가보라고 하더구나. 마침 틈이 나서 확인하러 가던 길이다."

서둘러 왕부로 돌아가 형을 만나려고 한 소평정은 형부로 간다는 순비잔의 말을 듣자 그에게 대신 위씨 형제의 시신을 수습하라는 말을 전해달라고 하며, 그들 형제의 몸에서 문신을 발견한 이야기를 들려주었다.

"그러니까…… 우리 둘 다 어디선가 본 적이 있다고 생각하던 그 문신 말이냐?"

순비잔은 두 눈을 찡그렸다.

"그렇다면 단동주의 문신을 보기 전에 너와 내가 복양영의 또 다른 결사대와 마주쳤다는 뜻이 아니냐? 그때는 눈여겨보지 않아 구체적으로 누구인지는 기억나지 않고 어렴풋한 인상만 남은 것이겠지."

소평정은 어깨를 으쓱했다.

"저야 그렇다 치고, 순 형님은 금군을 통솔하고 계시니 시간 날 때 궁의 근위병들을 샅샅이 조사해야 마음이 편하시겠군요."

그 말이 도무지 농담으로 들리지 않았기에 순비잔은 엄숙한 표정이 되어 진지하게 고개를 끄덕였다.

두 사람은 길 입구에서 헤어졌고, 소평정은 속도를 올려 왕부로 돌아갔다. 아직 등불을 켤 시간은 아니었지만, 하늘이 어스름해지면서 세자의 서재에도 창살이 동쪽 벽까지 길게 그림자를 드리웠다. 서재 안은 조용했고 소평장은 보이지 않았다.

안팎을 한바탕 뒤지고도 형을 찾지 못해 의아해하던 소평정은 뜰 문 쪽에 서 있던 동청이 장서실 쪽을 가리키는 것을 보고 재빨리 난간을 뛰어넘었다. 난간 너머는 바로 남쪽 곁채의 서재 문이었는데, 소평장은 그 문에 기대어 서서 부드러운 시선으로 안을 들여다보며 입가에 옅은 미소를 띠고 있었다.

동청이 손가락을 세워 입에 가져가며 소리 내지 말라는 손짓을 해보였다. 소평정은 알겠다는 듯이 고개를 끄덕이고 살금살금 다가가 형의 어깨너머로 안을 들여다보았다. 순간, 그는 하마터면 소리 내어 웃을 뻔했다.

방 안에는 책이 잔뜩 어질러져 있고, 높다란 서가 사이에 몽천설이 책상다리를 하고 앉아 '상고습유, 상고습유' 하고 중얼거리며 책을 한 장 한 장 뒤적이는 중이었다. 이따금 입을 삐죽이거나 목을 주무르는 것으로 보아 몹시 따분한 듯했다.

소평장이 돌아서서 입을 가리고 히죽거리는 아우를 끌어냈다. 서재로 돌아온 뒤에야 그가 아우를 놓아주며 웃음 섞인 목소리로 말했다.

"네 형수는 며칠 더 저렇게 바쁘게 둘 테니 방해하지 마라. 갔던 일은 어떻게 되었느냐?"

일처리를 제대로 못했다고 생각하던 소평정은 얼굴에 떠오른 웃음을 지우고 울적하게 일어난 일을 설명한 뒤 마지막으로 의심스럽다는 듯 덧붙였다.

"아무래도 이상해요. 결사대는 보통 지저분한 일을 하게 마련인데 그렇다면 은밀하고 찾아내기 어렵게 만드는 편이 좋잖아요. 그런데 왜 몸에 표식을 남겨 눈에 띄게 했을까요?"

소평장은 눈을 찡그린 채 의자 등받이에 기대며 천천히 말했다.

"그 표식은…… 복양영이 만든 것이 아닐 수도 있다."

뜻밖의 말에 소평정은 황급히 물었다.

"형님, 뭔가 발견하신 거라도 있으세요?"

“순 수보는 복양영이 30년 전 야진의 일로 복수를 하러 오지 않았을까 의심스럽다고 했다. 나도 그 추측이 옳다는 생각이 들어 그가 한 것처럼 야진에 관한 기록을 모두 찾아보았지.”

소평장은 몸을 일으켜 옆의 책상에서 선장(線裝, 장정법의 하나로, 글자 면이 바깥으로 가도록 종이를 접고 표지를 끈으로 묶어 제본하는 것-옮긴이)을 한 책을 들고 오더니 한쪽을 펼쳐 아우에게 내밀었다.

“그 꽃 문신이 이런 모양이 아니더냐?”

소평정이 가까이 보니, 어떤 화초를 세밀하게 묘사한 그림이었는데 줄기며 잎, 한 가지에 꽃 두 송이가 핀 모양이 죽은 사람의 몸에 찍힌 문신과 똑같았다. 그는 벌떡 일어나며 외쳤다.

“맞아요, 맞아! 바로 이거예요! 어디서 찾으셨어요, 형님?”

소평정이 책을 받아 표지를 살펴보니 ‘야진어람(夜秦御覽)’이라는 글자가 쓰여 있었다. 다시 꽃 그림을 펼치자 옆에 상세한 주석이 달려 있어서 나지막이 소리 내어 읽어 내려갔다.

“야릉의 깊은 골짜기에 분포하는 식물로, 그 잎이 손바닥 같고 꽃은 불꽃 같으며 과실은 구슬 같고 향기는 술과 같다. 다른 곳에서는 거의 볼 수 없으며, 그 이름은 묵정(墨楨)이라 한다.”

“그 책은 야진의 제도와 풍토, 인물, 역대의 사건들을 기록한 것이다. 폐하의 장서 가운데 야진에 관해 가장 상세히 다룬 책이지.”

소평장은 생각을 가다듬으며 더욱 침착한 투로 말했다.

“그 책의 기록에 따르면, 야진의 왕정이 인재를 선발하는 제도는 우리 대량과 무척 다르더구나. 그들은 초대 국왕 때부터 경성의 왕궁 한쪽에 별원을 지어 야릉 궁학이라는 이름을 붙였다. 그리고 7년에 한 번씩 일곱 살에서 열두 살에 이르는 어린아이들 가운데 자질이 뛰어난 쉰 명을 선발하여, 남녀를 가리지 않고 몸에 묵정화를 찍어 궁학에 들여보낸 뒤 나라에서 봉한 장존과 각 부의 장사(掌使)들에게 문무와 육예를 가르치게 했지."

소평정의 눈동자가 차츰차츰 빛을 내기 시작했다.

"그랬군요. 단동주와 위씨 형제 몸에 있던 문신은 복양영이 새긴 게 아니라 어릴 때 야릉 궁학에 선발된 표식이었군요."

"처음 궁학에 들어간 사람은 묵정화를 한 송이만 새긴다."

소평장은 손으로 책에 그려진 꽃의 반을 가리며 말을 이었다.

"아이가 만 열네 살이 되면 장존이 몸소 그 능력을 평가하고 엄격한 시험을 거치는데, 이를 통과하여 궁학에 남겨지는 수는 2할밖에 되지 않는다는구나. 그리고 그때 문신에 꽃 한 송이가 더해지지. 야진국에서는 이렇게 한 가지에 꽃 두 송이가 있는 문신을 새긴 사람을 부르는 호칭이 있었지."

"야릉자!"

소평정이 알겠다는 듯 무릎을 탁 쳤다.

"오늘 그 위무 어쩌고 하는 자가 죽기 전에 자신이 국주에게 충성을 바친 야릉자라고 했거든요. 그때는 무슨 소리인지 전혀 몰랐어요!"

소평장은 가볍게 한숨을 토해냈다.

"네 말을 들으니 더욱 틀림없구나. 야릉자가 된 소년소녀는 다시 4년간 수행을 한 뒤 곧바로 왕족의 심복이나 친위대, 중신이 되어 높은 지위에 오르게 된다지."

"시험을 통과하지 못한 자들은요?"

"야릉 궁학은 초기에 선발 과정이 몹시 엄했기 때문에, 꽃 한 송이만 받고 야릉자가 되지 못한 이들도 그 자질은 보통 사람보다 훨씬 뛰어났으니 앞날이 그리 나쁘지는 않았을 것이다."

소평장은 책을 덮고 감흥에 젖은 듯 탄식했다.

"하지만 일단 얻었던 것을 잃고 왔던 곳으로 쫓겨났으니 아무리 좋은 자리를 얻어도 부족하다고 생각할 수밖에 없겠지."

소평정은 턱을 괴고 잠시 생각에 잠겼다.

"복양영에게 무슨 대단한 능력이 있기에 그 많은 야릉자 생존자를 모을 수 있었을까요?"

"당시 야릉자에게 명을 내릴 수 있는 사람은 오직 국왕과 궁학의 장존뿐이었다. 하지만 역병이 퍼지면서 황족이 모두 죽고 왕정과 궁학도 깨끗이 사라졌으니 복양영이 무슨 수로 그만한 전력을 모았는지, 우리로서는 짐작할 수가 없구나."

소평장은 책상을 짚고 일어나 피곤한 목소리로 말했다.

"자, 사실을 알아냈으니 마음에 새기고 있으면 된다. 하루 종일 지쳤을 테니 일찍 자자꾸나. 한밤중에 다시 일어나 순찰을 나가야 하니."

다소 창백한 형의 얼굴을 본 소평정이 눈을 찡그리며 대신 순찰을 나가겠다고 하려는데, 동청이 후다닥 달려들며 흥분한 목소리로 외쳤다.

"세자, 방금 궁에서 소식이 왔습니다. 태자 전하께서 깨어나셨답니다!"

동궁 태자가 깨어난 것은 크나큰 소식이었다. 태자의 치료를 맡은 어의들은 기뻐서 눈물을 흘리며 태의서에 보고했고, 당지우도 매우 반가워하며 곁에 있던 사람들을 모두 내보내 종실과 조정 대신들 가운데 제법 지위가 있는 사람들에게 소식을 전했다.

순비잔에게 그 소식이 도착했을 때 그는 유명도 바깥의 철문으로 들어서고 있었다. 혼절한 지 보름이 다 되어가는 소원시가 깨어났다는 소식을 듣자 금군통령은 이고를 살펴볼 여유가 없어 곧바로 돌아서서 궁성으로 달려갔고, 덕분에 옆에 있던 상문거의 죽다 살아난 표정은 전혀 알아차리지 못했다.

순비잔의 뒷모습이 완전히 사라지자 온몸이 뻣뻣하게 굳었던 상문거는 겨우 안도의 숨을 몰아쉬며 터덜터덜 내뢰의 대문으로 돌아갔다. 유명도의 다른 한쪽에서 순월의 모습이 나타났다. 그 역시 창백해진 얼굴에 손가락마저 바르르 떨고 있어서, 상문거와 마찬가지로 갑작스럽게 이고를 만나러 온 순비잔의 출현에 적잖이 놀랐음을 알 수 있었다.

두 사람은 좁고 긴 통로를 사이에 두고 각자 한숨을 돌렸다. 좀 더 빨리 정신을 차린 순월이 심호흡을 하면서 다가가 억지웃음을 지으며 상문거에게 말했다.

"요즈음 경성의 존망을 예측하기 어렵고 민심이 어지럽다보니 천뢰에서 죄인들을 지키는 자들이 실수할 수 있다는 것을 수보 대인께서 누구보다 잘 아십니다. 그 누구도 제형사께 죄를 묻지 못하도록 할 것이니 너무 근심하지 마십시오."

말을 마친 그는 상문거의 대답을 기다리지 않고 허리 숙여 인사한 뒤 재빨리 그곳을 떠났다.

상문거는 유명도 옆에서 한참을 넋 놓고 있다가 그제야 가장 믿는 심복인 곽 총관만 딸린 채 문을 열고 내뢰 안으로 들어가 이고의 옥방 앞으로 향했다. 그리고 떨리는 시선으로 안쪽을 흘끗 보고는 재빨리 눈을 돌렸다.

희미한 불빛 아래 시신 한 구가 목책 꼭대기의 들보에 대롱대롱 매달려 있었다. 그 목을 조인 것은 죄수복에서 찢어낸 옷자락이었고, 그 끈은 아직도 이리저리 흔들리고 있었다.

"명심하거라. 오늘은 아무도 다녀가지 않았다. 일단 시신을 내려놓고 내일 보고하도록 하자."

상문거는 눈을 질끈 감고 나지막하게 분부했다.

태자가 깨어난 다음 날, 하늘에서 가을비가 세차게 퍼부어 금릉성의 큰길과 작은 골목들을 씻어내렸다. 묵직한 먹구름이 여전히 경성의 상공을 짓누르고 있었지만, 절망의 그림자는 처음만큼 짙지는 않은 듯했다. 성 밖에서 제때 물자가 도착하기만 하면 수많은 생목숨을 앗아간 이 지옥의 불꽃도 반드시 잡히리라고 믿는 사람도 점점 많아졌다.

"나리, 래양후 나리."

바깥을 한번 돌아보고 온 아태는 래양후부 후원의 연못에서 소원계를 찾아내 기쁜 얼굴로 외쳤다.

"제풍당 노당주의 약방문이 정말 효과가 있는지 이틀 동안 죽은 사람이 없답니다!"

가을날 연못은 죽은 연줄기와 시든 연잎으로 가득하여 쓸쓸한 분위기를 물씬 풍기고 있었다. 소원계는 비 온 뒤 불어나 다리 바닥까지 찰랑이는 연못 물을 바라보며 담담하게 대답했다.

"다들 겁을 먹고 문밖으로 한 걸음도 나가지 않으려 하는데 그렇게 돌아다니다니 참 겁도 없군."

아태는 한숨을 푹 쉬었다.

"나리께서 바깥 사정이 어찌 돌아가는지 알고 싶어 하시니, 제가 나가지 않으면 틀림없이 나리께서 나가시지 않겠습니까? 그리되면 불안해서 견딜 수가 있어야지요."

소원계는 입을 다문 채 한참 동안 말이 없다가 비로소 나지막이 말했다.

"태숙은 이곳에 오래 있으면서 내가 자라는 것을 지켜보았으니, 비록 명분은 주종 관계지만 어머니를 제외하면 내겐 가장 가까운 사람이야."

"근본도 재산도 없고 친지도 벗도 없이 떠돌이처럼 살던 이 아태를 거둬주신 것은 크나큰 은혜입니다. 어느새 반평생이 훌쩍 지났으니 이제 달리 바라는 것도 없고 그저 평생 나리를 보살피며 이렇게 편안하게 살아갈 수 있기를 바랄 뿐이지요."

아태는 그렇게 말하며 눈시울을 붉혔다.

"말은 이렇게 합니다만, 역병이 기승을 부리는 동안 외출하시는 나리를 막지도 못했지요. 이렇게 병이 옮지 않고 무사하신 것을 보면 필시 하늘에 계신 태부인께서 보살펴주신 덕분일 겁니다."

어머니의 이야기가 나오자 소원계는 고개를 숙이고 틀어쥐었던 주먹을 천천히 펼쳤다. 손바닥에는 조그마한 부채고리 하나가 놓여 있었다. 평범한 연백옥을 어설프게 깎은 고리에는 꼬아 만든 빨간 실이 묶여 있었다.

어릴 때 옥기를 파는 곳에서 놀다가 조각하는 것을 배워 어머니에게 선물한 것인데, 어머니는 이것을 늘 정성스럽게 보관하고 있었다. 작위가 강등되어 내정사에서 물건을 회수하러 왔을 때 래양 태부인과 관련된 것들은 모조리 치워버렸지만, 이 부채고리는 너무 조악하여 구석에 내친 채 아무도 쳐다보지 않았고, 덕분에 요행히 유품 하나를 가질 수 있었다.

"그래, 세상은 쓸쓸하고 의지할 곳 하나 없지. 나 자신을 제외하면 오로지…… 허공을 떠도는 혼령의 보살핌이나 기대할 뿐이야."

소원계는 이렇게 말하며 부채고리를 눈앞으로 들어올렸는데, 갑자기 손이 파르르 떨리는 바람에 가느다란 붉은 실이 손가락 사이로 쏙 빠져나갔다. 아태가 허둥지둥 달려와 받으려 했지만 어림도 없는 일이었다. '퐁당' 하는 소리와 함께 연녹색 연못 물이 출렁였고 옥고리는 순식간에 모습을 감췄다.

소원계가 어머니의 유일한 유품인 이 부채고리를 얼마나 소중하게 생각하는지 누구보다 잘 아는 아태는 얼굴이 새하얘지며 황급히 겉옷과 신발을 벗어던지고 연못으로 뛰어들었다. 한동안 바닥을 뒤지던 그가 수면으로 얼굴을 쑥 내밀고는 위로했다.

"나리, 걱정 마십시오. 저는 물질을 아주 잘하니 천천히 뒤지다 보면 반드시 찾아낼 수 있을 겁니다!"

그가 다시 물속으로 잠수하자 연못 위로 파문이 출렁출렁 번지다가 교각에 부딪혀 양쪽으로 쪼개져서 소리 없이 되돌아왔다. 좁다란 구곡교(九曲橋) 가장자리에 말없이 선 소원계의 눈동자 깊은 곳에서 말로는 표현할 수 없는 슬픔이 솟아올랐다.

"찾았습니다! 나리, 찾았어요!"

손 하나가 수면 위로 불쑥 튀어나왔고, 그 손가락 사이에는 가느다란 붉은 실이 걸려 있었다. 머리에 걸린 반쯤 썩어가는 잎을 떼어내며 뭐라고 말하려던 아태는 별안간 어깻죽지에 극심한 통증을 느끼며 거칠게 물속으로 처박혔다. 얼떨떨한 그의 시야에 다리 위에 선 젊은 주인의 싸늘한 눈빛이 어렴풋하게 들어왔다. 그는 발버둥치고, 데굴데굴 구르고, 출렁출렁 퉁겨올랐다. 가늘고 긴 죽간이 몸을 때릴 때마다 화약이 터지는 것 같은 통증이 밀려왔다.

물속의 그림자가 차차 힘이 빠져가는 것을 보면서 소원계는 무표정한 얼굴로 손을 멈춘 뒤, 다리 끝으로 돌아가 연못가로 내려섰다. 힘이 다한 사람은 물속에 잠겼다가 떠오르기를 반복하면서 가까스로 연못가로 기어나와 젖은 흙 위에 엎드려 숨을 헐떡였다.

여러 차례의 충격으로 속곳이 찢어져 드러난 아태의 어깨에는 꽃무늬 문신이 너무나도 선명하게 찍혀 있었다. 쭉 뻗은 줄기와 타원형의 잎, 그 위로 솟아난 반쯤 핀 꽃은 사나운 불꽃처럼 눈부시도록 아름다웠지만 단 한 송이뿐이었다.

어느덧 눈자위가 벌겋게 된 소원계는 그 차이를 알아보지 못했다. 그는 발끝으로 문신을 짓밟아 어렵사리 고개를 든 아태를 다시금 축축한 흙 속에 처박았다.

"한언을 미행하고 위씨 형제를 미행하는 동안 아무에게도 발각되지 않았다고 자신했어. 그런데 복양영은 모두 알고 있었지. 어째서일까? 설마 그자가 정말로 내 마음을 읽는 능력을 가졌기 때문일까?"

악문 잇새로 흘러나오는 소원계의 목소리는 유난히도 흉악하게 들렸다.

"이제 보니 20년 넘게 살아오는 동안 내 곁에는…… 내가 진정으로 알았던 사람이 단 한 명도 없었어. 어머니도, 태숙도……."

아태의 코에서는 더러운 흙탕물이 흘러나오고 얼굴은 시퍼렇게 변해가고 있었다.

"아, 아닙니다…… 제발…… 나리, 제발……."

등골이 우두둑 부러지는 소리와 함께 용서를 청하는 목소리가 뚝 끊겼다.

소원계는 뻣뻣하게 몸을 세운 채 한참 동안 서 있다가 별안간 하늘을 향해 고래고래 소리를 지르며 싸늘하게 식은 시신 옆에 털썩 주저앉았다. 눈물이 세차게 쏟아져내렸다.

—

18

—

비 온 뒤 갠 하늘에서는 둥실 떠오른 보름달이 환하게 빛을 뿌리며 산허리에 자리한 현령동 입구에 조용히 선 복양영의 그림자를 거친 자갈 바닥에 또렷하게 그려냈다.

한언이 꼬불꼬불한 오솔길을 기어올라와 그에게 다가갔다.

"사부님께 보고드립니다. 금릉성은 여전히 봉쇄되었고 위 둘째형님과 셋째형님은 아직 소식이 없습니다. 성에 갇힌 것이 분명합니다."

복양영은 표정 하나 변하지 않고 유유히 먼 곳을 바라보았다. 어려서부터 복양영을 따르면서 자연히 그 표정을 헤아리는 데 능숙해진 한언은 사부가 말하고 싶어 하지 않는다는 것을 알아차리고 재빨리 고개 숙여 인사한 뒤 녹색 덩굴이 늘어진 동굴 입구로 들어갔다.

산바람이 불어와 복양영의 옷자락을 펄럭이고 소매를 부풀렸다. 오래전 궁학의 긴 회랑을 통과하던 가을바람을 연상케 했다. 그때의 바람은 상쾌하면서도 서늘한 기운이 묻어 있어 피부에 새긴 문신에서 느껴지는 홧홧한 아픔을 식혀주었다.

반쯤 핀 꽃잎을 팔 아래 안쪽에 새긴 열 살의 복양영은 대전을 내달려 쌍둥이 아우를 부둥켜안았고, 두 사람은 흥분한 듯 소매를 걷어 서로의 왼팔에 새롭게 새겨진 묵정화를 관찰했다.

전각 안에는 온통 흥분한 속삭임들이 메아리치고 있었다. 처음 궁학에 들어온 어린아이들은 삼삼오오 모여 떠들어대다가 장존의 모습이 문밖에 나타났을 때에야 가지런히 줄을 서서 절을 올렸다.

"자질이 남보다 뛰어난 아이가 아니면 이 야릉 궁학의 문 안으로 들어올 수 없다. 너희가 이곳에 들어와 국주께서 내리신 묵정화를 받은 것은 집안의 행운이자 가문의 영광이니, 더욱 소중히 여기고 그 기대를 저버리지 말아야 할 것이다."

장존의 훈시를 듣던 복양역(濮陽繹)은 살그머니 고개를 돌려 형에게 눈을 찡긋했다. 나라에서 오직 50명만 선발하는 곳에 복양씨 집안의 자녀가 두 명이나 들어갔으니 얼마나 영광스럽고 자랑스러운 일인지 몰랐다.

복양영은 반공중에 뜬 보름달을 올려다보며 오른손으로 왼쪽 아래팔을 꽉 움켜쥐었다. 어찌나 세게 쥐었는지 손바닥으로 흘러드는 핏줄이 끊어질 것만 같았다.

한참 후, 손마디가 천천히 풀리자 핏기가 가신 피부 위로 타원형의 잎이 받쳐올린, 단 하나뿐인 외로운 꽃송이가 스르르 모습을 드러냈다.

"형! 형!"

복양역이 야릉 궁학의 문에서 달려나와 긴 계단을 뛰어내려왔다. 열네 살 복양영은 걸음을 멈추고 뒤를 돌아보았다.

"형은 평소에 부지런히 공부하고 열심히 익혔는데 이번 시험에서는 실수를 한 거야. 우리 같이 장존께 가서 한 번 더 기회를 달라고 빌자."

한 번 더 기회를 달라고? 전에 없던 일이요, 절대로 불가능한 일이었다. 그런 공허한 위로가 복양영의 마음을 더욱더 괴롭혔다.

"난 괜찮아. 장존께서 너를 눈여겨보시고 10년 만에 가장 뛰어난 야릉자라고 하셨으니, 아버지와 어머니께서도 기뻐하실 거야."

"형이 돌아가서 두 분 곁에 있게 되었으니 아버지와 어머니께서는 더 기뻐하실지도 몰라."

위로, 일깨움, 포옹. 필요했을까? 전혀 필요하지 않았다. 차라리 높디높은 궁학의 계단 위에 서서, 떠나는 자신을 가만히 바라봐주는 것이 나았다.

몸을 돌려 천천히 현령동으로 들어간 복양영은 중정을 지나 자신이 쓰는 석실에 들어섰다.

궁학 장존의 높은 권위를 상징하는 양지옥령(羊脂玉令)은 지금 회백색의 돌벽에 박혀 있었다. 저 양지옥령을 가진 사람의 몸에 묵정화가 단 한 송이밖에 없다는 사실을 그 누구도 알지 못했다.

"당신은 내 성품에 흠이 있어 야릉자가 될 자격이 없다고 했지. 하지만 당신이 남긴 이들이 이렇게 내 손바닥에서 놀아나고 있는데 과연 총명하다고 할 수 있을까?"

복양영의 손가락이 양지옥령에 새겨진 묵정화 무늬를 부드럽게 쓸었고, 얼굴에 떠오른 웃음은 뼈에 사무칠 만큼 음침했다.

"게다가 당신이 고르고 고른 후계자는 일개 나약한 겁쟁이…… 겨우 숨만 붙은 채 구차하게 살아갈 생각만 하던 자였다. 지금 이 세상에 아직도 당신들을 기억하고, 당신들의 복수를 해주려는 사람은 오직 나…… 나뿐이야!"

열여섯 살의 복양영은 이미 폐허가 된 궁학의 긴 회랑을 비틀비틀 걸어가, 양지옥령을 손에 든 복양역이 막 식어버린 궁학 장존의 시신 옆에서 물러나는 것을 바라보았다.

"장존께서 마지막으로 남기신 말씀은, 세상에는 본래 영원한 것이란 없으니 하늘이 어질지 않다 해도 순리를 따르되 강요해서는 안 된다는 것이었어. 내게 이 옥령을 주셨지만 그저 기념으로 간직하라는 의미야. 이제 충성을 바칠 국주도 안 계시니 우리 야릉자들도 각자 잘 살아가면 돼. 원한을 품을 필요가 어디 있어?"

복양영은 회랑의 기둥을 부여잡고 숨을 헐떡였다. 팔뚝의 묵정화가 불타는 것처럼 화끈거렸다.

"국주께서 이 난리에서 벗어나지 못하고 황실의 핏줄마저 끊긴 것은 대량이 우리의 살 길을 막았기 때문이야. 그런데 야릉자이자 양지옥령의 주인인 네가 복수를 해서는 안 된다는 말을 해?"

"아버지와 어머니께서 돌아가셨으니 형도 나처럼 마음이 아프다는 걸 알아. 하지만 대량에 화풀이를 하는 것은 설득력이 떨어질 뿐 아니라 아무 도움도 못 돼. 야릉 궁학은 흩어졌고 국주와 장존께서도 임종 전에 복수할 뜻을 비치지 않으셨어. 나는 그분들의 뜻을 거스를 생각도 없고, 더욱이 이 옥령으로 사람들을 불러 모으지도 않을 거야. 형도 그런 생각은 내려놓고 눈앞에 있는 현실을 똑바로 봐."

다른 말은 다 참을 수 있었지만 이 말만은…… 절대, 절대로 용납할 수 없었다. 복양영 자신이야말로 이 세상을 가장 정확하게, 가장 투명하게 꿰뚫어보는 사람이었다. 그를 야릉 궁학에서 쫓아낸 것은 장존의 가장 큰 착오였고, 반드시 바로잡아야 했다. 그러기 위해서는 그 어떤 대가를 치러도 아깝지 않았다.

복양역은 양지옥령을 품에 넣고 그의 앞에서 돌아섰다. 복양영의 이어진 동작은 무척이나 쉬웠다. 단검을 뽑아 전혀 방비하지 않은 아우의 등에 찔러 넣자, 순식간에 새빨간 피가 검날을 따라 쏟아져나와 그의 손바닥을 흠뻑 적셨다.

아우가 죽기 전에 그의 어깨를 향해 날린 일장이 뼈를 바스러뜨렸지만, 최후의 승리자는 여전히 그였다.

복양영은 허리를 굽히고 콜록콜록 기침을 했다. 어깨뼈에서 시작된 타는 듯한 통증은 이미 폐까지 스며든 듯했지만 상관없었다. 이제 상골을 만들어냈고 현리도 잡았으니, 30년간 그의 몸을 옭아맨 오랜 상처도 곧 나을 것이다.

"사부님, 사부님, 괜찮으세요?"

기침 소리를 들은 한언이 석실로 달려들어와 그의 등을 콩콩 두드려 주었다.

복양영은 다시 허리를 곧게 펴고 석실에서 가장 어두운 구석으로 느릿느릿 걸어갔다. 이쪽에는 자연적으로 돌이 튀어나와서 생긴 탁자가 있었고, 그 위에 나무상자 하나가 놓여 있었다. 상자는 덮개 없이 가벼운 면사만 씌워두어 몸통이 칠흑 같은 뱀 두 마리가 경계하듯 세모진 머리를 곧추세우는 것을 어렴풋이 볼 수 있었다.

한언이 흥을 돋우듯 농을 했다.

"현리들이 먹성이 아주 좋다니까요. 제가 먹이를 준 지 얼마 되지도 않았는데 또 배가 고픈가봐요."

복양영은 빙그레 웃을 뿐 아무 말도 하지 않았다. 그가 고개를 돌리자 동굴 입구의 가리개가 걷히고 위무기가 성큼성큼 들어왔다. 안색이 다소 어두웠다.

"왜 그러느냐? 언이에게 방금 듣자니 금릉성에 새로운 소식은 없다 하던데?"

위무기는 허리를 숙여 예를 갖춘 뒤 낮은 소리로 말했다.

"경성이 아니라 부근의 현에서 들려온 소식입니다."

"부근의 현?"

"그렇습니다. 대량 황제가 위산에서 의관을 파견하여 주위에서 백인초를 대량으로 모아 경성으로 보냈다고 합니다. 하루 이틀 안에 이곳에 도착할 것입니다."

복양영은 어리둥절한 얼굴로 잠시 서 있다가, 별안간 노발대발하며 현리의 먹이를 담는 구리 그릇을 힘껏 집어던졌다.

"그럴 리가 없다! 절대 그럴 리 없어! 대량이 가진 야진의 기록에는 약방문이 들어 있지 않고, 조정의 태의나 민간의 임해가 제아무리 의술이 뛰어나더라도 시신이 산처럼 쌓이기 전에는 효과적인 치료법을 찾아낼 수 없다! 지금쯤에나 금릉성에 백인초가 부족하다는 것을 알아차려야 하는데, 어떻게 그보다 빨리 바깥의 도움을 청했단 말이냐? 더구나 이렇게 빨리 보급이 이루어지다니!"

그는 소리치며 이를 악물고 석실 안을 왔다갔다했다. 위무기와 한언은 고개를 푹 숙인 채 감히 아무 말도 하지 못했다.

한참이 지난 후 마침내 냉정을 되찾은 복양영이 눈을 감고 중얼거리듯 말했다.

"말해보아라. 내가 저들을 얕본 것이냐, 아니면 놓친 것이 있었더냐."

위무기가 그제야 한 걸음 나서서 위로했다.

"노여워하실 것 없습니다. 설사 금릉성이 위험에서 벗어난다 해도 장존 어른의 가장 중요한 계획인 궁 안에 있는 사람과 운 처자가 아직 무사하지 않습니까?"

복양영은 몸을 돌려 동굴 구석에 놓인 뱀 상자에 시선을 던지며 눈을 살며시 좁혔다.

위무기의 말이 옳았다. 궁 안에 있는 사람과 운 처자는 너무 중요했기 때문에 한 번도 쓰지 않았다. 그 두 여인이 발각되지 않으면 가장 중요한 계획은 분명히 무사했다.

"경성의 상황이 내 예측과는 조금 달라졌지만 그 두 사람이 상황이 바뀐 것을 알아차릴 만큼 총명하다면 즉시 손을 쓸 것이다. 특히 운 처자, 그녀만 성공한다면 나머지 계획이 진행될 수 있다."

복양영은 벽에 박힌 장존의 옥령을 응시하며 나지막이 중얼거렸다.

금릉성이 목이 빠져라 기다리던 백인초는 보름의 기한 안에 순조롭게 성 아래에 도착했고, 순비잔은 금군 한 부대를 성문 밖으로 보내 약초를 실은 수레를 끌고 들어오게 하여 어약방으로 보냈다. 사용할 약재를 조달하는 일에 능숙해진 태상시는 각 부와 환자 구역 및 모든 약방에 필요한 양에 따라 빠르게 분배했다.

운 아주머니는 제풍당 입구에서 태의서 사람에게 약재를 넘겨받아 꼼꼼히 확인한 뒤, 동자들을 시켜 약을 창고로 운반하는 등 바쁘게 움직였다.

임해는 병이 나은 지 얼마 되지 않아 몸이 많이 야위었지만, 나이가 젊고 체질도 건강했기 때문에 며칠 조리하자 입술도 앵두 빛을 되찾고 반질반질 윤이 살아났다. 소평정이 형수가 아직도 왕부에서 책을 뒤적이고 있다는 이야기를 해주자 그녀는 얼굴이 발그레해질 정도로 웃었다.

"그러잖아도 이상하다 싶긴 했어요. 몽 언니의 성품이라면 이렇게 조용할 리가 없는데 내내 보이지 않았으니까요. 역시 세자께는 방법이 있었군요."

임해는 한바탕 웃은 뒤 다시 말했다.

"내 바람은 세상을 돌며 기화요초를 두루 살펴보는 것인데 당신이 말한 묵정화는 본 적이 없어 어떤 모양인지 모르겠군요. 틈이 날 때 그 그림을 가져와 보여줄 수 있나요?"

소평정은 웃으면서 눈썹 끝을 살짝 올렸다.

"나는 묵정화를 너무 많이 봐서 벌써 머리에 똑똑히 박혀 있소. 바로 그려서 보여주지."

말을 마친 그는 돌아서서 약 궤짝 뒤로 지필묵을 찾으러 갔다.

그때 운 아주머니가 가리개를 걷고 들어와 임해에게 말했다.

"노당주께서 안에 회복이 더딘 환자가 두 명 있는데, 바빠서 살펴보실 틈이 없으니 낭자께서 진맥해달라고 하시는군요."

보살필 환자가 있다는 말에 임해는 곧바로 일어나 안채로 달려갔다. 소평정은 신경 쓰지 않고 종이를 펼쳐 궤짝에 기대어 그림을 그리기 시작했다.

"며칠 전에 둘째 공자께서 나쁜 사람 둘을 붙잡으셨다지요?"

운 아주머니가 다가와 물으면서 그의 붓끝을 따라 시선을 움직였다.

"이번 참변으로 일가족이 모두 죽은 집도 허다한데, 누군가가 일부러 꾸민 일이었다니 정말 분통이 터지는군요. 그자들은 대체 왜 그렇게 악독한 짓을 했을까요? 경성에 같은 패가 더 있을까요? 심문은 해보셨어요?"

"심문할 기회도 없었어요. 잡히자마자 죽었거든요."

소평정은 건성으로 대답하며 마지막 획을 그린 뒤 운 아주머니에게 보여주었다.

"이게 바로 묵정화예요. 복양영의 결사대들 몸에 있는 문신 말이에요."

운 아주머니는 억지 미소를 지으며 무심코 손가락으로 목덜미를 더듬었다.

"건천원의 복양 상사라는 사람 이야기가 나와서 말인데…… 글쎄 어떻게 말해야 하나…… 사실 자세히 보지는 못했지만 아무리 생각해도 그 사람 같아서……."

소평정은 멍한 얼굴로 눈을 끔뻑끔뻑했다.

"아주머니, 그게 대체 무슨 말이에요?"

운 아주머니는 숨을 깊이 들이쉬고 상반신을 살짝 앞으로 기울였다.

"오늘 그 사람을 봤어요."

"누구 말이에요?"

소평정은 깜짝 놀랐다.

"복양영이요? 성안에서요?"

운 아주머니는 힘차게 고개를 끄덕이며 문밖을 가리켰다.

"남명가 입구, 관부에서 식량을 배급하는 곳에서 사람들 틈에 섞여 있었어요. 하지만 확실하지는 않아요. 어쨌든 그 사람을 자세히 본 적도 없고……."

금릉성은 아직도 봉쇄되었으니, 복양영이 정말 성안에 있다면 반드시 붙잡을 수 있었다. 설령 잘못 보았다 해도 확인해볼 만한 가치는 충분했다. 소평정은 그녀의 말을 다 듣지도 않은 채 궤짝을 짚고 훌쩍 몸을 날려 나는 듯이 밖으로 나갔다. 운 아주머니는 소매 속에 숨긴 야릉 단검을 살핀 뒤 곧바로 뒤를 좇았다.

역병의 기세가 한풀 꺾인 데다 성을 봉쇄한 지 오래라 먹을 것이 떨어진 사람이 많았기 때문에 호부에서는 곳곳에 구제소를 세워 식량을 나눠주었다. 제풍당에서 가장 가까운 구제소는 남명가 입구였는데, 그러다보니 다른 거리보다 인파가 많았고 순방영의 관병들까지 주위를 왕복하며 순찰하고 있었다.

소평정은 주위를 대충 훑어보았지만 복양영을 발견하지 못하자 고개를 돌리며 물었다.

"운 아주머니, 이곳이 확실해요?"

운 아주머니는 발꿈치를 들고 좌우를 둘러보다가 갑자기 멀리 사람들이 몰려 있는 쪽을 가리켰다.

"저기예요. 저기 저 키 큰 사람 뒤에 가리개를 단 모자를 쓴 사람……."

그녀의 확신에 찬 목소리에 소평정은 목표를 놀래지 않으려고 살금살금 몇 걸음 다가가 목을 쭉 빼고 자세히 살폈다. 까맣게 모여든 사람들 가운데 가리개를 단 모자를 쓴 사람은 적어도 대여섯 명은 되었다. 소평정이 그 중 한 사람을 뒤쫓으려는데 갑자기 등골이 서늘해지는 느낌이 들면서 목 뒤의 솜털이 곤두섰다. 머리가 반응하기도 전에 몸이 먼저 움직인 그는 옆으로 홱 돌면서 소리 없이 등을 찔러오는 단검을 가까스로 피한 뒤 곧바로 허리를 빙글 돌리며 빠르게 한 걸음 물러섰다.

운 아주머니의 기습은 이것이 끝이 아니었다. 첫 번째 공격이 허공을 찌르자 그녀는 즉시 가로베기로 초식을 바꿔 희미하게 녹색을 띠는 검날로 소평정의 어깨를 비스듬히 베려 했다. 힘차고 날카로운 검풍(劍風)은 팔을 썩둑 잘라낼 기세였다.

위기일발의 순간, 진주 비녀 하나가 공기를 가르며 날아와 정확하게 검신을 때렸고, 야릉 단검은 살짝 옆으로 빗나갔다. 이 바람에 검날은 마침 허리를 숙여 피하던 소평정의 팔 바깥쪽을 살짝 스쳐 혈흔을 남겼다.

두 번을 실패한 운 아주머니는 몸을 훌쩍 솟구치며 양 발을 힘껏 차올렸지만, 힘을 되찾은 소평정이 맨손을 뻗어 순식간에 그녀의 발목을 단단히 틀어쥐었고, 내공을 끌어올려 힘껏 끌어당긴 뒤 일장으로 가슴팍을 때려 몇 장 밖으로 날려 보냈다. 바닥에 털썩 쓰러진 그녀는 단검을 놓친 채 바동거렸지만 일어나지 못했다.

검신을 때리고 날아간 진주 비녀가 그제야 바닥에 떨어지며 맑은 소리를 냈다. 소평정이 마음을 가다듬으며 불렀다.

"형님, 형수님."

소평장 부부가 이 순간 이곳에 나타난 것은 정말이지 우연이었다. 그동안 몽천설이 고분고분 왕부에 머무른 것은 부군의 말을 믿고 자신이 몹시 중요한 고서를 찾고 있다고 생각했기 때문이다. 덕분에 그녀는 매일같이 진지하게 책을 뒤적이며 먹고 자는 것까지 장서실에서 할 정도였다. 그 노력이 헛되지 않았는지 정말로 '상고습유'라는 제목의 필사본을 찾아낸 그녀는 환호성을 지르며 소평장에게 달려갔다.

아무렇게나 지어낸 글자가 정말 장서실에 있었다는 사실에 경악한 소평장은 차마 사실을 밝히지 못했다. 마침 역병이 안정기에 접어들었다고 여긴 태의서가 조정 회의에서 봉쇄를 풀자고 건의했기에 여건지의 의견을 물으려던 그는 그렇게 중요한 책은 어서 빨리 노당주에게 넘겨야 한다며 몽천설과 함께 제풍당으로 향했다.

칭찬을 받은 몽천설은 기분이 좋아진 나머지 말을 달리면서도 성안 풍경이 전처럼 바짝 긴장되지 않았다는 사실을 알아차리지 못했다. 그러다가 남명가 입구를 지나면서 소평정이 위험에 빠진 것을 발견하고는 급한 마음에 비녀를 뽑아 던진 것이다.

소평정의 반격이 어찌나 강했는지 운 아주머니는 땅에 쓰러진 뒤 두어 번 피를 토했는데, 그러면서도 떨어뜨린 야릉 단검을 되찾으려고 비칠비칠 기어갔다. 몽천설이 한 발 앞서 단검을 주워들어 살피더니 놀란 얼굴로 그녀를 바라보다가 물었다.

"제풍당 안채에서 일하는 아주머니예요. 이 사람이 왜 평정이를 죽이려는 거지?"

소평장은 그 질문에 대답할 생각도 못한 채 아우를 잡아당겨 팔의 상처부터 살폈고, 상처 길이가 두 푼 정도에 깊이 찔리지도 않았다는 것을 확인한 뒤에야 겨우 안심했다. 거리는 심문하기에 적당한 곳이 아니었기에 그는 동청에게 운 아주머니를 포박하게 한 다음 제풍당으로 데려가 심문하기로 했다.

거리를 순찰하던 순방영은 식량을 배급하는 곳에서 싸움이 벌어진 것을 보고 제압하러 달려왔다가 장림부의 친위대를 보자 황급히 돌아갔다. 소평장 일행은 옆길로 방향을 틀어 금세 제풍당 문 앞에 도착했다. 안으로 들어가려는 순간 임해가 허둥지둥 달려나왔다. 손에는 소평정이 그려준 묵정화 그림을 움켜쥔 채였는데 몹시 놀라고 당황한 듯 머리카락마저 엉망으로 흐트러져 있었다.

"괜찮소, 괜찮소. 난 아무 일도 없소."

소평정이 재빨리 그녀를 붙잡아 위로하며 형을 돌아보았다. 두 사람 다 어쩌다 이런 일이 벌어졌는지 짐작이 갔다.

운 아주머니의 몸에 묵정화 문신이 있다는 것을 다른 사람은 몰랐지만, 대동부에서부터 경성까지 오면서 그녀와 함께 먹고 잔 임해는 직접 보았을 것이다. 소평정이 임해에게 그 도안을 보여주려 하자 운 아주머니 입장에서는 당장 손을 쓰지 않으면 마지막 기회를 놓칠 수도 있었다.

장내의 사람들 가운데 문신에 대한 이야기를 모르는 사람은 몽천설뿐이지만, 눈가와 입가에 노기를 잔뜩 띤 부군을 보자 아무 말도 하지 않고 기다리다가 후원의 작은 저택으로 들어간 다음에야 조그마한 목소리로 물었다. 복양영의 결사대 이야기를 들은 그녀는 깜짝 놀라 찬 숨을 들이켜며 말했다.

"정말 위험했군요. 그간 아무도 저 여자를 의심하지 않았을 텐데 평정이 다치지 않아 다행이에요."

소평장 역시 뒤늦게 깨달은 두려움 때문에 임해가 소평정의 상처를 싸매는 동안 얼굴을 굳힌 채 아무 말이 없었다.

약방에 있던 여건지도 소식을 듣고 달려왔는데, 놀라고 화난 얼굴은 도저히 믿을 수 없다는 표정이었다. 확인을 위해 임해가 운 아주머니의 옷깃을 살짝 젖히고 살펴보았다. 문신을 확인한 그녀는 한숨을 쉬며 말했다.

"아주머니는 10여 년 전에 이미 우리 제풍당에 오셨으니 그때는 둘째 공자를 해치는 것이 목적은 아니었을 거예요. 본래 목표는 누구였나요? 사부님인가요, 아니면 나인가요?"

운 아주머니는 무표정한 얼굴로 고개를 들고 차갑게 말했다.

"야릉자는 은원이 분명하다. 의원들은 우리에게 은혜를 베풀었으니 너희를 해칠 생각은 없다."

임해는 눈을 찡그렸다.

"예전에 어떤 사람이었든 제풍당에 오래 있었으니 옳고 그름이나 착함과 나쁨을 구별하는 법은 체득하셨을 텐데, 어째서 과거를 버리지 못하셨죠?"

"단 하루라도 야릉자로 살았으면 평생 국주께 충성하고 장존의 명을 따라야 한다. 옳고 그름이나 착함과 나쁨은 내가 볼 수 있는 것도 아니고 생각할 수 있는 것도 아니다."

여건지는 이런 순간까지도 음침한 눈빛을 한 그녀를 보자 한숨을 푹 쉬며 소평장을 돌아보았다.

"당시 야릉성은 역병의 발원지였는데, 저희는 외곽에서 안으로 들어가다보니 그곳에 도착했을 때 할 수 있는 일에는 한계가 있었습니다. 다행히 그 역병은 어린아이나 젊은이는 잘 감염되지 않았고 치료하기도 쉬워, 궁학에 있던 아이들은 적지 않게 살아날 수 있었지요. 허나 안타깝게도 왕실이 몰락하고 그 핏줄이 끊어지는 바람에 의지할 나라도 없고 야릉자라는 신분 또한 쓸모가 없게 되었지요. 열 몇 살밖에 되지 않은 그 아이들 역시 다른 생존자들처럼 뿌리도 잃고 할 일도 잃은 채 각지를 떠돌게 되었습니다."

임해는 슬프기도 하고 안타깝기도 하여 저도 모르게 물었다.

"생각해보면 가슴 아픈 일이지만, 그래도 그런 위험에서 살아난 것은 크나큰 행운이에요. 그 정도 자질을 가진 사람이라면 어디에서든 잘 살아갈 수 있지 않았을까요? 어째서 이런 악행을 고집했을까요?"

늙은 당주가 입을 열기도 전에 입술을 꽉 깨물고 눈에 핏발을 세운 채 듣고 있던 운 아주머니가 고개를 들고 대꾸했다.

"국주께서는 돌아가셨지만 복수는 아직 남아 있다. 장존께서 명을 내리시는데 야릉자의 몸인 우리가 어찌 구차하게 목숨을 아끼며 국주의 복수를 마다할 수 있겠느냐?"

여건지가 의아한 얼굴로 그녀를 보며 물었다.

"자네들의 장존이 임종하기 전날 내가 곁에 있었네. 그분은 지혜롭고 후덕하며 사리에 밝은 분이지 결코 아집에 얽매인 분이 아니었는데, 어찌 그런 황당한 복수를 명령했다는 말인가?"

"황당해? 우리 야진이 무너진 것은 대량이 병력을 대거 동원해 국경을 막았기 때문이다. 아무리 변명해도 그 사실을 바꾸진 못해!"

운 아주머니는 날카로운 목소리로 외치며 냉소를 터뜨렸다.

"장존께서는 현명하신 분이라 당연히 그 명을 이을 사람을 남기셨다. 우리 야릉자는 맹세코 이 복수를 완성할 것이다."

여건지와 임해는 옛 정 때문에 어떻게든 그녀를 달래려 했지만, 소평장은 케케묵은 야진의 옛 일과 고집스런 복수심에 전혀 흥미가 없었다. 그보다는 방금 여 당주가 한 말에서 한 가지 이상한 점을 발견하여 홀로 창가에 기대어 곰곰이 생각하다가 물었다.

"노당주, 방금 야진에서 일어난 역병이 어린아이와 젊은이는 잘 감염되지 않는다고 하셨습니까?"

여건지는 고개를 끄덕이며 대답했다.

"야진뿐 아니라 이곳 또한 같은 상황입니다."

"그렇다면, 채 열두 살도 되지 않았고 성심성의껏 보살핌까지 받던 태자 전하께서 어찌하여 동궁의 그 많은 사람 가운데 가장 먼저 병에 걸리셨을까요? 갑자기 어디서 병을 얻으셨을까요?"

"궁에서 가장 먼저 병에 걸린 분이 태자 전하라고요?"

여건지도 깜짝 놀랐다.

"그것 참 이상한 일입니다. 하지만 직접 보지 않고서야 함부로 예단할 수는 없으니, 아무래도 태의령께 여쭤보는 것이 좋겠습니다."

두 사람이 이런 이야기를 하는 동안 한가해진 몽천설은 가져온 《상고습유》를 꺼내 임해에게 건넸다.

"이곳에 꼭 필요한 책을 결국 찾아냈어. 아직 늦지 않은 거지?"

"이곳에 필요한……."

임해는 어리둥절해하며 책을 받았지만 곧 무슨 뜻인지 깨달았다.

"아, 맞아요, 꼭 필요한 책이에요. 이렇게 찾아주셔서 고맙습니다."

그녀는 정중하게 인사한 뒤 책을 똑바로 펼쳐 소중하게 소매 주머니에 넣었다. 형과 여건지 곁에 서 있던 소평정도 몽천설의 말을 듣고 저도 모르게 그쪽으로 고개를 돌렸고, 웃으면서 임해에게 눈을 찡긋해 보였다.

운 아주머니는 붙잡혀온 뒤로 줄곧 임해의 발치에 앉아 고개를 숙이고 있었다. 옷깃이 살짝 젖혀져 있었는데, 쇄골 부위에 찍힌 꽃 문신은 옷자락과 치렁치렁 늘어진 검은 머리카락에 가려져 조그마한 잎 하나만 어렴풋하게 드러나 있었다. 고개를 돌린 소평정은 무의식중에 그녀의 하얀 목덜미를 바라보다가 별안간 무엇인가 떠오른 듯 머릿속이 환해져, 하얗게 질린 얼굴로 형의 팔을 꽉 잡았다.

"왜 그러느냐?"

소평장이 놀라 물었다.

"저와 순 형님도 저 문신이 낯이 익다고 생각했지만…… 여자는 생각지도 못했어요."

소평정이 떨리는 목소리로 말하더니 운 아주머니에게 와락 달려들어 잡아 일으켰다.

"태자 전하 곁에 있는…… 동궁의 그 여자, 맞죠?"

운 아주머니는 입가에 피가 묻은 채 고개를 젖히고 미친 사람처럼 웃어댔다.

"위씨 형제가 죽자마자 그쪽에 전갈을 넣었다. 황궁에서 문신이 있는 사람을 찾기는 무척 쉬울 터, 언젠가는 반드시 신분이 들통날 것을 알고 있으니 그녀는 기회가 생기면 물불을 가리지 않고 손을 쓸 것이다. 멀리 궁궐 밖에 있는 공자가 이제 와서 눈치를 챈들 늦지 않았을까?"

상골과 현리

—

19

—

한밤중에 일어난 화재 사건 이후로 태자 소원시가 머무는 곳은 장신전 뒤쪽 전각인 태청전으로 옮겨졌다. 동궁의 정원에는 금계나무와 단풍나무를 많이 심어 사계절 가운데서도 가을 풍경이 매우 아름다웠다. 태청전 서쪽에는 호수가 접해 있었는데, 마침 호숫가에 줄지어 선 계수나무들이 가장 왕성하게 향기를 뿜어내는 때라 스치는 바람이 반쯤 열어놓은 문 안으로 흘러들어 방 공기도 향을 듬뿍 머금었다.

소원시는 바닥이 푹신한 비단 신발을 신고 태청전에 늘어선 주홍빛 원기둥을 요리조리 맴돌고 있었고, 그 발걸음은 무척 안정적이었다. 팔을 반쯤 벌리고 그 뒤를 따르는 순 황후의 눈가에는 내내 눈물이 그렁그렁했다.

"보세요, 어마마마. 저는 정말 다 나았어요. 점심때도 밥 한 그릇을 다 먹은걸요."

소원시가 고개를 돌리고 그 자리에서 폴짝폴짝 뛰며 말했다.

"평정 형도 어제 찾아와서 제가 곰도 잡을 만큼 튼튼하다고 했어요. 어마마마, 내년 가을 사냥 때는 저도 평정 형을 따라 곰을 잡으러 가면 안 돼요?"

순 황후는 소매로 눈가를 훔치며 소원시를 품안에 꼭 안았다.

"네가 건강하기만 하다면 하고 싶은 것은 뭐든 해도 좋단다."

동궁에서 시중드는 사람들이 모두 그 옆에 서 있었는데, 그 중 가장 왼쪽에 있는 담당 여관은 오래전 정양궁에서 뽑혀간 터라 황후와도 안면이 있었다. 여관은 웃으면서 말했다.

"마마의 홍복 덕분에 전하께서 오늘은 식욕도 좋으시고 힘도 많이 나셨습니다. 하지만 태의는 아직 너무 무리하시면 아니 된다 했습니다. 벌써 한 식경이나 움직이셨으니 조금 쉬셔야 합니다."

이런 말은 꼭 듣는 순 황후였으니 당장 좌우에 명해 이부자리를 깔고 휘장을 늘어뜨리게 한 뒤, 태자를 가벼운 침의로 갈아입혀 낮잠을 재웠다.

아무래도 한바탕 병을 앓아 몸이 허약해진 소원시는 처음에는 잠이 오지 않는다고 투정을 부렸지만 누이고 몇 차례 다독여주자 어느덧 쌔근쌔근 잠이 들었다.

곁에 앉아 지키던 순 황후도 한동안 태자 걱정으로 수심이 깊어 낮잠조차 제대로 자지 못한 탓인지 슬며시 졸음이 밀려왔다. 잠깐 버텨보았지만 도저히 앉아 있을 수가 없자 그녀는 동궁을 시중드는 이들에게 태자를 잘 보살피라고 분부한 뒤 소영에게 가마를 부르게 하여 정양궁으로 돌아갈 채비를 했다.

막 전각 문을 나서는데 맞은편에서 순백수가 느릿느릿 걸어오는 것이 보여, 순 황후는 즉시 걸음을 멈추고 살짝 위축된 표정을 지었다.

황후의 가마가 전각 앞에 대기 중인 것은 순백수도 보아 알고 있었다. 금릉성을 봉쇄할 때의 참혹하던 광경을 생각하면 그의 속은 여전히 분노로 부글부글 끓어올랐다. 하지만 아무리 화가 난들 어쩌겠는가? 누가 뭐라고 해도 그녀는 친누이동생이자 중궁 황후요, 태자의 어머니였다.

"소신이 황후마마께 인사 올립니다."

"오라버님, 예는 되었습니다."

순 황후는 불안해하면서도 궁금증을 참지 못했다.

"궁성 밖은…… 좀 어떻습니까?"

순백수는 몹시 엄숙한 표정으로 정색하고 진지하게 말했다.

"성의 봉쇄를 풀면 며칠 안에 어가가 돌아올 것입니다. 궁 밖의 일은 소신이 전력을 다해 처리했으니 마마께서도 마음을 가라앉히시고 아무것도 모르는 척하십시오. 절대로 불필요한 말씀을 하시면 안 됩니다."

순 황후는 길게 안도의 숨을 내쉬며 황급히 고개를 끄덕였다.

"오라버님도 오랫동안 수고가 많으셨으니 건강을 해치지 않도록 몸보신을 하셔야지요."

순백수는 대답 없이 빙그레 웃고는 허리를 숙여 가마에 오르는 그녀를 배웅한 뒤 돌아서서 태자를 보러 들어갔다.

소원시의 침상 앞에는 궁녀 두 명과 태감 두 명, 그리고 조금 전 태자에게 휴식을 권한 담당 여관이 지키고 있었고, 병풍 바깥에는 시녀 세 명이 무릎을 꿇고 앉아 있었다. 모두 숨을 죽이고 있었기 때문에, 전각 안에는 이상한 소리라고는 한 오라기도 찾아볼 수 없었다.

오늘 조례에서 태의서가 성문을 열자는 제안을 했고 지금까지 아무도 이의를 제기하지 않았으니, 내일이면 그 제안이 실행될 것이었다. 큰 재난을 넘긴 내각에는 일이 산더미처럼 쌓여 있었고, 예부에서도 어가가 돌아온 후 재난을 쫓는 제례를 올리는 문제로 상의하고자 기다리고 있어 순백수는 거의 틈이 나지 않았다. 그래서 그는 안색이 좋고 편안하게 잠든 태자를 대충 살펴본 뒤 조용히 물러났다.

동궁에서 앞쪽 전각에 있는 직방까지 가는 최단 거리는 영안문을 통과하는 것이었다. 황제가 없는 동안 순비잔은 당직할 때 주로 이 문밖을 순시하면서 동궁과 앞쪽 전각을 함께 살폈다. 멀리 누대의 높은 계단에 뒷짐을 지고 서 있는 그를 발견하자 순백수는 그쪽으로 다가가 불렀다.

고개를 돌려 그를 바라본 순비잔은 차분하게 손을 모아 예를 올렸다.

"수보 대인."

저 태도며 표정, 소원하게 느껴지는 호칭은 분명 평소와 달랐다. 순백수는 두 눈을 찌푸리며 물었다.

"무슨 일이냐? 내 또 무슨 일로 우리 금군통령의 미움을 샀을꼬?"

순비잔은 눈꺼풀을 살짝 내리뜨고 차가운 눈빛을 떠올렸다.

"어제야 소식을 들었습니다. 천뢰에 갇혔던 경조부윤 이고가 벌써 한참 전에 죽었다는군요."

"아아, 그 일이더냐."

순백수는 별일 아니라는 듯 손을 내저었다.

"경성이 어지러워 천뢰를 지키는 이들도 수가 줄다보니 아무래도 소홀할 수밖에 없었지. 생각해보아라, 그토록 큰 죄를 지었으니 두려울 만도……."

순비잔은 차갑게 그의 말을 잘랐다.

"이고는 한때 조부님의 문하생이었고, 천뢰를 주관하는 제형사 역시 내각에서 추천한 사람입니다. 이토록 중요한 순간에 죄가 두려워 자결하다니, 너무 공교롭다는 생각이 들지 않으십니까?"

순백수는 즉시 안색을 어둡게 하며 노한 목소리로 말했다.

"그 말이 무슨 뜻이냐? 설마하니 나와 복양영이 무슨 관계라도 있다고 말하고 싶은 것이냐? 경성에 역병이 번지면 이 숙부가 무사할 성싶으냐?"

순비잔은 한참 동안 그를 똑바로 응시했고, 그러는 동안 표정은 복잡하게 뒤섞였다. 대체 무엇을 의심하는지, 무엇에 화가 나는지 그 자신도 확실히 알지 못했다. 정치적 의견이 다르기는 하지만, 숙부가 경성이 큰 위기에 빠질 정도의 재앙을 불러들였다는 것은 순비잔이 생각하기에도 너무 허무맹랑하고 이치에 맞지 않는 일이었다. 지금 그가 뚜렷하게 느낄 수 있는 유일한 감정은 바로 후회였다. 경솔하고 어리석었던 자신에 대한 후회, 애초에 좀 더 신중하게 살피지 않고 소평장의 부탁을 저버린 일에 대한 후회.

"이제 와서 무슨 말을 한들 소용이 있겠습니까? 숙부께서는 이고를 심문한 유일한 분이고, 그자가 어떤 자백을 했는지는 오로지 숙부만이 아십니다. 이번 역병으로 수많은 이가 안타깝게 목숨을 잃었고 한 가족이 모두 죽은 곳도 허다합니다. 이고가 이토록 큰 화를 불러온 까닭이 복양영의 뇌물과 속임수에 넘어갔기 때문이라니, 정말로 그렇게 단순한 일이었습니까?"

순백수는 조금 전의 노기를 씻은 듯이 거두고 장탄식을 하며 탄식조로 내뱉었다.

"비잔아, 너도 숙부 나이쯤 되면 알 게다. 세상일이란 다 그렇게 복잡하지만은 않은데다 때로는 어리석은 짓을 하는 사람도……."

여기까지 말한 그가 갑자기 말을 뚝 끊고 놀란 눈으로 앞쪽을 바라보았다. 순비잔이 고개를 돌려보니 영안문 밖으로 통하는 길 반대편에서 소평정이 화살같이 달려오고 있었다. 그는 초조하고 걱정스런 목소리로 순비잔을 향해 소리소리 질렀다.

"순 형님! 태자…… 태자 전하 곁에 복양영의 결사대가……!"

이 한마디면 충분했다. 순비잔은 까무러칠 듯 놀라 자세히 물어볼 틈도 없이 몸을 빼쳐 누대를 뛰어내려갔고, 두 사람의 모습은 눈 깜짝할 사이 회랑 끝자락으로 사라졌다. 혼자 남은 순백수는 창백해진 얼굴로 멍하니 그 자리에 선 채 한동안 정신을 차리지 못했다.

휘장 안에서 단잠에 빠진 소원시는 비단 이불을 걷어차며 몸을 뒤척이더니 다시금 조용해졌다.

침상 앞 푹신한 방석에 앉은 담당 여관은 휘장 안을 잠깐 살피고는 고개를 돌리고 태감과 궁녀들에게 소리 죽여 분부했다.

"전하께서는 좀 더 주무실 것이다. 너희도 지쳤을 테니 이 틈에 가서 좀 쉬거라."

두 궁녀와 어린 태감은 두말없이 일어나려 했지만, 나이 든 태감이 반대했다.

"황후마마께서 전하를 시중드는 사람은 한 사람도 빠져서는 안 된다고 분부하셨네."

담당 여관이 소리 죽여 웃었다.

"장 공공과 내가 있으면 충분하지 않소? 지금까지야 그랬으나 전하께서 병을 앓으시는 동안 모두 잠 한숨 못 자고 고생을 했으니 아이들은 조금 쉬게 해줍시다."

바짝 여윈 얼굴들을 돌아본 장 공공은 병풍 밖에 시녀 셋이 대기하고 있으니 충분하다는 생각이 들어 더는 반대하지 않고 가만히 고개를 끄덕였다.

세 사람이 물러나자 태자의 침상 앞에는 장 공공과 담당 여관 둘만 남아, 각자 침상 머리맡과 발치에 꿇어앉았다. 그때 깊이 늘어진 휘장이 또 한 번 흔들리더니 소원시가 바깥으로 돌아누워 뺨 한쪽을 베개에 묻고 입맛을 쩝쩝 다셨다.

담당 여관은 손을 내밀어 휘장을 살짝 열고 앳된 얼굴을 꼼꼼하게 살폈다. 눈가가 반짝이는가 싶더니 눈물이 왈칵 솟구치면서, 이마 위로 흘러내린 머리카락을 쓸어올려주고 싶은 듯 손가락이 파르르 떨렸다.

장 공공도 고개를 내밀고 안을 들여다보더니 자상하게 이불을 다시 덮어주었다. 그런 다음 반쯤 열린 휘장을 닫으려는데 별안간 눈앞에서 싸늘한 빛이 번뜩이고 목에서 극심한 통증이 느껴졌다. 그는 본능적으로 손을 뻗어 머리 묶는 은비녀로 자신의 목을 찌른 담당 여관의 손목을 움켜쥐고는 온 힘을 다해 옆으로 쓰러지면서 침상 옆에 있던 조그마한 탁자를 뒤집어엎었다.

병풍 밖에서 대기하던 시녀들이 소리를 듣고 달려들어오자 담당 여관은 힘껏 팔을 휘둘러 장 공공의 몸을 그들에게 집어던지고,

그 틈을 타서 날카로운 비녀를 침상 머리맡의 베개를 향해 휘둘렀다. 비녀 끝에 묻은 핏방울이 허공을 갈랐다.

가장 먼저 달려온 시녀가 날아드는 시체를 피하고 앞으로 몸을 던지면서 담당 여관의 허리를 부둥켜안았다. 덕분에 비녀는 목표물을 제대로 노리지 못하고 침상 앞의 휘장만 찢어발겼다. 담당 여관이 손을 뒤집어 시녀를 힘껏 때렸지만 시녀는 피를 토하면서도 끝내 손을 놓지 않고 마주 잡은 두 팔을 필사적으로 잡아당겼다. 하지만 담당 여관이 어깨를 붙잡아 힘껏 비틀자 뼈가 부러지는 소리가 나면서 시녀는 그대로 바닥에 쓰러지고 말았다.

담당 여관은 몸을 돌리려고 했지만, 다른 시녀가 창문 아래에 있던 화분을 홱 집어 던지는 바람에 어쩔 수 없이 몸을 피하며 한 팔로 가로막았다. 그때 바깥을 지키던 태감 두 명이 뛰어들었다. 비록 무기가 없어 겨우 몇 차례 공격을 막아냈을 뿐이지만 잠깐의 시간을 벌어주기에는 충분했고, 그사이 남쪽 창문이 와장창 소리와 함께 부서지면서 순비잔이 뛰어들었다. 그는 들어서자마자 들고 있던 검을 뽑아 공기를 가르며 힘껏 내질렀다.

깊이 잠들었던 소원시는 안쪽으로 몸을 말고 있다가 창문이 깨지는 소리를 듣고서야 깨어나 몽롱한 눈을 비비며 휘장 바깥을 바라보았다. 뿌연 시야에 휘장에 묻은 피가 비치는 순간 따뜻한 손바닥이 그의 눈을 가리고 머리를 품안으로 끌어당겼다. 귓가에 소평정의 나지막한 목소리가 들렸다.

"전하, 보지 마세요. 괜찮아요."

순비잔은 축 늘어진 담당 여관의 가슴을 꿰뚫은 검을 뽑아내고 그녀를 병풍 밖으로 끌어낸 다음 몸을 숙여 살폈다.

똑바로 누운 탓에 자객의 눈은 조각을 새긴 전각의 대들보를 올려다보고 있었지만, 그 눈동자에는 성공을 눈앞에 두고 패한 데 대한 억울함보다는 무거운 부담을 내려놓은 안도감이 떠올라 있었다. 순비잔의 얼굴이 가까이 오자 그녀는 나지막하게 속삭였다.

"당신에게는 군왕이 있고…… 고국도 있소. 우리 야릉자도…… 본래는 당신과 같은…… 사람이었소."

태자를 잘 다독인 소평정이 다급히 달려나와 물었다.

"어떻게 되었어요?"

"죽었다……."

순비잔은 멍한 얼굴로 일어나 한숨을 쉬었다.

"이자들은 아집에 사로잡혀 온 세상을 적으로 여기고 있다. 너무 괘씸하고, 안타깝고, 가련하고, 생각할수록 소름이 끼치는구나."

방금 벌어진 위기일발의 상황을 떠올리자 두근거리는 심장이 도무지 가라앉지 않아, 소평정은 손으로 심장께를 눌렀다.

순비잔이 눈을 찡그리며 물었다.

"무슨 일이냐? 어디 불편한 거냐?"

소평정은 심호흡을 해보았지만 팔의 상처가 살짝 가려운 것 외에는 이상한 점이 느껴지지 않아 웃으며 고개를 저었다.

야릉자 결사대가 동궁을 암살하려 한 사건은 궁성과 조정에 적잖은 충격을 가져왔다. 순 황후는 즉각 내원에서 소란스럽게 조사를 벌였고, 순비잔마저 안전은 아무리 강조해도 지나치지 않다는 원칙에 따라 네 명의 부통령에게 남몰래 부하들을 살펴보게 했다.

야릉자는 본래 수가 많지 않았고 야릉성의 역병으로 많이 꺾인

데다 생존자 모두가 나라를 잃은 후 복양영의 지시를 받으려고 한 것은 아니었다. 따라서 복양영이 30년간 고심하여 길러낸 부하들 가운데 진짜 야릉자는 몇 되지 않았고, 사람들이 상상한 것처럼 곳곳에 잠입한 것도 아니어서 이리저리 조사해도 더 이상은 찾아낼 수 없었다.

태자에게 위험이 닥친 날 소평장 형제는 서둘러 동궁으로 달려가느라 다른 일을 돌볼 틈이 없었다. 그래서 운 아주머니는 제풍당에 하룻밤 갇혀 있다가 다음 날에야 형부에서 온 사람 손에 넘겨졌다.

암살은 중죄였기 때문에 명을 받고 온 형부의 총관은 실수라도 할까봐 곧바로 그녀의 목에 무거운 칼을 씌우고 두 발을 쇠사슬로 묶어, 임해의 거처에서 대청까지 가는 수십 걸음 만에 운 아주머니의 발목 피부가 벗겨지고 피멍울이 들었다.

임해는 겉으로는 쌀쌀해 보이지만 사실은 누구보다 마음이 약한 낭자였다. 운 아주머니와 오랫동안 함께한 그녀는 차마 그 모습을 볼 수가 없어 잠시 불러 세우고 하인을 시켜 발목에 천을 감아주게 했다.

운 아주머니는 감사하는 기색도 없이 여전히 냉정한 얼굴로 싸늘하게 말했다.

"현리사의 간은 쉽게 구할 수 있는 게 아니야. 너는 의술이 뛰어나니 그 해법을 알겠지만 그래도 그자를 구해낼 수 없을 거야."

무슨 말인지 알아듣지 못한 임해가 자세히 물으려 했지만 기다리다 못한 관병들이 운 아주머니를 힘껏 밀어붙이며 바깥으로 끌고 가 함거에 밀어 넣었다.

"제풍당에 그렇게 오래 있었는데도 여전히 원한을 풀지 못한 것을 보면 천성이 편협한 사람 같구나. 그런 사람은 남이 돕기에도 한계가 있으니 너무 마음에 두지 마라."

언제 나타났는지 여건지가 문가에 서서 멀어져가는 함거를 바라보며 탄식을 섞어 말했다.

임해는 얼른 몸을 돌리고 고개를 숙이며 '예' 하고 대답하다가 여건지가 든 책을 보고 호기심조로 물었다.

"사부님, 무얼 보고 계십니까?"

여건지는 허허 웃으며 《상고습유》의 겉표지를 보여주었다.

"그날 세자비께서 가져오신 것이다. 과연 랑야각 서고에서 베껴온 장서답더구나. 약으로 쓸 수 있는 진귀한 것들과 그 산지, 약성, 사용 방법이 아주 자세히 쓰여 있어서 배울 것이 많다. 내가 기억하기로는, 지난날 야릉의 궁학 장서각에도 이런 유의 책이 있었는데, 자세히 볼 시간이 없었고 나중에는 찾을 수도 없게 되었지."

사부가 이렇게까지 칭찬하자 얼른 받아서 펼쳐본 임해는 몇 장 넘기기도 전에 책에 푹 빠져, 사부에게 돌려주지 않고 자기 거처로 가져가 자세히 읽었다. 보면 볼수록 빠져든 그녀는 환자를 볼 때를 제외하면 책을 잠시도 손에서 놓지 않았고, 그러느라 운 아주머니가 남긴 알 수 없는 말은 자연스럽게 뇌리에서 잊혔다.

또 하루가 지나자 금릉성 성문이 정식으로 개방되었다. 거리 곳곳마다 사악함을 쫓는 폭죽 소리가 울렸고, 백성들은 새해를 맞았을 때처럼 밤새 잠들지 않고 시끌시끌 즐겼다. 제풍당마저 속된 관습대로 문 가로대에 빨간 천을 걸 정도였다.

여건지가 왔으니 제풍당의 일을 도맡을 필요도 없고 바깥의 시끌벅적한 놀이에도 관심이 없던 임해는 아침 일찍부터《상고습유》를 펼치고 한참 동안 읽다가 눈이 뻑뻑해질 때쯤 아쉬운 듯 눈을 감고 눈두덩을 문지르며 잠시 걸으면서 몸을 풀었다.

운 아주머니가 소평정을 찔렀던 단검은 몽천설이 주워와 방 안의 탁자에 놓아둔 채였다. 방 안을 걷다가 무심코 그쪽을 쳐다본 임해는 단검 손잡이에 새겨진 '야릉'이라는 글자를 발견했다. 그녀는 그간 일어난 끔찍한 일들이 떠올라 저도 모르게 한숨을 쉬며 검을 들고 반 치 길이의 검날을 뽑아 살펴보았다. 물처럼 맑고 반짝이는 검날에는 어두운 빛이 살짝 감돌고 있었다.

그 순간 운 아주머니가 잡혀갈 때 했던 말이 느닷없이 머릿속에 떠올랐고, 임해는 저도 모르게 심장이 바짝 죄어들었다. 야릉자 결사대인 운 아주머니는 아집에 사로잡히고 악랄할망정 결코 미치광이는 아니었으니, 아무 까닭도 없이 무의미한 말을 내뱉을 리 없었다.

현리사의 간…… 그자를 구할 수 없다…… 그자는 누구일까?

임해는 야릉 단검의 손잡이를 꽉 움켜쥐었다. 온몸의 피가 거꾸로 솟고 사지에서 힘이 쭉 빠져 몸이 휘청거렸지만, 그녀는 중심을 잡고 돌아서서 약방으로 달려나갔다.

방 한쪽에서 약재의 재고를 확인하던 여건지는 바람처럼 휑하니 달려가는 제자를 보고 깜짝 놀랐다.

"무슨 일이냐?"

그가 물었지만 임해는 대답할 겨를도 없이 약방의 북쪽 벽에 세워진 약상자를 열고, 안에 든 백여 개의 조그마한 도자기병을 뒤져

연녹색 마개를 한 병을 꺼내 야릉 단검과 함께 탁자에 올려놓았다. 그리고 밖으로 달려가 물 한 대야를 떠온 뒤 마개를 뽑고 병 안에 든 약가루를 뿌렸다. 무색의 가루는 물속에 들어가자마자 사르르 녹아들었지만 물빛은 여전히 맑았다. 임해는 정신을 가다듬고 단검을 뽑아 검날을 물에 담갔다. 이를 본 여건지도 무슨 일인지 알아차리고 심각한 표정이 되었다.

약 반 각이 지나자 대야의 물은 은은한 연녹색을 띠었다. 임해의 얼굴에 핏기가 싹 가시고 눈동자에는 눈물이 고였다. 그녀는 여건지를 돌아보며 몹시 놀라고 당황한 목소리로 말했다.

"사부님, 보세요…… 이건…… 이건 바로……."

여건지는 눈살을 잔뜩 찌푸리고 한동안 물속을 들여다보다가 나지막이 말했다.

"상골, 상골의 독이구나."

위무기는 좁고 어두컴컴한 현령동 입구로 들어가 중정에서 활활 타오르는 횃불 아래 한참을 서 있었다. 벼랑의 갈라진 틈으로 새어드는 하늘 빛이 고개를 든 그의 얼굴로 내려앉아 흰자위에 어지러이 퍼져나간 핏발을 뚜렷하게 비췄다.

금릉성이 열리자 가장 먼저 소식을 탐문하러 갔던 위무기가 이런 표정을 짓자 그를 기다리고 있던 한언은 가슴이 철렁했다. 하지만 그는 용기를 내어 다가가 말했다.

"위 첫째형님, 사부님께서 기다리세요."

위무기는 차갑게 그를 노려본 뒤 마음을 가다듬고 돌아서서 복양영이 머무는 석실로 성큼성큼 들어갔다.

"장존께 보고드립니다. 무량과 무병은 불행히도 적의 손에 붙잡혀 국주를 위해 목숨을 바쳤습니다."

허리를 숙여 예를 갖추는 위무기는 눈시울이 빨갛게 물들었지만 말투를 차분하게 하려 애썼다.

"동궁에서는 소식이 없는 것으로 보아 필시 성공하지 못했을 것입니다. 그리고 운 처자는……."

무표정한 얼굴로 듣고 있던 복양영이 고개를 홱 들고 초조한 기색을 드러냈다.

"상처를 냈다고는 들었습니다만 그간 장림왕부에는 아무런 움직임이 없었습니다."

복양영의 입가에 한 줄기 웃음이 번지는가 싶더니 입속에서 긴 한숨이 새어나왔다.

"상처를 냈으면 됐다. 상골의 독은 사흘 동안은 뚜렷한 증세가 나타나지 않으니 당연히 움직임이 없겠지. 운 처자가 나를 실망시키지 않을 줄 알고 있었다."

한언은 아첨할 기회를 놓치지 않았다.

"이 모든 게 사부님께서 사전에 적절히 안배하신 덕분이지요."

복양영은 그 말이 무척 듣기 좋았는지 웃으며 한언의 어깨를 두드려주고는 일어서서 석실 구석의 뱀 상자로 다가가 면사를 통해 안에 든 현리사 두 마리를 들여다보았다.

위무기가 물었다.

"장존의 상처를 치료하는 데 필요한 것은 모두 준비되었습니다. 오늘 시작하시겠습니까?"

"그래, 오늘 해야지."

복양영이 웃으며 느릿느릿 한언에게 다가갔다.

"상골현리법으로 상처를 치료하는 것은 결코 쉬운 일이 아니니 반드시 옆에서 도와줄 사람이 필요하다. 예전에도 물은 적이 있으나 오늘 다시 한 번 물으마. 정말 그리하겠느냐?"

한언은 황급히 대답했다.

"사부님을 위해 미력을 다할 수 있다면 만 번 죽어도 아깝지 않습니다."

"네가 가장 믿을 만한 아이라는 것은 내 일찍이 알고 있었다."

복양영은 만족스럽게 웃으며 오른손을 상자에 넣어 현리사 한 마리를 붙잡아 급소인 칠촌을 움켜쥐어 꺼냈다. 그리고 소매 속에서 비수를 뽑아 순식간에 뱀의 뱃속을 열고 참새 알만 한 간을 도려내 피가 묻은 채로 조그마한 접시에 담았다.

이 석실은 침실을 겸해 방 안에는 널찍하고 긴 평상이 있었고 그 위에는 장미목으로 만든 작은 탁자가 놓여 있었다. 복양영은 소매를 걷고 그 옆에 앉아 들고 있던 접시를 탁자에 내려놓고는 한언에게 맞은편에 앉으라는 손짓을 했다.

이유는 모르지만, 한언은 갑자기 방 안의 분위기가 어딘지 이상하다는 것을 느끼며 가슴이 답답해졌고, 명령에 따라 자리에 앉았을 때에는 머리가 핑 돌아 하마터면 쓰러질 뻔했다.

"언 형제, 조심해야지."

소리 없이 사라졌던 위무기가 다시 소리 없이 나타나 쟁반 하나를 장미목 탁자에 내려놓았다. 그 위에는 유리로 만든 병과 조그마한 잔 두 개가 놓여 있었다.

이것이 상골 독을 넣었던 병이라는 것을 알아본 한언은 심장이 빠르게 뛰기 시작했다.

“이 사부가 말하지 않았더냐. 현리로 치료를 하기 위해서는 반드시 상골이 몸속에 있어야 하고 그 독성이 발작한 다음에야 약효가 나타난다고 말이다.”

복양영은 상골의 물을 두 잔에 나누어 따른 뒤 그 중 하나를 들어 단숨에 들이켰다.

“잊지는 않았겠지?”

“이, 잊지 않았습니다. 사부님께서 나으실 수 있게 되어 정말 기쁩니다.”

한언은 억지웃음을 지어 보였다.

“제가 어떻게 하면 될까요?”

복양영은 뱀의 간이 담긴 접시를 들며 태연하게 말했다.

“상골의 독이 몸에 들어간 뒤 독이 발작하기 전에 현리사의 간을 삼키고 내력으로 몸속의 기혈을 한 바퀴 돌리면 독성이 사라진다. 하지만 이는 독을 없애주기만 할 뿐 상처를 치료할 수도 없고 공력을 증진시키지도 못하지.”

한언은 멍한 표정을 지었다.

“사, 상처를 치료하지 못한다면…… 사부님의 뼛골에 스민 병은…….”

복양영이 상골이 든 다른 잔을 제자 앞으로 밀었다. 한언은 저도 모르게 흠칫 뒤로 물러나며 놀라고 당황한 눈빛을 떠올렸다.

“사부님…….”

복양영은 부드럽게 미소를 지어 보였다.

“간단하다. 네가 이 상골을 마셨다가 독이 발작한 다음에 현리의 간을 복용하는 것이지. 네 몸속에서 약과 독이 서로 섞이고 온몸의 기혈이 최고조에 올랐을 때 내게 넘기면, 앞으로 이 사부는 다시는 뼛골의 상처를 걱정하지 않아도 된단다."

그를 잠시 바라보던 한언은 농담이 아니라는 끔찍한 사실을 깨닫고 순식간에 얼굴이 하얗게 질렸다.

"야, 약이 든 기혈을 사부님께 넘겨드리면 저는…… 저는 어떻게 되나요?"

"어떻게 되긴, 아프거나 괴롭지도 않고 정신도 말짱하단다. 단지 기혈이 좀 약해진 것뿐이니, 그 뒤로도 몇 달은 더 살 수 있을 것이다."

복양영이 부드럽게 달랬다.

"착한 녀석, 겁내지 마라. 이 사부가 사람을 시켜 네 남은 생을 잘 돌보아주고 가능한 한 오래 살며 크게 고통받지 않게 해주마."

한언의 등은 땀으로 축축이 젖었고 눈앞은 까맣게 흐려지는 것 같았다. 그는 애원했다.

"사부님…… 현리사의 간은 얻기가 힘든데 저는 자질이 부족해서 사부님을 치료하는 데 도움이 되지 않을지도 모릅니다. 그러니 부디…… 다, 다른 방법을……."

"역시 세심한 아이로구나. 허나 상관없다. 너는 내가 고르고 골라 지금껏 키워온 아이가 아니냐. 이 사부의 안목을 믿어라. 너보다 더 적절한 사람은 없을 게다."

복양영은 히죽 웃으며 탁자에 놓인 잔을 다시금 한언 쪽으로 밀었다.

"왜 그러지? 싫으냐? 네 입으로 이 사부를 위해서라면 만 번 죽어도 아깝지 않다고 하지 않았느냐?"

절망에 빠진 한언이 별안간 와락 소리를 지르며 탁자에 놓인 유리병과 잔을 바닥에 내팽개치고 발버둥을 치며 평상 뒤로 물러나 날카롭게 외쳤다.

"싫어요! 싫습니다! 싫다고요!"

복양영의 눈동자가 싸늘하게 식어갔다. 그는 엉망이 된 바닥을 잠시 바라보다가 다시 한언에게 시선을 돌리며 탄식했다.

"그래서 내가 묻지 않았더냐. 싫으면 싫다고 미리 말을 했어야지, 이제 와서 후회하기에는 너무 늦은 것 같구나."

목구멍이 죄어드는 것을 느낀 한언은 퍼뜩 상황을 깨닫고 다급하게 숨을 헐떡였다.

"버, 벌써…… 벌써……."

복양영은 두 눈썹을 살짝 치켜올렸다.

"그래, 너는 이미 사흘 전에 실수로 손을 다쳤고, 그때 이미 상골에 중독되었지."

한언은 멈칫하더니 와락 앞으로 달려들어 접시에 있던 현리사의 간을 입속으로 밀어 넣고 꿀꺽 삼켰다.

"참으로 영리한 아이로구나. 현리사를 먹으면 해독이 된다는 말을 기억하고 있다니. 하지만 안타깝게도 독이 발작하기 전에 먹어야 한다."

복양영은 입가에 미소를 띤 채, 평상에서 바깥으로 기어나가려다가 위무기에게 붙잡혀 끌려오는 한언을 바라보았다.

"현리사의 간을 구하기가 얼마나 어려운데, 내 어찌 이리 쉽게 낭비하도록 두겠느냐? 머리가 어지럽고 눈앞이 까매지고 사지에서 힘이 빠지는 것이 상골이 발작하는 증세인데, 벌써 느껴지지 않느냐?"

한언은 힘없이 위무기의 팔 안에서 몸부림치며 공포에 질린 눈물을 쏟았다.

"참, 한 가지 더 알려주는 것을 깜빡했구나. 네 몸속에 있는 약혈(药血)은 네가 자진해서 넘길 수도 있지만, 내 손으로 가져갈 수도 있단다."

복양영이 그에게 다가서서 살짝 그 턱을 잡아당겼다.

"어떤 방법을 쓰든 약효에는 차이가 없지."

—

20

—

장림부는 왕부이자 장군 가문이고, 규칙이든 관례든 변경의 군권을 쥔 신하는 경성 부근의 병력을 부릴 수 없었다. 신중하고 예민한 소평장은 항상 이 금기를 어기지 않도록 조심했다. 역병이 일어나 성을 봉쇄했을 때는 성 방어라는 중책을 맡았지만, 봉쇄가 풀리고 평상시로 돌아가자 그는 즉시 손을 떼고 금군과 순방영 등 각 병력의 배치에 관여하지 않았다. 그리고 이틀간 부중에서 푹 자면서 그간 부족했던 휴식을 보충했다.

소평장은 군량 보급로를 감찰하기 위해 경성을 떠날 때 아우에게 적지 않은 과제를 남겨줬는데, 돌아오자마자 바쁘게 보내는 바람에 확인할 틈이 없었다. 이제 여유가 생기고 기력을 회복하자 소평정을 부왕의 서재로 불러 상세히 물었다.

부왕과 형이 왕부를 비운 동안 착실히 장림군의 업무와 북쪽 국경의 정세에 대해 철저히 연구한 소평정은 득의양양하여 형의 질문에 대답했고, 묻지도 않았는데 녕주의 영채에 도착한 부왕이 병력을 어떻게 재편할 것인지 추측해 보이기까지 했다. 그 이야기를 하는 동안 그는 눈썹을 높이 치켜올렸고 얼굴에는 자신감이 넘쳤다.

"방금 말한 것 외에도 곡산(曲山)과 교용(蕎墉) 두 지방은 기동력이 부족해 호응하기가 쉽지 않으니 부왕께서는 그쪽을 우선적으로 손보실 것이다."

아우의 설명을 살짝 보충하는 소평장의 얼굴 가득 떠오른 웃음으로 보아 매우 칭찬하는 기색임이 분명했다.

"종합적으로 보면 과제는 아주 잘해냈구나."

소평정은 히죽 웃었다.

"게으름 피우지 않겠다고 했잖아요! 형수님께 물어보시면 아실……."

까치발을 들고 창가에 늘어진 가리개를 더 높이 올리려던 소평정은 갑자기 눈앞이 까매져 황급히 탁자를 부여잡고 겨우 균형을 잡았다. 어쩐지 이상한 생각이 든 그는 저도 모르게 힘차게 고개를 흔들어보았다.

"왜?"

소평장이 곧바로 탁자 맞은편으로 돌아와 아우의 얼굴을 붙잡고 이마를 짚었다.

"이제 와서 병에 걸린 것은 아니겠지? 열은 없는 것 같은데…… 북쪽 국경의 일은 나중에 이야기하기로 하고 어서 방으로 돌아가거라. 동청에게 의원을 부르라고 하마."

혜왕의 암살 사건 이후로 오랫동안 형과 마음 편히 이야기를 나눈 적이 없는 소평정은 이대로 물러가기가 아쉬워서 억지로 기운을 차리며 괜찮다고 말하려 하는데 또다시 눈앞이 까맣게 물들었다. 그는 만에 하나 정말 혼절하기라도 하면 사람들이 놀랄까 걱정

되어 벽을 짚고 일어나면서 싱긋 웃었다.

"그동안 너무 긴장했다가 갑자기 풀리니 몸이 익숙지 않나봐요. 한숨 푹 자면 나을 텐데 뭐 하러 의원까지 불러요."

그는 어려서부터 건강했기 때문에 소평장 역시 큰 병이라고는 생각지 않고 아우의 머리를 쓰다듬어 주었다.

"그래, 먼저 눈 좀 붙이고 있으면 저녁 때 다시 부르마. 오늘은 네 형수가 요리를 한다는구나."

소평정은 알겠다고 대답한 뒤 문 쪽으로 가다가 다시 멈춰 서서 남쪽 벽에 걸린 지도 앞에 홀로 선 형을 돌아보았다. 북쪽 국경으로 가서 부왕을 대신하려는 형의 마음을 읽은 그는 저도 모르게 마음이 무거워져 '형님' 하고 부르려 했으나, 갑자기 가슴이 턱 막히고 커다란 바위가 짓누르는 듯 숨을 쉬기가 어려워졌다. 무언가 붙잡으려는 듯 팔을 뻗었지만 결국 헛손질만 한 그는 의식이 뿌옇게 흐려지며 힘없이 뒤로 쓰러지고 말았다.

이상한 소리에 뒤를 돌아본 소평장은 화들짝 놀라 병풍을 밀치고 달려가 아우가 머리를 바닥에 찧지 않도록 붙잡으며 밖을 향해 소리 높여 외쳤다.

"동청! 동청!"

정원에서 달려들어온 동청은 이 광경을 보고 놀란 나머지 어떻게 해야 좋을지 모른 채 그 자리에 굳었다.

"어서 제풍당으로! 가서 노당주를 청해오너라!"

소평장은 그런 동청을 향해 고함을 쳤다. 소평정을 안아들고 서재에서 달려나간 그는 마중하러 나온 하인들에게도 아우를 넘겨주지 않고 직접 광택헌으로 데려갔다.

정신을 차린 동청은 허둥지둥 중문 밖으로 달려나갔다. 하지만 말을 끌고 오라고 외치기도 전에 여건지와 임해가 문병을 돌아 달려오는 것을 보고 또다시 그 자리에 굳었다.

"둘째 공자는요?"

임해가 그에게 달려와 다급하게 물었다.

"어디 계시지요?"

"세, 세자께서 방금 방으로 데려가셨습니다. 어떻게 아시고……."

광택헌으로 가는 길을 잘 아는 임해는 그의 말을 끝까지 듣지도 않고 곧바로 안으로 달려갔다. 몽천설도 소식을 듣고 달려오다가 뜰 문밖에서 임해와 마주쳤는데, 그녀의 표정에 너무 놀라 아무 말도 하지 못했다.

쓰러져 침상에 누운 소평정은 이미 완전히 의식을 잃었고 얼굴마저 푸르스름해진 채 짧고 급하게 호흡하고 있었다. 소평장은 침상 옆에 앉아 젖은 수건으로 이마를 닦아주다가 여건지와 임해가 들어오는 것을 보고 재빨리 일어나 자리를 양보했다.

임해가 먼저 머리맡으로 달려들어 이불 속에서 소평정의 팔을 꺼내 허겁지겁 소매를 걷었다. 뒤따라온 여건지가 서둘러 맥을 짚으려는 그녀의 어깨를 붙잡고 살짝 눌렀다. 젊은 의녀는 움찔하며 동작을 멈췄고, 그제야 자신의 손가락이 덜덜 떨리고 호흡도 불안정한 것을 깨달았다. 의원의 마음이 흐트러진 것이었다.

여건지는 들고 온 약상자를 침상 발치에 내려놓고 그녀 옆에 앉은 뒤, 정신을 가다듬어 환자의 맥을 짚고 눈동자와 혀 밑을 살핀 다음 마지막으로 웃옷을 벗기고 팔을 싸맨 천을 풀었다. 얕고 작은 상처는 이미 아물고 검붉은빛이 감돌아 겉보기에는 아무 이상이 없었다.

눈을 감고 말없이 숨을 고르던 임해가 다시 고개를 들고 나지막이 사부를 불렀다. 아직 입술이 창백했지만 이제는 평소의 침착한 모습으로 돌아가 있었다. 여건지는 옆으로 몸을 살짝 돌려 그녀가 진맥할 수 있게 해주고, 자신은 약상자를 열어 은침 한 벌을 꺼내 침상 옆의 탁자에 늘어놓았다. 두 사람은 각각 침을 들고, 곰곰이 생각하다가 침을 놓다가 소리 죽여 의논을 하는 등 치료를 시작했다. 장장 반 시진이 지난 후 마침내 마지막 침을 놓은 두 사람의 이마에는 땀방울이 송골송골 맺혔고 몹시 지쳐 보였다.

그제야 소평장이 한 걸음 다가와 불안한 목소리로 물었다.

"노당주, 임 낭자, 아우가 대체 무슨 병입니까?"

여건지가 일어나 그를 보며 야릉 단검에서 상골의 독을 발견했다고 대강 설명한 뒤 눈을 찌푸린 채 덧붙였다.

"상골은 만들어내기가 지극히 어려운 독인데, 그 한기가 심맥을 틀어막으면 치명적입니다. 방금 저와 해아(奚兒, 임해를 친근하게 부르는 말-옮긴이)가 놓은 침은 우선적으로 독이 퍼지는 것을 막기 위한 것이지요."

"막았다니 다행입니다."

소평장은 차분함을 유지하려 애쓰며 희망에 찬 눈동자로 그를 바라보았다.

"해독에 필요한 약재가 있다면 당장 가서 마련해 오겠습니다. 세상에 존재하기만 한다면 우리 장림부가 반드시 찾아낼 것입니다."

지금 그가 어떤 심정인지 여건지도 충분히 짐작할 수 있었지만, 언젠가는 해야 할 말이기에 할 수밖에 없었다.

"참으로 송구합니다. 둘째 공자가 중독된 지 사흘이 지났고 발작 증세가 나타났으니 이제는 해독할 수가 없습니다."

'해독할 수 없다'는 한마디에 소평장은 마치 차디찬 얼음덩어리가 몸속에서 폭발하여 꽁꽁 얼어붙는 느낌이었다. 팔다리가 마비된 듯 축 늘어지고 귓속이 웽웽 울려 몽천설의 비명조차 제대로 들리지 않았다.

"해독할 수 없다니요? 노당주의 정묘한 의술은 이 천하에서 그 누구도 따르지 못해요. 평정이 무슨 독에 중독되었는지 아신다면 반드시 방법이 있을 텐데, 어째서 해독할 수 없다는 말을 하세요?"

몽천설이 여건지의 옷자락을 붙잡고 눈시울을 붉히며 애원했다.

"아무리 구하기 어려운 약재라도 상관없어요. 말만 해주시면 우리가 어떻게든 찾아올 테니 제발 이렇게 모르는 척하지 마세요."

"세자와 세자비의 마음은 이 늙은이도 잘 압니다. 환자에게 숨이 붙어 있는 한 결코 쉽게 포기하지 않는 것이 의원 된 자들의 마음이지요. 제풍당에는 독의 진행을 늦추는 약들이 있으니, 저와 해아는 바로 돌아가 약을 만들겠습니다."

여건지는 고개를 돌리고 어두운 눈빛으로 말했다.

"다만…… 할 수 있는 일을 다 하더라도 상골이 한번 발작하면 치료법이 없는 게 사실이니 세자께서도 마음의 준비를 하십시오."

소평장은 입가를 단단히 당기며 꼼짝도 없이 서 있었다. 머릿속이 전에 없이 혼란스럽고 흐리멍덩했다. 그는 의지할 만한 것을 찾는 듯 본능적으로 주위를 둘러보았다.

"임 낭자, 낭자가 말해보시오. 다른 사람도 아니고 평정이잖소."

임해의 눈에서 오랫동안 그렁그렁하던 눈물방울이 마침내 툭 떨어졌다. 임해는 소평장의 시선을 피하며 고개를 푹 숙인 채 약상자를 챙긴 뒤 한 마디도 없이 밖으로 뛰쳐나갔다. 여건지는 안타까운 눈길로 그녀의 뒷모습을 바라보며 황급히 작별인사를 한 다음 뒤를 쫓아갔다.

광택헌 밖의 오래된 나무는 가지마다 황금빛 잎사귀가 가득했다. 임해는 그 나무 밑으로 달려가서야 비로소 걸음을 멈추고 나지막한 목소리로 물었다.

"사부님, 어째서 해독할 수 없다고 하셨나요? 현리사의 간을 찾아낼 수 있다면……."

여건지는 엄숙한 눈빛으로 한동안 그녀를 바라보다가 입을 열었다.

"그 뱀을 찾아내는 데 걸리는 시간은 차치하더라도, 차분히 생각해보면 너도 알 거다. 공력을 크게 증진시키거나 병을 치료할 수 있는 상골현리법이 세상에 전해지지 못한 까닭이 무엇이더냐?"

어려서부터 의술을 배운 임해는 치료에 관한 여러 가지 이치를 뼛속 깊이 체득해서, 사부가 깨우쳐주지 않아도 속으로는 이미 알고 있었다. 그렇지만 아무리해도 쏟아지는 눈물을 막을 수가 없었다.

"다른 사람의 기혈과 명맥을 빼앗는 일은 그 효과가 아무리 놀랍다 해도 사악한 술법이니 세상에 전할 수는 없다. 의원에게 있어 무릇 다른 사람을 해쳐야만 해결할 수 있는 치료법이란 곧 치료법이 없는 것과 같다."

핏기 하나 없는 제자의 얼굴을 대하는 여건지는 비록 엄숙하게 말하고 있었지만 차츰차츰 마음이 약해져갔다.

"사람이라면 누구나 사사로운 마음에 기울어지게 마련이니, 네가 슬퍼하는 것도 인지상정이라 책망하고 싶지는 않구나. 허나 넘지 말아야 할 경계가 있는 게야. 사람의 목숨을 약으로 삼는 방법은 절대 우리 같은 의원의 입에서 나와서는 안 될 말이다."

"사부님의 가르침, 잘 알겠습니다."

임해는 손가락으로 눈물을 훔치고 허리를 숙여 예를 갖췄다.

"하지만 사람으로서 할 수 있는 일을 다 한 뒤에 천명을 기다려야지요. 해결할 수 없는 상황이라 하더라도 의원이라면 마지막 순간까지 최선을 다해야 해요. 저는 도저히 이대로는 포기할 수가 없어요. 저와 함께 시험해보실 생각이 없으신지요?"

늙은 당주는 마음이 놓이면서도 슬픔이 솟구쳐 제자의 팔을 부드럽게 두드려주었다.

"의원이 인자한 마음을 갖는 것은 당연한 일인데 이 사부가 어찌 거절하겠느냐? 가자꾸나. 이곳은 상세한 이야기를 나눌 곳이 못 되니 제풍당으로 돌아가서 방법을 연구해보자."

두 사람의 목소리는 무척 낮았고, 오래된 나무 옆으로 흐르는 실개천에서 졸졸거리는 물소리마저 그 목소리를 지웠다. 뜰 문의 덩굴 그림자에 숨어 있던 몽천설은 그들에게 발각될까봐 차마 다가가지 못한 채 상세한 내용을 알아들을 수 없을 만큼만 드문드문 대화를 엿들었다. 그들 두 사람이 떠나려 하자 마음이 급해진 몽천설이 뒤쫓으려 했지만, 소평장이 그녀를 붙잡았다.

"왜 잡아요?"

몽천설은 초조해져 발을 굴렀다.

"노당주가 하시는 양을 보니 분명히 우리에게 숨기는 게 있어요. 어째서 말을 안 해주는지 모르겠어요!"

소평장은 차가운 연못처럼 깊어진 눈빛으로 천천히 말했다.

"노당주가 말해주지 않아도 상관없어. 누구에게서 대답을 들을 수 있는지 아니까……."

몽천설은 깜짝 놀랐다.

"누군데요?"

제형사 상문거는 고개를 숙이고 눈을 내리뜬 채 재빨리 천뢰 바깥에 설치한 심문실에서 물러나와 부하를 모두 불러 중정 반대편으로 멀찌감치 자리를 피하게 했다.

형부로 자리를 옮긴 뒤로 천뢰를 주관하게 된 상문거는 소평장을 여러 차례 만났지만 오늘처럼 무겁고 차가운 눈빛은 처음이었다. 마치 꽁꽁 언 얼음이나 눈 같아서 어쩌다 흘끔 보기만 해도 등골이 서늘해질 정도였다.

장림부 둘째 공자를 해친 여자 자객이 천뢰에 갇혔으니 세자가 심문하러 오는 것은 당연했기에, 상문거는 감히 한 마디도 하지 않고 죄인을 장림부의 친위대에 넘긴 뒤 알아서 멀리 물러났다.

사형수 감옥에 사흘간 갇혀 있던 운 아주머니는 머리가 헝클어지고 몹시 더러워졌고, 손목과 발목에 무거운 족쇄가 채워져 벽에 기대앉아야만 겨우 고개를 들 수 있었다.

그럼에도 불구하고 그녀의 얼굴은 여전히 음험했다. 그녀가 쉿소리로 웃음을 터뜨리며 조롱했다.

"장림세자같이 귀하신 분이 이런 음침한 곳까지 와서 나처럼 보잘것없는 여자를 만나주다니 뜻밖이군요."

소평장은 팔걸이의자의 등받이에 기댄 채 기다란 손가락으로 무릎을 톡톡 두드리면서 눈썹을 세우고 별처럼 차디찬 눈빛으로 운 아주머니의 온몸을 차례차례 훑어볼 뿐, 아무 말이 없었다.

춥고 딱딱하고 조용한 방 안에는 야릉자 결사대의 짤막한 숨소리만 울렸다. 한참이 지나도 소평장이 입을 열지 않자 참다못한 운 아주머니가 먼저 입을 열었다.

"둘째 공자를 찔렀으니 죽어 마땅한 몸인데다 이제는 잡힌 물고기 신세라 언제 죽어도 이상하지 않은 사람이지요. 제 입에서 쓸모 있는 이야기를 끄집어낼 생각으로 찾아오셨을 텐데 이렇게까지 뜸을 들일 필요가 있을까요?"

소평장은 무표정한 얼굴로 차갑게 내뱉었다.

"끄집어낸다? 내가 어떻게 이야기를 끄집어낼 것 같으냐?"

"이곳은 대량 경성의 천뢰이니 세상에 존재하는 형구란 형구는 빠짐없이 갖추고 있겠지요."

운 아주머니는 칼을 씌운 목을 애써 돌려 잿빛을 띤 어두컴컴하고 깊은 심문실을 바라보았다.

"제아무리 대단한 경골한도 이곳에서 한번 구르면 바짝 구워 삶겨 뭐든지 묻는 말에 대답하게 된다더군요. 세자께서도 제게 그 장난감들을 하나씩 하나씩 시험해볼 생각이신가요?"

소평장은 눈썹을 살짝 치키며 가타부타 말이 없었다.

"아니면, 그래도 제풍당에서 10여 년간 평범한 나날을 보냈으니, 남들과 마찬가지로 제게도 목숨같이 소중한 사람들이 있다고 생각할지도 모르겠군요. 임 낭자에게 물어 누군지 알아낸 다음 그 사람들을 잡아와 제 앞에서 고문하면 입을 열지도 모르겠다 싶으시겠지요. 그렇지 않은가요?"

헝클어진 머리카락이 뺨으로 흘러내리자 운 아주머니는 입으로 머리카락을 씹으며 눈동자를 또르르 굴렸다.

"물론 세 번째 방법도 있어요. 어마어마한 부와 명예로 유혹하는 것 말이지요. 제가 백기를 들고 투항하여 둘째 공자가 처한 위험을 해결해준다면, 죽을죄를 면해줄 뿐 아니라 좋은 밭과 아름다운 집, 금은보화를 내려 평생 편히 살게 해줄 수도 있다고 말하고 싶으시겠지요. 생각만 해도 정말 유혹적이군요, 그렇지 않은가요?"

참을성 있게 듣고 있던 소평장은 그녀가 말을 끝내자 그제야 빙그레 웃으며 고개를 끄덕였다.

"고문, 협박, 유혹이라…… 나를 대신해 여러 가지 심문 방법을 생각해주어 고맙군. 하나같이 괜찮은 방법이지만 안타깝게도 내가 쓸 수 있는 것은 없다."

그는 살짝 허리를 펴고 앉으며 싸늘한 눈길로 운 아주머니의 눈을 들여다보았다.

"어차피 내게 알려줄 생각이었다면 공연히 쓸데없는 말들로 서로의 힘을 낭비할 필요가 있을까?"

정말 두렵지 않은 것인지 허장성세를 부리는 것인지는 모르지만 심문실로 끌려온 순간부터 태연한 태도로 일관하던 운 아주머니도 이 순간에는 깜짝 놀라 불안한 표정이 되었다.

"어차피 알려줄 생각이었다고요? 무슨 근거로 그런 말을 하는 거죠?"

"복양영에게 충성을 바친 야릉자는 설사 단동주 같은 랑야방 고수가 아니더라도 탈출할 길이 없으면 붙잡히자마자 자결했다. 그런데 너는, 분명히 죽을죄를 지었고 자결할 기회가 많았는데도 끝끝내 살아 있지. 무엇 때문일까? 설마 살아 있어야만 여러 가지 고문을 받아볼 수 있기 때문은 아니겠지?"

소평장은 차갑게 콧방귀를 뀌며 칼날처럼 매서운 눈빛을 쏟아냈다.

"이곳에는 아무도 없으니 복양영이 내게 전하라는 말이 있다면 해보아라."

운 아주머니는 한참 동안 그를 노려보다가 별안간 고개를 젖히고 큰 소리로 웃음을 터뜨렸다.

"장림세자의 지모와 기개는 과연 우리 같은 범인들이 따를 수가 없군요."

너무 날카롭게 웃은 탓인지 소평정이 입힌 내상이 발작하여 그녀는 반쯤 몸을 숙이고 한동안 기침을 콜록거리다가 피를 한 움큼 토했다.

"그래요. 내가 죽지 않고 견딘 것은 세자가 찾아와 이 세상에 정말 상골을 해독할 영약이 없는지 물어보기를 기다리기 위해서였지요."

소평장은 소매 안에서 손톱이 손바닥을 파고들 만큼 주먹을 부르쥐었지만 표정에는 전혀 드러나지 않았다.

"있느냐, 없느냐?"

"상골을 해독하는 유일한 방법은 현리사의 간이에요. 현리는 야진의 깊은 못 속에 사는 영험한 뱀인데, 몹시 희귀하기 때문에 우연히 찾아낼 수는 있어도 원한다고 얻을 수 있는 게 아니죠. 장림왕부의 재력과 권세가 아무리 대단해도 이제 와서 찾으러 간들 둘째 공자를 구하기에는 늦을 거예요."

운 아주머니는 억지로 허리를 펴며 입가에 냉소를 지어올렸다.

"세자께서는 총명하시니 대강 짐작했겠지만, 이 대량에 있는 유일한 현리사는 바로 장존의 손에 있습니다. 장존께서도 세자와 둘째 공자의 형제애가 무척 깊다는 것을 잘 아시기에 성 밖의 현령동에서 만나 거래에 관해 이야기를 나누고자 하신답니다."

복양영이 어떤 거래를 원하는지는 이미 할 일을 마치고 버림받은 결사대가 알 리 만무했다. 그래서 소평장은 재차 묻는 대신 묵묵히 생각에 잠겼다가 다시 입을 열었다.

"할 말은 거의 다 했고 마지막 한마디만 남았군. 아우가 얼마나 버틸 수 있는지 확신할 수 없는 지금, 성 밖의 광활한 야산에서 무슨 수로 현령동을 찾아내지? 복양영이 그 해약으로 거래를 할 심산이라면 현령동의 방향이라도 알려주어야 하지 않느냐?"

운 아주머니는 쉰 목소리로 쿡쿡 웃었다.

"그 문제라면 저는 별 도움이 되지 않지요. 젊은 래양후께서 한동안 슬그머니 건천원을 감시했으니 대략적인 위치나 방향은 알고 있을 거예요. 설마하니 장존께서 문 앞까지 안내해주기를 바라시는 것은 아니겠죠?"

여기까지 이야기가 되자 더 말할 필요가 없었다. 의자에서 일어나 심문실을 나간 소평장은 빠른 걸음으로 천뢰의 대문을 지났다. 바깥뜰에서 허리를 숙이고 배웅하는 상문거에게는 눈길조차 주지 않은 채 곧바로 섬돌을 내려간 뒤 말 앞에서 걸음을 멈추고는 말고삐를 잡으며 마음을 가라앉히려 애썼다.

30년간의 아집과 원한으로 성안의 무고한 백성들을 개미처럼 짓밟아 죽이려 한 복양영 같은 미치광이가 거래로 요구할 대가가 얼마나 놀라운 것일지는 생각해보지 않아도 알 수 있었다.

하지만 적어도 아직 아우를 구할 방도는 있으니 철저하게 절망적인 것은 아니었다. 지금 소평정에게 필요한 것은 형인 자신의 냉정함이었다. 살얼음판처럼 위험한 길이라 해도 절대 복양영과의 대결에서 질 수 없었다.

때는 이미 황혼이 지나 있었고 가을바람은 쌀쌀했다. 동청이 바람막이로 소평장의 어깨를 덮어주며 나지막이 물었다.

"세자, 왕부로 돌아가시겠습니까?"

소평장은 바람막이의 깃을 여미며 눈을 내리깔고 잠시 고민하더니, 동청에게 친위대 두 명을 데리고 순비잔과 소원계의 저택에 다녀오라고 분부한 뒤 말에 올라 곧바로 제풍당으로 달려갔다.

여건지와 임해는 장림부에서 돌아온 뒤로 내내 약방에서 바삐 움직이며 한시도 쉬지 않았다. 두 사람은 제풍당에 있는 관련 서적을 모두 뒤지고, 상골을 만드는 데 쓰인 재료들의 독성과 서로 섞였을 때 생기는 효과를 살피고, 독 발작을 지연시키는 약을 배합하여 시험하면서 해독법을 찾아내리라는 데 일말의 희망을 품었다.

눈 깜짝할 사이 반나절이 지나갔고, 하인이 들어와 등불을 켜고 저녁 식사를 가져다주었다. 임해는 식욕이 없어 등불이 만들어내는 불꽃을 멍하니 바라보다가 갑자기 북받쳐오르는 슬픔을 이기지 못하고 탁자에 엎드려 울음을 터뜨렸다.

어려서부터 그녀를 지켜봐왔지만 이렇게 우는 모습은 거의 본 적이 없는 늙은 당주는 몹시 안타까워했지만, 이런 상황에서는 위로할 방법조차 없었다.

잠시 울고 난 임해는 몸을 일으키고 얼굴을 적신 눈물을 닦더니, 아무 말 없이 다시 약에 관한 책을 가져와 등불 밑에서 연구를 계속했다.

여건지가 한숨을 푹 쉬고 뭐라도 좀 먹으라고 말하려는데, 갑자기 약방의 문이 벌컥 열렸다. 돌아보니 소평장이 혼자 안으로 들어서고 있었다.

방 안의 모습을 훑어본 소평장도 두 사람이 노력하고 있다는 것을 깨닫고 우선 손을 모아 예를 갖춘 다음 진중한 목소리로 입을 열었다.

"방금 천뢰에서 자객을 심문했는데 현리사의 간으로 해독할 수 있다는 말을 들었습니다. 하지만 소생은 무능하여 언제 그 약재를 얻을 수 있을지 모르겠습니다. 노당주께서는 인자한 의원이시니 본래라면 소생이 부탁드릴 필요도 없었을 것입니다. 다만 오늘은 어찌된 일인지 망설이며 사실을 알려주지 않으려 하시기에 아무리 생각해도 불안하기만 합니다. 그래서 이 밤에 찾아와 부탁드리는 바이니, 부디 부왕과의 오랜 인연을 생각해서라도 제가 해약을 가져올 때까지…… 평정의 목숨을 붙여주십시오. 설사 하늘이 무심하시어 평정이 이 위기를 이겨내지 못하더라도, 우리 장림부는 성심성의껏 베풀어주신 은덕을 결코 잊지 않을 것입니다."

말을 할수록 그의 목소리에는 뚜렷하게 떨림이 묻어났다. 그는 여건지의 대답을 기다리지 않고 눈시울을 붉힌 채 인사를 한 뒤 곧바로 돌아서서 떠났다.

늙은 당주의 희끗한 눈썹이 힘없이 축 처졌다. 쫓아가서 해명하고 싶은 마음이 굴뚝같았지만 무슨 말로 설명해야 좋을지 몰라 그저 고개를 저으며 한숨짓고, 지끈지끈한 이마를 누르는 것이 고작이었다.

임해가 천천히 몸을 일으켰는데, 등불에 비친 그녀의 눈빛에서 흔들림이 고스란히 드러났다.

"사부님, 세자께서 정말 현리사의 간을 찾아내신다면 혹시 둘째 공자가……."

"아마 세자께서는 해독 방법을 모르실 게다. 하지만 장림왕부의 권세라면 천뢰에 있는 수많은 사형수 중 한 사람의 목숨을 얻어내기란 어려운 일이 아니겠지. 그러나……."

그의 말투는 점점 긴장되고 눈동자에는 고통의 빛이 떠올랐다.

"그러나 우리 같은 의원의 눈에 생명은 곧 생명이다. 타인의 피를 사용한 치료법은 이 사부가 품은 의술의 도리에는 어긋나는 일이니, 그 어떤 상황에서도 전수할 수가 없구나."

임해는 반박하지 않고 창백한 얼굴로 눈만 내리떴다. 여건지는 또다시 마음이 약해져 부드럽게 위로했다.

"마지막 순간까지 포기하지 않겠다고 결심했으니, 지금은 슬퍼할 때가 아니다. 반나절 동안 아무 진전이 없는 것 같아도, 정말 현리사의 간을 얻을 수 있다면 새로운 방법을 시도해볼 수도 있단다. 하늘은 애타는 마음을 저버리지 않는다는 말이 있지 않느냐? 우리 두 사람이 협력하면 다른 이를 해치지 않고도 해독하는 방법을 찾아낼 수도 있다."

임해는 비록 마음이 어지러웠지만, 어려서부터 의술을 배운 덕에 사부가 두 번 세 번 일깨워주지 않아도 그 도리를 깨닫고 억지로 기운을 차렸다. 경맥과 혈자리를 그린 나무인형 앞으로 간 그녀는 다시금 약리(藥理)를 떠올리며 경맥을 따라 손가락을 미끄러뜨리다가 가끔 머뭇거리거나 피하기도 하면서 어지러워진 마음을 억누르려 애썼다.

묵묵히 그 모습을 응시하던 여건지는 그녀가 이리저리 생각에 잠겼다가 저도 모르게 우울한 눈빛을 짓곤 하는 것을 보자 결국 참지 못하고 탄식을 내뱉었다.

"해아야, 이 사부에게는 사부만의 원칙이 있다마는, 세상에는 옳고 그름과는 무관하게 사람의 판단에 따르는 일이 많이 있다. 만약 네 양심에 어긋나지 않고 후회하지 않겠다고 여긴다면, 네가 무엇을 하든 이 사부도 막지 않으마."

"오해 마세요, 사부님. 제 마음이 어지러운 것은 사실이지만, 반드시 그 문제 때문만은 아닙니다."

임해가 나무인형 앞에서 몸을 돌렸다.

"의원에게 의술을 베푸는 원칙이 있어야 한다는 것을 사부님이 아시듯 저 또한 알고 있어요. 하지만 복양영은 너무나 악독한 사람이고, 그자의 속내나 생각은 우리 같은 사람과는 전혀 달라요. 방금 말씀하셨듯이 장림왕부는 권세가이고 충성을 바친 부하도 헤아릴 수 없이 많으니 단순히 서로의 목숨을 바꾸는 일은 크게 어렵지 않겠지요. 그러니 그자가 심혈을 기울여 이런 음모를 꾸몄다면 가장 큰 난관은…… 이 부분이 아닐 거예요."

여건지는 눈을 찌푸렸다.

"네 말은 그자가 목숨을 바꿀 대상을 정해두고 있다는 말이냐? 단순히 피를 이용한 치료법을 피하는 것만 생각해서는 해결할 수 없는 문제라고?"

임해는 직접적으로 대답하지 않았다. 사부와 제자는 말없이 서로를 보며 심장이 서늘해지는 느낌을 받았다.

복양영은 귀하디귀한 야릉자를 희생하면서 이런 음모를 꾸몄다. 정말로 명확하게 누군가를 노리고 꾸민 일이라면 그 목표가 될 만한 사람이 누구인지는 깊이 생각할 필요도 없었다.

황실 우림영

—

21

—

장림부의 동쪽 원락 대청에는 여러 개의 등롱이 부드러운 빛을 뿌리고 있었다. 순비잔은 팔랑거리는 촛불 아래를 왔다갔다했고, 길게 늘어진 그의 그림자도 따라서 어지럽게 흔들렸다. 똑같이 대청에서 기다리는 소원계는 단정하게 앉아 꼼짝도 하지 않았다. 겉으로는 차분해 보이지만 눈빛이 무겁고 몸도 팽팽하게 긴장된 상태였다.

오는 길에 동청이 두 사람에게 대강의 일을 설명해줬는데, 이 젊은 래양후 역시 순비잔과 마찬가지로 몹시 놀랐지만, 동시에 의심이 무럭무럭 솟구쳤다. 소평장이 어째서 자신과 금군통령을 함께 부른 것인지 도무지 알 수 없었고, 그 때문에 이런저런 추측을 하다보니 마음이 불안했다.

정원 밖에서 등롱 두 개가 차츰차츰 가까이 다가오자, 순비잔은 즉시 입구로 나갔고 소원계도 벌떡 일어섰다. 아직 외출복 차림인 것으로 보아 소평장도 방금 들어온 것이 분명했다. 섬돌을 올라선 그는 길게 인사할 겨를도 없이 두 사람을 차 탁자 앞에 앉히고, 먼저 소원계에게 물었다.

"전에 네가 복양영의 부하와 제자가 경성 안팎을 왕래하며 소식을 전할 때 몇 차례 따라갔다고 했지. 성 밖에 있는 그들의 근거지가 어디인지 확실히 알고 있느냐?"

"한언을 뒤쫓을 때마다 성 동쪽 고산 부근에서 종적이 끊기곤 해서 정확한 근거지를 보지는 못했습니다."

총명한 소원계는 대답하는 도중에 소평장의 말뜻을 알아차리고 황급히 변명했다.

"평장 형님, 믿어주십시오. 복양영이 어디 숨어 있는지 알았다면 분명히 미리 말씀드렸을 겁니다."

소평장은 살짝 손을 들며 그를 안심시켰다.

"걱정할 것 없다. 복양영이 이런 음모를 꾸민 이상 쉽게 관문을 통과하게끔 놔두지는 않겠지. 자객이 네가 알고 있다고 한 것은 대략적인 방향과 범위였다. 그곳에서 정확한 지점을 찾아내는 것이 그자가 만들어놓은 첫 번째 관문일 것이다."

순비잔은 눈을 찡그리며 걱정스럽게 말했다.

"그 미치광이는 음험하고 간악한 자일세. 해약이 제 손에 있다는 것을 알려주었다면 반드시 다른 음모가 있을 터이니 방비해야 하네."

복양영의 음모가 단순하지 않다는 것은 임해도 알고 순비잔도 알 정도니, 당연히 소평장도 모를 리 없었다. 하지만 아무리 어려운 일이라도, 어떤 대가를 치르더라도, 지금 그에게는 선택의 여지가 없었다.

"앞으로 며칠간 비잔 자네가 당직인 것은 아네."

소평장이 빙그레 웃으며 말했다.

"하지만 어가가 계시지 않으니 금군의 업무를 조정할 수 있겠다 싶어 이렇게 당돌한 부탁을 하는 걸세. 당직일을 바꿔 며칠 휴가를 내고 내일 아침 일찍 성문이 열릴 때 동문 밖에서 기다려주게."

"걱정 말게. 평정의 일이 급하니 내가 필요하다면 무조건 따르겠네."

소평장은 몸을 살짝 숙여 감사를 표한 뒤 소원계를 돌아보았다.

"내일 아침 성문이 열릴 때 동문이군요. 잘 알겠습니다."

소원계는 그의 말을 기다리지도 않고 말했다.

소평장은 그의 어깨를 두드리면서 그 힘을 빌려 자리에서 일어났다. 순비잔과 소원계도 오래 머물 때가 아니라는 것을 알고 따라 일어나 작별인사를 했다.

금빛 갈고리같이 가느다란 그믐달이 처마 끝에 비스듬히 걸리고, 환하게 빛을 냈다가 어두워지곤 하는 점점이 별들이 가득한 밤하늘은 유난히도 그윽해 보였다. 소평장은 아우가 태어나던 날 밤을 어렴풋이 떠올렸다. 그날도 이렇게 그믐달이 뜬 별밤이었다.

그는 부왕과 함께 바깥 마루에서 기다리면서 중정의 나뭇잎들이 사락사락 스치는 소리에 귀를 기울였다. 자꾸만 졸음이 밀려왔지만 자러 가지 않겠다고 버텼고, 달래다 못한 부왕이 그를 품에 안고 재웠다. 깊이 잠이 들었다가 울음소리에 놀라 깨어나보니 그는 어느새 어머니의 방에 옮겨져 있었다. 침상 앞에 요람이 놓이고 벽 한쪽에는 옅은 향이 피어오르고 있었다. 어머니는 그의 이마를 쓰다듬으며 부드럽게 웃었다.

"시끄러워서 깼구나? 이 아이가 네 동생이란다. 보렴, 참 튼튼하지?"

광택헌 정원에는 오래된 나무들이 하늘 높이 솟아 있었고, 나뭇잎이 떨어지며 가을을 알렸다. 소평장은 천천히 섬돌을 올라 소평정의 침상으로 다가갔다. 내내 곁을 지키던 몽천설이 발소리를 듣고 빨개진 눈으로 고개를 들며 그의 품으로 뛰어들었다.

"알고 있어? 평정은 태어날 때부터 무척 튼튼했고 어려서부터 지금껏 중병을 앓은 적도 없어."

소평장은 침상 머리맡으로 몸을 숙여 아우의 얼굴을 똑바로 보았다.

"열세 살 되던 해 몰래 북쪽 국경으로 찾아왔을 때 부왕께서는 아우를 좌로군에 보내 명을 받들게 하셨어. 당시 좌로군은 기습을 당해 두 달간 장기(瘴氣)가 있는 산골짜기에 갇혔고, 거의 모두가 다치거나 병에 걸렸는데도 평정은 멀쩡했어. 어른들은 과연 장군 가문의 호랑이 같은 자식답다고 입을 모았지."

몽천설은 눈물을 머금고 그의 손을 꽉 잡았다.

"그러니 이번에도 아무 일 없을 거예요."

소평장은 눈을 내리깔고 잠시 침묵하다가 말했다.

"소설, 할 말이 있어."

문밖의 처마 아래에는 주위를 밝히기 위해 걸어놓은 얇은 천을 두른 등롱이 희미한 빛을 내고 있었다. 소평장은 몽천설의 손을 잡고 걸어나가 등불 아래에 가만히 서더니, 그녀를 향해 돌아서며 잡은 손에 더욱 힘을 주었다.

몽천설의 눈동자는 여느 때처럼 물같이 맑고 영롱했다. 그녀는 언제나 그렇듯 사랑을 담뿍 담은 눈길로, 지레짐작하지도 않고 추측하지도 않은 채 그의 말을 기다렸다. 이 무한한 신뢰를 느끼면 느낄수록 소평장은 마음속에 담긴 말을 꺼내기가 어렵기만 했다.

"복양영은 주도면밀하고 음험한 자야. 그가 손에 쥔 바둑돌을 모조리 던져 평정의 목숨을 담보로 삼았다면, 그 뒤에 숨겨진 목표는 필시 더 큰 이익이거나……."

소평장은 잠시 망설이다가 말을 맺었다.

"아니면 더 중요한 사람일 거야."

몽천설은 곧바로 동요했다.

"당신이에요? 그자가 노리는 사람이 당신이에요? 아뇨, 그자가 당신의 손가락 하나라도 건드리게 놔두지 않을 거예요! 이제부터는 어디를 가든 날 데려가야 해요!"

소평장은 한 손으로 사랑하는 아내의 얼굴을 감싸 쥐며 나지막이 말했다.

"복양영이 경성의 교외로 나를 불러냈어. 무력을 겨루고자 하는 것은 아닐 테니 당신이 따라와도 소용없지. 지금은 사실상 그자가 우위를 점하고 있으니 설사 내가 전력을 다해 방비한다 해도 또 다른 어려움에 처하지 않는다는 보장이 없어, 알아듣겠지?"

"알겠어요."

몽천설은 막연하면서도 다소 두려운 얼굴이었다.

"복양영 같은 미치광이를 상대하려면 반드시 조심 또 조심해야겠죠."

"소설, 내가 말하고 싶은 것은…… 그때 내가…… 선택을 해야 한다면……."

사랑스런 눈길로 그녀의 눈동자를 들여다보던 소평장은 북받치는 괴로움에 차마 말을 잇지 못하고 그녀를 끌어당겨 꼭 안았다.

거의 잠을 이루지 못한 하룻밤이 지나고, 희미한 서광이 용마루를 넘어 창호지를 물들였다. 몽천설은 검 자루에 달린 술을 정돈하고 직접 부군의 허리에 채워주었다.

"제풍당에서 아침 일찍 사람을 보내 알려왔어요. 노당주와 임해 동생이 독의 발작을 지연시키는 약을 만드는 중이고 정오쯤에는 보내줄 수 있다니, 한 며칠 동안은 너무 걱정하지 않아도 된대요."

몽천설은 눈물을 꾹 참으며 당부했다.

"내가 할 수 있는 한 평정을 잘 돌볼 테니, 당신도 꼭 몸조심하고 무사히 돌아와야 해요."

소평장은 직접적으로 대답하지 않고, 몸을 숙여 그녀의 입술에 가볍게 입맞춤을 한 뒤 빙그레 웃으며 돌아서서 밖으로 나갔다.

동청과 장림부 친위대들이 중문 바깥에서 무장을 갖추고 대기 중이었다. 소평장은 몸을 훌쩍 날려 말에 올랐다. 채찍이 가볍게 허공을 가르자 요란한 말발굽 소리가 동쪽으로 내달렸고, 곧 성문 앞에서 기다리고 있던 순비잔과 소원계와 합류했다.

성을 나간 뒤에는 소원계가 길 안내를 했다. 관도를 따라 약 반 시진가량 달리자 눈앞에 면면히 이어진 겹겹의 산이 나타났다. 일행은 고산 기슭을 달리다가 소원계를 따라 언덕으로 올라 지난번 한언과 위무병이 만난 산중턱에 이르렀다.

"복양영의 제자는 바깥과 연락을 취할 때 이곳에서 사람을 만났습니다."

소원계가 남쪽을 가리키며 말했다.

"그리고 저쪽으로 걸어갔지요. 왕복 시간으로 미루어볼 때, 자객이 말한 현령동은 이 주변 산 어딘가에 있는 것이 분명합니다. 아무리 멀어도 저쪽에 있는 장곡간(長谷澗)을 넘지는 않을 겁니다."

소평장은 주위를 둘러보면서 지세를 머릿속에 넣은 뒤 동청에게 지도를 가져오게 했다. 비교적 평평한 바닥에 지도를 펼치고 반시진 가까이 들여다보는 동안 그의 머릿속에는 차차 계획이 잡혀갔다.

"어떤가? 좋은 생각이라도 있나?"

그가 고개를 들자 순비잔이 다급히 물었다.

소평장은 언덕의 모래밭에 검 끝으로 골짜기 하나와 산 하나를 그렸다.

"원계의 추측이 일리가 있네. 주변 지세와 비교해본 결과 현령동의 위치는 대략 이 부근일 걸세."

순비잔이 쉽게 이해할 수 있도록 그는 지도에서 다시 한 번 위치를 짚어주었다.

순비잔은 곧 기운이 솟았다.

"비록 산이고 수풀이 많지만 경성 주변은 아무래도 지세가 험하지 않으니, 범위가 정해진 이상 현령동의 입구가 아무리 은밀하게 숨겨져 있다 해도 찾기가 어렵지는 않을 거야."

소원계가 참다못해 끼어들었다.

"하지만 입구만 찾는다고 끝나는 일이 아니잖습니까? 무슨 목적으로 이런 일을 꾸몄든 복양영은 절대로 제 목숨을 내놓고 위험한 일을 하지는 않을 겁니다. 그 현령동 안에는 분명 빠져나갈 길이 따로 있겠지요."

소평장이 가장 걱정하는 것도 그 부분이었기에, 모래 위에 그려 놓은 간략한 지도를 바라보는 그도 어느새 눈을 잔뜩 찡그리고 있었다.

복양영이 유리한 상황에서, 한 발 한 발 끌려 들어가며 추측만으로 그 속셈을 헤아리기에는 변수가 너무 많았고, 그를 만난다고 해서 순조롭게 해약을 얻을 수 있는 것도 아니었다.

"평정의 목숨을 구하기 위해서는 그 미치광이를 온전하게 손아귀에 넣어야 한다."

소평장의 눈빛이 깊어졌다.

"평정 때문이 아니더라도, 금릉성에 역병을 퍼뜨리고 적하진을 거의 몰살시켜 수많은 목숨을 해친 흉악한 죄인을 잡을 기회이기도 하다. 무슨 일이 있어도 다시는 달아날 틈을 주지 말아야 한다."

"그건 간단하네."

잠시 생각하던 순비잔이 검 끝으로 소평장이 그린 골짜기와 산 주위에 둥근 원을 덧씌웠다.

"산기슭을 모조리 포위하는 거야! 복양영이 제아무리 주도면밀하게 빠져나갈 길을 만들어놓았다 해도 땅굴을 파고 다른 산으로 달아나지는 못할 게 아닌가?"

소평장은 가볍게 고개를 저었다.

"복양영은 항상 꼼꼼하고 신중한 인물이지. 원계의 말처럼 그는 거래를 하려는 것이지 목숨을 바치려는 것이 아니야. 내가 올 것을 아는 이상 바깥 상황에는 눈 딱 감고 무조건 현령동에서 기다리고만 있을 리 없네."

그는 한숨을 쉬며 순비잔이 그린 원을 검 끝으로 툭 찍었다.

"내 생각에는 원계가 알려준 범위 안에서는 반드시 방비를 해두었을 거야. 척후를 깔아두었거나 경계 초소를 설치해두었거나. 생각해보게. 산이 이렇게 높고 수풀이 빽빽한데다 시간마저 급박하니, 소리 소문 없이 그자의 이목을 제거할 길은 없네. 만에 하나 우리가 산을 포위하고 있다는 것을 알게 되면 그자가 어찌할 것 같나?"

"거래를 취소하고 채 포위하기도 전에 달아나겠지."

순비잔이 울적하게 대답했다.

"그자가 달아나면 평정이 살아날 마지막 기회도 완전히 사라지는 것일세. 그런 모험은 할 수 없네."

소원계는 두 사람을 번갈아 보다가 멍한 얼굴로 물었다.

"그러니까…… 산을 포위할 수는 없다는 것이군요?"

소평장은 고개를 숙이고 바닥에 그려진 그림을 뚫어지게 보면서 생각에 잠겼다가 한참 만에야 비로소 천천히 입을 열었다.

"아주 포위할 수 없는 것은 아니지."

순비잔이 깜짝 놀란 듯 두 눈썹을 추켜올렸다.

"방금 안 된다더니 이제는 된다고? 대체 어느 쪽인가?"

소평장은 패검을 들어 순비잔이 그린 원에서 바깥으로 멀찍이 떨어진 곳에 훨씬 큰 원을 그렸다.

"신속하고 효율적으로 소식을 전하려면 적당한 범위 안에 초소를 설치해야 하네. 복양영의 이목을 완전히 속이려면 포위 범위를 적어도 한 배 정도 뒤로 물려야 해."

순비잔은 지도를 들여다보며 한참 생각하다가 허리를 굽히고 손가락으로 거리를 재어보더니 더욱 의아한 표정을 지었다.

"확실히 복양영의 이목이 이렇게 멀리까지 닿지는 않겠지. 하지만 이렇게 넓은 범위를 물샐틈없이 포위하려면 장림부의 병력에 순방영과 성 밖으로 데려올 수 있는 금군을 모두 합해도 머릿수가 한참 부족해!"

소평장은 곧바로 대답하지 않고 눈을 내리뜬 채 묵묵히 생각에 잠겼다가 갑자기 소원계를 흘끗 보았다. 소원계는 흠칫 당황했지만 곧바로 그의 뜻을 알아차리고 눈치 빠르게 돌아서서 그들의 대화가 들리지 않는 곳으로 물러나 조용히 먼 곳을 바라보았다.

"경성 안의 머릿수로는 부족하지만 동현(東懸)에 취풍영(翠豊營)이 있네."

소평장은 그제야 차분한 목소리로 순비잔에게 말했다.

"3만 병력 가운데 반만 차출해도 틈을 메울 수 있을 걸세."

순비잔은 기겁했다.

"자네 미쳤나? 취풍영은 황실의 우림영일세. 어가가 계시지 않아 성지를 받을 수도 없는데 무슨 수로 차출한다는 것인가?"

"장림왕부에는 선제께서 하사하신 영패가 있네. 언제든 궁궐에 들어갈 수 있고 황명을 전할 수도 있는 영패이니 황실의 우림영도 그 명을 따라야 하지. 자네도 알겠지만 여태껏 한 번도 사용한 적이 없어."

그때 주위에는 동청 외에는 아무도 없었지만, 그래도 순비잔은 본능적으로 주위를 살피며 한 걸음 다가서서 속삭였다.

"평장, 자네는 평정과는 다르니 당연히 그 녀석보다 더 잘 알 거야. 그런 물건은 써서는 안 돼!"

"만약 쓴다면?"

그를 똑바로 쳐다보는 소평장의 표정은 전에 없이 맑고 쌀쌀했다.

"자네 말대로 나는 평정과는 다르네. 권력의 뒷모습도 알고, 사람 마음이 예측할 수 없이 깊다는 것도 알고, 떠도는 풍문이 창칼보다 무섭다는 것도 아네. 그래서 언제나 그 아이보다 더 깊이 생각하고 더 신중하게 행동해왔지. 하지만 일이란 경중과 완급을 따져야 하네. 부왕께서는 평생 전장을 떠도시며 광명정대하게 살아온 분인데, 아무래도 아들의 목숨을 살리는 것이 의심을 피하는 것보다 더 중요하지 않겠나?"

마지막 말을 내뱉은 그의 목소리는 몹시도 차갑고 날카로워 순비잔마저 그 기세에 눌리지 않을 수 없었다. 한참 멍하니 서 있던 순비잔은 결국 고개를 숙였다.

"알겠네."

"황실의 우림영을 움직이는 것은 선제께서 하사하신 권한이고, 그 권한을 사용하는 것은 나 혼자 내린 결정이니 반드시 내가 직접 가서 처리해야 하네."

소평장은 마음을 가라앉히며 검을 검집에 넣었다.

"취풍영에 다녀오려면 적어도 이틀은 걸릴 거야. 현령동의 입구를 찾아내기에 적당한 시간이지. 명심하게, 들어가는 길만 찾고 절대로 산을 포위해서는 안 되네."

순비잔은 고개를 끄덕였지만 그래도 불안했다.

"복양영은 어쩔 텐가? 그자가 함정을 파고 자네를 기다리고 있는데, 까닭 없이 시간을 끌면 의심하지 않겠나?"

"까닭 없이 시간을 끄는 것이 아닐세. 복양영이 나를 유인하려고 하면서 대략적인 방향만 알려준 연유가 무엇이겠나? 급한 것은 이쪽이라는 것을 잘 알기에 일부러 어려운 문제를 던져 나를 초조하고 애타게 만들 심산이 아니겠나? 그렇다면 현령동의 입구를 찾는 데 이틀에서 사흘쯤 걸리는 것은 당연하고, 그자의 구미에도 꼭 맞을 걸세."

소평장은 손을 들고 예를 차리며 정중하게 말했다.

"왕부는 소설이 지키고 있으니, 동굴 입구를 찾는 일은 금군통령께서 맡아주게."

이고를 제대로 살피지 못한 일을 마음에 걸려하던 순비잔은 황급히 대답했다.

"안심하게. 이번에는 반드시 자네를 실망시키지 않겠네."

성 밖의 일을 정리하고 나자 소평장은 잠시도 지체하지 않고 친위대들과 함께 왕부로 돌아갔다. 곧장 부왕의 서재로 들어간 그는 남쪽의 높다란 시렁 위에 놓인 제사상에서 소박하게 생긴 나무상자를 꺼내 열고 안을 들여다보았다. 누런 깔개에 단정하게 누워 있는 순금으로 만든 영패는 오래된 탓에 더 이상 눈부시게 반짝이지 않았다.

소평장은 정신을 가다듬은 뒤 상자를 닫고 빠른 걸음으로 나가 바깥에 시립한 동청에게 명했다.

"세자비께 가서 나는 밤새 동현으로 달려가 취풍영을 데려올 일이 있어 며칠간 돌아오지 못할 테니 왕부의 일을 맡아달라고 전해라. 너도 이번에는 따라올 것 없다. 왕부와 성 밖의 일이 더 중요하니 세세한 논의가 있을 때 네가 있어줘야 나도 마음이 놓인다."

"예, 절대로 기대를 저버리지 않겠습니다."

동청은 두 손을 모아 명을 받았지만 손을 내리기 무섭게 의심이 들어 망설이듯 물었다.

"세자, 아무리 그래도 선제께서 하사하신 영패를 쓰는데 폐하께 서신을 보내 말씀드리지 않아도 되겠습니까?"

"당연히 폐하께 보고를 드려야겠지. 하지만 내가 서신을 보낼 필요는 없을 것이다. 순 통령이 알아서 밀서를 띄울 테니."

"예?"

동청은 깜짝 놀라며 다시금 상황을 돌이켜보았다.

"하지만 방금 성 밖에서는 금군통령께 그런 말씀을 하지 않으셨잖습니까?"

소평장은 그를 돌아보며 다소 날카로워진 목소리로 말했다.

"금군통령은 천자를 가까이 시중드는 신하이고 궁성의 안위를 책임지고 있다. 할 일과 하지 말아야 할 일이 무엇인지는 그 자신이 잘 알고 있지. 도움을 청할 수는 있으나, 무슨 권한으로 금군통령에게 이래라저래라 할 수 있겠느냐?"

동청은 소평장을 가장 오래 따른 부장이기에 곧바로 실수했다는 것을 알고 고개를 숙이며 꿇어앉았다.

"너는 내 심복이니, 말 한 마디, 행동 하나도 남들보다 더 주의해야 할 것이다."

그의 어깨를 눌러 잡는 소평장의 미간에 처량한 빛이 떠올랐다.

"어쩌면 훗날 평정도 네가 가르치고 일깨워줘야 할지 모르니……."

동청은 화들짝 놀라 고개를 들었지만 소평장은 이미 성큼성큼 멀어지고 있었다. 동청은 한시도 지체할 수 없어 불안한 마음을 억누르며 광택헌으로 달려가 몽천설에게 소식을 전한 뒤, 재빨리 사람들을 모아 순비잔과 합류하여 현령동으로 가는 길을 찾는 데 힘을 보탰다.

제풍당에서 임시로 만든 소평정의 약은 정오가 되기 전에 임해가 손수 들고 왔다. 이제 가장 중요한 것은 약효를 시험하는 일이었다. 광택헌의 바깥 마루는 금세 약방으로 바뀌어 각종 약상자와 약병으로 가득 찼고, 기다란 탁자 두 개 중 하나에는 의서가 잔뜩 쌓이고 다른 하나에는 약을 배합하는 도구가 빽빽하게 놓였다. 경락을 그린 나무인형까지 벽 한구석에 세워졌다.

몽천설이 동청과 이야기를 나눈 뒤 방으로 돌아와보니, 임해는 소평정의 중부혈에 꽂힌 마지막 침을 뽑아낸 다음 숨을 가다듬고 다시 한 번 맥을 짚는 중이었다. 한참 후 천천히 손가락을 떼는 그녀의 얼굴은 전혀 누그러지지 않았고 도리어 입술만 파르르 떨렸다.

그녀의 초조하고 걱정스런 마음을 누구보다 잘 아는 몽천설이 옆에 다가와 앉아 가녀린 어깨를 살며시 쓰다듬었다. 임해는 이를 악물고 정신을 똑바로 차린 뒤 일어나서 바깥 마루로 나가 나무인형을 노려보며 한 시진 동안 꼼짝도 하지 않았다.

저녁이 되자 여건지가 새롭게 만든 두 번째 약을 들고 찾아왔다. 그는 안으로 들어서기 무섭게 외쳤다.

"해아야, 누가 돌아왔는지 보거라."

그 말과 함께 늙은 당주 뒤에서 두중이 모습을 드러냈다. 먼지를 잔뜩 뒤집어쓴 모습을 보니 이제 막 성안으로 들어온 모양이었다. 약리에 따르면 세상만물이 상생상극을 이루며 백 보 안에 각자의 천적이 있다고 했다. 상골을 만드는 재료는 대부분 야진에서 자라는 것인데, 야진의 식생에 관해서라면 두중이 여건지보다 훨씬 잘 알기 때문에 그의 귀환은 큰 도움이 될 수 있었고, 덕분에 임해의 얼굴에도 희색이 감돌았다.

세 사람은 번갈아 환자를 진맥한 뒤 바깥마루에 모여 상의 끝에 약재를 골랐다. 몽천설은 전혀 알아들을 수 없는 내용이었기 때문에 처마 밑에서 시녀가 약을 달이는 것만 지켜보았다.

그들은 등불을 켤 때쯤 소평정에게 약을 한 그릇 먹이고 반 시진 동안 관찰했으며, 그 후 여건지가 그를 돌아눕혀 등에 침을 놓았다. 이렇게 밤새 쉴 틈 없이 간호를 하고 새벽녘에 임해가 다시 맥을 짚어보았지만 굳은 표정은 여전했다. 겁이 나서 차마 물어보지도 못하고 세 의원의 표정만 살피는 몽천설은 여차하면 울음이라도 터뜨릴 얼굴이었다.

"다들 알겠지만 이 병은 하루 이틀 안에 해결되는 것이 아니다. 자신조차 견뎌내지 못하는데 어찌 환자를 보살필 수 있겠느냐?"

이 자리에 있는 사람 중에 가장 침착한 여건지가 곧바로 명을 내렸다.

"해아는 세자비와 함께 곁채로 가서 먼저 쉬고, 정신이 맑아지면 다시 와서 교대하도록 해라."

사부의 말이 옳다는 것을 잘 아는 임해는 고집 피우지 않고 몽천설을 끌고 회랑을 지나 곁채로 가서 누웠다. 걱정 때문에 머리가 복잡하고 잠이 오지 않았지만 숙면을 하게 해주는 약차를 마시고 억지로 세 시진 정도 잠을 잤다.

깨어나보니 이미 정오가 가까웠고, 옆 의자에 누운 몽천설은 여전히 곤히 잠들어 있었다. 임해는 살며시 일어나 앉아 몽천설의 흘러내린 모포를 잘 덮어준 뒤 조용히 임시 약방으로 건너가 안을 들여다보았다.

소평정은 아직 똑바로 누워 있었고, 여건지는 눈을 감고 가부좌를 튼 채 침상 앞에 앉아 있는데 생각에 잠긴 것 같기도 하고 깜빡 조는 것 같기도 했다. 두중은 모퉁이에 놓인 나무인형 앞에서 생각에 잠겨 있다가 임해가 들어오는 것을 보고 다급히 말했다.

"낭자, 갑자기 생각이 났습니다."

임해는 흘러내린 머리카락을 그러모으며 빠른 걸음으로 그에게 다가갔다.

"무슨 생각인지 말해보세요."

"일부러 상골을 먹어 연공을 하는 사악한 술법은 미뤄두고 해독에 관해서만 생각해보시지요. 상골은 독이 발작하기 전에는 현리사의 간을 먹어 해독할 수 있지만, 발작한 다음에는 약과 독이 뒤섞인 다른 사람의 피로 치료할 수밖에 없습니다. 여기서 가장 큰 차이점은, 환자가 독의 발작으로 정신을 잃은 까닭에 스스로 약을 먹고 운기행공하여 독을 몰아낼 수 없어 어쩔 수 없이 외부의 힘을 빌려야 한다는 것이지요. 노당주와 낭자께서 이틀 밤낮 고민하신 부분은 바로 외부의 힘으로 돕는 방법이었습니다."

두중은 손가락으로 나무인형의 정수리에 있는 요혈을 짚고 아래로 미끄러뜨리며 말을 이었다.

"하지만 지금까지 피로 치료하는 방법을 제외하고 각종 침술과 약을 시험해보았지만 환자의 기혈을 움직일 방도가 없었습니다. 그렇다면 외부의 힘을 이용해 해결하는 방법은 통하지 않는다고 봐야겠지요."

"그러니까 생각했다는 게 바로 그 방법이 소용없다는 건가요?"

갑자기 몽천설의 목소리가 들려왔다. 언제부터인가 문가에 서서 듣고 있던 그녀는 놀란 나머지 안색이 눈처럼 새하얗게 질렸다.

두중은 화들짝 놀라 황급히 손을 내저었다.

"아니, 아닙니다. 당연히 아니지요. 제 이야기는 아직 끝나지 않았습니다."

여건지도 이 소리를 듣고 방에서 나와 두중에게 계속 말해보라는 눈짓을 했다.

"제 생각은 이렇습니다. 상골의 치명적인 부분은 차가운 기운이 맺힌다는 것인데, 외부의 힘으로 기혈을 움직이는 방법이 통하지 않는다면 완전히 치료하려는 욕심을 버리고 심맥에 맺힌 약성을 풀어내는 것부터 생각해보는 것이 어떻겠습니까?"

임해는 잠시 생각하다가 고개를 저었다.

"상골이 심맥을 막는 것은 독을 만드는 데 사용한 종청등(樅青藤) 때문이에요. 약성으로만 볼 때 상심산(常心散)을 복용하면 종청등의 효과를 풀어낼 수 있는데, 이미 시험해봤지만 아무 반응이 없었어요."

여건지가 눈썹을 살짝 치켰다.

"아마 독을 만들 때 마지막으로 넣은 오교(烏翹) 때문이겠지."

세 사람은 잠시 서로를 바라보다가 거의 동시에 눈을 반짝 빛내더니, 각자 돌아서서 책을 뒤지고 약을 찾고 방 안으로 들어가 환자의 상태를 살폈다.

몽천설은 이해가 가지 않았지만 희망이 생겼다는 것은 알아차리고 바짝 긴장한 어깨를 살짝 누그러뜨리며 소평정의 침상으로 다가가 나지막하게 속삭였다.

"모두 너를 구할 방법을 생각하고 있어. 넌 반드시 네 형님이 돌아올 때까지 버텨낼 거야."

새로운 방법이 생겼지만 구체적으로 어떤 약재를 쓸지는 세 사람의 생각이 달랐기 때문에 한동안 상의하고 다투기도 하다가 저녁이 되어서야 의견 일치가 이뤄졌다. 그들은 새로운 약을 달여 소평정에게 먹이고 긴장한 채 약효를 지켜보았다.

임해가 가벼운 목소리로 물었다.

"사부님, 이 약방문으로 심맥을 막은 한기를 풀어낼 수 있다면 이 틈에 일석이조를 노릴 수도 있지 않을까요?"

여건지는 그녀가 무슨 생각을 하는지 알고 살며시 고개를 끄덕였다.

"동시에 다른 경맥들을 막아 현리사 간의 효과가 흩어지지 않게 할 수 있다면 약의 분량을 절반으로 줄일 수 있겠지. 허나 침으로 경맥을 막는 것은 쉬워도 본래대로 회복시키기란 어려운 일이다."

"얼마 전에 책에서 읽은 방법이 떠올랐어요."

임해가 눈동자를 굴리더니 문득 희색을 띠며 바깥마루로 달려가 의서를 쌓아놓은 탁자를 뒤졌다.

"바로 《상고습유》였어요. 사부님께서도 야릉 궁학에서 비슷한 사본을 보신 적이 있다고 하셨잖아요? 야릉의 의원들은 이 책을 연구했을지도 몰라요."

이렇게 말하는 동안 책을 찾아낸 그녀는 서둘러 한쪽을 펼쳐 늙은 당주에게 내밀었다. 책을 받아 읽어 내려가던 여건지가 희끗해진 눈썹을 치키며 웃었다.

"확실히 써볼 만한 내용이구나. 시험해봐야겠다!"

멍하니 서서 지켜보던 몽천설도 그제야 황급히 물었다.

"방법이 있는 건가요? 평정을 구할 수 있는 거죠?"

임해가 그녀의 손을 꼭 잡고 가볍게 한숨을 내쉬며 설명하기 어려운 듯 입을 열었다.

"그렇게 간단한 문제는 아니에요. 결국…… 세자께서 현리사의 간을 구해 오실 수 있느냐에 달렸어요."

—

22

—

산에서 올려다본 하늘에는 그믐달은 지고 별빛과 조각구름뿐이었다. 복양영은 소매 속에 가려진 팔뚝의 묵정화 문신을 꽉 움켜쥐고 산속의 맑은 공기를 깊이 들이마신 뒤 동굴로 돌아갔다.

중정에서 가장 가까운 석실 안에는 한언이 돌벽에 기대 세워둔 나무의자에 웅크린 채 솜이불을 꼭 끌어안고 있었다. 저토록 필사적으로 막으려는 것은 산속의 밤이 몰고 오는 추위일까, 마음속에 자리한 죽음에 대한 두려움일까.

안색이 다소 창백해진 것을 제외하면, 이 건천원 수제자의 모습은 크게 달라진 것이 없었다. 복양영이 동굴 밖에서 들어오는 소리를 듣자, 한언은 어디서 힘이 났는지 의자에서 펄쩍 뛰어내려 비분에 찬 소리를 지르며 그에게 달려들려고 했다. 석실 바깥을 지키던 푸른 옷을 입은 사람이 한언의 팔을 붙잡아 다시 의자 위로 휙 밀쳐냈다.

복양영은 잠시 멈춰 서서 그를 바라보다가 고개를 가로저으며 웃었다.

"만 번 죽어도 아깝지 않다고 그렇게 되뇌더니 만 번이 아니라 단 한 번도 견디지 못하는구나. 그래서 내가 늘 말하지 않았느냐. 정말로 하지 못할 것 같은 일은 입에 담지 말라고 말이다."

"날 속였어! 사기꾼!"

한언은 눈물투성이가 된 얼굴로 점점 멀어져가는 복양영의 등을 노려보며 소리소리 질렀다.

자신의 석실로 돌아온 복양영은 기분이 매우 좋은지 뱀 상자 앞에 서서 덮개 너머로 현리사에게 장난을 걸었다. 뱀이 움직이면서 스르륵스르륵 소리가 났다.

위무기가 먹이를 잔뜩 담은 쟁반을 들고 들어와 다소 머뭇거리면서 물었다.

"장존, 소평장이 정말 올까요? 듣자니 두 사람은 친혈육도 아니라던데 말입니다."

"'혈육'이라는 것은 네가 생각하는 것만큼 중요하지 않다. 때로는 친혈육 사이가 길 가는 낯선 이보다 무정하기도 하지."

복양영은 웃으며 먹이 한 줌을 집어 상자 속에 떨어뜨렸다.

"걱정 말아라. 장림세자는 세상이 인정하는 좋은 형이지. 자신의 명성을 위해서라도 반드시 한 번은 찾아올 것이다."

상자 속 현리사가 몸을 요리조리 뒤틀어 먹이를 삼키면서 꼬리로 벽을 두드렸고, 면사 덮개가 출렁였다.

"무기야, 방금 언이가 외치는 소리를 들었느냐?"

위무기는 석실 밖을 흘끔 보고는 고개를 끄덕였다.

"저토록 무례한 언사를 할 수 있는 것도 장존께서 괴롭히지 말고 잘 돌봐주라고 분부하셨기 때문이 아니겠습니까?"

"언이가 바로 살아 있는 예다."

복양영의 입가에 번졌던 미소가 점점 옅어지더니 목소리에 차가움이 묻어났다.

"죽음 직전까지 가보지 않고서야 입으로 한 말이 진실인지 거짓인지 그 누가 알겠느냐?"

위무기는 눈을 살짝 치뜨며 그 말을 묵묵히 곱씹었다. 그때 갑자기 중정 쪽에서 발소리가 들려 그는 황급히 밖으로 나갔다가 한참 후에 다급히 돌아와 낮은 소리로 말했다.

"장존, 산 아래에 움직임이 있습니다. 장림부 사람들이 며칠 동안 왔다갔다하더니 결국 저희 위치를 찾아냈나봅니다. 길어야 반나절이면 현령동 입구까지 올 것입니다."

복양영이 눈썹을 치키며 웃었다.

"장림세자는 높은 자리에 있는 사람이니 아무리 온화해 보여도 오만한 구석이 있게 마련이지. 이틀 동안 산을 뒤지게 만들어 그 예봉을 꺾어놓아야 비로소 나를 만나기가 쉽지 않다는 것을 뼈저리게 느낄 것이다, 그렇지 않느냐?"

"장존께서는 실로 사람의 마음을 잘 아십니다. 장존께서 예측하신 대로 초소에서 경보가 없는 것을 보면 소평장도 장존의 뜻을 헤아리고 차마 산을 포위하지는 못한 모양입니다."

"금릉성에 오래 머물렀지만 장림세자와 대결하는 것은 처음이니 한 치도 소홀히 할 수는 없지. 그자가 총명하다고는 하나 아무래도 나이가 젊다보니 다행히도 지금까지는 내 손바닥을 벗어나지 못하는구나."

이렇게 말하면서 복양영은 뱀 상자를 시렁에서 내렸고, 위무기는 알겠다는 듯이 벽에 걸린 횃불을 들고 석실에서 나가 길 안내를 했다. 두 사람은 앞뒤로 나란히 동굴 깊숙한 곳까지 들어갔다.

현령동 안은 입구 바로 맞은편에 중정이 자리해 있고, 그 주위로 바위 동굴의 천연적인 지세를 이용하여 만든 석실들을 둘러 세운 뒤 조그마한 통로로 서로 연결한 구조였다. 그 중 한 갈림길은 여타의 길들과 달랐다. 벽에 등불을 켜놓지 않아 끝이 어디인지 보이지도 않는 이 길은 동굴 속 가장 어둡고 깊은 곳까지 구불구불 이어져 있었다.

앞장선 위무기는 이 시커먼 어둠 뒤에 무엇이 있는지 잘 아는 것처럼 태연한 표정으로 차분하게 걸음을 옮겼고, 열 걸음을 뗄 때마다 벽에 미리 걸어둔 횃불에 불을 붙여 안쪽 동굴로 이어지는 통로를 조금씩 밝혀나갔다.

대략 반 리 정도 들어가자 둘레가 수십 장, 높이가 대여섯 장쯤 되는 원형 동굴이 나타났다. 벽에 철로 만든 기름등을 빙 둘러 박아놓아 불을 붙이자 동굴 안에 빛이 꽉 들어찼고, 동굴 한가운데 놓인 허리 높이의 돌구유와 그 속에 가득한 등유를 볼 수 있었다. 조그마한 구리 쟁반 하나가 동굴 꼭대기에 매달려 구유 위로 꼭 맞게 늘어져 있었다. 구리 쟁반의 상하좌우에는 칼날이 빽빽하게 꽂혀 번쩍번쩍 빛을 발했다.

돌구유 뒤쪽, 즉 동굴 입구에서 가장 멀리 떨어진 벽에는 폭이 두 자가량에 사람 키 높이만 한 철문이 있는데, 꼭 닫힌 철판에는 묵직한 자물쇠가 채워진 상태였다. 복양영이 직접 그쪽으로 걸어가 소매 속에서 구리 열쇠를 꺼내 자물쇠를 풀었다. 그러자 어디로 통하는지 알 수 없는 비밀 통로가 모습을 드러냈다.

위무기는 돌구유 앞에 서서 동굴 안의 기관을 두루 살핀 뒤 한숨을 쉬었다.

"장림세자는 총명한 사람이니 이곳에 들어오는 순간 장존의 뜻을 알아차리겠지요. 자신의 목숨을 소평정의 목숨과 바꾸는 것 말입니다."

"안들 어쩌겠느냐? 여기까지 왔다면 모든 것이 밝혀진 셈, 소평장에게는 애초에 다른 해결법 같은 것은 없다. 단 하나……."

복양영의 음산한 목소리는 여기서 뚝 그치고 다시 명령조로 돌아갔다.

"시간이 다 되었으니 네가 직접 동굴 입구로 가서 살펴보아라. 그래야 문제가 생겨도 가능한 한 빨리 대비할 수 있지."

명을 받은 위무기는 재빨리 왔던 길을 돌아나갔다.

복양영은 뱀 상자를 내려놓고 덮개를 걷은 뒤 오른쪽 소매를 말아올려 상자 속으로 손을 집어넣었다. 현리사가 요동을 치며 그의 손목을 타고 올라 아래팔을 둘둘 휘감더니 가늘고 기다란 검붉은 혀를 날름거렸다.

동굴 안의 등잔은 심지가 굵직해서 불꽃이 맹렬하게 솟구쳤고, 동굴 안의 온도도 차츰차츰 오르기 시작했다. 뼛골을 치료하여 고질적인 시림 증세가 사라지자 두꺼운 겉옷과 후끈한 공기 때문에 복양영은 금세 온몸에서 땀이 솟았다. 그는 젖은 이마를 훔치며, 30년 전 그때의 가을날을 떠올렸다. 핏속에서 펄펄 끓던 역병의 불길과 고열에 정신없이 내지르던 신음도 생각났다.

아버지의 시신은 방구석에 누운 채였고, 그 자신도 곧 죽으리라는 것을 알 수 있었다. 두려움과 고통이 교차하는 가운데 유일하게 위안이 되는 사실은 어머니가 아직 곁에 있다는 것, 아직도 지나가는 의원들에게 도움을 청할 수 있다는 것이었다.

"남은 약은 단 한 알뿐이군요. 새 약방문에 따라 만든 것이라 효과는 아주 좋습니다. 아드님께 먹이면 다른 의원이 올 때까지 버틸 수 있을 겁니다."

의원의 목소리가 아득하게 들려왔다. 그는 고열에 시달렸지만 정신은 멀쩡해서 한 글자도 놓치지 않고 똑똑히 들을 수 있었다.

"아주머니의 연세에는 한번 발병하면 금세 악화됩니다. 벌써 증상이 나타났으니 더는 무리하지 말고 누워서 쉬십시오. 왕성에 있는 야릉 궁학의 상황이 몹시 위중하다 하여 저는 당장 그쪽으로 가보아야 합니다."

어머니는 목멘 소리로 알아듣기 힘들게 감사인사를 했다. 담담한 약 향기가 공기에 실려왔다. 그는 그때만큼 살고자 하는 갈망이 강렬하게 용솟음친 적이 없었다. 손가락 하나 까딱할 힘도 없던 그는 약 냄새를 맡고 놀랍게도 베개에서 머리를 떼고 일어났다. 그러나 그에게 다가오던 약은 눈앞에서 주저주저하다가 다시 돌아가고 말았다.

"애야, 너도 방금 의원이 한 말을 들었을 게야. 궁학에 역병이 심각하다니 네 아우가 걱정스럽구나."

어머니는 손을 뻗어 그의 얼굴을 쓰다듬으며 눈물을 뚝뚝 흘렸다.

"이 어미가 너를 사랑하지 않아서 이러는 게 아니란다. 네 아우는 야릉자잖니? 너도, 너도 분명 마지막 남은 이 약을 그 아이에게 주고 싶을 거야, 그렇지?"

그랬을까? 당연히 아니었다. 쌍둥이 형제가 무슨 소용이고, 혈육의 정이 무슨 소용인가? 부모의 사랑이니 차별 없는 관심이니 하는 것도 목숨 앞에서는 그저 거짓에 불과했다. 이 세상에서 자신의 삶보다 더 진실한 것은 없었다.

복양영은 고개를 반쯤 들고 돌구유 위로 늘어진 삐죽삐죽한 칼날을 바라보며 중얼거렸다.

"이 생사의 기로에서 빠져나갈 유일한 방법은 모른 척 돌아서서 떠나는 것이지. 소평장, 선택할 기회를 주었으니 부디 나를 실망시키지 마라."

몽천설은 잠에서 번쩍 깨어났다. 잠기운이 가시지 않은 가운데 지독히 무서운 꿈을 꾼 기억이 났지만, 어떤 악몽인지는 떠오르지 않고 급박하게 팔딱이는 심장과 진짜처럼 메아리치는 꿈속의 공포만 느껴질 뿐이었다.

정원에서 일부러 소리 죽여 말하는 순비잔의 목소리가 들려왔다. 그녀는 식은땀에 젖은 이마를 닦고 일어나서 문가로 걸어가 몰래 귀를 기울였다.

"여정으로 보아 오늘쯤이면 동현에서 돌아올 것이오. 떠나기 전에 자신이 현리사를 본 적이 없기 때문에 복양영이 가진 해약이 진짜인지 확인할 수 있도록 의원을 데려와달라고 했는데, 어느 분이 적당하겠소?"

두중이 여건지와 임해를 돌아보며 물었다.

"제가 가야겠지요?"

확실히 그가 적임자였기에 여건지도 고개를 끄덕여 승낙한 후 당부했다.

"자네는 상골의 독성에 대해서도 알고, 우리가 어디까지 연구했는지도 아네. 중요한 순간에 세자께 어떤 제안을 해야 하는지도 잘 알겠지?"

서둘러 떠나야 하는 순비잔은 두중이 대답하기도 전에 그의 팔을 잡아끌었다.

"평장은 포용력이 넓어 무슨 말이든 다 들을 것이오. 자, 어서 갑시다."

두 사람은 바삐 몸을 돌렸지만 걸음을 떼기도 전에 동시에 우뚝 멈췄다. 몽천설이 전의를 입고 검을 든 채 곁채에서 나오고 있었다. 그녀는 그들을 향해 고개를 끄덕이며 간단하게 말했다.

"나도 준비되었어요. 가요."

순비잔의 얼굴이 다소 굳었다.

"세자비께서도 가시겠다는 말씀입니까?"

"나는 사형과 함께 작은할아버지 문하에서 무예를 익혔고, 전쟁터에도 나가봤어요. 이곳에는 노당주께서 계시고 나는 별 도움이 되지 않아요. 오히려 성 밖에서 더 쓸모가 있을 거예요."

순비잔의 표정을 본 그녀가 곧바로 두 눈을 치켜떴다.

"왜요? 설마 사형도 여자인 나는 가만히 집에 앉아 소식만 기다려야 한다고 생각하는 건가요?"

차마 그렇다고 할 수도 없고 별달리 좋은 핑계도 떠오르지 않아 순비잔은 억지웃음을 지으며 그녀와 동행할 수밖에 없었다.

취풍영은 황실의 우림영인 만큼 그 주둔지에서 경성까지의 전

구간이 정비된 관도로 이어져 있어 행군 시간은 거의 일정했다. 일행이 성 동쪽 바깥의 갈림길에서 잠시 기다리자, 멀리서 흙먼지가 부옇게 일더니 소평장이 오랜 행군으로 먼지를 뒤집어쓴 인마 한 무리를 이끌고 달려왔다.

일행에 몽천설이 있는 것을 보자 뜻밖인 듯했지만, 소평장도 구태여 따져 묻지 않고 순비잔과 취풍영 통령 저천숭(褚千崇)을 인사시킨 뒤 명을 내려 다 함께 고산으로 달려갔다.

고산 기슭에는 이미 임시 막사가 세워져 있었고, 소원계와 동청, 순방영의 손 통령이 막사 밖에서 기다리고 있었다. 이틀간 수색한 끝에 현령동의 구체적인 위치는 찾아냈지만, 별도로 달아날 길이 있으리라는 생각에 함부로 뛰어들지는 못했다.

성 밖에서 이토록 커다란 움직임이 있었으니, 취풍영 외의 다른 일들은 내각에서도 당연히 알고 있었다. 복양영은 본래 역병을 일으킨 죄인인데다, 현 상황에 다소 복잡한 기분을 느끼고 있던 순백수는 관심과 호의를 표하기 위해 장림부에 탐문도 하지 않고 내각의 이름으로 순방영에게 협조하라는 지시까지 내렸다.

평소 소평정과 사이가 좋은 손 통령은 상부의 당부까지 받자 매우 적극적으로 나섰다. 그는 훨씬 상세한 지도를 가져와 막사에 걸고, 그 위에 빨간 표식을 꽂아 현령동의 위치를 표시했다.

"복양영이 이곳에 있다면, 그자가 초소를 배치한 지역은 우리가 사전에 예측한 범위에서 크게 벗어나지 않소. 정말 잘되었군."

소평장은 지도 앞에서 한참 생각에 잠겼다가 명령을 내렸다.

"서쪽으로 상운(翔雲)과 남쪽으로 오자구(吴子沟) 일대는 가장 많은 병력으로 봉쇄해야 하니 저 통령께서 맡아주셔야겠소."

저천숭이 두 손을 모으며 대답했다.

"안심하십시오, 세자. 취풍영에 있는 개미새끼 한 마리도 빠져 나가지 못할 것입니다."

소평장은 웃으며 고개를 끄덕인 뒤, 지도 위에 손짓으로 선을 그리며 말했다.

"북쪽에는 오솔길이 많으니 여기서부터 여기까지는 순 통령과 손 통령께 부탁드리겠소."

"알겠습니다."

"동쪽 일대는 경성과 이어지는 길이니 복양영이 이쪽으로 달아날 가능성은 많지 않지만, 그래도 방비해야 하오. 이쪽을 소설이 맡을 것이오."

소평장은 몽천설이 따지고 나올까봐 재빨리 목소리를 낮춰 해명했다.

"이곳은 현령동으로 가기 가장 좋은 곳이야. 혹 내게 도움이 필요하면 와서 도울 수 있어."

몽천설도 그제야 표정이 약간 풀렸다.

"알겠어요."

"장곡간이 동북쪽 구석을 끊어놓았으니 이쪽으로 빈틈이 생길 텐데……."

그 말에 소원계가 서둘러 나섰다.

"제가 가겠습니다. 백 명이면 막을 수 있습니다."

소평장은 고개를 끄덕이고 주위를 둘러보았다.

"필시 예상치 못한 일도 생기겠지만 여러분의 임기응변 능력을 믿소. 결코 복양영에게 달아날 기회를 주지 않을 것이오."

"예!"

장막 안에 모인 사람들이 입을 모아 자신만만하게 외쳤다.

복양영이 설치한 초소의 눈을 피하기 위해 소평장이 준비한 포위망은 무척 컸기 때문에 전 구간에 병력이 맞물리도록 배치하는 데는 얼마간의 시간이 걸렸다. 따라서 그는 일부러 정오가 될 때까지 기다렸다가 산을 오르기 시작했다.

친위대 한 무리를 이끌고 먼저 올라간 동청이 바깥으로 늘어진 덩굴을 거의 정리한 덕에 깊고 어두컴컴한 동굴 입구가 훤히 드러나 있었다. 그 좁고 어두운 길은 처음 보는 사람을 불안하게 만들었고, 그 때문에 동청은 소평장이 도착하기 전에 미리 부하들을 데리고 거듭하여 살핀 뒤 위험하지 않다는 것을 확인한 다음에야 길을 따라 불을 밝히며 중정까지 밀고 들어갔다.

중정과 이어진 석실들은 텅텅 비어 있었고, 입구에서 가장 가까운 곳에서만 바스락거리는 소리가 났다. 동청이 허리에 찬 칼을 뽑아들고 가보니 침상 끝자락에 이불을 꼭 끌어안고 웅크린 한언이 보였다.

그때 소평장이 도착했다. 부들부들 떨던 한언이 고개를 들고 그를 바라보더니, 별안간 흥분하여 벌떡 일어나 달려들다가 동청의 일장에 맞아 쓰러졌다.

"알아요! 난 다 안다고요!"

한언이 쉰 목소리로 외치며 바닥에서 꿈틀거렸다.

"내 말 좀 들어보세요. 복양영은 당신을 죽이려고 해요, 당신을 죽이고 싶어 한다고요!"

대로한 동청이 그의 머리카락을 틀어쥐고 잡아당겼다.

"무슨 헛소리냐?"

"나는 어차피 죽은 목숨이지만, 그자가 최후의 승자가 되는 꼴은 절대로 보고 싶지 않아요."

한언은 하염없이 눈물을 흘리며 소평장의 옷자락을 잡으려고 손을 뻗었다.

"장림왕부에 타격을 주기 위해 그자가 죽이려고 별러온 사람은 바로 당신이에요. 경비를 시험한다고 가장 강한 야릉자를 보냈고, 심지어 묵치후마저 그자의 유혹에 넘어가 당신의 거처를 살피러 가기도 했어요. 하지만 왕부의 경비가 삼엄한데다 당신은 친위대가 많고 신중했기 때문에 손을 쓸 기회가 없었던 거예요. 그래서…… 그래서 마지막으로 둘째 공자를…… 당신을 찔러 쓰러뜨릴 칼로 이용하기로 한 거라고요."

친위대들의 경악에 찬 표정과 달리 소평장의 눈빛은 차분했다. 그는 동청에게 한언을 놓아주라는 눈짓을 하고 담담하게 말했다.

"알려주어 고맙구나. 허나 그 점은 나도 이미 알고 있다. 차라리 다른 이야기를 해주는 것이 어떠냐? 복양영이 네게 무슨 짓을 했기에 사제지간이 이렇게까지 틀어졌지?"

"그래, 맞아, 맞아요. 그게 바로 내가 하려던 이야기예요."

한언은 얼굴을 적신 눈물을 닦으며 고개를 들었다.

"세자께서 여기까지 오신 것은 둘째 공자를 구하기 위해서겠죠. 하지만 이건 모를걸요? 상골이 발작해 혼수상태에 빠진 사람은 단순히 현리사의 간을 먹는다고 해독이 되지 않아요!"

이번에는 소평장도 깜짝 놀랐다. 그는 동청의 만류에도 불구하고 한 걸음에 한언에게 다가가 몸을 숙이고 그의 눈을 똑바로 들여다보았다.

"어차피 말할 생각이라면 처음부터 끝까지 자세히 설명해봐라."

상골현리법을 몸소 체험한 한언은 그 누구보다 그 요법에 대해 잘 알고 있었다. 하지만 울음을 그치지 못하는데다 정신적으로 혼란에 빠져 있어, 일각 가까이 더듬더듬 이야기를 이어간 끝에 겨우 생각한 것을 모두 말할 수 있었다. 그는 흐느끼면서 마지막으로 덧붙였다.

"그자가 나를 길러준 것은 자기 몸을 치료하기 위해서였어요. 그자는…… 내가 원하든 원하지 않든 아무 차이도 없다고 했어요. 나는 기억이 나기 전부터 그자를 따랐어요. 10여 년간 모시면서 한마음으로 분부를 받들었는데, 결국…… 내 생사 따위는 그자에게 아무것도 아니었어요. 그자의 심장은 차디찬 쇳덩이였어요. 그 누구도 신경 쓰지 않는 인간이라고요."

소평장은 천천히 몸을 일으키더니 가장 먼저 두중을 바라보았다. 두중은 그 뜻을 헤아리고 나지막하게 말했다.

"이 사람이 한 말은 거의 사실입니다. 하지만 그간 저희가 연구한 것들이 효과를 보이고 있으니, 현리사의 간만 얻으면 노당주께서는 분명 피를 이용하는 방법을 쓰지 않고도 둘째 공자를 해독해 주실 것입니다."

동청은 소평장이 돌아서서 동굴 깊은 곳으로 들어가려는 것을 보고 황급히 그 앞을 막아서며 애원했다.

"저자의 말대로라면 복양영은 반드시 저 안에 함정을 파놓았을 것입니다. 제가 먼저 들어가서 살펴보게 해주십시오."

소평장은 가볍게 고개를 저었다.

"해약을 얻기 위해서는 너희가 들어가도 소용없다. 그자가 기다리는 사람은 나다."

감시자로부터 장림세자가 산을 오르기 시작했다는 소식을 들은 위무기는 다른 곳의 불을 모두 끄고 안쪽 동굴로 이어지는 통로만 남겨 갈 길이 명확하게 드러나도록 해두었다. 소평장 일행이 그 길을 따라 앞으로 나아간 지 반 시진도 못 되어 가장 깊은 곳에 자리한 원형 동굴 입구가 나타났다.

조용히 기다리던 복양영은 그들이 입구에서 몇 장 정도 떨어진 곳에 이르자 음산한 목소리로 명령했다.

"모두 멈추시지요."

일행은 소평장을 따라 걸음을 멈췄다. 아직 약간의 거리가 있었지만 동굴 안의 풍경은 똑똑히 보였고, 거의 모든 사람의 안색이 변했다.

"모두 보셨겠지만, 이곳의 모든 것은 이 몸이 장림세자를 위해 심혈을 기울여 특별히 준비한 것이랍니다. 그러니 다른 사람들은 그곳에서 기다리시고 세자 나리만 들어오시지요."

복양영은 자신이 설치한 기관이 무척 마음에 드는 것처럼 두 손을 양쪽으로 활짝 펼쳐 보였다.

"이 몸 또한 실례라는 것은 알지만 달리 방법이 있어야지요. 세자 나리 곁에 있는 자들이 지나치게 충성스러우니 어쩌겠습니까? 마지막 순간에 누군가 뛰어들어 소평정의 목숨과 제 목숨을 맞바꿀 기회를 차지하는 것은 저도 원치 않으니까요."

소평장이 담담하게 말했다.

"현리사는 세상에 보기 드문 희귀 동물이고 나도 본 적이 없다. 그런데 네 손에 있는 것이 진짜인지 어떻게 알겠느냐?"

복양영은 잠시 생각하더니 대답했다.

"그렇군요, 의원은 따라와도 좋습니다."

소평장이 나아가려 하자 초조해진 동청이 황급히 그 앞에 무릎을 꿇고 나지막이 불렀다.

"세자……."

소평장은 그의 어깨를 살며시 누른 뒤 아무 말 없이 그의 옆을 지나쳐갔다. 동청은 온몸을 부르르 떨었다. 한참 만에야 겨우 몸을 일으킨 그의 눈은 시뻘겋게 핏발이 서 있었다.

복양영은 나무상자에서 현리사를 꺼내 왼쪽 손목에 감고 차갑고 매끄러운 몸을 어루만지더니, 손짓으로 소평장을 동굴 입구에 멈추게 한 뒤 조그마한 뱀을 내보였다.

뱀을 자세히 살펴본 두중이 고개를 끄덕였다.

"맞습니다."

복양영이 거짓말로 유인했을까봐 두려웠는데 해약이 실재한다는 것을 확인하자, 팽팽하게 긴장했던 소평장의 등도 편안하게 힘이 풀렸다. 소평장은 손을 들어 두중을 물러나게 했다.

복양영이 오른손으로 새하얗게 반짝이는 비수를 꺼냈다. 날카로운 칼날이 허공을 휙 긋자 뱀의 시체가 바닥으로 툭 떨어졌고 피투성이 간만 그의 손바닥에 남았다. 그는 모든 사람이 보는 앞에서 뱀의 간을 조그마한 나무상자에 넣고, 손가락을 살짝 튕겨 상자를 동굴 꼭대기에 매달린 구리 쟁반 위에 던져 넣었다.

구리 쟁반 주위에는 칼날이 빽빽하게 박혀 있었고, 아래에 있는 돌구유 속에 담긴 거무스름한 등유가 그 서늘한 칼빛을 번쩍번쩍 반사했다.

복양영은 여유만만한 얼굴로 손수건을 꺼내 손에 묻은 피를 닦은 다음 구유를 가리키며 물었다.

"세자 나리, 이 안에 든 것이 무엇인지 아십니까?"

"불이 잘 붙는 등유겠지."

"이 구리 쟁반 주위의 칼날에 무엇이 발라져 있는지도 짐작하시겠지요?"

소평장은 가볍게 고개를 끄덕였다.

"상골의 독이다."

복양영은 그가 허리에 찬 패검을 바라보며 장난스런 목소리로 말했다.

"미리 알려드려야겠군요. 세자 나리께서 쇠를 진흙처럼 벤다느니 어쩐다느니 하는 보검을 뽑으시거나, 혹은 다른 누군가가 함부로 뛰어들기라도 하면……."

그는 어디 해보란 듯이 횃불을 들고 구유 뒤에 서 있는 위무기를 향해 눈짓했다.

"일단 등유에 불이 붙으면, 묵치후 같은 고수라 해도 단 하나뿐인 현리사의 간이 잿더미가 되는 것을 막지 못할 겁니다."

"알겠다. 해약을 원하면 내 손으로 직접 가져가라는 것이군."

소평장은 천천히 한 손을 들어 눈앞에서 한 번 뒤집었다.

하지만 그 자리에 있는 사람은 누구나 알 수 있었다. 구리 쟁반을 둘러싼 칼날은 빈틈없이 빽빽했고, 소평정의 목숨을 살릴 나무

상자를 손으로 꺼내려면 저 날카로운 칼날에 상처를 입지 않을 수 없었다.

두중은 긴장한 나머지 숨을 죽이며 나지막이 말했다.

"세자, 저 칼에 독이 묻어 있다면…… 설사 해약을 얻는다 해도 현리사의 간 하나로 두 사람을 구할 수는 없습니다!"

소평장은 천천히 눈을 내리뜨고 혼잣말하듯 중얼거렸다.

"두 사람을 구할 수 없다…… 적어도 한 사람은……."

"둘째 공자는 이미 독이 발작했지만 약과 독이 섞인 피를 사용하면 틀림없이 구해낼 수 있습니다. 세자 나리께서 그 사실을 모르고 우려하실까봐 일부러 바깥에 제자를 남겨뒀지요. 그 제자는 제가 잘 아는데, 아마 세자 나리를 보자마자 무엇이든 털어놓았을 겁니다."

복양영은 두 눈썹을 치키며 득의양양한 미소까지 지어 보였다.

"여기까지 말했으니 우리 두 사람의 의도는 명확하게 전달된 것 같군요. 생사가 걸린 문제이니 좀 더 생각할 시간이 필요하실까요?"

소평장의 시선이 돌구유와 구리 쟁반, 칼날, 그리고 횃불 사이를 천천히 미끄러졌다. 그는 입가를 살짝 당기며 말했다.

"사실 들어올 때부터 생각하고 있었다. 허나 애석하게도 이 상황을 해결할 만전지책은 생각해내지 못했지."

그 말이 끝나자, 장포 자락이 살짝 흔들리면서 그의 발이 한 걸음 앞으로 나아갔다.

하늘에 끊어진 길은 없다

—

23

—

임해는 침실의 창을 밀어 열고 청석으로 된 귀면기와에 고정해 방안의 약 냄새를 빼냈다.

침상에 누운 소평정이 갑자기 움찔하며 베개에 놓인 머리를 살짝 돌렸다. 며칠 간 혼수상태에 빠진 그의 입술은 허옇게 껍질이 일어나고 피부에도 푸르스름한 빛이 감돌았다. 임해는 손수건으로 그의 이마에 난 땀을 훔치고 이불 속에서 손을 꺼내 조용히 맥을 짚어보다가 눈을 살짝 찡그렸다. 걱정이 지나쳐 맥을 잘못 읽은 것이 아닐까 싶어 몸을 앞으로 내밀어 다른 손의 맥을 짚어본 그녀는 마침내 눈동자를 반짝 빛내며 바깥 마루를 향해 외쳤다.

"사부님! 사부님!"

여건지가 허둥지둥 들어와 물었다.

"무슨 일이냐?"

"그 방법이 효과가 있었어요. 둘째 공자의 심맥을 막았던 한기가 흩어지기 시작했어요."

임해의 눈가에 눈물이 비쳤다. 이렇게까지 흥분한 것이 약간 쑥

스러워, 그녀는 몸을 옆으로 돌리고 소맷자락으로 얼굴을 가렸다. 하지만 늙은 당주는 환자의 맥을 짚느라 그녀를 눈여겨볼 틈도 없었다. 여건지의 얼굴에도 차츰 희색이 감돌았다.

자신감이 생긴 두 사람은 바깥 마루로 돌아가 서둘러 두 번째 약방문을 만들기 시작했다. 한창 바삐 움직이던 임해의 동작이 점점 느려지는가 싶더니 결국 움직임을 멈췄다. 넋이 나간 듯 한참 멍하니 서 있던 그녀가 불쑥 물었다.

"사부님, 사실 줄곧 그런 생각을 했어요. 저희는 왜 피를 이용한 치료법을 피할 생각만 했을까요?"

"내 이미 설명해주지 않았느냐? 우리 같은 의원에게는……."

이렇게 말하던 여건지는 순간적으로 제자의 말뜻을 알아차리고 말을 뚝 그쳤다.

"그 말은…… 복양영이 세자를 노리는 문제 말이냐?"

임해는 고개를 끄덕이며 사부를 나무인형 앞으로 이끌었다.

"독이 발작하면 한기가 심맥을 막기 때문에 둘째 공자는 스스로 기혈을 움직일 수 없고, 그래서 다른 사람이 자신의 몸에서 약과 독을 섞은 뒤 넘겨줘야 해요. 하지만 이 문제는 저희가 방금 해결하지 않았나요?"

여건지의 눈빛이 점점 밝아졌다.

"그렇지. 지금 우리가 쓰려는 방법은 완전히 다른 해독법이다. 다른 경맥들을 막으면 응당 약의 효력이 높아질 뿐 아니라 주고받으면서 흩어지는 양도 줄어들 터……."

"가장 어려운 문제가 사실상 해결되었으니 현리사의 간 하나로 두 사람을 해독하는 것도 분명히 가능해요!"

의술에 미쳐 있다고 해도 과언이 아닌 임해였기에 이야기를 하면 할수록 흥분이 치솟았다. 그녀는 손가락으로 나무인형의 가슴 쪽에 있는 천돌혈(天突穴)을 누른 뒤 자궁혈(紫宮穴)과 단중혈(膻中穴)을 따라 미끄러지다가 다시 올라가 신정혈(神庭穴)에서 멈추고는 사부를 바라보았다.

여건지는 잠시 생각하더니 고개를 저으며 중부혈(中府穴)을 가리켰다. 두 사람은 의견을 나누고 수정을 가하면서 침법을 모색해냈고, 이를 소평정에게 시험해보니 효과가 무척 좋았다. 기쁜 와중에도 피로가 몰려와 돌아보니, 어느새 몇 시진이 흘러 해거름이 서쪽으로 기울고 있었다.

"이 방법은 몸에 피해가 크지만 해볼 만은 해요. 사부님께서 둘째 공자를 보살펴주시면 제가 가서 이야기를 전하고 세자와 몽 언니의 초조함을 덜어드리겠어요."

임해는 소평정의 손을 이불 속으로 넣어주고 일어났다.

여건지의 지친 얼굴에도 마침내 웃음이 떠올랐다. 그는 고개를 끄덕인 뒤 심맥을 보호하는 약 한 병을 그녀에게 건네며 가져가게 했다.

왕부의 주인이 모두 집을 비웠지만, 세심한 동청은 다른 원락 집사 두 명에게 광택헌 밖에서 대기하다가 임 낭자가 급히 외출해야 한다고 하면 즉시 말을 중문 밖에 준비시키라고 일러두었다.

말을 타고 샛문으로 나간 임해가 방향을 틀어 정문 앞 돌사자를 지나려 할 때, 맞은편에서 말 한 필이 나는 듯이 달려와 아슬아슬하게 그녀 옆을 스쳐 지나갔다. 부딪치지는 않았지만 그녀가 탄 말은 놀란 나머지 방향을 홱 틀어 갈림길의 골목으로 내달렸다. 임해는 고삐를 잡아당기며 뒤를 돌아보았다. 그 기수는 부딪칠 뻔한 줄도 모르고 허겁지겁 말에서 내려 섬돌로 뛰어오르더니 장림왕부 대문의 문고리를 힘껏 두드렸다.

골목에는 지나는 사람이 거의 없고 조용했기 때문에, 놀란 말도 얼마쯤 달리다가 곧 멈추고 앞발로 바닥의 청석판을 툭툭 쳤다. 임해는 위로하듯 말의 목을 쓰다듬은 뒤 말머리를 돌려 중심가로 돌아갔다. 장림부의 대문은 반쯤 열려 있었고 호위 한 명이 나와 기수와 이야기를 하는 중이었다.

"세자께서는 출타하셨고 언제 돌아오실지 모릅니다. 죄송하지만 내일 다시 오시지요."

금릉성 안에서 장림세자를 직접 만날 자격이 있는 사람이라면 당연히 소평장이 최근 무척 바쁘다는 사실을 알고 있었다. 그러니 온몸에 먼지를 뒤집어쓴 이 기수는 멀리서 온 손님인 듯했다. 호기심이 들긴 했지만, 임해는 평소 쓸데없는 일에 나서는 성품이 아니었고 마음이 급하기도 했기에 그쪽을 한번 바라보기만 하고 말을 재촉해 동문으로 달려갔다.

의원들이 심혈을 기울여 새로운 치료법을 찾아냈다는 사실을, 지금 현령동에 있는 사람들은 당연히 알지 못했다. 소평장이 걸음을 옮기자 동청은 초조한 나머지 얼굴이 시뻘게져 무작정 앞으로 달려들었다. 놀란 위무기가 긴장한 듯 횃불을 구유에 가까이 가져갔지만 복양영은 재빨리 손을 들어 만류했다.

소평장이 즉시 고개를 돌리고 엄한 표정으로 외쳤다.

"물러나라!"

차마 명을 어길 수 없던 동청은 눈물을 뚝뚝 흘리며 주춤주춤 원래 위치로 물러났다.

"세상일이란 무상하니 만전지책이란 있을 수 없지요."

복양영은 고개를 설레설레 저으며 차가운 칼날 너머로 소평장을 바라보았다.

"솔직히 이 몸이 보기에 세자께서는 이미 최선을 다하셨습니다. 한데 어찌하여 소정생이 어떻게 생각할지, 남들이 뒤에서 뭐라고 할지를 그렇게까지 신경 쓰십니까? 명성이나 명예는 허황된 것일 뿐, 일단 살아남고 봐야지요. 이토록 총명하신 세자께서 설마하니 그 도리를 모르십니까?"

매서운 눈빛으로 동청을 본래 자리에서 꼼짝 못하게 만든 소평장이 다시 몸을 돌렸다. 그는 복양영이 하는 말을 듣고 싶지 않은지, 가벼우면서도 느리지만 절대 멈추지 않는 걸음으로 구리 쟁반 아래까지 걸어가 천천히 왼손을 뻗었다. 그의 손가락이 조금씩 칼날에 접근했다.

순간 복양영은 온몸의 피가 부글부글 끓어오르는 것 같았다. 장림왕부의 이 든든한 기둥을 제거하기 위해 심혈을 쏟아부어 온갖 계획을 꾸미고 장장 30년 동안 차곡차곡 준비해온 그였다. 그런데 마지막 순간을 눈앞에 둔 지금, 무엇 때문인지 정신이 아득해졌다. 갑자기 마음속 깊은 곳에 자리한 자신의 진심이 무엇인지조차 확신이 서지 않았다. 소평장이 손을 뻗기를 바라는가, 아니면 돌아서서 떠나기를 바라는가.

오래전의 그 자신도 원치 않았던 것, 그리고 한언도 원치 않았던 것이 아닌가. 이 세상에 진심으로 그것을 원하는 사람이 있을까?

"소평장, 사람의 죽음이란 꺼진 등불과 같아서 철저하게 아무것도 남지 않게 되는 것이다. 피 하나 섞이지 않았고, 언제나 제멋대로인 천둥벌거숭이를 위해 목숨을 버리는 것이 정말 가치가 있다고 생각하느냐?"

허공에 들어올린 두 손을 바르르 떨며 복양영이 갈라진 목소리로 외쳤다.

"단순히 잠깐 참고 양보하면 되는 그런 장난감이 아니야! 그건 네 목숨이다. 네 자신의 목숨!"

그의 목소리가 동굴 속에 울려 퍼졌지만, 여음이 흩어지기도 전에 소평장의 손이 빠르게 칼날 틈으로 들어갔다. 구리 쟁반에 놓인 나무상자를 움켜쥔 그는 위무기가 횃불을 구유에 던지기 전에 재빨리 물러났지만 그러는 사이 팔에는 두 군데 칼에 베인 상처가 생겼다. 구유 안에서 화락 불길이 치솟고 원형 동굴 한가운데에서 뜨거운 열기가 폭발했다.

복양영은 미치광이 같은 표정으로 멍하니 그 불빛을 바라보았다. 일시적으로 넋이 나간 듯 그 자리에 굳어 있던 그는 위무기가 와락 달려들어 잡아당기자 그제야 정신을 차리고 재빨리 비밀 통로로 달아났다.

소평장은 패검을 뽑아들고 불타는 구유를 지나 그 뒤를 쫓았고, 동청도 친위대들을 이끌고 달려들어 길을 끊으려는 위무기와 필사적으로 맞서 싸웠다. 아주 잠깐이지만 복양영에게는 비밀 통로로 들어가 두꺼운 철문을 닫아걸기에 충분한 시간이었다. 비밀 통로 입구로 물러난 위무기는 철문을 열지 못하자 곧 제압당해 쓰러졌다.

두중이 황급히 소평장에게 달려가 왼팔을 살펴보니, 칼날이 워낙 날카로워 상처 두 군데는 모두 깊고 길게 찢어져 있었고, 새빨간 피가 소매를 흠뻑 적시다 못해 손에 꼭 쥔 나무상자로 방울방울 스며들고 있었다.

이 모습을 본 동청은 치밀어오르는 분노를 참지 못하고 비밀 통로의 철문을 칼로 마구 때렸다. 쇠가 부딪히며 불꽃이 탁탁 튀었지만 문은 열릴 기미가 없었다.

옆에 있던 친위대가 분노에 찬 목소리로 말했다.

"바깥이 단단히 포위되었으니 그 미치광이도 절대 달아나지 못할 것입니다."

패검을 쥐고 경성으로 통하는 오솔길 옆에 선 몽천설은 틈만 나면 산꼭대기 쪽을 올려다보았다. 무엇에 놀랐는지 숲속의 갈까마귀가 푸드덕 날아오르더니 새떼의 날갯짓 소리가 하늘 저편으로 퍼져나갔다. 그녀는 그 소리에 고개를 들어 바라보았고, 그러잖아도 잔뜩 긴장한 마음이 더욱 불안해졌다.

"세자비, 보십시오! 세자…… 세자께서 내려오십니다!"

곁에 선 친위대의 흥분한 목소리에 몽천설은 다급히 고개를 돌렸다. 그의 말대로 부군 일행이 구불구불한 산허리의 오솔길 위로 모습을 드러내자 그녀는 기쁨에 사로잡혀 다급히 그쪽으로 달려갔다. 멀리서는 잘 보이지 않았지만 가까워질수록 새빨간 핏빛이 눈에 확 들어왔고, 놀란 몽천설은 나는 듯 달려가 부군을 붙잡았다.

"괜찮아. 두 의원이 잘 싸매주었어."

소평장의 얼굴은 창백했지만 눈빛은 차분했다. 그는 피에 젖은 조그마한 나무상자부터 그녀에게 건넸다.

"이게 바로 현리사의 간이에요?"

예상대로 몽천설은 곧 그쪽에 정신이 팔렸다.

"이제 우리 평정이도 살아날 수 있겠군요?"

소평장은 팔을 활짝 펼쳐 그녀를 품에 안으며 시선을 피했다.

"그렇소, 우리 평정이는 살아날 수 있소."

그때 관도에서 말발굽 소리가 요란하게 울렸다. 쉬지도 않고 달려온 임해가 막 도착한 것이었다. 그동안 오로지 해독법을 찾아내는 일에만 몰두하던 그녀는 이제야 복양영의 간악함을 떠올리고 현리사의 간을 손에 넣을 수 없을지도 모른다는 데 생각이 미쳤다. 서서히 말을 세우고 가까이 다가가기는 했지만 별안간 두려움이 샘솟아 결과를 물어볼 용기가 나지 않았다.

그녀의 마음을 읽은 몽천설이 재빨리 나무상자를 열어 보여주며 기쁜 목소리로 말했다.

"해약은 얻었어."

임해는 길게 안도의 숨을 쉬며 피 묻은 소평장의 팔을 바라보았다. 목구멍이 콱 막히는 바람에 한참을 애쓴 끝에야 겨우 마음을 가라앉히고 입을 열 수 있었다.

"세자께서는 안심하셔도 됩니다. 사부님과 제가 해독 방법을 찾아냈어요. 현리사의 간 하나만 있으면 두 사람의 독을 치료할 수 있습니다."

예상치도 못한 그 말에 소평장은 순간적으로 심장이 멈추는 것 같았다. 몽롱해진 의식 속으로 '정말입니까?' 하고 큰 소리로 외치는 동청의 목소리가 들려왔지만 그 자신은 아무 말도 할 수 없었고, 다리에도 힘이 쭉 빠지는 바람에 몽천설이 옆에서 붙잡아줘야 했다.

제아무리 굳게 결심을 해도, 제아무리 후회하지 않겠다고 다짐을 해도, 정말 아무런 괴로움도 없이 자기 자신을 던져버릴 사람이 있을까? 생생하게 살아 숨 쉬는 이 세상을 미련 없이 떠날 사람이 있을까?

"두 사람의 독이라니?"

몽천설은 부군을 힘껏 부축하면서 멍한 눈으로 그를 보았다.

"다, 당신도 중독되었어요? 그 상처에 독이 있는 거예요?"

소평장은 그녀의 손을 움켜쥐며 나지막한 목소리로 위로했다.

"임 낭자가 방법이 있다고 하잖아. 아무 일도 없을 거야."

위로를 들으면 들을수록 몽천설은 뒤늦은 두려움에 휩싸여 그의 다친 팔을 붙잡은 손을 저도 모르게 덜덜 떨었다. 그녀가 다급히 말했다.

"아무 말 말고 어서 가요. 어서 돌아가서 해독해요."

소평장은 그녀가 하자는 대로 길 쪽으로 걸어가며 동청에게 분부했다.

"너는 이곳에 남아 계속 북쪽 길을 지키고, 따로 사람을 보내 복양영이 비밀 통로로 달아났으니 포위를 좁혀 산을 수색하라고 전해라."

기쁜 소식을 들은 동청도 얼굴에 드리운 먹구름을 걷고 용기백배하여 큰 소리로 대답한 뒤, 즉시 뒤에 있던 친위대 세 명을 고산 북쪽과 오자구, 장곡간으로 보내 순비잔 등에게 소식을 전하게 했다.

수십 년간 남몰래 음모를 꾸미고 직접 경성으로 와서 3년을 보낸 복양영은 장림왕부가 급히 조달할 수 있는 인마가 얼마나 되는지 대강 짐작하고 있었다. 현령동 주변에 설치한 초소와 비밀 통로의 출구는 사전에 세밀하게 검토하여 마련해둔 것이었다. 각 초소의 감시자들에게서 소평장이 사전에 산을 포위하지 않았다는 보고가 전해진 이상, 동굴로 들어오자마자 포위를 시작하더라도 그 포위를 뚫고 탈출에 성공할 자신은 충분했다.

비밀 통로에서 평범한 사냥꾼의 단삼으로 갈아입고 출구 밖에 기다리던 부하 수십 명과 무사히 합류한 그는 아무 방해도 받지 않고 이웃 산으로 방향을 틀었다. 일행이 언덕을 넘어 바위가 삐죽삐죽 솟은 산길로 접어들었을 때까지도, 복양영은 계획이 술술 진행되어 장림세자와의 첫 번째 대결에서 완승을 거뒀다고 생각했다.

하늘 높이 쏘아올린 효시(嚆矢)가 차갑고 맑은 소리를 내며 목표를 발견했다는 소식을 사방에 알렸다. 가장 멀리서 포위망을 좁히며 산을 수색하던 순비잔은 정신이 번쩍 들어 부하들을 호령하여 더욱 빨리 움직이게 했다.

소평장이 예상한 대로, 복양영은 자신을 옭아맬 그물이 이렇게 크게 펼쳐져 있을 줄 전혀 생각지 못했기 때문에 이에 대응할 방도를 마련해놓지 않았다. 놀라고 당황한 그의 반응은 보통 사람과 그리 다르지도 않아서, 산길을 따라 전력을 다해 달아나다가 앞이 가로막히자 다시 돌아서서 수풀 속으로 뛰어들어 머리 없는 파리처럼 요리조리 내달리는 것이 고작이었다. 시간이 갈수록 곁을 따르던 부하들이 점점 줄어들고 추격자들의 외침 소리는 점점 가까워졌다.

창졸간에 눈앞에 야트막한 벼랑이 나타났다. 벼랑 끝에는 초목이 무성했고 밖으로 뻗은 나뭇가지와 덩굴도 튼튼해 보였다. 그는 이것저것 생각할 겨를도 없이 이를 악물고 뛰어내린 뒤 늘어진 나무줄기를 움켜쥔 채 벼랑에 바짝 붙어 기다란 덩굴 속에 몸을 숨기고 숨을 죽였다.

잠시 후 요란한 발소리가 머리 바로 위쪽을 지나갔고, 관병들의 외침 소리도 차츰 멀어졌다. 복양영은 입술을 꽉 깨물고 주위가 완전히 정적에 휩싸일 때까지 기다렸다가 돌부리를 밟고 다시 기어올랐다. 풀숲에 엎드려 잠시 숨을 고르고 고개를 든 순간, 그는 그 자리에 얼어붙고 말았다.

몇 걸음 앞 커다란 나무 아래에 순비잔이 검을 품에 안고 서서 싸늘하게 그를 바라보고 있었다. 복양영은 얼굴이 종잇장처럼 하얗게 질린 채 절망적으로 눈을 감았다.

소평장이 선제의 영패까지 사용하여 펼친 포위망은 자신이 이겼다고 생각한 이 백신교의 상사를 붙잡기에 매우 완벽했다. 그가 빠져나가지 못할 것을 미리 알았다고는 해도, 정말로 죄인을 손에 넣게 된 순비잔의 기분은 말로 표현할 수 없을 정도로 기뻤다. 그는 몸소 밧줄을 가져와 그를 단단히 묶고 산기슭으로 끌고 내려갔다.

복양영을 체포했다는 소식은 빠르게 사방을 포위한 사람들에게 전해졌다. 주둔지를 오래 비울 수 없던 취풍영의 저천승은 소식을 듣자마자 사람을 보내 돌아가겠다는 뜻을 전하고 직접 인마를 이끌고 동현으로 돌아갔다. 세자의 중독이 마음에 걸린 동청도 가장 먼저 경성으로 달려갔다. 손 통령은 자발적으로 숲속에 남은 잔당들을 색출하겠다며 신나게 산을 뒤지고 있었기 때문에 결국 기슭에서 순비잔과 합류한 사람은 소원계와 그가 이끌던 순방영 병사 수십 명이 전부였다.

"축하드립니다, 순 통령. 죄인을 체포했으니 역병으로 죽은 원혼들도 구천에서 편히 쉴 수 있겠군요."

순비잔도 두 손을 모아 반례한 뒤 소리 내어 웃었다.

"평장이 주도면밀하게 준비한 덕분입니다. 이대로 달아나게 내버려뒀다면 무슨 낯으로 그를 볼 수 있겠습니까?"

손발이 꽁꽁 묶여 바닥에 쓰러진 복양영은 억지로 고개를 들어 두 사람을 올려다보았지만, 소원계는 그에게 눈길 한번 주지 않고 순비잔을 도와 인마를 수습하여 경성으로 돌아갈 채비를 했다.

고산 기슭은 주요 도로와 반 리밖에 떨어지지 않아 멀리서도 관도가 보였다. 경성으로 돌아가자는 명령이 하달되기 무섭게 저 멀리 서쪽 관도에서 뿌연 먼지가 일더니 말 몇 필이 달려왔다. 앞장선 사람이 부통령 당동인 것을 알아본 순비잔은 깜짝 놀랐다.

"무슨 일인가? 경성에 무슨 일이라도 생겼나?"

당동은 말에서 뛰어내려 몇 걸음 다가오더니 헐떡이는 소리로 말했다.

"보고드립니다. 방금 소식이 왔는데 폐하께서 예정보다 일찍 출발하셔서 내일이면 어가가 경성에 도착한다고 합니다."

내일 도착이라면 적어도 사흘을 앞서 출발했다는 뜻이었다. 성 밖에서 어가를 마중할 준비와 궁성의 경비 등 당장 해야 할 일이 많기에 대략 시간을 셈해본 순비잔은 저도 모르게 안색이 변했다.

이를 본 소원계가 재빨리 나섰다.

"통령께서는 바로 돌아가 업무를 하십시오. 죄인은 제가 형부로 압송하겠습니다."

복양영은 이미 막다른 길에 몰렸고 백 명이 넘는 순방영 병사들이 따르고 있으니 사고가 생길 걱정은 없었다. 금군의 일로 초조해진 순비잔은 망설임 없이 고개를 끄덕이고 당동과 측근들을 데리고 나는 듯이 떠나갔다.

소원계는 길가에서 잠시 그를 배웅한 뒤, 고개를 돌리고 차가운 눈으로 복양영을 훑어보았다. 그리고 그의 뒷덜미를 잡아 거칠게 말 앞으로 밀어붙이며 명령했다.

"말에 태워라!"

관병 두 명이 다가와 붙잡자 소원계는 복양영의 등에서 손을 미끄러뜨리며 매미 날개같이 가느다란 칼을 손가락 사이에 끼워 두 손을 묶은 밧줄을 살짝 끊었다. 복양영은 곧 말 등에 태워졌고 건장한 병사 한 명이 뒤에 앉아 감시했다.

동문으로 이어지는 관도는 수산물과 육류를 경성으로 운송하는 수레가 늘 다니는 길이어서, 고르고 튼튼하게 보수되어 있었다. 말을 타고 앞장선 소원계는 주 도로에 오른 뒤로 더욱 속도를 올렸다. 행군 속도가 빨라지자 바짝 붙어 있던 대오는 점점 느슨하게 흩어지기 시작했다.

참을성 있게 말 등에 엎드려 기회를 노리던 복양영은 앞쪽 굽이만 돌면 숲이 펼쳐지는 것을 확인하고는 느닷없이 몸을 퉁겨 일으켰다. 손목으로 흘러내린 밧줄을 털어내고 손바닥을 칼 삼아 등 뒤에 있던 병사의 목을 쳐서 말에서 떨어뜨린 그는 고삐를 낚아채 빠르게 달아났고, 굽이를 돌아 숲속으로 뛰어들자마자 말을 버리고 나무 사이에 몸을 숨겼다.

바로 눈앞에서 일어난 갑작스런 사태에 소원계는 넋이 나간 듯 길 중간에 멍하니 서 있다가 한참 만에야 소리를 질렀다.

"죄인이 달아난다, 어서 쫓아라!"

굽이 때문에 복양영의 모습은 순식간에 사람들의 시야에서 사라졌지만, 소원계가 병사들을 이끌고 숲속으로 쫓아들어가자 저 멀리 말발굽이 일으킨 뽀얀 먼지를 볼 수 있었다. 압송을 맡은 관병들은 죄인을 놓치면 무슨 일이 벌어질지 잘 알고 있었기에 이것저것 생각할 겨를도 없이 래양후의 다급한 지시에 따라 필사적으로 그 뒤를 쫓았다.

한바탕 폭우와도 같은 말발굽 소리가 멀어진 뒤, 관목 사이에 숨었던 복양영이 살그머니 고개를 내밀더니 나무 그늘에 몸을 숨긴 채 반대 방향으로 움직였다. 숲속은 온통 언덕이었다. 뼛골을 치료했다고는 해도 평소 몸 쓰는 일을 별로 하지 않던 그는 숨을 쌕쌕거리며 겨우 평평한 곳까지 기어올라간 뒤 다리가 풀려 털썩 쓰러지고 말았다.

"겨우 그 정도 걷고 쉬다니, 그래서야 어떻게 도망칠 생각이오, 상사 어른?"

귀를 때리는 비웃음 소리에 화닥닥 일어난 복양영은 억지로 정신을 가다듬고 다시금 얼굴에 미소를 지어 보였다.

"살 길을 마련해주셔서 감사합니다, 래양후. 이 은혜는 훗날 꼭

갚지요."

"은혜? 쓸데없는 생각은 마시오. 내가 언제 상사에게 살 길을 마련해준다 했소?"

소원계는 쌀쌀한 표정으로 눈썹을 추켜올렸다.

"상사는 순 통령이 친히 내 손에 넘긴 죄인인데, 이대로 달아나면 내게 책임을 묻지 않을 것 같소? 어렵사리 승자의 편에 섰는데 위험을 무릅쓰고 당신을 살려주어야 할 이유가 무엇인지 한번 말해보시오."

복양영은 마른 웃음을 흘렸다.

"승자? 그리 말하면 안 되지요. 장림세자는 현령동에서 상골의 독에 당했으니 두 형제 가운데 누가 살아남든 한 명은 반드시 죽게 되어 있습니다. 그런데 이 대결에서 제가 진 것 같습니까?"

소원계는 눈을 가늘게 뜨고 그를 보며 입가에 냉소를 떠올렸다.

"상사는 아직 모르시겠군. 소식을 전하러 온 친위대에게 들었는데, 임해가 서둘러 달려와 아주 요긴한 소식을 전했고 장림세자의 부장인 동청마저 매우 기뻐했다고 하오. 내 보기에 이번 싸움은 틀림없이 소평장의 승리요. 반면 상사 당신은 내 손아귀에서도 벗어나지 못하는데 무슨 수로 살 수 있을 것 같소?"

"기뻐했다고요? 그들이 기뻐할 일이 어디 있습니까? 소평장은 분명히 내게서 하나……."

복양영은 말을 하다 말고 얼굴을 일그러뜨리며 와락 다가섰다. 그러나 곧 이 문제를 두고 아옹다옹할 때가 아니라는 것을 깨닫고, 억지로 마음을 가라앉히고 말투를 누그러뜨렸다.

"저는 래양후께 늘 호의를 가지고 있었고 쌓인 원한도 없습니다. 보시다시피 저는 이미 막다른 곳에 몰려 겨우 목숨만 붙어 있는데 어째서 구태여 끝장을 내려 하십니까?"

"방금 말했듯이 당신을 놓아주면 나 또한 책임 추궁을 면키 어렵소. 상사와 나 사이에 묵은 원한은 없다 해도 아주 교분이 두터운 사이도 아닌데, 나더러 상사를 위해 큰 손해를 감수하라는 것은 지나치지 않소?"

복양영은 눈동자를 데구루루 굴리며 한숨을 쉬었다.

"만약에…… 제가 래양후께 무척 쓸모가 있는 비밀을 알려드린다면 어쩌시겠습니까?"

"아직도 비밀이 있소? 어디 말이나 해보시오."

"금릉성에 역병을 퍼뜨린 일에 공모자가 있습니다. 누군지 알고 싶으시지요?"

소원계는 깜짝 놀라 표정이 싹 변했다.

"누구요?"

24

'공모자' 라는 말로 소원계의 흥미를 끈 복양영은 그의 추궁에 곧바로 대답하는 대신 느긋하게 몸을 똑바로 세우며 말려올라간 소매를 정리했다.

"상사, 설마 이 주변에 정말 아무도 없다고 생각하시오?"

"숨 돌릴 시간은 주셔야 하지 않겠습니까, 래양후 나리?"

복양영은 히죽 웃더니 가슴 안쪽 주머니에서 종이 몇 장을 더듬어 꺼냈다.

"제가 친필로 쓴 자백서입니다. 달아난 다음 다른 통로로 경성에 보내 또 한 번 풍파를 일으킬 생각이었으나…… 마침 이렇게 인연이 닿았으니 선물 삼아 드리지요. 국모의 약점이란 원한다고 해서 쉽사리 손아귀에 들어오는 것이 아니랍니다."

소원계는 눈썹을 치키며 종이를 받아 두어 장 훑어본 뒤 경악했고, 가슴이 뜨겁게 달아오르고 흥분되어 혀를 꽉 깨물어야만 겨우 놀란 표정을 가다듬을 수 있었다. 그제야 그는 아무렇지 않은 척 말했다.

"이제 당신이 음험하고 악랄하며 수단과 방법을 가리지 않는 미치광이라는 사실을 모르는 사람은 없소. 미치광이가 쓴 자백서를 가져가 국모를 쓰러뜨리려 한다면 나 또한 당신 같은 미치광이가 되지 않겠소? 그리 귀할 것도 없는 선물이군."

"그렇다면 황후마마께서 태자를 위해 술법을 펼쳐 겁운을 제거하라고 내리신 조서는 어떨까요?"

"조서까지 내렸다고? 아무리 그래도 중궁인 황후인데 그렇게까지 어리석을 리가?"

"황후마마께 태자 전하는 당신의 목숨보다 소중한 사람이라, 한 번 겁을 주면 쉽사리 넋이 빠져 완전히 제정신이 아니게 되지요. 그 조서는 불살라 하늘에 제사를 올리기 위해서일 뿐 세상에는 전해지지 않을 것이라고 속였습니다."

입을 꾹 다무는 것으로 보아 소원계는 여전히 망설여지는 모양이었다.

"래양후 나리, 지금 제가 바라는 것은 목숨만 붙여달라는 것입니다."

복양영이 한 걸음 다가가 몹시 부드러운 말투로 속삭였다.

"이제는 재기할 수도 없으니 소리 소문 없이 강호에 숨어 살며 나리께서 훗날…… 이 경성에서 환히 빛을 발하며 솜씨를 펼치시기만을 기다릴 것입니다."

"상사는 참 듣기 좋은 말도 잘하는구려. 좋소, 일단 그 조서를 봐야겠소."

소원계는 확연하게 풀린 표정으로 들고 있던 종이를 소매 주머니에 넣고 복양영을 향해 손을 내밀었다. 복양영이 머뭇거리자 그는 곧 팔을 내리며 빙그레 웃었다.

"물론 상사가 원치 않는다면 강요하지는 않겠소. 누구나 알다시피 황후마마께서는 까마득히 높은 분이고 내각 수보인 오라버니까지 있으니, 이런 물건을 가져간들 반드시 쓸 수 있다는 보장도 없소. 그저 없는 것보다는 나은 정도겠지."

복양영은 재빨리 주위를 훑어보았지만 아무래도 달아날 길이 없다는 것을 깨닫자 고개를 숙이고 신발 속에서 둘둘 말린 누런 비단을 꺼내 내밀었다.

"이렇게 된 이상 저도 래양후를 믿는 수밖에 없겠군요."

소원계는 비단을 펼쳐 슥 훑어본 뒤 재빨리 말아 넣으며 턱짓으로 한쪽을 가리켰다.

"저쪽 오솔길을 비워놓았소. 하지만 저곳을 벗어난 뒤에 다시 잡히더라도 내 알 바 아니오."

겨우 마음을 놓은 복양영은 잠시도 지체하지 않고 서둘러 공수를 한 뒤 소원계가 가리킨 오솔길로 내달렸다. 그러나 채 열 걸음을 가기도 전에 별안간 등 뒤에서 이상한 느낌이 들어 홱 돌아보니, 소원계의 손에 있던 검이 가슴팍을 향해 똑바로 날아들고 있었다.

갑작스런 기습이었고 거리 또한 무척 가까웠기에, 복양영이 온 힘을 다해 피했지만 검날은 끝내 오른쪽 어깨를 꿰뚫고 말았다. 소원계가 몸을 날려 다가오더니, 검 자루를 쥐고 힘껏 뽑아내면서 복양영의 목덜미를 잡아 옆의 나무에 기대 세웠다. 곧이어 검이 복양영의 배를 파고들어 그의 몸을 나무둥치에 단단히 꿰었다.

"비밀이 있다는 것은 곧 약점이오. 그래서 나는 장림부에 아무

것도 숨기지 않았지. 차마 알려줄 수 없었던 단 한 가지…… 묵치후와의 관계만 제외하고 말이오."

소원계는 눈이 휘둥그레진 복양영에게 바짝 다가가 칼날처럼 날카로운 목소리로 말했다.

"상사께서 정말 강호에 숨어 살 생각이었는지 어떤지는 모르지만, 내 입장에서는 죽은 사람이 훨씬 믿음직스럽소."

복양영은 목구멍에서 그르렁그르렁 소리를 냈지만, 결국 한 마디도 하지 못한 채 목을 푹 떨어뜨렸다.

소원계는 검을 뽑고 땅에 너부러진 시신을 바라보며 입술 끝을 살짝 올렸다.

"더구나 내 손에 넘겨진 이상, 당신은 죽든 살든 반드시 내 손으로 순비잔에게 데려가야 하오."

황제가 예정보다 빨리 돌아온다는 소식과 복양영이 달아나다가 피살되었다는 소식은 잇달아 장림왕부에 전해졌다. 하지만 지금의 소평장은 가장 긴급하고 중요한 일에 정신을 쏟느라 다른 일은 모두 미뤄두어야 했다.

헤어진 지 사흘째, 침상에 누운 소평정은 더욱 창백해지고 호흡도 미약했다. 머리카락 한 가닥이 그의 창백한 뺨 위에 흩어져 있었다. 손바닥으로 아우의 이마를 짚어본 소평장은 손끝에서 느껴지는 온도에 마음이 따뜻해졌다. 그는 해약을 구해 돌아왔고 소평정은 아직 살아 있었다. 지금은 그 어떤 것도 이보다 더 중요하지 않았다.

피에 젖은 나무상자는 바깥 마루에 있는 여건지의 손에 들려 있었다. 그는 뱀의 간을 조심조심 살핀 뒤 미소를 지으며 탁자에 상자를 내려놓았다.

소평장이 안에서 나와 몽천설과 나란히 탁자 맞은편에 앉아 허리를 숙였다.

"그동안 노당주와 임 낭자께서 전심전력으로 마음 써주신 일은 이 소평장, 마음속 깊이 새기겠습니다."

"참으로 우연한 일이었지요. 이 늙은이와 해아가 새로운 해독법을 찾아낸 것은 세자비께서 주신 이 랑야각의 사본 덕분입니다."

여건지는 웃으며 반례를 했다.

"우선 저희가 알아낸 해독법의 원리를 설명드릴까 합니다."

몽천설이 다급하게 말했다.

"좋아요. 듣고 있으니 말씀하세요, 노당주."

여건지는《상고습유》한쪽을 펼쳐 손가락으로 가리켰다.

"이 의서에는 무척 보기 드문 약재들이 기록되어 있는데, 엉긴 피를 풀어내는 데 효과가 있는 약재들이 바로 이쪽에 쓰여 있습니다. 두중이 약방에서 찾아낸 약재를 배합하여 둘째 공자에게 두 첩을 먹였더니 효과가 무척 좋았지요. 벌써 심맥이 움직이기 시작하여 기혈이 음경과 내장으로 전해지다가……."

언제나 예의바르고 단정한 장림세자답게 남의 말을 자르는 것은 있을 수 없는 일이었지만, 여건지가 치료하는 과정 하나하나를 상세하게 설명할 기세로 이야기를 늘어놓자 그는 도저히 참지 못하고 가볍게 헛기침을 하며 가능한 한 자연스럽게 말했다.

"소생은 우둔하여 약과 의술에 대해 잘 알지 못합니다. 할 수 있는지 아닌지와 소생이 어떻게 하면 되는지만 알려주시면 어떻겠습니까?"

"아, 할 수 있지요, 당연히 할 수 있습니다. 다만 해독에 필요한 주 약재는 현리사의 간이고 두 분이 나누어 복용해야 하는데, 중독된 지 오래인 분이 있어 약효가 다소 부족하고……."

단박에 초조해진 몽천설이 물었다.

"네? 문제없다고 하지 않으셨어요?"

"몽 언니, 잠시만 기다려주세요."

옆에 앉아 있던 임해가 서둘러 위로했다.

"저희는 세세한 부분까지 모두 살펴보았고 확실히 아무 문제 없어요. 사부님께서는 그저 정확하게 설명을 드리려는 것뿐이에요."

소평장이 부인의 손을 살짝 잡고 위로하듯 두드렸다.

"초조해 말고 노당주의 말을 천천히 들어봐."

여건지는 목청을 가다듬더니 고개를 숙인 채 잠시 생각에 잠겼다가 가능한 한 간결하고 명확하게 치료법을 설명했다. 안타깝게도 생업이 다를 뿐 아니라, 랑야산에서 노각주를 보조하며 귀동냥이라도 한 소평정과는 달리 의술을 눈곱만큼도 모르는 소평장은 차 한잔 마실 시간 동안 열심히 듣고도 여전히 이해가 되지 않았고, 몽천설은 숫제 넋이 나간 표정이었다.

"해독 절차는 대강 이러합니다."

여건지는 맞은편에 앉은 두 사람을 보며 물었다.

"혹시 이견이 있으신지요?"

소평장은 당연히 아무런 이견이 없었지만, 그래도 의혹이 풀리지 않아 물었다.

"노당주, 먼저 심맥만 남기고 내장으로 이어지는 다른 경맥을 틀어막아야 한다 하셨는데, 그것이 무슨 뜻입니까?"

"간단히 말해, 둘째 공자는 중독이 심하기 때문에 약효가 여러 차례 스며들게 해야 합니다. 따라서 먼저 침으로 몸의 기능 가운데 크게 중요하지 않은 것을 멈추게 한 뒤 심맥만 남겨 그 속에 맺힌 독을 제거하는 거지요. 그 후 휴식을 취하며 몸을 회복하면 됩니다."

몽천설은 다시 깜짝 놀랐다.

"위험하지 않나요?"

임해가 거들었다.

"해독을 하는 동안에는 세자와 둘째 공자 모두 의식이 전혀 없고 호흡도 약해지기 때문에 겉으로는 위험해 보이지만 생명에는 지장이 없어요. 다만…… 아무래도 몸에 손상이 갈 수밖에 없으니 적어도 몇 달간은 침상에서 쉬어야 평소처럼 움직일 수 있지요."

몽천설은 눈물을 글썽이며 부군을 돌아보았다. 심장이 욱신욱신 죄어들었다. 하지만 죽는 것에 비해 그 정도 괴로움과 피해는 최악의 결과는 아니었기에 마음이 아파도 어쩔 수 없었다.

소평장은 상반신을 곧게 펴고 여건지를 향해 공수하며 예를 갖췄다.

"죽을 수밖에 없는 상황이라고 생각했는데 두 사람 다 살아날 기회가 생겼으니, 벌써 죽을 고비에서 되살아난 기분입니다. 어떤 위험이 있든 그 결과가 어떠하든, 우리 형제를 대표하여 노당주와 임 낭자의 노고에 미리 감사드립니다."

여건지는 허연 눈썹을 살짝 내리고 정중하게 반례를 했다.

"장림왕 전하와의 오랜 교분이 아니더라도, 사람을 구하는 것은 의술을 행하는 사람으로서의 본분입니다. 세자께서 믿어주시고 온전히 맡겨주시니 이 늙은이도 길게 말하지 않겠습니다. 이런 일은 지체할 수 없는 법, 오늘 저녁은 푹 쉬시지요. 그사이 해아와 제가 필요한 준비를 하고 내일 당장 해독을 시작하겠습니다."

며칠간 바삐 움직이고 근심 걱정에 시달린 데다 복양영과의 대결로 기력 소모가 컸던 소평장은 확실히 지치고 피로했다. 한숨 돌릴 틈이 나자 더 이상 피로를 견디기 어려운 그는 여건지에게 감사 인사를 한 후 몽천설과 함께 동쪽 원락으로 돌아갔다.

원락에서는 시녀들이 뜨거운 물과 차를 준비해놓고 기다리고 있었다. 씻고 옷을 갈아입은 뒤 단잠에 빠져든 그가 다시 눈을 떴을 때는 이미 하늘이 훤히 밝아 있었다.

그보다 조금 일찍 깨어난 몽천설이 움직이는 소리를 듣고 다가와 침상의 휘장을 걷었다. 그녀는 하녀에게 세수할 물을 떠오게 하고 천천히 몸을 일으키는 부군을 향해 말했다.

"광택헌에 다녀왔는데, 노당주와 임해 동생 말로는 조금 더 준비할 것이 있으니 정오쯤 오면 된대요."

"그래? 그렇다면 오늘 오전에는 우리 둘 다 한가하겠군."

소평장은 반쯤 열린 창문으로 바깥을 내다보았다. 정원이 촉촉하게 젖고 주룩주룩 소리가 들려오는 것으로 보아 간밤에 가을비가 시작되어 아직 그치지 않은 모양이었다.

몽천설은 평상복을 가져와 그에게 입히며 그 시선을 따라 바깥을 돌아보았다.

"어젯밤에 비가 한참 내렸어요. 빗소리가 너무 시끄러워서 당신이 깨지 않을까 했는데 손가락 하나 까딱하지 않더군요. 그렇게 푹 잠든 모습, 참 오랜만이었어요."

소평장은 돌아서서 그녀의 손을 잡고 힘을 꽉 주었다가 놓았다. 그리고 병풍 뒤에서 씻고 머리를 빗은 뒤 간단하게 겉옷을 걸치고 방문을 나섰다.

시녀 두 명이 처마 밑에 긴 의자를 옮기고 푹신한 모포를 깐 뒤 팔걸이 옆에 앉은뱅이 탁자를 가져다놓는 '중이었다. 직접 방 안에서 새로 끓인 녹차를 가져온 몽천설은 소평장이 의자에 앉기를 기다렸다가, 조그마한 의자를 옆에 놓고 앉아 그의 무릎에 엎드렸다.

동쪽 원락의 정원에는 광택헌처럼 높이 솟은 오래된 나무는 없지만, 이끼 낀 하얀 담장과 파릇파릇한 대나무, 초목과 어우러진 바위며 조그마한 연못이 조화를 이루어 색다른 풍치를 자아냈다.

소평장은 무릎에 기댄 사랑하는 부인의 머리카락을 쓰다듬으며 말로 설명할 수 없는 평온함을 느꼈다. 혼례를 올린 뒤로 그는 해마다 그녀와 함께 등 구경을 나갔고, 그녀는 그와 함께 처마 밑에서 빗소리를 들었다. 해마다 빠짐이 없었다. 그가 원소절 날 휘황찬란한 등불이 번쩍거리는 거리의 시끌벅적함을 좋아하지 않는 것처럼, 몽천설도 처마에서 똑똑 떨어지는 빗방울이 잎사귀를 두드리는 소리가 얼마나 듣기 좋은지 알지 못했다. 하지만 상관없었다. 그들은 이렇게 같이 있는 것이 좋았고, 이렇게 함께하기를 바랐다.

옆에 놓인 찻주전자가 점점 식어가는 동안 가랑비가 그치고 잎사귀 끝에서도 더 이상 물방울이 굴러 떨어지지 않았다. 닫혔던 원락 바깥문이 살짝 열리더니 동청이 몸을 반쯤 내밀고 들어올까 말까 머뭇거렸다.

소평장이 몽천설의 어깨를 톡톡 치자 그녀가 일어나 앉아 쭈뼛거리는 동청을 보고 웃음을 터뜨렸다.

"무슨 일이야, 동청? 노당주께서 우리를 찾으셔?"

동청은 주저주저하며 섬돌 앞까지 다가와 예를 올렸다.

"세자를 뵙고자 찾아온 사람이 있습니다. 몹시 긴급한 일이라 직접 뵙고 이야기를 해야 한다고 합니다."

몽천설이 눈살을 살짝 찌푸렸다.

"동청도 참, 폐하께서 돌아오시는 날인데도 휴가를 냈는데, 그보다 더 급한 일이 어디 있다는 거야? 누군지 모르지만 돌려보내, 만나지 않을 테니까."

세심하고 일솜씨 좋은 동청을 잘 아는 소평장은 틀림없이 무슨 이유가 있을 것이라 여겨 몽천설을 달래놓고 가볍게 물었다.

"찾아온 손님이…… 아는 사람인 모양이구나?"

동청은 손에 든 목패를 그에게 내밀었다. 목패에는 아무런 장식도 없이 단 두 글자만 새겨져 있었다.

'한해'

순간 소평장은 눈썹을 치키며 벌떡 일어나, 낮은 목소리로 몽천설에게 말했다.

"만나봐야겠어. 노당주가 찾거든 대청에 와서 알려줘."

말을 마친 그는 서둘러 방에서 장포를 가져와 몸에 걸치면서 밖으로 나갔다.

동쪽 원락의 대청 탁자에는 평소대로 하인들이 따뜻한 차를 갖다놓았지만, 손님은 안에서 기다리지 않고 비 온 뒤 질퍽해진 진흙에 신발이 젖는 것도 아랑곳 않고 중정의 나무 아래에 멍하니 서 있었다. 뜰 문 쪽에서 다급한 발소리가 들리자, 그는 몸을 홱 돌리고 바람막이에 이어진 두건을 걷어 젊은 얼굴을 드러내며 두 손을 모았다.

"탁발 공자…… 정말 공자였구려."

소평장은 놀란 얼굴로 그를 아래위로 훑어보았다.

"이렇게 먼 길을 오시다니, 무슨 중요한 일이라도 있소?"

"지난번에 헤어지고 처음이니 오랜만에 뵙는군요."

이렇게 인사하며 입가를 살짝 당기는 탁발우에게는 무언가 말하기 힘든 이야기가 있어 보였다.

"세자께서도 아시겠지만 혜왕 전하께서 암살을 당하신 뒤 우리 조정의 정세에 큰 변화가 있었습니다."

소평장은 고개를 끄덕였다. 북연의 정세는 북쪽 국경의 방어와 밀접한 관계가 있었으니 계속 주시하는 것이 당연했다. 중화 군주는 고국으로 돌아간 뒤 황제 앞에서 자결했고, 큰 병을 앓게 된 황제는 넷째 황자인 진왕(陳王)에게 정무를 맡겼다. 강경한 성품인 진왕은 몇 달간 잠시 멈췄던 북쪽 반군과의 전쟁에 다시금 불씨를 지폈지만 연전연패를 거듭하다가 가장 견고하던 거수의 방어선마저 위험에 처하게 되었다.

탁발우는 눈을 내리뜨고 몹시 고통스런 목소리로 한 자 한 자 말을 이었다.

"더 이상 물러날 길이 없게 된 넷째 황자께서는 최후의 승부수를 던졌습니다. 폐하를 설득해 대유와 남몰래 밀약을 맺는 것이지요."

"대유와 밀약을 맺다니?"

"실은…… 저도 이렇게 와서 세자께 알리는 것이 옳은 일인지 잘 모르겠습니다. 다만 혜왕 전하께서 살아 계셨다면, 눈앞의 작은 이익 때문에 장림군과 원수를 맺는 일은 절대로 원치 않으셨으리라 생각했습니다."

소평장은 한 걸음 다가가 날카로워진 목소리로 물었다.

"귀국의 폐하께서 대체 대유와 어떤 밀약을 맺으셨소?"

"대유는 반군이 차지하고 있는 북쪽 전선을 공격하고, 동시에 우리 조정에 은전과 비단, 군수물자를 지원해주기로 했습니다. 폐하께서는 그 보답으로……."

탁발우는 이 대목에서 한동안 망설였지만, 결국 결심을 내리고 입을 열었다.

"음산(陰山) 어귀를 열어 대유의 황속군이 서쪽 국경으로 가는 길을 내어주기로 약속하셨습니다."

"음산 어귀?"

소평장은 경악한 눈으로 그를 응시했다.

"대유에 음산 어귀를 열어주기로 했단 말이오? 그쪽은 북연의 서남쪽 관문이지 않소!"

"강산이 쓰러질 듯 위태롭다보니 폐하께서는 이미 이성을 잃으셨습니다."

소평장은 두 주먹을 꽉 쥐며 마음을 가라앉히려 애썼다.

"언제 있었던 일이오?"

"밀약은 지난달에 있었습니다. 대유는 오랫동안 준비해온 것이 분명하니 결코 미적거리지 않을 것입니다."

탁발우는 참담한 표정이었고 미간에는 부끄러움이 묻어 있었다.

"지금 우리 대연에 가장 불필요한 것이 바로 원수를 맺는 일입니다. 드릴 말씀은 여기까지니 세자께서는 부디 몸조심하십시오."

말을 마친 그는 재빨리 두건을 푹 눌러쓰고 돌아서서 사라졌다.

줄곧 멀찍이 문가에 서 있던 몽천설은 그들이 나눈 이야기를 들을 수 없었지만, 부군의 안색이 창백해지는 것을 보자 허둥지둥 달려와 그의 손을 붙잡았다. 손바닥에 가득한 식은땀이 만져지는 순간 그녀 역시 놀라고 당황했다.

소평장은 눈을 감은 채 머리부터 발끝까지 부들부들 떨다가 한참 만에야 숨을 크게 들이쉬며 딱딱 부딪치는 잇새로 한마디 내뱉었다.

"부왕……."

임해는 소평정의 침상 앞에 꿇어앉아 그의 신정혈에서 천돌혈까지 손가락을 미끄러뜨린 뒤 소털처럼 가느다란 은침을 차분하게 꽂았다. 바깥 마루에서 주고받는 소평장과 사부의 대화 소리가 방 안까지 전해졌지만, 해독 전 해야 할 일이 무척 중요했기 때문에 그녀는 자신의 손에만 정신을 집중하고 바깥의 일은 완전히 무시했다. 마지막 은침을 뽑아낸 뒤에야 그녀는 사부의 목소리가 몹시 긴장되고 흥분해 있음을 알아차렸다. 두 사람의 대화가 단순한 인사말은 아닌 것이 분명했다.

"안 됩니다! 절대 안 될 일입니다!"

여건지는 두 눈을 부릅떴다.

"저희는 의원이지 신선이 아닙니다. 어제 말씀드린 치료법이 의술과 약재로 얻을 수 있는 최대한이고 이를 조정할 여지는 전혀 없습니다!"

임해는 황급히 달려나가 사부와 그 맞은편에 꿇어앉은 소평장, 몽천설 부부를 놀란 눈으로 바라보았다.

"소생이 제멋대로 하고자 이러는 것이 아닙니다. 대유의 황속군이 북연에 길을 빌려 음산 어귀를 통과하면 우리 대량의 북쪽 국경이 어떤 국면을 맞이하게 될지, 노당주께서도 잘 아실 겁니다."

여건지는 얼굴을 굳혔다.

"이 늙은이는 의원이라 군사 일은 모릅니다."

"이제 와서 사람을 보내 부왕께 알리기에는 너무 늦습니다. 적군의 전선은 만도지세(彎刀之勢)를 이루어 직접적으로 퇴로를 끊을 것입니다. 그리되면 부왕의 영채가 가장 먼저 포위되어 군령을 내리기조차 어렵게 됩니다. 장림군의 부원수로서, 바깥의 병력을 모아 적시에 부왕을 구할 수 있는 사람은 저뿐입니다! 저밖에 없습니다!"

소평장은 한 손으로 탁자를 꾹 누르며 떨리는 이를 악물었다.

"북쪽 국경이 이런 위기에 처했는데, 어떻게 눈 딱 감고 이곳에 누워 있을 수 있겠습니까?"

잠시 침묵을 지키던 여건지가 어쩔 수 없다는 듯이 어깨를 축 늘어뜨리며 낮게 말했다.

"꼭 그리하셔야 한다면 이 늙은이에게 무슨 방도가 있겠습니까? 현리사의 간이 아직 있고 세자께서 중독되신 지 사흘이 지나지 않았으니, 해약을 복용하면 운기행공을 통해 몸속의 독을 몰아 낼 수 있습니다."

소평장은 몸을 부르르 떨며 인사불성이 되어 방 안에 누운 아우를 돌아보았다.

"그, 그렇다면 평정은 어찌됩니까?"

여건지는 대답하지 않았지만, 창백해진 임해의 얼굴이 이미 답을 해주고 있었다.

소평장의 눈동자에도 천천히 눈물이 차올랐다. 그가 애원하는 어조로 입을 열었다.

"노당주……."

"세상일이 다 그렇지요. 전력을 다했으니 반드시 그 보답이 있으리라 생각했지만 결국…… 이렇게 원점으로 돌아오는군요."

여건지는 하늘을 향해 한숨을 푹 내쉬고, 애처로운 눈빛으로 말했다.

"의원이 할 수 있는 일에는 한계가 있는 법, 부디 용서하십시오."

소평장은 넋이 나간 얼굴로 그를 바라보았다. 일순 방 안의 공기가 얼어붙은 듯 딱딱해지고 죽음과도 같은 정적이 흘렀다. 여러 날 동안의 싸움도, 포기하지 않으려 했던 굳센 의지도, 운명으로 주어진 잔인한 장난과 중압감 앞에서는 너무도 무력하고 빛이 바랬다.

"그곳에서…… 복양영의 제자를 보았습니다."

오랜 생각 끝에 소평장이 다시 입을 열었다. 씁쓸하지만 평온한 말투였다.

"그자는 정신이 말짱했고 행동도 보통 사람과 다름없었지요. 피를 이용한 치료법이라고 했습니다."

시종 한 마디도 하지 않던 몽천설이 별안간 벌떡 일어나 얼굴을 가리고 달려나갔다.

정원에 진 낙엽들은 오랫동안 쏟아진 빗물에 잠겨 누렇게 시들어 있었다. 몽천설은 눈물을 머금고 나무 밑으로 달려가 온 힘을 다해 거친 나무줄기를 때리고 또 때렸다. 얼마 지나지 않아 손바닥에 시퍼렇게 멍이 들었다.

소평장이 그녀 뒤로 다가와 나지막이 말했다.

"괴롭고 슬프고 화가 나는 당신 마음…… 잘 알아. 하지만 부왕과 평정이 위험에 처해 있는데 내가 무슨 선택을 할 수 있겠어?"

몽천설이 몸을 홱 돌려 그의 곁으로 갔다.

"내가 애원한다면요? 제발 당신 자신을 선택해달라고 빈다면요? 그럼 약속해줄 거예요?"

소평장의 입술이 파르르 떨렸다. 멍하니 한동안 생각에 잠겼던 그가 천천히 입을 열었다.

"그럴게."

"그럼 좋아요. 이렇게 부탁할게요. 제발 날 버리지 말아요! 이런 상황에서도 어째서 당신 스스로를 위한 생각은 조금도 하지 않는 거예요, 어째서……."

"물론 이런 상황에서 다른 선택을 할 수도 있겠지. 내 방법이 반드시 옳다거나, 다른 사람의 생각이 반드시 틀렸다고 하는 것은 결코 아니야. 다만 우리 둘 다…… 그렇게 못하는 것뿐이야, 소설……."

멍한 눈으로 한동안 그를 응시하던 몽천설의 꽉 쥔 주먹에서 서서히 힘이 빠졌다.

어려서부터 알고 지냈고 수년간 부부로 살아온 만큼, 그녀는 부군의 마음에서 가장 연약한 부분을 잘 알고 있었다. 그리고 소평장 역시 그녀를 모를 리 없었다.

애원과 눈물로 몰아붙여 물러서게 만들고, 약속해달라고 강요할 수는 있었다. 하지만 그 다음에는? 해가 가고 또 가고, 달이 지나고 또 지나도, 오늘 내린 결정을, 무언가를 내버렸던, 혹은 강요로 어쩔 수 없이 포기했던 사실을 두 사람 다 결코 잊지 못할 것이다. 지독한 후회와 양심을 찌르는 죄책감이 켜켜이 마음속에 쌓여, 언젠가는 그들을 무너뜨리고 다시는 자신을 마주하지 못하도록, 서로를 마주하지 못하도록 만들어놓을 것이다.

옳고 그름의 문제도 아니요, 이기심과 이타심의 문제는 더더욱 아니었다. 형으로서, 그리고 형수로서, 그녀와 그녀의 평장 오라버니는 마음 편히 살아갈 수 없을 뿐이었다.

—

25

—

금릉성은 이제 막 생사의 관문을 넘었고 큰 충격에서 아직 회복하지 못한 상태였다. 소흠은 경성에 도착하기 전에 미리 명을 내려 문무백관이 성문 밖까지 나와 어가를 맞는 행사를 취소시키고 조용히 궁성으로 들어갔다. 조양전에서 내각으로부터 근황을 보고받은 뒤, 그는 신하들을 물리고 순비잔만 남겨 독대했다.

황제가 무엇을 하문할지 당연히 알고 있던 순비잔은 조서를 받아 황제 앞에 무릎을 꿇을 때 저도 모르게 심장이 쿵쿵 뛰었다. 황제의 팔걸이 옆 탁자에는 누런 비단으로 싼 납작한 나무상자가 놓여 있었다. 그 속에 든 내용은 다른 사람은 몰라도 금군통령 자신은 정확하게 알고 있었다. 그가 심복에게 밤낮 가리지 않고 달려가 전하게 한 밀서로, 장림세자가 황실의 우림영을 움직인 것을 보고하는 내용이었다.

"평정은 지금 어떠냐?"

어좌에 몸을 기대고 한참 동안 말이 없던 소흠이 가장 먼저 던진 질문이었다.

"신이 마지막으로 들은 소식에 따르면 의원이 해독에 무척 자신이 있었다고 하니 아무 일도 없을 것입니다."

순비잔은 잠시 멈추고 신중하게 말을 골라 대답했다.

"지금 생각해보면 사건은 현령동에서 이미 끝난 것 같습니다. 하지만 당시 상황으로는 복양영이 무슨 악랄한 계략을 꾸몄는지, 그자를 만났을 때 무슨 일이 벌어질지 아무도 짐작할 수 없었습니다. 그자는 보통 사람으로서는 따를 수 없을 만큼 악랄하고 간교하여, 포위하지 않았다가 만에 하나 동굴에서 무슨 착오가 생기면 돌이킬 여지도 방법도 없었습니다. 세자 또한 그 때문에……."

소흠은 살며시 손을 들어 소평장을 변호하는 그의 말을 끊었다.

"왕형께서 계시지 않으니 아이들을 막기가 쉽지 않았다는 것은 짐도 안다. 허나…… 금기는 결국 금기다."

순비잔은 가슴이 턱 막히는 것 같아 두려운 얼굴로 고개를 들었다. 언변에 능하지 못한 그는 이 상황에서 무슨 말을 해야 할지 몰라 순식간에 등이 식은땀으로 축축하게 젖었다.

소흠의 시선이 그에게서 떨어져 탁자를 들고 선 태감에게로 향했다. 그가 눈짓을 하자 태감은 명을 받드는 의미로 허리를 숙인 뒤 누런 두루마리를 받쳐들고 계단을 내려가 순비잔에게 건네고 물러났다.

"짐이 위산에서 내린 조서다."

소흠은 망연한 표정의 순비잔을 바라보며 빙그레 웃었다.

"장림세자에게 취풍영을 움직이라 명한 조서이니, 황실의 우림영이 출병한 것은 짐의 명을 받든 것이다, 알겠느냐?"

비록 넋이 빠져 있던 순비잔이지만 이런 말까지 듣고서도 그 뜻을 알아채지 못할 정도는 아니었다. 그는 심장이 뜨끈뜨끈 달아오르는 것을 느끼며 두 손을 모으고 큰 소리로 대답했다.

"소신, 잘 알겠습니다. 폐하의 뜻은 저 통령도 분명 알아들을 것입니다."

소흠은 고개를 살짝 끄덕이고 다소 피곤한 표정으로 손을 내저은 뒤 몸을 뒤로 기댔다. 요즘 들어 황제의 몸이 나날이 약해지고 있다는 것을 아는 태감들은 허둥지둥 달려와 황제를 부축하고 똑바로 눕혔다.

순비잔은 더 머물지 못하고 머리를 조아린 뒤 물러나왔다. 서둘러 금위부로 돌아가 준비를 마친 그는 측근 두 명만 데리고 나는 듯이 동문으로 달려가 부하들을 성문에서 기다리게 하고 혼자서 말에 박차를 가했다. 잠시도 쉬지 않고 달려간 덕분에 저녁나절에는 동현의 취풍영에 도착할 수 있었다.

경성 주변에 주둔하는 황실의 우림영은 황제의 명령 없이는 절대 움직이지 않았다. 소평장이 선제의 영패를 가지고 있고 소흠 또한 장림왕부를 신임하는 것이 틀림없었기에 깊이 생각하지 않고 출병한 저천숭이지만, 순비잔이 직접 달려와 건넨 조서를 받자 그제야 이 일이 미묘하고 설명하기 힘든 금기라는 사실을 깨닫고 뒤늦은 두려움에 몸을 떨었다.

"황실 우림영은 처음부터 끝까지 황명을 따랐다는 것을 폐하께서 누구보다 잘 아시오. 중죄인을 체포하는 데 협조한 취풍영의 공로는 조정에서도 칭찬하고 포상을 내릴 것이오."

순비잔은 조서를 저천숭의 손에 쥐여주며 위로하듯 빙그레 웃었다.

"저 통령의 신중한 성품이라면 필시 이상한 소문은 퍼지지 않으리라 믿소. 그렇지 않소?"

저천승은 재빨리 당시의 일을 돌이켜보았다. 병사들은 당연히 신경 쓸 필요가 없었고 구체적으로 누구에게서 명을 받았는지는 자신과 부하 두 명만 알고 있었다. 그제야 마음이 놓인 그는 조서를 위로 높이 들고 머리를 조아린 다음 웃으며 말했다.

"금릉성이 봉쇄되어 형제들이 하나같이 애를 태우고 있었습니다. 조서를 받들어 대죄인을 체포하는 일을 도울 수 있었던 것만으로도 우리 취풍영의 행운인데, 어찌 포상까지 바라겠습니까?"

두 사람 모두 무신이라 이만큼 에둘러 말한 것도 쉬운 일이 아니었다. 내일 아침 자리를 지켜야 하는 순비잔은 당장 돌아가야 했기에 상투적인 인사는 여기서 끝내고 곧바로 그와 작별했다.

금군통령이 타는 말은 말할 것도 없는 명마였고, 단기필마로 동현을 왕복한 그의 속도는 놀라울 지경이었다. 그가 다시 금릉성 아래에 도착한 것은 막 이경이 되었을 때였다. 성문 안에 남아 있던 측근 두 명은 상관의 목소리를 듣자 황급히 순방영 관병들과 함께 성문을 살짝 열고 그를 안으로 들였다. 야간 통금 시간이라 지나는 사람 하나 없는 거리는 몹시도 조용하여 따가닥거리는 말발굽 소리가 유난히도 크고 맑게 울려 퍼졌다. 등을 들고 앞장선 측근들과 함께 거리를 내달려 모퉁이를 돌자 백 장 밖에 통령부의 정문이 보였다. 한밤중이기에 대문은 닫혔고 처마 밑에 건 등도 꺼졌지만, 문 앞에는 검은 그림자 하나가 섬돌에 기대어 웅크리고 있었다.

말발굽 소리를 들었는지 그림자가 벌떡 일어나 그들을 향해 달려오며 외쳤다.

"순 통령!"

"동청?"

순비잔은 황급히 말에서 뛰어내려 측근에게서 등을 받아들었다. 울어서 눈이 벌겋게 부어오르고 눈물투성이가 된 동청의 얼굴을 보자 그는 화들짝 놀랐다.

"무슨 일이냐? 무슨 일이 생겼느냐?"

"순 통령…… 저희 세자 나리 좀 말려주십시오."

동청은 그의 팔을 붙잡은 채 꿇어앉아 울며 호소했다.

"제발 부탁드립니다. 세자 나리 좀 말려주십시오, 제발……."

탁발우가 남몰래 장림왕부를 방문한 것은 정오였고, 소평장과 몽천설이 정원에서 깊이 이야기를 나누다가 다시 방으로 돌아왔을 때는 마침 여건지가 해독을 시작하기로 정한 시각이었다. 모든 것을 갖춰둔 상태지만, 양손을 꼭 마주 잡은 두 사람을 보는 순간 세 의원은 곧 그들이 내린 결정을 알아차렸다.

"한언이 명확하게 말해주었으나 조금이라도 착오가 있어서는 안 되니 세 분께 도움을 청할 수밖에 없습니다."

여건지는 재빨리 손을 들어 그의 말을 막고, 희끗한 수염을 파르르 떨며 말했다.

"이 늙은이는 수십 년간 의술을 베풀어왔으나 스스로를 해치는 방법을 가르친 적은 한 번도 없습니다. 세자께서 무슨 말씀을 하시든 그것만은 절대 바뀌지 않을 것입니다."

말을 마친 그는 현리사의 간이 든 나무상자를 탁자에 내려놓고 일어나 뒤도 돌아보지 않고 떠나갔다.

두중은 괴로운 듯 그 뒤를 따르다가 주춤주춤 걸음을 멈췄다.

소평장은 이미 예상한 듯, 가만히 눈을 내리떴다가 천천히 임해에게 시선을 던졌다.

임해는 본래 자리에 미동도 없이 앉아 나무상자를 검붉게 물들인 핏자국을 하염없이 바라보고 있었다. 눈물방울이 속눈썹에 맺혔다가 방울방울 떨어져 옷자락을 적셨다.

"낭자도 북쪽 국경에 가서 전쟁터를 본 적이 있으니 알 것이오. 전쟁의 불꽃이 국경을 넘으면 시신이 산처럼 쌓이고, 성이 포위되면 그 안에 갇힌 자들은 하루를 1년같이 보내야 하오."

소평장이 손을 들어 정중하게 예를 갖췄다.

"내 결심은 이미 섰으니, 부디 지난번 감주에서 나를 구해준 것처럼 다시 한 번 도와주기 바라오."

두 눈을 든 임해는 대답하기 전에 멍하니 몽천설부터 쳐다보았다. 부군 곁에 딱 붙어선 몽천설의 뺨은 눈물투성이였지만, 그녀는 임해의 시선을 피하지 않고 거의 눈에 띄지 않을 정도로 살짝 고개를 끄덕였다.

임해는 아랫입술을 꽉 깨물고 고개를 돌려 방 안을 들여다보았다. 소평정은 여전히 눈을 감고 누워 있었다. 마치 깊은 잠에 빠진 사람처럼 평온하게, 아무것도 모르고 평온하게 누워 있었다.

서로의 마음은 분명했다. 지난 약속 때문도 아니고 다른 사람 때문도 아니었다. 함께 지내는 동안 서로가 잘 어울린다는 것을 알게 되면서 조금씩 생겨난 감정이요, 마음속 깊은 곳에 자리한 그 무엇보다 순수한 애정이었다.

그러나 아름답던 그 모든 것은 이제 곧 추억이 될 터였다. 오늘이 지나고, 소평정이 깨어나면 그는 영원히 그녀를 용서하지 않을 것이다. 영원히.

"이런 도움을 청하는 것이 낭자에게 얼마나 무거운 짐이 되는지 아오."

소평장은 고개를 숙이고 들고 있던 조그마한 나무상자를 천천히 열었다.

"그러니 평정에게 말하지 않는 것이 가장 좋은 방법이오. 이 모든 것을…… 그 아이에게 알려서는 안 되오."

말을 마친 그가 현리사의 간을 꺼내더니, 차마 몽천설을 쳐다보지 못한 채 재빨리 입에 넣었다.

가장 어려운 관문을 넘자, 나머지 일들은 무척 간단하고 무감각해졌다. 임해는 성공적으로 해독하는 것은 물론 기혈을 넘겨주는 소평장의 부담을 가능한 한 줄여줄 수 있기를 바라면서, 소평정에게 다시 침을 놓아 막았던 경맥을 열었다. 밤이 깊이 내려앉을 때까지 바삐 움직이던 그녀는 비로소 무력감과 절망을 느끼며 움직임을 멈췄다.

사실 그녀도 마음으로는 사부가 옳다는 것을 알고 있었다. 의원이 할 수 있는 일에는 한계가 있게 마련이고, 아무리 받아들이기 싫어도, 아무리 발버둥 치며 거부해도, 결코 그 결과를 바꿔놓을 수는 없었다. 그저 쓸데없이 시간을 질질 끄는 것에 불과했다.

두중은 그녀를 도와 필요한 약재를 준비한 뒤 고개를 숙이고 방에서 물러갔다. 그는 차마 여건지처럼 매정하게 떠날 수는 없었지만, 임해처럼 소평장을 마지막으로 인도할 용기도 없었다. 의원에게 있어, 지금 눈앞에 펼쳐지는 모든 것은 옳고 그름에서 한참 벗어나 분간하거나 판단을 내릴 수 없는 일들이었다. 유일하게 느낄 수 있는 것은 마음속을 채운 막연함과 무력감뿐이었다.

섬돌 아래에 서 있던 몽천설이 고개를 돌리고 가볍게 물었다.

"시작할 준비가 되었나요?"

두중은 목이 메어 말이 나오지 않아 눈시울을 붉힌 채 고개만 끄덕였다.

소평장의 부탁 때문에 몽천설은 방 안으로 들어가지 않고 섬돌 아래에 가만히 앉았다. 가을바람이 을씨년스럽게 불어오고 돌바닥은 차디찼다. 풀숲에서 찌르르 찌르르 울음소리가 들리자 몽천설은 고개를 돌리고 드문드문 이어지는 벌레 소리에 정신을 집중하려 애썼다. 억지로라도 머릿속을 텅텅 비워 물시계에서 점점이 떨어지는 물방울을 보지 않으려고, 차츰차츰 흘러가는 시간을 느끼지 않으려고 안간힘을 썼다.

그때 광택헌의 뜰 문이 벌컥 열리고 순비잔이 정신없이 뛰어들며 노기를 잔뜩 담은 목소리로 외쳤다.

"소설! 어쩌자고 평장을 그렇게 내버려두었느냐! 이런 식으로 너를……."

몽천설이 아무 반응이 없자 그는 초조한 마음을 누르고 그녀를 지나쳐 가려 했다.

순간, 검광 한 줄기가 처마에 걸린 등불의 그림자를 가르며 힘차게 그의 얼굴로 날아들었다. 싸늘한 기운이 피부에 와닿았다. 순비잔은 발끝으로 벽돌 바닥을 차며 몇 걸음 물러나서야 겨우 검을 피할 수 있었다. 그러느라 그는 다시 정원으로 밀려나고 말았다.

항상 지니고 다니는 패검을 뽑아 쥔 몽천설이 치맛자락을 펄럭이며 조용히 바닥에 내려섰다. 눈가에 눈물이 고여 있었다.

"혼례를 올렸으니 부부는 한마음이어야 해요. 사형, 그이에게 시집을 간 그날부터 나는 내 부군이 어떤 사람인지 알고 있었어요. 지금 쳐들어간다 해도 그이를 말리지 못해요."

"그런 것까지 생각하고 싶지 않아! 나는 그저 네가…… 네가……."

이를 악문 순비잔은 심장이 쥐어짜듯이 아파왔다. 그는 더 말하지 않고 다시 몸을 훌쩍 날렸다. 몽씨 문하에 들어간 이래 함께 무예를 익히며 자라면서 언젠가 이런 날이 올 줄은 생각조차 해본 적이 없었다. 그 자신의 손으로 그녀를 공격하게 되는 날이 올 줄이야. 어서 빨리 그녀를 쓰러뜨리고 싶어 안달을 내는 날이 올 줄이야.

몽천설이 자신의 부군이 어떤 사람인지 안다는 사실을, 누구보다 관심이 많은 그가 왜 모를까? 그렇기 때문에 억지로라도 뜯어말려야 했다. 그렇기 때문에 중단시켜야 했다. 하고 싶은 대로 내버려두고 하자는 대로 따르는 것은 이런 결과밖에 불러오지 않는다는 것을, 그 단순한 이치를 이 바보 같은 여인은 어째서 모르는 것일까?

꼭 닫혔던 문이 소리 없이 스르르 열리고 방 안의 불빛이 새어나왔다. 그와 동시에 장풍과 검광이 뚝 끊겼고, 몽천설이 들고 있던 검을 팽개치고 소평장 곁으로 달려갔다.

입술색이 살짝 옅어진 것을 제외하면 천천히 걸어나오는 소평장은 여느 때처럼 침착하고 점잖았고, 고개를 돌리고 순비잔을 바라보았을 때는 얼굴에 미소까지 지어 보였다.

"비잔, 자네도 왔나? 마침 잘 왔네. 한 가지…… 자네가 꼭 맡아 줘야 할 일이 있네."

가슴을 터뜨릴 것만 같던 노기는 차갑고 딱딱한 쇠구슬이 되어 심장으로 쿵 떨어졌다. 수천 마디의 질문이, 수만 마디의 책망이 목구멍까지 솟구쳤지만 단 한 글자도 입 밖으로 나오지 않았다. 순비잔은 넋 나간 얼굴로 한참 동안 그를 바라보았지만 결국 힘없이 고개를 푹 숙였다.

깊은 밤인데도 왕부의 서재 안팎의 등불이 모두 환하게 켜졌다. 소평장은 서재의 제사상에 숨겨진 비밀 공간을 열고 선제의 영패가 든 까만 나무상자를 꺼내, 오후에 써둔 두툼한 상주문과 함께 순비잔의 손에 건넸다.

"자네……."

순비잔이 어리둥절해하며 말했다.

"아직 말하지 못했네만, 취풍영을 움직인 일은 폐하께서 이미……."

"폐하께서는 분명 은혜를 베풀어 비호해주셨을 거야. 그건 이미 알고 있네."

소평장은 빙그레 웃었다.

"하지만 자네도 알다시피, 한번 사용한 이상 선제께서 하사하신 영패를 계속 장림부에 둘 수는 없네. 우선 자네가 보관하고 있다가 언젠가…… 언젠가 전쟁이 끝나면 적당한 기회에 나를 대신해서 폐하께 직접 올려주게, 그래주겠나?"

전쟁이 끝나면 대신 올려달라…… 간단한 부탁 같지만 사실은 한 글자 한 글자가 칼날 같은 말이었다. 순비잔은 이를 악물어 감정을 가라앉히며 나무상자와 상주문을 받아들었다. 그리고 차마 한 마디 말도 건네지 못하고 고개 들어 그를 바라보지도 못한 채 바삐 고개를 끄덕이고 돌아서서 자리를 떴다.

담장 밖으로 삼경을 알리는 경고 소리가 울렸다. 희미하고 멀게 느껴지는 소리였다. 몽천설은 반쯤 열린 창문을 닫고 탁자로 돌아가 먹을 갈기 시작했다.

내일 조정에 출정의 표를 올려야 하니 오늘은 잠들 수 없는 밤이었다. 부부 두 사람 다 서로에게 그만 돌아가서 쉬라는 말을 하지 않았다. 함께 있을 수 있는 매순간을 추호도 낭비하지 않겠다는 묵약이라도 한 것처럼.

소평장은 종이를 펼치고 상주문 초안을 써내려갔고, 한 장을 채울 때마다 잠시 쉬면서 사랑하는 부인의 얼굴을 쓰다듬었다.

바깥에 있는 물시계에서 방울방울 떨어지는 물이 다하고 하늘 저편으로 희끄무레 동이 텄다. 시녀들이 시간에 맞춰 세자의 관복을 가져오자 몽천설은 손수 부군에게 하나하나 입혀주었다. 예전과 똑같았고 여느 때와 다름이 없었다.

밤새 사라졌던 동청이 마침내 문가에 나타나 쉰 목소리로 마차가 준비되었음을 알렸다. 소평장은 이것저것 물을 틈도 없었고, 벌겋게 부은 그의 눈을 살필 겨를도 없었다. 그저 발판을 밟고 마차에 오르면서 부축해주는 그의 팔을 살짝 움켜쥔 것이 전부였다.

대다수의 대신들은 어젯밤 장림왕부에 무슨 일이 있었는지, 앞으로 어떤 일을 겪게 될지 전혀 알지 못했다. 역병이 가까스로 가라앉고 죽다 살아남은 기쁨이 가시지 않은 지금, 그들에게 가장 시급한 일은 책임을 묻고 포상을 하고 제를 올리는 것뿐인 듯했다.

대량의 북쪽 변경의 기상이 급변했다는 사실을 아는 사람도 없었고, 그보다 더 심각한 위기가 잇따를 것이라는 생각을 해본 사람도 없었다. 장림세자가 출정의 표를 올렸을 때 조양전은 경악에 빠졌고 소흠마저 표정이 살짝 굳어 한참 동안 상주문을 펼쳐보지 못했다.

"세자의 말씀은…… 북연이 음산을 열어준 일이 북쪽 국경에 크나큰 위기를 불러일으킨다는 것이군요."

잠시 멍하게 있던 순백수가 한 걸음 나서서 조심스럽게 물었다.

"그 위기가 어느 정도인지 저희는 아직 잘 모릅니다. 좀 더 자세히 설명해주실 수 있겠습니까?"

소평장은 주위에 선 대신들을 조용히 둘러보고는 천천히 고개를 끄덕였다.

"대인들께서는 삼월만도(三月彎刀)라는 말을 들어본 적이 있으십니까?"

그 말이 떨어지자 전각 안에 있던 적잖은 수의 사람들이 찬 숨을 들이켜며 놀란 표정을 지었고, 병부상서 진훈(晋勳)은 어전이라는 것도 잊고 엉겁결에 소리를 질렀다.

"세자께서는 진심으로 삼월만도가 다시 나타나리라 생각하십니까?"

대량의 국토는 광활했고 금릉성은 예로부터 유명한 축복의 땅이었다. 내란이 벌어지지 않는 한, 이곳 경성에서 몇 리에 걸쳐 늘어선 적군의 영채를 보는 일은 나라를 세운 뒤로 단 한 번, 백 년 전에 있었던 단 한 번뿐이었다.

경운(景運) 27년, 대유와 북연, 동해 세 나라가 대량을 협공하여 그 국토를 나누기 위해 손을 잡았다. 대유의 황속군이 북쪽 전선을 공격하고 북연의 철기군이 음산을 타고 넘어옴으로써 전선은 남북으로 길게 이어졌고, 대량의 북쪽 방어선은 철저하게 무너져 국토 깊숙이 전쟁이 번지고 마침내 경성까지 적의 칼끝이 밀어닥쳤다. 그 공격은 이른 봄에 시작되었고 적군의 전선이 둥글게 휘어져 칼날 같은 형태를 이뤘기 때문에 후세에는 이를 '삼월만도'라고 불렀다.

"다행히 나라 간의 연맹이란 본디 이익을 우선시하기에 각기 다른 마음을 품게 마련입니다. 평화 회담을 하러 나간 조정의 사신은 대유의 장막에서 날카로운 혀로 그 군신들을 모두 물리침으로써 북연과 대유의 불화를 일으켰고, 그로 인해 연맹 세력은 뿔뿔이 흩어지게 되었습니다. 그것이 우리 대량의 병사에게 반격의 기회를 마련해주어, 결국 그들을 각개격파하여 국경 밖으로 쫓아낼 수 있었습니다. 그러나 위험은 가셔도 전쟁의 불길은 무정했지요. 만도가 지나간 곳은 초토화되어 장장 10년이라는 세월이 지난 뒤에야 약간이나마 회복될 수 있었습니다."

소평장의 말투는 온화했고 내용 또한 백 년이라는 오랜 세월 전에 있었던 옛날이야기였다. 하지만 심장이 목구멍으로 튀어나올 것 같던 당시의 그 놀라운 사건은 지금 들어도 절로 소름이 돋았다.

"세자의 말씀대로 지난달 음산 어귀가 열렸다면 우리 북쪽 방어선은 이미…… 이미…….”

순백수는 재빨리 소흠의 표정을 살피고는 하던 말을 삼켰다.

“폐하, 부디 안심하십시오.”

소평장은 손을 모아 예를 갖추며 말을 계속했다.

“삼월만도는 날카롭기 짝이 없으나, 성공하려면 그 힘과 박자, 호응이 정확하게 맞아떨어져야 합니다. 당시 대유의 주장(主將)이던 각방류(角芳柳)와 북연의 한해왕 탁발지(拓跋志) 두 사람은 모두 불세출의 명장이었고 최초의 목표도 일치했기 때문에 손을 잡고 힘을 합쳐 만도를 일으킬 수 있었습니다. 그러나 그 후 근 백 년간 북쪽 국경의 정세는 무척 복잡해졌고 다시는 만도를 펼칠 기회가 오지 않았습니다. 지금 북연의 조정은 제 살 파먹는 일인지도 모르고 대유에게 삼월만도의 기회를 열어줬으나, 황속군 원수 완영 혼자만으로는 비록 그 형태는 유사하게 흉내 낼지언정 힘이 부족합니다. 부왕께서 이끌고 계시는 주 영채의 전력으로 한 달 정도는 문제없이 버틸 수 있을 것입니다.”

진 상서가 황급히 물었다.

“세자께서 이미 적국의 의도를 간파하셨다면 그에 대한 대책도 있으시겠군요?”

“주 영채와 부왕을 포위하면 녕주로 군령을 낼 수 없으니, 대유 역시 이렇게 빨리 금릉성에 소식이 전해져 남쪽에서 반격을 하리라고는 생각지 못할 것입니다. 따라서 이번 싸움에서는 아직 우리가 유리합니다.”

황제가 들고 있는 상주문을 바라보는 소평장의 눈동자 깊은 곳은 어느덧 빨갛게 물이 들었다.

"북쪽 국경은 아득히 멀고, 승기는 순식간에 사라집니다. 한 발 늦게 움직이는 바람에 대유가 녕주 남쪽 길을 차지하여 장림군의 남북 전선이 서로 호응하지 못하게 되면 전세가 뒤집혀 수동적으로 응할 수밖에 없으며, 그 결과는……."

여기까지 말한 소평장은 이를 악물며 말을 끊은 뒤 어좌 앞의 계단으로 두어 걸음 다가가 옷자락을 걷고 꿇어앉았다.

"폐하, 소신이 즉각 경성을 떠나는 것을 허락해주시고, 후방에도 장수를 세워 우리 대량 북쪽 국경의 위기를 해소하게 해주십시오."

소정생의 영채가 포위되면 국경 방어에 문제가 생길 수 있었기에 황제의 마음 또한 소평장 못지않게 초조했다. 계단 아래의 신하들이 아무 말이 없자 그는 즉시 몸을 돌려 태감에게 몇 마디 이른 뒤 탁자를 짚고 일어섰다.

"왕형의 상황이 위급한데 네가 가서 구한다면 짐도 안심이다."

소흠은 장인사(掌印使, 인장과 상주문 등을 담당하는 태감-옮긴이)가 나는 듯이 가져온 병부를 들고 친히 내려가, 엄숙하게 소평장의 손에 쥐여주며 그 손을 꽉 잡았다.

"전황이 불분명하여 이 금부(金符)를 내릴 터이니 상황에 따라 응전하도록 해라. 전쟁터는 흉험한 곳이고 도검에는 눈이 없으니 오로지 전쟁만 생각하거라. 경성 후방은 짐이 알아서 하마. 전쟁의 불길이 가시고 나면, 짐은 반드시 왕형과 너를 만날 것이니 두 사람 모두 무사히 돌아와야 한다, 알겠느냐?"

소평장은 고개를 들고 저며오는 가슴을 억눌렀다. 눈가가 살짝 젖어들었다.

"폐하께서 우리 장림의 뒤를 든든히 받쳐주시니 이 싸움, 반드시 이길 것입니다."

백 년간 그 명맥이 끊어진 삼월만도가 얼마나 위험한지 순백수 같은 문신들에게는 생생하게 와닿지 않을 수도 있었지만, 북쪽 방어선이 무너지면 그 후에 벌어질 일들은 상상력을 동원할 필요도 없었다. 소흠의 명이 떨어지자 모든 관련자가 지체 없이 움직였고, 이틀 만에 장림세자의 출정에 필요한 준비가 완료되었다.

때는 이미 상강(霜降)이 지나 기왓장에는 하얀 서리가 내려앉았고, 전각의 섬돌에는 찬이슬이 맺혔다. 옅은 아침 햇살이 간신히 구름을 뚫고 쏟아졌지만 그 이상의 따스함을 전해주지는 못했다.

소평장은 떠나기 전에 마지막으로 아우를 보기 위해 광택헌의 방으로 들어갔다. 소평정의 두 뺨에는 발그레하게 혈색이 돌아왔고 가끔씩 속눈썹을 살짝 떨기도 했다. 아무것도 모르는 그는 자신이 이 세상에서 가장 잔인한 이별을 겪고 있다는 사실도 몰랐고, 이마를 쓰다듬었다가 떨어지는 이 손이 평생 다시 돌아올 수 없다는 것도, 이 손을 다시는 만질 수 없다는 것도 알지 못했다.

정원의 오래된 나무는 잎이 모두 떨어지고 가지만 쓸쓸히 남아 있었다. 몽천설은 나무 아래에서 조용히 기다리고 있었다. 무장을 한 그녀의 모습은 위풍당당하고 씩씩했다.

장군 가문에서 태어나 원수(元帥)의 가문에 시집온 그녀가 다시 돌아올 수 있을지 없을지도 모르는 채 멀리 출정을 떠나는 부군의 뒷모습을 바라본 적이 몇 번이던가.

"당신은 내가 부드럽고 현숙하지 못하다고 탓한 적이 없었고,

나 역시 당신과 나란히 전쟁터를 달리고 함께 비바람을 맞는 것이 더 좋아요."

몽천설은 눈물이 그렁그렁한 눈으로 애써 입가에 미소를 지어 보였다.

"부왕께서 어려움에 처하시고 국경이 위험한데, 나라고 당신처럼 나라에 충성과 책임을 다하지 못할 이유가 어디 있어요? 평장 오라버니, 나는 몽씨 집안의 딸이고 전쟁도 겪어봤어요. 이번에는…… 함께 가게 해줘요."

부부의 손이 다시는 놓지 않으려는 것처럼 단단히 얽혀들었다.

11월 말, 오랫동안 지체된 북쪽 국경의 소식이 마침내 경성에 날아들었다.

대유의 황속군은 상원(桑源)을 공격하여 떨어뜨리고 음산에서부터 비스듬히 대량의 후방에 있는 남쪽 전선을 끊은 뒤 순조롭게 본국 북로군(北路軍, 북쪽을 맡은 군대-옮긴이)과 합류했으며, 눈부시게 번쩍이는 만도가 벌써 한 달째 녕주를 지키고 있는 주 영채의 목줄을 향해 날아들고 있다는 소식이었다.

그와 동시에 미리 출정한 장림세자 소평장은 좌로군과 우로군을 모아 노새(蘆塞)에 병력을 배치하여 완영이 이끄는 만도에서 가장 예리하면서도 가장 약한 칼날 부분을 짓누르는 형세를 만들었고, 기습 반격으로 일거에 적을 깨뜨릴 준비를 하고 있었다.

랑야방:풍기장림2

제1판 1쇄 인쇄 | 2018년 6월 21일
제1판 1쇄 발행 | 2018년 6월 28일

지은이 | 하이옌(海宴)
옮긴이 | 전정은
펴낸이 | 한경준
펴낸곳 | 마시멜로
편집주간 | 전준석
책임편집 | 윤혜림
저작권 | 백상아
홍보 | 정준희 · 조아라
마케팅 | 배한일 · 김규형
디자인 | 김홍신
본문디자인 | 디자인 현

주소 | 서울특별시 중구 청파로 463
기획출판팀 | 02-3604-553~6
영업마케팅팀 | 02-3604-595, 583 FAX | 02-3604-599
H | http://bp.hankyung.com E | bp@hankyung.com
T | @hankbp F | www.facebook.com/hankyungbp
등록 | 제 2-315(1967. 5. 15)

ISBN 978-89-475-4355-2 04820 (2권)

마시멜로는 한국경제신문 출판사의 문학 브랜드입니다.
책값은 뒤표지에 있습니다.
잘못 만들어진 책은 구입처에서 바꿔드립니다.